VERA KURIAN

P. S. Morgen bist du tot

Titel auch als Hörbuch erhältlich

Über die Autorin:

Vera Kurian ist Autorin und studierte Psychologin. Sie lebt in Washington, DC. *P. S. Morgen bist du tot* ist ihr Debüt-Roman. Weitere Informationen finden Sie auf www.verakurian.com.

Vera Kurian

P. S. MORGEN BIST DU TOT

THRILLER

Aus dem Amerikanischen übersetzt von
Sabine Schilasky

LÜBBE

Die Bastei Lübbe AG verfolgt eine nachhaltige Buchproduktion.
Wir verwenden Papiere aus nachhaltiger Forstwirtschaft und
verzichten darauf, Bücher einzeln in Folie zu verpacken.
Wir stellen unsere Bücher in Deutschland und Europa (EU) her und
arbeiten mit den Druckereien kontinuierlich an einer positiven Ökobilanz.

FSC
www.fsc.org
MIX
Papier aus verantwortungsvollen Quellen
FSC® C014496

Dieser Titel ist auch als Hörbuch und E-Book erschienen

Vollständige Paperbackausgabe

Deutsche Erstausgabe

Titel der englischen Originalausgabe: »Never Saw Me Coming«

Dieses Werk wurde vermittelt durch die
Literarische Agentur Thomas Schlück GmbH, 30161 Hannover

Textredaktion: Ulrike Gerstner
Titelmotiv: © shutterstock.com: e2dan | Ensuper
Umschlaggestaltung: FAVORITBUERO, München
Satz: hanseatenSatz-bremen, Bremen
Gesetzt aus der Adobe Garamond Pro
Druck und Verarbeitung: GGP Media GmbH, Pößneck

Printed in Germany
ISBN 978-3-404-18795-9

5 4 3 2 1

Sie finden uns im Internet unter luebbe.de
Bitte beachten Sie auch: lesejury.de

Für Katie

EINS

Tag 60

Sobald sich die Tür zu meiner neuen Wohnheimunterkunft schloss, trat ich ans Fenster und suchte auf dem Innenhof nach ihm. Es war sehr unwahrscheinlich, dass er zufällig gerade jetzt da draußen inmitten der Familien unterwegs war, die Umzugskartons schleppten, oder der wenigen Studenten, die sich auf dem Rasen räkelten.

Aber da! Ein Schopf schmutzig blonder Locken. Will. Unwillkürlich öffnete ich den Mund. Dann drehte sich die Person um, und ich sah, dass es sich bloß um ein Mädchen mit einem verunglückten Haarschnitt handelte. Im Ernst, man sollte meinen, dass sie sich zum Tag ihres Einzugs ein bisschen mehr Mühe geben würde.

Ich wandte mich wieder zu meiner leeren Unterkunft mit dem traurigen Linoleumboden um und ging im Geiste meine To-do-Liste durch: 1. Mom loswerden. Erledigt. Sie war schon weg, raste gewiss gerade die I-95 hoch und entkorkte gleich eine Sektflasche, weil sie mich endlich vom Hals hatte. 2. Den besten Platz in Beschlag nehmen, ehe meine Mitbewohnerin Yessica eintraf. 3. Mich mit sechs bis acht Leuten anfreunden, bevor ich 4. zu meinem ersten Termin in der Psychologiefakultät ging. 5. Will finden.

Das kleine Apartment hatte zwei Schlafzimmer, von denen eines eindeutig größer war als das andere. Normalerweise würde ich mir das größere schnappen, aber ich erkannte gleich, dass es damit ein Problem gab. Dieses Zimmer ging zum Innenhof. Was, wenn ich mich mitten in der Nacht durchs Fenster raus- und wieder reinschleichen wollte? Heutzutage filmten die Leute alles mit ihren Handys, was auch nur vage interessant schien, und man könnte mich leicht von den anderen Apartments und den Uniräumen mit Blick in den Innenhof sehen – zu viel Publikum für meinen Geschmack.

Ich nahm das kleinere Zimmer. Meine Großzügigkeit würde mir Pluspunkte bei meiner neuen Mitbewohnerin einbringen, aber vor allem ging mein Zimmer nun zur Seitenmauer des Gebäudes neben unserem, und von meinem Fenster aus führte eine Feuerleiter nach unten. Es war ein Leichtes, hier unbemerkt ins Zimmer und wieder raus zu gelangen – perfekt. Ich trug einige Kartons in das Zimmer, machte das Bett und legte meinen Plüschwal auf die Überdecke, um klarzumachen, dass dies mein Bett war. Die Stimmen im Wohnheim riefen nach mir, und ich musste mich hier schnell etablieren.

Ich blickte kurz in den Spiegel, ehe ich den Raum verließ, trug frischen Lipgloss auf und richtete mein Haar. Das Haar musste genau passend sein – ein loser, schlicht wirkender, seitlicher Bauernzopf, der alles andere als leicht gemacht war. Man musste den Eindruck erwecken, man hätte sich keinerlei Mühe gegeben, sondern würde einfach aus dem Bett steigen und von sich aus wie ein geiles, aber irgendwie zurückhaltendes Starlet wirken. Entspricht man einer gewissen Norm von objektiver Attraktivität, halten einen die Leute automatisch für besser, als man de facto ist – für klüger, interessanter und würdiger zu existieren. In Kombination mit der richtigen Persönlichkeit kann das enorm viel ausmachen.

Im Brewser gab es einen langen Korridor, von dem zu beiden Seiten Räume abgingen. Ich spähte in den nebenan, wo zwei brünette Mädchen eine Bettdecke aus einer Plastikverpackung zerrten. »Hi!«, rief ich freundlich. »Ich bin Chloe!«

Ich konnte alles sein, was sie sich wünschten. Witzig, eine mögliche beste Freundin, jemand, dem man bei Mitternachtssnacks Geheimnisse anvertraute. Diese Formen von sozialer Interaktion waren nur kleine Rollen, die ich für wenige Momente spielte; doch auch wenn ich mich richtig reinknien muss, kann ich das. Ich kann mich jünger machen, wenn ich will, weite Sachen anziehen, um meine Figur zu verbergen, und meine Augen verblüfft glänzen lasse – die komplette Fassade der Ahnungslosigkeit. Mit Make-up und sorgsam ausgewählter Kleidung kann ich älter aussehen und mehr Haut zeigen, wenn es nötig ist. Es ist einfach, weil die Leute dazu neigen, das zu sehen, was sie sehen wollen.

Ich ging von Tür zu Tür. Zimmer 202. »Oh mein Gott, ich *liebe* dein Haar!«, sagte ich zu einer lebhaften Blondine, von der ich annahm, dass sie allgemein beliebt sein würde.

Zimmer 206. »Ihr seid doch keine Brüder, oder?«, fragte ich schüchtern zwei Jungen aus dem Ruderteam (nette Körper, aber Babygesichter – nicht mein Geschmack). Sie grinsten mich an, sahen auf meine Titten, und jeder versuchte, irgendwas Schlaues zu sagen. Keiner von ihnen war schlau.

In Zimmer 212 waren zwei linkische Mädchen. Ich war freundlich zu ihnen, hielt mich jedoch nicht länger auf, weil ich wusste, dass sie nichts zu melden hätten.

Während ich noch ein paar mehr Leute kennenlernte, schätzte ich gleichzeitig ein, wer von ihnen am ehesten in eine der Verbindungen gehen würde. Will war in einer – SAE –, und eines meiner ersten Vorhaben war, Zugang zu der Verbindung zu bekommen. Die Ruderer waren schon auf dem Korridor und redeten laut darüber, dass sie abends in einen Club wollten. Das war gut – sie gingen aus und schienen genau die Typen, die einer Verbindung beitraten. »Ich liebe Tanzen«, sagte ich zu Wie-hieß-er-noch-gleich, dem größeren von beiden, wobei ich mit dem Ende meines Zopfes spielte. »Das ist die beste Art, Leute kennenzulernen.« Er lächelte auf mich herab, und seine Augenwinkel kräuselten sich. Wenn mich die Highschool eines gelehrt hatte, dann, dass jedes soziale Miteinander ein Spiel war, bei dem sich alles um das geschickte Navigieren innerhalb der Hierarchien dreht. Sei jemand, den die Jungs ficken wollen, oder du bist unsichtbar für sie. Sei jemand, den die Mädchen fest in ihrer Clique wollen, ob als Freundin oder Feindin, oder stirb den Tod der völligen Bedeutungslosigkeit.

Schon nach unserem kurzen Austausch erkannte ich, dass keiner in diesem Wohnheimtrakt in meinem Programm war. Ich habe noch niemanden wie mich kennengelernt. Doch wenn es irgendwann passiert, denke ich, dass es wie die Begegnung zweier Wölfe in der Nacht sein wird, die sich beschnüffeln und den anderen als Jagdgefährten erkennen. Ich bezweifle jedoch, dass sie zwei von uns in dasselbe Wohnheim stecken würden – wir waren ja insgesamt nur sieben, und wahrscheinlich verteilten sie uns, um einen offenen Krieg zu verhindern.

Nun musste ich gehen und meine neuen Freunde zurücklassen, um mich in dem neuen Programm zu melden.

Der Fachbereich Psychologie lag quer über dem Innenhof, gut zu sehen von dem Gemeinschaftsbereich meiner Unterkunft aus. Der Innenhof war eine große Rasenfläche, von gepflasterten Wegen durchzogen, auf denen in jeden Stein der Name eines Alumnus eingraviert war – John Smith, Studienjahr '03. Witzig, Will würde nie einen Stein bekommen, ich aber schon. An einem der größeren Wohnheime, Tyler Hall, hing ein riesiges Banner mit der Aufschrift WILLKOMMEN ERSTSEMESTER!!! Ich blieb stehen, um ein Selfie mit dem Banner im Hintergrund aufzunehmen: Hier ist ein Mädchen, das am ersten Tag am College ganz aufgeregt ist und lauter College-Sachen macht!

Es ist quasi Schicksal, dass ich an der John Adams University gelandet bin. Ich wusste, dass ich in D.C. sein musste, was bedeutete, dass ich mich an der Georgetown, der American University, der George Washington University, der John Adams, der Catholic University und dem Trinity College bewerben musste, die sich alle in D.C. befanden. Sicherheitshalber bewarb ich mich auch noch an vertretbar nah gelegenen Colleges wie George Mason und der University of Maryland. Ich wurde an allen angenommen, außer an der Georgetown. Ernsthaft, fickt euch. Meine Bewerbung war der Hammer: Ich habe einen IQ von 135 – fünf Punkte unter Genie –, tolle Aufnahmetestergebnisse und gute Noten. Meine Garderobe war größtenteils aus Einnahmen finanziert, die ich generierte, indem ich Hausarbeiten für andere schrieb. Wer weiß, wie viele von denen ins College gekommen sind, weil sie einen herzzerreißenden Essay über eine an Krebs gestorbene Großmutter verfasst haben, die es nie gab?

Mir wurden Stipendien für diverse Hochschulen angeboten, aber nie war es mit dem vergleichbar, womit Adams aufwartete. Selbst wenn ich die Psychologie-Studie abgelehnt hätte, hätte ich immer noch ein großzügiges Stipendium bekommen, mit dem Studenten meiner Herkunft gelockt werden sollten, eine höhere Studienbildung zu absolvieren. Was mir egal war, denn Adams war wegen Will stets meine erste Wahl gewesen. Ein weiterer Bonus war, dass sich die Uni in D.C. befand: eine Großstadt mit einer relativ hohen Mordrate. Der Campus lag in dem aufstrebenden Viertel Shaw, gleich östlich vom noblen Logan Circle und südlich der U-Street, einer beliebten Ausgehmeile. In dieser Gegend kam es trotz der Nobelrestaurants häufiger zu Auseinandersetzungen zwischen Betrunkenen, die sich prügelten oder gegenseitig abstachen, und Leute wurden ausgeraubt. Die Polizei war jedoch mit der steten Parade von Demonstrationen,

Konferenzen und diplomatischem Auslandsbesuch beschäftigt. Wahrscheinlich pfiffen sie darauf, was im Kopf irgendeiner Achtzehnjährigen mit einem iPhone in der Hand und einem harmlosen Gesichtsausdruck vorging.

Ich mochte diesen düsteren Burgcharakter der Psychologischen Fakultät. Roter, efeuberankter Backstein, Fenster mit schwarzen Eisenrahmen und narbigem alten Glas. Drinnen wurde alles von einem Kronleuchter mit flackernden Birnen erhellt, und das gewölbeartige Foyer roch nach alten Büchern. Als ich hindurchging, stellte ich mir vor, wie mir eine Kamera folgte und sich die Zuschauer sorgten, welche gefährlichen Dinge mich hier erwarten könnten. Ich wäre die, mit der sie mitfieberten.

Ich stieg die geschwungene Treppe hinauf in den fünften Stock, wo ich mich zu meinem Programm melden sollte. Zimmer 615 lag abgeschieden ganz am Ende des Korridors. Auf einem Anschlag an der Tür stand Leonard Wyman, PhD, und Elena Torres, Doktorandin. Die Namen kannte ich aus meinen Unterlagen.

Ich klopfte an, und Sekunden später riss eine Frau die Tür auf. »Sie müssen Chloe Sevre sein!«

Sie streckte mir ihre Hand hin. Wahrscheinlich hatten sie eine ganze Akte über mich. Ich hatte schon einen Haufen Telefoninterviews mit ein paar Leuten geführt, die eine Vorauswahl trafen, dann eines mit Wyman selbst, und sie hatten auch meine Mutter und meine Beratungslehrerin von der Highschool befragt.

Die Hand der Frau war knöchern, aber warm und trocken, und ihre schokoladenbraunen Augen wirkten furchtlos. »Ich bin Elena, Dr. Wymans Doktorandin.« Sie lächelte und bedeutete mir hereinzukommen. Drinnen führte sie mich durch einen chaotischen Empfangsbereich, in dem ein Schreibtisch mit drei Laptops und lauter Papierstapeln stand, und einen Flur zu einem kleineren Büro ... vermutlich ihres.

Sie schloss die Tür hinter uns. »Lassen wir Sie erst mal hier ankommen. War alles gut, was die Hilfe der Finanzierungsabteilung anging, bevor Sie hergekommen sind?« Als eine von sieben in der Studie wurde mir auch die Anreise zur John Adams University bezahlt. Im Gegenzug musste ich lediglich zustimmen, ein Vollzeitversuchskaninchen in ihrer kombinierten Längsschnittstudie zur Psychopathie zu sein.

Ich nickte und schaute mich um. Ihre Regale quollen über vor Büchern und Stapeln ausgedruckter Artikel. Da waren drei unterschiedliche Versionen von *Diagnostic and Statistical Manual of Mental Disorder*. Dicke Wälzer über »abnorme« Psychologie. Robert Hares Buch *Gewissenlos*, das ich gelesen hatte.

»Super«, sagte Elena. Sie rief irgendwas auf ihrem Computer auf. Dann biss sie in den Scone, der auf ihrem Mousepad lag, und kaute laut. Sie war hübsch auf diese ganz bestimmte Doktorandinnenart, hatte einen mitteldunklen Teint und wohlgeformte Schlüsselbeine. Man konnte sich vorstellen, wie sie sich in einen hageren Nerd verliebte und zu spät versuchte, Kinder zu bekommen. »Hier sind Sie!« Sie klickte einige Male, und ihr Drucker wurde wach. Als sie aufstand, um die Papiere zu holen, beugte ich mich vor, um auf den Monitor zu sehen, doch sie hatte einen Bildschirmfilter. Ich wusste nicht, ob es geheim sein sollte oder so, aber ich hatte herausgefunden, wie viele Studenten in dem Programm waren, als mir jemand aus der Verwaltung erklärte, was alles von der Studie finanziert wurde. Und ich starb vor Neugier, wer die anderen sechs waren. Die bizarre Elite.

Elena gab mir einen Stapel zusammengehefteter Unterlagen. Es waren Einverständniserklärungen für die Studie, Bestätigungen, dass meine Daten unter Verschluss bleiben würden, aber ein minimales Risiko im Zusammenhang mit digitalisierten Daten bliebe; dass die Blutabnahmen von einer zugelassenen Punktionskraft durchgeführt würden, bla, bla, bla. Noch mehr über Datenschutz, Personenortung – hier las ich gründlicher –, und wie es um ihre gesetzlichen Meldepflichten stand, sollte die Gefahr drohen, dass ich mich selbst oder andere verletze. Oh bitte! Ich hatte nicht vor, irgendwelche Drohungen publik zu machen.

Als ich alles unterschrieben hatte, sah ich, dass Elena ein kleines Päckchen aus einem Safe nahm. Sie zog etwas Glänzendes aus einem Kästchen. »Und hier ist Ihre Smartwatch.« Ich mochte sie sofort. Sie war schmal und schwarz, wie ein Ding aus einem Agentenfilm. »Die müssen Sie immerzu tragen, wie vereinbart. Sie misst Ihren Herzschlag und registriert Ihren Schlafrhythmus – oh, und sie ist übrigens wasserfest, also brauchen Sie sie beim Duschen nicht abzunehmen. Sie können sogar damit schwimmen.« Ich hielt meinen Arm hin, und wie eine Juwelierin legte sie mir die Uhr an meinem linken Handgelenk an. »Falls sie nicht zu Ihrem Outfit passt, können Sie auch die Armbänder abnehmen und die Uhr als Kette unter Ihrem Oberteil tragen. Wenn Sie ein Mood-Log abgeben sollen, erscheint dieses Icon.« Sie tippte etwas in ihren Computer, und auf dem schwarzen Uhr-Display leuchtete ein kleines rotes Ausrufezeichen auf. Elena bedeutete mir, es anzutippen, und es kam ein Text, der mich fragte, was ich gerade mache, gefolgt von der Frage *Wie glücklich fühlen Sie sich im Moment? 1 2 3 4 5 6 7*. »Die Mood-Logs sind ziemlich kurz«, erklärte sie. »Sie dauern nur ein paar Minuten. Und Sie müssen die nicht sofort beantworten, wenn das Symbol erscheint – es ist lediglich ein Versuch, zu messen, wie es Leuten über den Tag geht, nicht in einer künstlichen Laborsituation. Aber es ist okay, wenn Sie warten, falls Sie gerade in einer Prüfung sitzen. Es soll ja kein Professor denken, dass Sie schummeln oder so.«

»Wissen die Professoren hier, dass ich in der Studie bin?«

»Nein. Ihre Teilnahme wie auch Ihre Diagnose sind vertraulich.«

»Und die Uhr ortet mich die ganze Zeit?«

»Nein. Ich meine, wahrscheinlich tut es ein Satellit irgendwo, aber nein, wir erfahren Ihren Aufenthaltsort nur, wenn Sie ein Mood-Log abgeben, weil wir einschätzen wollen, in welchem Kontext Sie die jeweilige Stimmung erleben. Ich denke, es wird Sie interessieren zu sehen, wie es Ihnen helfen kann, Ihre Gefühle zu verstehen.« Sie lächelte mich an, wobei ein schiefer Zahn zu sehen war. Ich war erleichtert, was die Ortung anging. Natürlich hatte ich einen Plan B – dass ich die Smartwatch abnehmen und in meinem Zimmer lassen würde oder sie in Yessicas Sachen verstecken, damit sie geortet wurde und nicht ich, falls ich etwas vorhatte. So wurde das Problem zu einem Alibi: Die Uhr sagt, dass ich zu Hause gelernt und ein Glas Milch getrunken habe!

»Wie oft muss ich zu den anderen Experimenten kommen?«

»Es sind nicht immer Experimente. Manchmal sind es nur Fragebögen. Aber es wird nicht häufiger als ein- oder zweimal die Woche sein, und die MRTs werden Wochen vorher angekündigt.«

Ich bewunderte meine neue Uhr. Als ich sie berührte, leuchtete das Display auf und zeigte mir eine Reihe von schlauen Icons. »Was ist mit den anderen sechs Studenten? Lerne ich sie kennen?«

»Nicht von Angesicht zu Angesicht, aber es könnte sein, dass Sie später mal mit ihnen kommunizieren.«

Das klang tatsächlich spannend. Sicher, ich war wegen des Stipendiums hier, und um in der Stadt zu sein, in der Will war, doch seien wir ehrlich: Menschen lieben Psychologie, weil sie narzisstisch sind. Und als Psychopathin bin ich besonders narzisstisch.

Elena stapelte einige Blätter zusammen und schlug die Kanten auf den Schreibtisch, um sie bündig zu machen. »Sie werden diese Woche ein Aufnahmetreffen mit Dr. Wyman haben, aber ansonsten brauchen wir heute nichts mehr von Ihnen, also willkommen in der Studie!«

Mit meinem neuen Spielzeug am Arm ging ich zurück über den Innenhof und hoffte, dass Yessica angekommen war. Sie war die heikelste Leerstelle in meinem Plan, denn sie könnte mein Leben absichtlich oder unabsichtlich sehr schwierig machen. Deshalb musste ich herausfinden, wie meine Mitbewohnerin war. War sie cool, könnten wir das Powerpaar im Brewser sein. War sie neugierig, wäre sie noch ein Problem, um das ich mich kümmern musste.

Ich hörte Bewegungen von drinnen, bevor ich hineinging. Ein schlaksiges, nussbraunes Mädchen mit Unmengen dunkler Locken schob einen Karton in die Ecke. »Chloe!«, rief sie, kam mit einem breiten Grinsen auf mich zu und schüttelte mir die Hand. »Ich bin Yessica!« Sie hatte riesige dunkle Augen mit dichten, möglicherweise künstlichen Wimpern. Pluspunkte bekam sie schon mal für ihre schöne Haut und die flachen, elfenhaften Stiefel. Doppelte Punkte gab es für den Minikühlschrank. »Ich bin gerade angekommen! Und ich fühle mich so mies. Bist du sicher, dass du das kleinere Zimmer willst?«

»Ja, alles okay. Ich finde es besser zur Seite raus.« Wir halfen uns gegenseitig beim Auspacken, plapperten, wie es Mädchen tun, und entschieden, was wohin sollte, während ich sie beobachtete. Ich beschloss, dass sie eher eine positive als eine negative Ergänzung war. Sie war hübsch, witzig und schien entspannt – nicht wie jemand, der heimlich in meinen Computer sehen oder eine Augenbraue hochziehen würde, wenn ich einen Jungen mitbrachte. Nachdem wir unsere Sachen verstaut hatten, gingen wir auf den lauten Korridor, um mehr Leute kennenzulernen. Es gab noch mehr Gerede von Ausgehen.

Ich war ungeduldig. Mir war klar, dass es das Richtige war – Allianzen bilden, einen guten Eindruck machen –, aber ich wollte die Dinge in Bewegung setzen. Es war der 24. August, der Beginn der Orientierungszeit für Studienanfänger. Sechzig Tage bis zum 23. Oktober. Dies war das Datum, das ich sorgfältig ausgewählt hatte. Es ließ mir genug Spielraum, doch vor allem wäre an dem Tag eine gigantische Demo in D.C., die sich hauptsächlich auf die National Mall konzentrierte. Genau genommen kamen mehrere verschiedene Demonstrationen zusammen: eine für Redefreiheit, eine Pro-Amtsenthebungsverfahren und ein Marsch für die Erde. Den sozialen Medien, Airbnb und den Busticketverkäufen nach prophezeiten die Experten, dass die Massen eine Herausforderung für die Ressourcen der Stadt darstellen würden. Das Timing war günstig. In den Nachrichten hatten sie bereits berichtet, dass bei solch riesigen Events oft die Mobilfunknetze wegen Überlastung zusammenbrachen. Die Polizei hätte alle Hände voll mit den Protestlern und den überall aufflammenden Unruhen zu tun, wie es schon die letzten Jahre war. Es würde Chaos herrschen.

Der ideale Tag, um Will Bachman umzubringen.

ZWEI

Folgendes weiß ich über Will Bachman.

Er wohnt Nummer 1530 Marion Street NW, exakt 510 Meter von meinem Wohnheim entfernt. Von der nächsten Polizeiwache zu seinem Haus fährt man fünf Minuten. Es handelt sich um ein Reihenhaus inmitten anderer Reihenhäuser. Die Fenster im Erdgeschoss und das in der Haustür sind vergittert. Im letzten Jahr gab es dreiunddreißig Gewaltverbrechen nahe dem Haus, zumeist bewaffnete Raubüberfälle.

Von seinen diversen Online-Accounts habe ich auch einiges erfahren.

Will Bachman ist Mitglied von Sigma Alpha Epsilon – SAE –, deren Verbindungshaus ein paar Blocks weit weg ist. Sein Mitbewohner ist Cordy, ebenfalls in der SAE. Will Bachman studiert Politikwissenschaft im Hauptfach und überlegt, noch Wirtschaft im Nebenfach zu nehmen. Er ist im Lacrosse-Team, schwimmt aber auch gern. Als wir noch Kinder waren, bin ich mit ihm geschwommen. Er mag House Music und raucht Gras. Er hat einen schwarzen VW-Jetta, in den irgendein Arschloch auf einem Giant-Supermarktparkplatz eine Delle reingefahren hat. Er liest den Drudge Report und denkt, dass alle Weicheier aussortiert gehören. Seine Mutter trägt Perlen und arbeitet ehrenamtlich beim Roten Kreuz, und er hat einen kleinen Bruder. Seine Familie wohnt in der Nummer 235 Hopper Street, Toms River, N.J., 08754.

Ich würde tippen, dass Will in dem Giant in Shaw einkauft, weil dort sein Wagen gerammt wurde und er auch schon geschrieben hat, dass der Safeway in der Marion Street »voller Fotzen war, die jede Kassenschlange ewig aufhalten«. Ich weiß, dass er oft in der Buttercream Bakery ist, weil er gepostet hat, dass er jeden zehnten Kaffee umsonst bekommt. Einmal hat er sein Handy zwischen P and S Streets in der 14th Street verloren, als er besoffen nach Hause getorkelt ist, also wird er oft in der Gegend abhängen. Er geht ungern weiter nach Osten als bis zur 7th Street, »wegen der Leute da«. Es gibt einen Muffin-Shop in Sichtweite von Wills Haustür. Die Art Laden, bei dem man mit einem Kaffee stundenlang draußen an einem Tisch hocken kann, und keiner bemerkt, dass man das Haus schräg gegenüber beobachtet und plant.

Ich würde schätzen, dass Will Bachman einen Meter fünfundachtzig groß ist. Adams hat ein anständiges Lacrosse-Team, also wird er zweifellos durchtrainiert und körperlich stärker als ich sein – was ich niemals vergessen darf. Er hat dichtes blondes Haar und eine schmale Oberlippe. Am liebsten trägt er Polohemden und Baumwollhosen. Und er hat eine weiße Kette aus kleinen Muschelschalen um.

Seine Freunde sind selbstverständlich andere Verbindungsbrüder und Lacrosse-Spieler: mehrheitlich weiß, die Gesichter gerötet von Bier, die auf verschwommenen Bildern auf irgendwelche Sachen zeigen. Sie trinken Bier, feiern Themenpartys und segeln auf dem Potomac. Es ist keine echte Party, ehe nicht jemand mit Alkoholvergiftung im Krankenhaus landet. #YOLO

Dann ist da Cordy, der eine Menge über Videogames und die NFL postet. Cordy hat eine On-off-Beziehung mit Miranda Yee, und wenn sie gerade »on« sind, schläft er oft in ihrem Apartment am Dupont Circle und nicht zu Hause, sodass Will allein in dem Reihenhaus ist. Mit zu der Crew gehört Mike Arie, ebenfalls Lacrosse-Spieler und SAE-Mitglied. Mike erscheint auf Bildern mit einer Reihe von Mädchen am Arm, die ihre Zungen rausstrecken. Sie gehören zu der Sorte Mädchen, die ich ohne Weiteres sein könnte, jemand, der unauffällig im Leben anderer auftauchen und wieder verschwinden kann. Will, Cordy und Mike waren kürzlich bei einem Event von einem Charles Portmont. Charles ist auch in der SAE, und sein Instagram quillt über von Posts, auf denen Feiernde zu sehen sind. Eines der letzten Bilder zeigte Will und seine Freunde ganz in Weiß bei einer Spendengala. Eine kurze Internetrecherche ergab, dass Charles Portmonts Vater Luke Vorsitzender der Republikaner von Virginia ist. Bei dem Event gab es Hummer und Craft-Cocktails. #ClassicCharles.

Will Bachman hat keine Freundin, denn Bruder kommt vor Luder, und einer Schlampe sollte man nie trauen.

Will Bachman hat wegen der strengen Gesetze in D.C. wahrscheinlich keine Waffe.

Will Bachman postet zur Genüge über seine Kurse, sodass jede intelligente Person wie ich leicht seinen Stundenplan nachvollziehen kann. Der Hashtag #SAElife wird oft genug genutzt, um zu verraten, was die Bros an welchem Wochenende vorhaben; wo sie hinwollen, mit wem und wie besoffen sie sein werden.

Will Bachman trinkt zu viel und hängt mit Leuten rum, die nicht auf ihn aufpassen.

Will Bachman hat einige Fehler gemacht.

Will Bachman hat noch sechzig Tage zu leben.

DREI

Leonard öffnete die Tür und bat Chloe Sevre herein. »Ich bin Dr. Wyman, Leiter des Programms, aber sagen Sie ruhig Leonard.« Das Mädchen trat ein und blickte sich neugierig in seinem Büro um. »Suchen Sie sich einen Platz aus«, sagte er und deutete zu den unterschiedlichen Sitzgelegenheiten vor seinem Schreibtisch. Sie war circa einen Meter fünfundsechzig mit klarer Haut und einem etwas blassen Teint. Große blaue Augen. Sie trug Leggings und eine weite Tunika, das dunkelbraune Haar hatte sie zu einem Pferdeschwanz gebunden. Und sie sah jünger aus als achtzehn, zumindest jetzt gerade. In den sozialen Medien hatte er andere Versionen von ihr gesehen. Mit dramatischem Make-up, engen Kleidern und hohen Schuhen. Ihre Accounts waren sorgsam kuratiert, und die »spontanen« und »sorglosen« Aufnahmen waren viel zu perfekt, um eines von beidem zu sein.

Sie wählte einen großen Sessel und winkelte die Beine unter sich an. »Funktioniert das wie eine normale Therapiesitzung?«, fragte sie.

»Mehr oder minder, obwohl wir an Ihrer Diagnose arbeiten und Ihnen Methoden beibringen, mit ihr umzugehen. Wie ist Ihre erste Woche bisher?«

»Die fliegt nur so«, sagte sie, hob eine Hand an ihren Mund und biss auf einen Fingernagel. »Ich habe so viele Leute kennengelernt, dass ich mir die Namen kaum merken kann. Aber ich habe alle Kurse bekommen, die ich wollte.«

»Haben Sie schon Freunde gefunden?«

Sie nickte. »Meine Mitbewohnerin ist cool, und einige aus meinem Wohnheim. Wir waren tanzen. Sie haben mir noch kein Quiz geschickt, oder?«

»Das sind keine Quizze, sondern Logs. Es gibt keine richtige oder falsche Antwort. Sie sagen uns bloß, wie Sie sich in einem bestimmten Moment fühlen.«

Wieder nickte Chloe und blickte zu den Büchern in dem Regal hinter ihm. »Wann lerne ich die anderen kennen?«

»Es ist keine Spielgruppe«, scherzte er.

Sie zeigte auf ihre Uhr. »Benutzen Sie die hier mit der Unipolizei oder so? Um zu wissen, wo wir sind?«

Leonard musste vorsichtig antworten. »Selbstverständlich nicht. Chloe, es ist nicht illegal, diese Diagnose zu haben.«

Sie zuckte mit den Schultern. »Die Leute tun, als wären wir Monster. Meine alte Beratungslehrerin, meine Mom.«

»Sie sind kein Monster.«

»Und warum haben Sie mir dann eine schlimmere Diagnose gestellt als die in meiner Highschool?«

»Psychopathie ist nicht ›schlimmer‹ als Antisoziale Persönlichkeitsstörung – nur etwas anderes, und leider benutzen jede Menge Leute diese Begriffe, als wären sie austauschbar. Ich denke, dass Sie, wie auch viele andere, Teil jener Untergruppe sind, bei denen ASPS diagnostiziert wird anstelle von Psychopathie, die meiner Meinung nach keine ›Persönlichkeitsstörung‹ im klassischen Sinne ist. Bedauerlicherweise haftet dem Wort *Psychopath* der Makel von Kriminalität an, weil einer der ersten Forscher zu dem Thema – Robert Hare – sich in seiner Forschung auf Kriminelle konzentrierte. Ich würde diesen Terminus gerne nutzbarer machen.«

»Dann halten Sie mich nicht für gefährlich?«

Leonard war es gewohnt, dass seine Patienten ihre Diagnose anfangs missverstanden, was an dem Halbwissen liegen könnte, das ihnen in Polizeiserien und Horrorfilmen vermittelt wurde. Den meisten von ihnen wurde von völlig überforderten Ärzten eine Diagnose gestellt und an ihn verwiesen. Allerdings eigneten sich nur wenige Ausgewählte für die Längsschnittstudie zu Psychopathie. Sie mussten jung sein, klug und gewillt, es zu versuchen. »Das ist ein gängiges Missverständnis. Meiner Schätzung nach sind etwa zwei bis drei Prozent der amerikanischen Bevölkerung psychopathisch – können Sie sich das Chaos vorstellen, wären die alle gefährlich? Ich gehe es anders als die meisten Klinikärzte an, schon allein, weil ich die Psychopathie studiere, was so wenige tun, aber auch, weil ich sie als eine unter vielen anderen biologisch bedingten Störungen betrachte, wie beispielsweise Schizophrenie.«

»Also wie eine Geisteskrankheit.« Sie sagte es matt, als wäre sie enttäuscht.

»Okay, sagen wir lieber, es ist wie eine biologisch bedingte Hemmung, die ganze Bandbreite menschlicher Emotionen zu fühlen und zu verstehen, oder eine niedrigere Impulskontrolle.«

»Bei Ihnen hört es sich wie Dyslexie oder so an. Meine Mom sagt, es ist pathologische Selbstsucht.«

»Ich würde nicht das Wort *pathologisch* benutzen. Ihnen mangelt es an Empathie, weil Ihr Gehirn so arbeitet, wie es arbeitet. Weil Sie Furcht nicht auf dieselbe Weise empfinden wie andere, suchen Sie letztlich nach Abenteuern. Es gibt eine affektive Dimension zu der Krankheit – mangelnde Empathie, Manipulationsdrang, oberflächlicher Charme und eine antisoziale Dimension –, die eher mit Kriminalität assoziiert werden. Impulskontrolle, Neigung zu riskantem Verhalten und dergleichen. Aber vieles davon lässt sich auf Biologie zurückführen.«

»Wenn es biologisch ist, warum können Sie mir dann nicht einfach ein Medikament geben?«

»Das ist die ewige amerikanische Frage, nicht? Es hat nie ein erfolgreiches Protokoll für die Behandlung von Psychopathie gegeben. Ich hoffe, das genauso zu ändern wie die Wahrnehmung der Krankheit. Und die Terminologie – jedes Mal, wenn ein geisteskranker Serienmörder oder ein Massenmörder auftaucht, wird von einem Psychopathen gesprochen.«

»Aber landen nicht viele von uns im Gefängnis?«, konterte sie. Sie erkannte seine Überlegenheit nicht direkt an, was etwas Interessantes über sie verriet. Sie stellte ihn auf die Probe.

»Die Gefängnisse sind überproportional mit Psychopathen gefüllt, was jedoch mehr über einen Mangel an Impulskontrolle aussagt als irgendetwas anderes. Die meisten Psychopathen enden nicht im Gefängnis und können, mit der richtigen Anleitung, ein produktives Leben führen, ohne die Beziehungen um sich herum zu zerstören.«

»Und ohne die richtige Anleitung? Was ist, wenn sie denken, mit ihnen sei nichts verkehrt?«

»Wenn sie nicht herausfinden, wie sie allein in der Welt zurechtkommen, ja, dann können sie schlechte Entscheidungen treffen und im Gefängnis landen, oder sie nutzen eine Person nach der anderen aus, bis sie die Stadt wechseln müssen und am Ende allein sind.«

Sie biss sich auf die Unterlippe. »Und Sie denken, ich werde nicht so enden?«

»Dessen bin ich mir sicher. Sie haben hervorragende Noten, die beweisen, dass Sie durchaus über Impulskontrolle verfügen, wenn Sie sie brauchen. Sie haben Freunde, sich an außerschulischen Aktivitäten beteiligt und keine Polizeiakte.«

»Bloß, weil ich nie erwischt wurde«, scherzte sie. Wie so viele Psychopathen besaß sie eine Menge Selbstvertrauen. Da war nichts von der Verlegenheit oder Unsicherheit, wie man sie oft bei jungen Erwachsenen erlebte, die sich noch nicht mit ihrem eigenen Körper angefreundet hatten. »Was ist dann der Unterschied zwischen einer Psychopathin wie mir und denen, die im Todestrakt sitzen, weil bei ihnen eine Sammlung abgetrennter Köpfe gefunden wurde?«

»Nun, zunächst mal der, dass es ihnen an Geschick fehlte, der Überführung zu entgehen«, witzelte er, und sie lachte laut. »Deswegen müssen Sie sich keine Sorgen machen. Solche Leute haben oft noch eine ganze Reihe anderer Probleme. Traumatische Hirnverletzungen in der Kindheit, eine Tendenz zum Sadismus. Doch es kann Ihnen auch an Empathie mangeln, ohne dass Sie sadistisch sind.«

»Oh«, sagte sie und sah stirnrunzelnd zum Fenster. »Aber was ist, wenn ich es bin? Was ist, wenn meine Mom mich als Baby fallen gelassen hat und ich mit dem Kopf aufgeschlagen bin?«

»Es spielen eine Menge Faktoren eine Rolle, wenn Leute so enden. Wollten Sie jemals jemanden physisch verletzen?«

»Na, das ist eine hinterlistige Frage. Jeder wird mal wütend und denkt, *Gott, denen würde ich gerne eine verpassen!*«

»Aber Sie wollten noch nie jemanden verletzen, jemandem so richtig wehtun, um zu sehen, wie diejenigen Schmerzen haben?«

Sie zuckte mit den Schultern und nagte wieder an ihrem Fingernagel. »Nur in meiner Fantasie.«

»Haben Sie jemals ein Tier verletzt oder getötet?«

»Nein«, antwortete sie.

Da erzählt Ihre Mutter etwas anderes, dachte er und merkte sich die exakte Zeit. Sie hatte es so prompt und ernst gesagt, ohne jedes Zögern. Später würde er die Daten von ihrer Smartwatch überprüfen, ob sich ihr Puls verändert hatte. Das Ding war nicht annähernd ein Lügendetektor – sofern man an die glaubte –, aber die physiologischen Feinheiten von Psychopathen faszinierten ihn immer schon.

»Ich will nur ein normales Leben. Ich möchte Ärztin werden, einen festen Freund haben, viele Freunde und vielleicht einen Vlog.«

»Und viele Leute wie Sie haben genau das. Wahrscheinlich haben Sie sogar schon einige im Alltag kennengelernt – Journalisten, Ärzte, Lehrer und auch CEOs.«

Sie lächelte schüchtern. Leonard erinnerte es daran, warum er diesen Job liebte. Wegen der Möglichkeiten! »Dann könnte ich immer noch Ärztin werden?«

»Solange Sie die Techniken lernen und üben, die wir Ihnen beibringen, und sich ans Gesetz halten, warum nicht? Sie können alles sein.«

VIER

Andre lief die Treppe hinunter, um eine Plastikbox mit seinem Kram an die Haustür zu stellen, da roch er Waffeln. Normalerweise machte ihn der Geruch hungrig, aber heute Morgen hatte er vor Nervosität einen Knoten im Bauch. Er und seine Mutter hatten während seiner letzten zwei Highschooljahre eine neue Sitte eingeführt: Er stand früh auf, um mit ihr zu frühstücken, bevor er zur Schule und sie zur Arbeit ging. Ihm gefielen die ruhigen Minuten allein mit seiner Mutter. Sein Vater arbeitete oft Nachtschichten, und es war ja nicht so, als würde Isaiah, Andres Bruder, jemals vor mittags aufstehen.

»Hast du alles?«, fragte sie, als er in die Küche kam. Sie hatte die hellblaue Klinikkluft an und goss ihm ein Glas Orangensaft ein.

»Ich glaube, ja, und ich komme wieder, wenn es sein muss«, sagte er und setzte sich hin. Seine Eltern waren davon ausgegangen, ihm beim Umzug zu helfen, aber Andre hatte sie gebeten, es zu lassen. Er hatte gesagt, dass es unnötig war, einen Riesenaufriss daraus zu machen, denn sie wohnten in Brookland, im Nordostquadranten von D.C., und die John Adams University war nur eine halbe Stunde mit dem Bus entfernt. Ihre Enttäuschung, weil sie ihm nicht beim Einzug helfen durften, hatte ihn innerlich tausend Tode sterben lassen, aber es war wirklich wichtig, dass seine Eltern so wenig Zeit wie möglich an der Adams verbrachten. Deshalb hatte er so getan, als wäre es ihm peinlich.

Beim Frühstück sahen sie die Nachrichten auf dem kleinen Fernseher in der Küche. Es wurde gezeigt, wie ein Hurrikan in North Carolina für Überschwemmungen gesorgt hatte. Das, gefolgt von einem Bericht über eine Atomwaffe, reichte schon, um seiner Mutter einen missbilligenden Laut zu entlocken. »Andre, mach lieber deinen Abschluss, bevor die Welt untergeht.« Sie lachten ein wenig verbittert und auf die hilflose Art, wie es Leute in den letzten Jahren taten, in denen Schulschießereien zunahmen und Politiker sich gegenseitig anbrüllten.

Nach dem Frühstück hob Andre seine Plastikbox an und ging mit seiner Mutter nach draußen, wo sie sich verabschieden würden, weil sie zu unterschiedlichen Bushaltestellen mussten. Sie blieb stehen, um ihn zu umarmen. Seine Mutter war dünn – das waren alle Jensens. Es war egal, was sie aß, sie nahm nie zu. Andre bereitete es Sorgen, wie schmal sie war, als wäre es gleichbedeutend mit schlechter Gesundheit, dabei waren ihre Umarmungen heftig. »Bist du sicher, dass du keine Hilfe brauchst? Ich kann mir freinehmen …« Andre schüttelte den Kopf. »Schreib mir, wenn du da bist«, sagte sie, als bräche er nach Übersee auf.

Andre bejahte stumm und ging zu seiner Haltestelle. In der Lawrence Street standen hauptsächlich kleine Einfamilienhäuser mit penibel gepflegten Vorgärten. Andres Haus hatte wie die meisten eine Veranda nach vorn, auf der sich die Leute oft trafen.

Er stieg in den Bus, setzte sich und hob die Plastikbox auf seinen Schoß. Dann holte er tief Luft. *Okay*, dachte er, als der Bus losschaukelte, *jetzt bin ich so weit gekommen. Der Rest wird auch gut werden.*

Der Bus bremste langsam ab und ächzte pneumatisch, als er sich senkte, um jemanden einsteigen zu lassen, der die Stufen nicht bewältigen konnte. Eine kleine Frau kam herein, und als Andre sie sah, hob er eine Hand, um ihr zu winken. Ms. Baker gehörte zur selben Kirche wie seine Mutter und hatte zu allem eine Menge zu sagen.

»Andre Jensen«, japste sie, als sie sich ihm gegenüber hinsetzte. Natürlich sah sie die Plastikbox mit den neuen Schreibblöcken und der Kleidung unten. »Geht's zum College? Was nimmst du als Hauptfach?«

»Ich bin bisher nicht mal in einem Kurs gewesen!«

»Dir muss doch irgendwas vorschweben.«

»Journalistik, schätze ich.« Er kam sich albern vor, als er es sagte. Vor zwei Jahren noch war ihm ein Studium wie ein Hirngespinst vorgekommen.

»Tja, dann bring lieber lauter Einsen nach Hause!« Ms. Baker klopfte ihm liebevoll auf die Schulter und nahm ihr Strickzeug hervor. Beim leisen Klackern der Nadeln fragte Andre sich, ob sie alles den Frauen in der Kirche erzählen würde. So ziemlich jeder in dem Viertel hatte seine Ansichten zu den Jensens. Eine Mittelklassefamilie, die von einer bizarren Tragödie gezeichnet war. Aber die Jensens hielten durch, nun als vier-, nicht als fünfköpfige Familie. Das war eine gewaltige Nummer, die sie durchgezogen hatten – Waffeln zum Frühstück, viel Theater um Andres College-Eintritt –, ein breites Lächeln, um die Schlucht von Trauer zu überbrücken. Kiara hätte die Erste in der Familie sein sollen, die ans College ging.

Der Bus schunkelte weiter, überquerte die 13th Street. Andre versuchte, nicht an Kiara zu denken, doch wie der Knubbel innen an seiner Wange, auf dem er manchmal kaute, kehrten seine Gedanken schmerzhaft zu ihr zurück. Er war zwölf gewesen an dem Tag, an dem seine Mom in ihrer Krankenhauskleidung in seiner Schule aufgetaucht war, um ihn aus dem Unterricht zu zerren. Sie fehlte *nie* bei der Arbeit, deshalb wusste er gleich, dass etwas passiert war. Als sie rausgingen und den Weg nach Hause einschlugen, hatte sie es ihm erklärt. »Deine Schwester hatte einen Asthmaanfall.«

»Okay?«, sagte er.

»Beim Tanzunterricht. Er war sehr schlimm.« Seine Mutter hatte komisch ausgesehen. Aschfahl, die Züge wie gefroren.

»Sie ist gestorben, Andre«, antwortete seine Mutter. Ein Motorrad röhrte an ihnen vorbei, übertönte halb, was sie sagte, und versicherte ihm, dass er sie falsch verstanden hatte.

»Was?« Seine Mutter blickte stur geradeaus zum Horizont, als wäre alles besser, wären sie erst dort. »Sie hatte einen Asthmaanfall, einen schlimmen. Sie hatten einen Krankenwagen gerufen, aber der ist erst nach vierzig Minuten gekommen.« Sie sprach leise. Um sie herum schien niemand die Schwere dessen zu bemerken, was sie sagte. Ein Mann führte einen alten Hund aus. Eine Frau spielte mit ihrem Handy, blickte nicht mal auf, als sie an ihnen vorbeigingen. Andres Mutter sah ihn nicht an, als sie nach Hause eilten, und in dem Moment hatte es wehgetan, aber er wusste, dass sie es nicht konnte, weil sie dann weinen müsste. Was sie auch tat, als sie sicher in ihrem Haus waren, umgeben von sprachlosen Angehörigen.

Und jetzt, da er es knapp aufs College geschafft hatte, war er der Stolz der trauernden Familie. Ein Jugendlicher, der nach einem entsetzlichen Unglück die Kurve bekommen hatte. Kiara war eine Einser-Schülerin gewesen. Wahrscheinlich hätte sie Jura studiert. Noch ein schwarzes Leben verloren, und niemand zählte mit.

Andres Handy meldete eine Benachrichtigung. Rasch steckte er seine Kopfhörer in die Ohren. Eine neue Folge von *Cruel and Unusual* war gerade herausgekommen, der neueste True-Crime-Podcast, nach dem er süchtig geworden war. In diesem Monat lief eine zehnteilige Serie über den Zodiac-

Killer – und die ersten sechs Folgen hatte Andre schon mehrmals gehört.

Die raspelnde Erzählerstimme wurde zu einem seltsamen Soundtrack, als die Stadt zunehmend weißer wurde, je weiter sich der Bus nach Westen bewegte – weniger Wohnhäuser, mehr Cafés und Restaurants. Andre konnte nicht umhin, trotz allem ein bisschen aufgeregt zu sein. Er rollte die Schultern, um seinen verspannten Nacken zu lockern, ähnlich einem Boxer, bevor er in den Ring stieg. Der Bus fuhr an die Haltestelle in Shaw, die der Adams am nächsten war.

Andre fand Tyler Hall, wo er die nächsten neun Monate wohnen sollte. Es war ein lang gezogener Bau, der die Hälfte des Blocks einnahm, mit Backsteinfassade und einer ordentlichen Fensterreihe, in der diverse Banner prangten: Flaggen unterschiedlicher Nationen, mehr als ein *Impeach!*-Zeichen, *Refugees Welcome* und *Black Lives Matter*.

Er betrat das Gebäude, in dem vorn drei aufgedrehte weiße Mädchen an einem Klapptisch standen und die Leute eincheckten. »Andre Jensen?«, sagte er.

»Jensen, Jensen, ah, hier«, antwortete das Mädchen, das einen Stapel brauner Umschläge durchsah. Sie hakte ihn auf einer Liste ab und reichte ihm einen Umschlag. »Da drin ist eine Menge Orientierungsmaterial – Karten, ein Verzeichnis aller Räume und so weiter. Die Karte ist ein Studentenausweis – den brauchst du praktisch für alles. Mit dem kommst du auch ins Wohnheim. Normalerweise ist ein Student gleich drinnen, der dich darauf hinweist, die Karte durch das Lesegerät zu ziehen. Deine Schlüssel sind auch in dem Umschlag, und, nur zur Info, wenn du dich aussperrst, kostet es nach dem dritten Mal jedes Mal eine Gebühr. Wie es aussieht, ist dein Mitbewohner noch nicht da. Falls du irgendwelche Fragen hast, dein Ansprechpartner Devon ist auf deinem Flur.«

Andre klemmte sich den Umschlag unter den Arm und stieg die Treppe hinauf zum Zimmer 203. Es war ein rechteckiger Raum mit zwei Einzelbetten an gegenüberliegenden Wänden. Links ging ein kleines sauberes Bad mit weißen Fliesen ab.

Er holte das sorgsam in zwei Sweatshirts gewickelte Bündel ganz unten aus seiner Box: Die Kamera, die ihm seine Eltern zum Geburtstag geschenkt hatten. Laut seinem Vater, der im Internet zu Kameras recherchiert hatte – immer mit einem prüfenden Blick durch seine Gleitsichtbrille –, war sie ein echtes Upgrade zu der, die Andre sich gebraucht auf eBay gekauft hatte. Eine gute Spiegelreflex, mit der man sich ernsthaft der Fotografie widmen konnte. Andre hatte nur ein paar Kurse im Gemeindezentrum gemacht, bevor er die Highschool abschloss, und dachte, wohin ihn das Leben auch führte – Journalismus, Blogging, Podcasting –, er sollte imstande sein, gute Fotos zu schießen.

Ihm blieben noch einige Stunden, bis er sich in der Psychologischen Fakultät melden sollte. In mehreren Telefonaten mit dem Büro für Finanzierungshilfen hatte er geklärt, dass er an der John Adams University angenommen war und seine Studiengebühren komplett gedeckt waren. Nein, es war kein Scherz.

Andre hörte, wie sich ein Schlüssel im Schloss bewegte. Ein Junge kam herein und sah ihn an. Er war klein, hatte den Kopf kahl rasiert und trug einen blauen Pulli über einem Oberhemd sowie eine rote Fliege, obwohl es noch sommerlich warm war. »Meinst du, sie packen alle Schwarzen zusammen?«, fragte er.

Andre lachte – er hatte genau dasselbe gedacht.

Der andere stellte sich als Sean vor, und sie unterhielten sich, während sie auspackten. Sean war aus P.G.-County in Maryland. (*Mörrilind* sprach er es aus.) Er war der Jahrgangsbeste an seiner Highschool gewesen. Und er bestand darauf, dass Andre so weit wie möglich zurücktrat, damit Sean ein gigantisches Filmplakat aufhängen konnte. Andre stellte erfreut fest, dass es ein *Aliens*-Poster war. »Der beste Horrorfilm aller Zeiten!«, sagte Sean.

»Ach, ich weiß nicht.« Sie diskutierten freundschaftlich über Horrorfilme, und Andre war froh, dass sie etwas gemeinsam hatten.

Anschließend gingen sie zusammen zum Uniladen und redeten unterwegs. *Mir gefällt der Typ irgendwie*, stellte Andre fest. Und er musste die erste Entscheidung treffen, was seinen College-Plan betraf: Sollte er Sean erzählen, dass der Mitbewohner, mit dem er das nächste Jahr zusammenleben würde, ein Psychopath war?

Die erste Lüge fiel ihm leicht: Andre sagte, er müsse zum Büro für Studentenförderung, als es Zeit wurde, zur Psychologischen Fakultät zu gehen. Sean schluckte sie bereitwillig, und Andre sah in seine Campus-Karte. Als hätte er nicht schon genug Grund, nervös zu sein, wirkte der Fachbereich auch noch regelrecht unheimlich. Irgendwie gotisch, obwohl er mitten auf einem modernen Campus lag. Als er langsam die Treppe hinaufstieg, fragte Andre sich, ob das ganze Spiel in dem Moment platzen würde, in dem Dr. Leonard Wyman ihn sah. Immerhin hatte er einen PhD.

Andre klopfte an die offene Tür von Raum 615, und ein älterer Weißer, vielleicht in den Siebzigern, hob entschuldigend die Hände. Er aß ein enormes, verlockend aussehendes Pastrami-Sandwich. Verlegen zeigte er auf seinen Mund und bedeutete Andre, ihm in ein Büro zu folgen. Andre setzte sich und beobachtete, wie Wyman kauend einen Stapel Papiere zusammensammelte. »Verzeihung, ich wusste ja, dass Sie kommen, aber ich hatte den ganzen Tag noch nichts gegessen!«, erklärte er schließlich.

Andre überkam ein eigenartiges Gefühl, als der Mann ihm die Hand schüttelte.

»Andre … Jensen … Jensen«, murmelte Wyman und suchte etwas in seinem Computer. »Ah, hier haben wir es.«

Dann begriff Andre, was ihm zu schaffen machte, auch wenn es gar keinen Sinn ergab. Er war Wyman nie zuvor begegnet – sie hatten nicht einmal telefoniert –, und Andre wusste, dass das hundertprozentig stimmte. Doch wenn dem so war, warum kam ihm dieser Wildfremde so bekannt vor?

FÜNF

Tag 54

Ruderer-Billy war einer der beiden babygesichtigen Jungen auf meinem Flur im Brewser. Das Glück, das Schicksal, oder wie immer man es nennen will, war auf meiner Seite. An jenem ersten Abend, als mein ganzer Flur zum Tanzen ausging, habe ich ihn erwähnen hören, dass sein großer Bruder in der SAE war. Ich flirtete mit ihm, denn das hieß, dass ich zu Partys oder sonstigen Späßen eingeladen würde, bei denen möglicherweise Will Bachmans Freunde mitmachten. Billy erwähnte auch, wo das Verbindungshaus war, und sagte, er könne mich mit hinnehmen, wenn sie ihre Begrüßungsparty gaben.

Die Party sollte erst am Wochenende stattfinden, und ich konnte es nicht erwarten. Jedes Mal, wenn ich zwischen den Kursen über die bevölkerten Campuswege ging, suchte ein Teil von mir nach Will. Ich wusste nicht, was ich tun würde, sollte ich ihn sehen, und fast fürchtete ich, ich könnte gedankenlos zuschlagen. Es war nicht garantiert, dass er mich erkennen würde – er hatte mich vor Jahren zuletzt gesehen. In jedem neuen Kurs – Biologie, Physik – blickte ich mich unter den anderen Studenten nach seinem blonden Schopf um. Natürlich war er nicht da. Er war im dritten Studienjahr und würde kaum Einführungskurse für Studienanfänger belegen.

Hatte ich mich vergewissert, dass er nicht im selben Raum saß, entspannte ich mich und schätzte mein Territorium ab. Ich lernte nach Gehör und musste mir selten Notizen machen, deshalb verbrachte ich einen Großteil der ersten Kurse damit, meine Mitstudenten zu beschnuppern. Ich brauchte einen kompletten Tag, um zu kapieren, dass nicht jedes Mal, wenn ich eine schmale schwarze Smartwatch sah, es notwendigerweise interessant sein musste. Eine Menge Leute trugen die, nicht bloß Studenten in meinem Programm. Aber diese Leute wären meine Konkurrenten um einen Platz an der medizinischen Hochschule und meine künftigen Freunde und Feinde. Sie könnten Komplizen oder Hindernisse sein. Liebhaber sogar. In letzter Zeit hatte ich Lust auf Sex. Ich beäugte einen Jungen in der vorderen Reihe, der breite Schultern hatte. Doch als er sich halb umdrehte, sah ich sein Pferdegesicht. Schade.

Ich gewöhnte mir an, einen Umweg zurück zu meinem Wohnheim zu nehmen, sodass ich am SAE-Haus vorbeikam. Es stand an einer Kreuzung zweier baumgesäumter Straßen auf einem Eckgrundstück. Das Gebäude selbst war groß, dreigeschossig und viktorianisch mit dunkeloranger Klinkerfassade und schwarzen Dachschindeln. Den Garten vermüllten Bierdosen, platte Fußbälle und ein paar verbeulte Grills. Manchmal saßen Verbindungsbrüder auf Gartenstühlen draußen, tranken Bier und beobachteten die Studenten – genauer gesagt: die Studentinnen –, die vorbeikamen.

Ich blieb nie stehen, hielt meine Laptoptasche an meiner Seite und prägte mir Einzelheiten zum Haus ein. Die beiden Türen (eine vorn, eine hinten), wie nah die Nachbarn waren (in Wurfweite) und ob man unauffällig aus dem Haus verschwinden konnte (ja, über die Gasse hinten, die dunkel war und in der es keine Sicherheitskameras gab). Will sah ich bei diesen Gelegenheiten nie. Ich musste herausfinden, wie oft er dort war. Doch am dritten Tag saßen drei Jungen draußen, als ich vorbeiging. Einer sah mich direkt an, und ich warf ihm ein kleines, schüchternes Lächeln zu, um ihm zu signalisieren, dass ich leicht zu beeindrucken war. »Hey!« Er setzte sich auf. »Wie heißt du?« Allein sein Tonfall suggerierte, dass er sich über mich lustig machte.

»Chloe«, antwortete ich und ging ein wenig näher. Rasch blickte ich nach rechts, und mein Herz schlug schneller. Einen der anderen Jungen erkannte ich sofort von meiner Online-Recherche: Cordy, Wills Mitbewohner. Ich würde sie dazu bringen, mich zu mögen, was nicht schwer wäre. Sei hübsch, widersprich nicht und hör hauptsächlich zu – man brauchte kein einziges Wort zu sagen, und ein Typ würde immer noch schwärmen, wie toll er mit einem reden konnte.

»Willst du ein Bier?«, bot der Erste an.

»Klar«, sagte ich. Ich stieg über den niedrigen Gusseisenzaun, der ihr Grundstück einrahmte, und fühlte, wie sie mich anschauten. Sie stellten sich vor und boten mir einen Gartenstuhl an, der sich klamm anfühlte, als ich mich draufsetzte. Der, der mir das Bier angeboten hatte, war Chris, ein Student im zweiten Jahr. Cordy war Cordy, und der dritte war Derek, im dritten Studienjahr. Sie fingen an, mir zweideutige Fragen zu stellen, und ich flirtete entsprechend und lachte, als wären sie brillant.

Ich ließ eine Bemerkung zu Lacrosse fallen, doch niemand schnappte nach dem Köder. Eine Weile lang tranken wir Bier und hechelten die Leute durch, die vorbeigingen. Ich versuchte, es langsam anzugehen, und sagte mir, dass Informationen zu sammeln Geduld erforderte und sich alles, was sie erwähnten, irgendwann als nützlich erweisen könnte. Eigentlich wollte ich ins Haus eingeladen werden, um mir einen Überblick zu verschaffen, aber es schien zu verdächtig, wenn ich jetzt schon um eine Führung bat, nachdem ich sie gerade zwanzig Minuten kannte. Zumindest solange ich nicht riskieren wollte, dass mir einer von ihnen gleich an die Wäsche ging.

Ich merkte mir die Namen der anderen Verbindungsbrüder, von denen sie redeten. Wie nahe standen sich die Brüder? Falls Will verschwand, würden sie umgehend einen Suchtrupp bilden oder einfach weiter Studienanfängerinnen mit billigem Bier anlocken? Sie sprachen über die Demos. »Oh, verdammt, ja«, sagte Cordy. »Ich bin da gewesen und habe alles live gestreamt. Wartet nur ab, wenn die Aufstände losgehen.« Ich speicherte es ab. Es könnte gut sein, dass Will bei irgendwelchen Unternehmungen von Cordy dabei war.

»Ich glaube, dieses Wochenende ist wieder eine Demo. Bei der im Oktober verziehe ich mich aus der Stadt. Ich will nichts mit den Massen zu tun haben – diesem Haufen von Möchtegern-Anarchisten«, sagte Derek. Er reckte sein Kinn in meine Richtung. »Was ist mit dir, Premed?« Sie hatten angefangen, mich so zu nennen, als wäre es witzig, wenn ein Mädchen schon zu College-Beginn wusste, dass sie Ärztin werden wollte. Und gewiss hatte es rein gar nichts mit der statistisch belegten Tatsache zu tun, dass Frauen weniger häufig das College abbrachen als Männer.

»Habe ich noch nicht entschieden«, antwortete ich.

Chris sah auf sein Handy. »Der schreckliche Charles hat wieder ein Ding in dem Haus am See. Kostenlose Getränke.«

Das Gespräch pausierte, als eine kreischende Rückkopplung aus einem Fenster im zweiten Stock zu hören war. »Bogey!«, schrien zwei von ihnen im Chor.

Die Fliegentür hinten im Haus ging auf, und ein Junge kam heraus. Mein Atem stockte. Es war nicht Will, trotzdem lenkte er mich von meiner gegenwärtigen Aufgabe ab. Er war ein bisschen älter und blickte auf sein iPhone. Er war etwas über einen Meter achtzig groß und hatte die Art Körper, die ich mochte – schmale Hüften, einiges an Muskeln, aber nicht zu viel. Im Gegensatz zu den anderen war er gut gekleidet: Designer-Jeans und ein leichter dunkelgrüner Pullover. Als er aufschaute, war ich zufrieden. Sein Gesicht war im klassischen Sinne schön – definierte Wangenknochen, eine schmale, gerade Nase und Augen, die selbst aus der Entfernung grün wirkten. Dazu ein sinnlicher Mund. Sein Haar war hellbraun und mit dieser Stirntolle gestylt, die man neuerdings häufiger bei Jungen sah.

»Wenn man vom Teufel spricht!«, sagte Cordy.

Der Junge steckte sein Telefon wieder ein und kam herüber, um ein Bier aus der Kühlbox zu nehmen.

»Schrecklicher Charles, dies ist unsere neue Freundin Chloe. Sie ist im ersten Jahr«, informierte Cordy.

Gut, also mochte Cordy mich. Ich musterte den schrecklichen Charles und versuchte, mir alles an ihm einzuprägen.

Er nahm mich kaum zur Kenntnis. »Willkommen an der Adams. Versuch, einen Bogen um Arschlöcher wie diese drei zu machen.«

Sie johlten. Der schreckliche Charles grinste, allerdings galt es mehr ihnen als mir. Er hatte perfekte weiße Zähne. Dann öffnete er sein Bier. »Ich muss mich um Wahlkram kümmern. Wir sehen uns.«

Ich war enttäuscht, aber mit seinem Verschwinden konnte ich wieder denken. »Wartet mal, Charles? War das Charles Portmont?«

Chris nickte.

Charles Portmont von Wills Instagram! Mit noch jemandem aus Wills Entourage auf Sicht rückte ich noch ein Stück näher. Wie ein Geier, der wachsam kreiste.

Auf meiner Smartwatch erschien ein Ausrufezeichen. Ich schätzte, dass es nun genug mit meinem Erstkontakt zur SAE war, und weil ich nicht noch mehr Zeit vergeuden wollte, wenn Will nicht aufkreuzte, verabschiedete ich mich. Immer dann gehen, wenn sie in einer positiven Stimmung sind. Wenn sie mehr wollen.

Außerdem war ich neugierig auf diese Mood-Logs. Ich ging halb die Straße hinunter, weil ich nicht nahe beim Verbindungshaus geortet werden wollte. Die Bäume zu beiden Seiten waren voller Herbstlaub, und es war fast die goldene Stunde – die Stunde unmittelbar vor Sonnenuntergang mit idealem Licht für Selfies. Ich blieb an einer der Holzbänke stehen, die Alumni gewidmet waren, machte ein Foto und wandte mich meiner Smartwatch zu.

Ich tippte das Display an. Oben erschien die Uhrzeit, die verblasste, bevor Text auftauchte: *Auf einer Skala von 1 bis 7, wobei 7 die höchste Stufe einer Emotion ist und 1 bedeutet, dass sie gar nicht empfunden wird, beantworten Sie bitte, wie sehr Sie jetzt eines der folgenden Gefühle spüren.*

Ich berührte das Display, um das Programm fortzusetzen.

Glücklich.

2, tippte ich.

Ängstlich.

1

Aufgeregt.

5

Wütend.

6

SECHS

Tag 53

Yessica und ich waren mit einer Horde Mädchen aus unserem Wohnheim in der Buchhandlung gewesen und trotteten mit schweren Taschen voller überteuerter Lehrbücher zurück. »Ich verstehe nicht, warum ich die zehnte Auflage kaufen muss, wenn die fünfzig Scheine mehr kostet als die neunte«, beschwerte sich Yessica, als sie ihre Taschen auf den Boden unseres Apartments fallen ließ. Alle hatten ihre Türen offen und brüllten zustimmend über den Flur.

»Das ist Abzocke!«, schimpfte jemand lauthals.

»Hat irgendwer von euch Poster-Strips?«, rief jemand anderes.

Ich hielt inne, nachdem ich meine neuen Bücher auf meinem Schreibtisch aufgestellt hatte. Der FOMO-Teil in mir wollte bleiben, mit den Leuten abhängen und tun, was alle anderen in ihrer ersten Woche am College taten. Aber dann war da der zweite Teil von mir. Mein einziger Trost war, dass ich, sobald ich mit Will fertig war, mich mit Haut und Haaren auf das stürzen konnte, worum es auf dem College ging: romantische Intrigen, zum Spaß blöde Kriege mit anderen Mädchen anzetteln, Affären mit Professoren haben.

Ich nahm meine Laptoptasche und behauptete, mein Job an der Psychologischen Fakultät riefe. Zu sagen, ich hätte dort eine Teilzeitstelle, war ein besseres Cover gegenüber Yessica, als ihr zu erzählen, dass ich mehrere Termine und Untersuchungen dort hätte, weil mir Psychopathie bescheinigt wurde.

Jeder mit einem weniger umfangreichen Verständnis meines Geisteszustands hätte wahrscheinlich etwas dagegen, mit einem »Psycho« zusammenzuwohnen, erst recht, wenn besagter Psycho auch noch das Studium geschenkt bekam, während man selbst einen fetten Stafford-Kredit aufnehmen musste.

Ich ging die Marion Street hinauf und stellte erfreut fest, dass nur ein paar Leute in dem Muffin-Laden waren, abgesehen von den beiden jungen Mädchen an der Kasse, die immer wieder »Oh, Miiist, nein«, ausriefen, bevor sie zurück ins Arabische oder Amharische verfielen. Ich wählte einen kleinen Tisch gegenüber dem Fenster, von dem aus ich einen klaren Blick auf Will Bachmans Haus hatte. Dann öffnete ich meinen Laptop und mein Biologiebuch und legte meine Auswahl an Markern aus. Ich las ein halbes Kapitel, blickte auf, um zu beobachten, und markierte jedes Mal mit einem Haken, wenn jemand vor dem Haus vorbeiging. Ich wollte ein Gefühl dafür bekommen, wie viel in der Straße los war.

Dann weckte ich meinen Laptop und sah mir Wills neueste Instagram-Posts an. Er hatte ein Bild von sich und einem anderen Verbindungsbruder eingestellt, wie sie versuchten, ein Fass hinten in einen Wagen mit Fließheck zu laden. #WelcomeWeekParty.

Anschließend ließ ich meinen Cursor über die Google-Seite kreisen. »Charles Portmont« tippte ich. Sofort erschien eine Website. Anscheinend kandidierte der schreckliche Charles für den Vorsitz des Studentenrats. Da war ein Bild von ihm, aber kein sehr schönes, weil es von hinten aufgenommen war und seinen Rücken zeigte, als er eine Rede vor einer Menschenmenge hielt. Er hatte die Unterstützung der Unizeitung, der *Daily Owl* (die allerdings nur einmal die Woche erschien), sowie die von zwei Studentenvereinigungen. Verdammt, in D.C. nahmen sie Politik richtig ernst. Wen interessierte denn, wer dem Studentenrat vorsaß?

Es gab ein Kästchen, in dem man anonym Fragen stellen konnte. *Habt ihr Fragen an unseren Kandidaten?* Bist du ein so seelenloser Arsch wie deine Verbindungsbrüder?

Wieder sah ich zu Wills Haus, und mich packte ein starker Drang, hinüberzugehen und es mal genauer anzusehen. Natürlich wusste mein Verstand, dass es keine gute Idee war – es war helllichter Tag und zu viel Betrieb. Doch manchmal gewinnt der schlangenhafte Reptilienteil meines Gehirns, der ungeduldig und impulsiv ist. Die Schlange wollte Fenster einschlagen, sein Zimmer durchwühlen, den Kühlschrank öffnen und in seine Milch spucken. Ich stopfte alle meine Sachen in meinen Rucksack, verließ den Laden und überquerte die Straße.

Der Trick, wollte man unbemerkt etwas ausfressen, bestand darin, so zu wirken, als wäre man bloß auf dem Weg nach Hause, um die Wäsche zu machen. Ich sah mir Wills Haustür genau an, die zwei Schlösser hatte. Online hatte ich mir ein Dietrichset besorgt, aber die YouTube-Videos dazu ließen es leichter aussehen, als es in Wirklichkeit war. Ich hatte zu Hause und bei wenigen Nachbarhäusern geübt, war jedoch alles andere als ein Profi.

Um hinter das Haus zu gelangen, musste ich einen halben Block gehen und dann in eine Seitengasse abbiegen, die auf die Rückseite der Reihenhäuser führte. Ich ging auf Wills Haus zu, während ich in meiner Tasche kramte, als suchte ich etwas – einen Schlüsselbund vielleicht. So habe ich es oft gemacht, wenn ich in Läden klaute – mich mit irgendwas beschäftigt, damit es schien, als würde ich sonst was tun, nur nicht stehlen. Spannung baute sich in mir auf wie eine Feder, die gedrückt wurde, während ich mich der Nummer 1530 Marion Street näherte. Beim Haus nebenan waren zwei Handwerker, die mit einer lauten Maschine Ziegelsteine zuschnitten. Der Lärm wäre eine gute Deckung, aber es waren eben auch zwei Typen dort. Wills Haus hatte eine verrottet wirkende Holzterrasse hinten mit einer Glasschiebetür. Ein halbes Dutzend vermoderte Steinstufen führten zu einem Untergeschoss, dessen Fenster schwarz waren. Ich ging langsamer, gab vor, von meinem Handy abgelenkt zu sein, und hoffte, dass die Handwerker mich nicht bemerkten.

Als ich zu der schmutzig gelben Hausverkleidung aufsah, sagte der kluge Teil von mir, dass ich gehen solle, weil ich erwischt werden könnte. Die Schlange in mir wies darauf hin, dass die Fenster im Erdgeschoss zwar vergittert waren, doch die Schiebetür sich vielleicht aufbrechen ließ. Und falls nicht, war da ein Rohr, das stabil genug aussah, um daran nach oben zu klettern.

Er könnte drinnen sein, dachte ich. Aber nein, jetzt war nicht die Zeit für irgendeine Konfrontation.

Ich meine, es sei denn, sie war es trotzdem.

Oder er war nicht einmal zu Hause.

Ich könnte eine Bärenfalle in sein Bett legen.

An der Glastür vorbeizukommen wäre schwierig. Allerdings war da das Rohr zum Dach hinauf, und dort gab es ein Fenster, das ziemlich alt aussah. Es war nicht sehr hoch. Ich konnte recht anständig klettern, hatte keine Höhenangst, und dank meines allgemeinen Lebensstils hatte ich die Fähigkeit entwickelt, lautlos zu schleichen, zu klettern und in Häuser einzusteigen. Ich war immer das Mädchen gewesen, das auf einen Baum stieg und vom Dach in den Pool sprang, ohne mir auch nur einen Kratzer zu holen.

Schon fühlte ich, wie sich meine Muskeln anspannten und sich vorwärtsbewegen wollten, als mich ein Geräusch bremste. Einer der Handwerker pfiff mir zu. Ich bedachte ihn mit einem angewiderten Blick und ging schnell weg, fast wütender auf mich, weil ich unvorsichtig gewesen war, als auf ihn. Ich weiß, dass Rache am besten kalt serviert wird, aber keiner hat mir je gesagt, wie es sein würde, die letzten Momente abzuwarten, wenn sie noch dampfend auf dem Servierwagen direkt neben dem Tisch stand. Ich wollte Will vollkommen in meiner Gewalt haben. Er sollte sich winden. Es sollte perfekt sein. Also musste ich warten.

Außerdem war morgen Abend die SAE-Party, auf der er definitiv sein würde, reif und bereit, gepflückt zu werden.

Ich war unterwegs zu meinem ersten Experiment im Fachbereich Psychologie, meiner letzten offiziellen Aufgabe des Tages. Als ich die schwarzen Holztüren zu der Burg aufzog, war drinnen alles still. Staubpartikel schwebten in den Lichtstrahlen, die durch die hohen Fenster hinter der geschwungenen Treppe hereinfielen. Etwas an dem Gebäude erinnerte mich an eine Kirche, in der es spukte. Ich ging hinauf in den fünften Stock und von dort in die Richtung weg von Dr. Wymans Büro.

Der Korridor wurde beständig dunkler, und eine der Neonleuchten flackerte bedenklich. Ich fand Raum 654a, neben dessen Tür ein Tastenfeld war. Mit Eingabe des Codes, den meine Smartwatch mir übermittelt hatte, öffnete sich die Tür. Drinnen schaltete sich das Licht automatisch ein und enthüllte eher einen Bürowürfel als einen Raum. Alles war steril, und die Wände waren kahl bis auf ein leeres Whiteboard. Die einzigen Möbel waren ein Schreibtisch mit einem Computer. Die Uhr musste erkannt haben, dass ich im Raum war: *Nehmen Sie bitte Platz. Der Computer wird Ihnen die weiteren Anweisungen geben*, meldete sie.

Ich setzte mich hin und bewegte die Maus, sodass der Monitor aufleuchtete. Zunächst musste ich mich durch einige Einverständniserklärungen scrollen, bevor das Experiment losging.

Bei diesem Versuch geht es um Entscheidungen und Geld. Das

Geld, das in diesem Experiment eingesetzt wird, ist real, was bedeutet, dass Sie, falls Sie am Ende noch $15 haben, die Summe in bar erhalten.

Nicht schlecht! Ich klickte auf die nächste Seite.

Ein Bild von einem Fünfdollarschein füllte die obere Bildhälfte.

Sie spielen mit einer anderen Person. Jeder von Ihnen hat die Wahl zwischen zwei Möglichkeiten – das Geld teilen oder alles behalten. Wählen Sie beide Teilen, erhalten Sie jeder die Hälfte. Wählen Sie beide Behalten, bekommt keiner von Ihnen Geld. Wählt ein Spieler Behalten und der andere Teilen, bekommt der Spieler, der Behalten gewählt hat, das gesamte Geld, und der, der sich für Teilen entschieden hat, nichts.

Dann erschienen zwei Felder unten: *Teilen* und *Alles behalten*. War das ein Scherz?

Ein Chatfenster ging rechts auf dem Bildschirm auf. Für mich erschien ein Icon *Spieler A*, und darunter war eines von *Spieler B*. Keiner von uns schrieb etwas.

Fangen Sie an.

Ich klickte auf *Alles behalten.*

Sie haben $0, sagte mir der Computer. Ich rümpfte die Nase.

Zweiter Versuch. *Alles behalten.*

Sie haben $0. Egoistischer Mistkerl!

Dasselbe geschah in der dritten Runde. Spieler B tippte, wie mir kleine Ellipsen verrieten. Wenn wir hier mit irgendwas rausgehen wollen, müssen wir beide teilen.

Geben sie einem echt Geld?, tippte ich.

Ja. Ich mag Geld.

Also, wer immer das war, mit dem ich spielte, hatte dies hier schon gemacht. War es einer von den anderen sechs oder bloß ein willkürlicher Forschungsteilnehmer?

Runde vier begann. Ich klickte *Alles behalten.*

Sie haben $0.

Du hast gesagt, dass du teilen willst!, schrieb der andere.

Hast du auch.

Lügner.

Die fünfte Runde war nicht besser.

Mach mal eine Kosten-Nutzen-Analyse, schrieb der andere. Wir verschwenden hier Zeit und kriegen nichts. Wenn wir kooperieren, bekommen wir beide Geld.

Und wenn nicht, bekomme ich alles, dachte ich.

Dämlicher Spieler B! Ich erhielt kein Geld bei diesem Experiment.

SIEBEN

Tag 52

»Bitteeeee!«, flehte ich Yessica an. Sie hatte die Arme vor der Brust verschränkt, eine Hüfte leicht ausgestellt. Yessica war gegen die Idee, zu einer Verbindungsparty zu gehen. »Es ist wesentlicher Bestandteil des College-Lebens. Du musst mindestens einmal da gewesen sein, bevor du einen Artikel über das Gift schreibst, das für manche alternativen Literaturzeitschriften unter ›griechischer Lebensstil‹ rangiert«, argumentierte ich. Sie presste die Lippen zusammen und nickte. Wir beide lachten. Einige andere von unserem Flur wollten hin, angeführt von Ruderer-Billy und seinem Mitbewohner Jed oder Ted.

Ich ging mehrere Outfits durch, die auf meinem Bett lagen. Zu viel Aufmerksamkeit wollte ich nicht erregen; andererseits könnten gewisse schöne Jungs dort sein. Es war August, daher entschied ich mich für Jeansshorts, die kurz, aber nicht was-stimmt-mit-dir-nicht-kurz waren, und dazu mein silbernes Rundhals-Top. Ich legte meine silberne Kette mit dem kleinen Hummeranhänger an und bearbeitete mein Haar. Yessica war eines von diesen Mädchen, die sich ein schlichtes schwarzes Jersey-Kleid überwarfen und fertig waren. (Ihre Wimpern waren, wie ich inzwischen wusste, echt.)

Unsere Gruppe verließ das Wohnheim und ging die Straße hinauf. Wir bogen zum SAE-Haus ab, und ich merkte, wie sich meine Nackenhaare aufstellten. Von hier waren bereits Leute zu sehen, die ins Haus und wieder herausströmten, und auf dem Rasen befanden sich lauter Partygäste. Musik wummerte aus einem Lautsprecher, der in einem Fenster im zweiten Stock stand, und im Garten brannte ein Lagerfeuer. Ich war mir nicht einmal sicher, ob das Feuer erlaubt war. Aber das war Trinken für Minderjährige auch nicht, und die Unipolizei drückte ein Auge zu, solange es nicht zu wild wurde. Ihrer Ansicht nach war ein wenig harmloser Stress auf dem Campus besser als massiver außerhalb.

Yessica sah mich fragend an, als wir uns durch die Haustür quetschten. Zwei Jungen spielten Beer-Pong im »Esszimmer«, und alle schienen lauter als nötig zu rufen. Im Wohnzimmer tanzten Leute auf dem engen Raum zwischen einem Ledersofa und einem Couchtisch voller Bierdosen, Plastikbecher und einiger Bongs. Ein Typ mit fettigem Pony hockte auf der Kante des Couchtisches und blies Dampfschwaden in alle Richtungen, während er über die Demos dozierte, die quer durchs Land verteilt stattfanden und sich oft in D.C. bündelten. »Dieses Land versinkt im Chaos!«

Ruderer-Billy führte uns in die Küche, wo ein trauriger kleiner Neuling dazu verdonnert war, den ganzen Abend das Bier zu zapfen. Er sagte »Hi« und reichte mir einen schäumenden Becher. »Sehen wir uns mal um«, rief ich Yessica ins Ohr.

»Suchst du jemand Bestimmtes?«, fragte sie süßlich.

Tja, wer machte sich hier über wen lustig, denn nach einer halben Runde durchs Haus traf sie auf einen Typen in einem Dodgers-T-Shirt, und die beiden fingen an, über Baseball zu reden. Ich ließ sie und zog weiter durch die Menge. Ich sah einen Jungen, der so betrunken war, dass er benommen auf der Stelle stolperte. Zwei Mädchen prügelten sich, und mehrere Paare knutschten heftig. Meine Aussichten besserten sich rapide, als ich Cordy entdeckte, der nun mit einigen anderen auf der Ledercouch saß und an einer Wasserpfeife sog. Er winkte mir energisch zu. »Du hast es geschafft!«

Ich sagte etwas Unverfängliches und beobachtete, wie er noch einen Zug nahm. Er war abgemeldet – betrunken *und* high. Dem Anschein nach hatte er sich mit dem Mädchen neben ihm unterhalten, aber sie hatte sich abgewandt, sodass er jetzt so unbeholfen allein dort hockte. Er rückte zur Seite und klopfte auf das Polster neben sich. Ich setzte mich lächelnd hin. »Kommt dein Mitbewohner auch?«, fragte ich.

Er blinzelte langsam. »Will? Der ist hier irgendwo.« Dazu machte er eine vage Geste, und sein Kopf wippte auf und ab. Auf einmal schien er überrascht, wie nahe ich war, was seltsam war, bedachte man, dass ich direkt an seine Seite gedrückt war. »Du bist ziemlich niedlich, hat dir das schon mal jemand gesagt?«

»Ist er ein schrecklicher Mensch?«

»Will? Ja, der kann ein Arsch sein.«

»Willst du ihn manchmal einfach fertigmachen?«

»Und wie!«, sagte er und zog wieder an der Bong.

Ich beschloss, dass ich Cordy mochte.

Plötzlich hörte ich Lachen und blickte mich um. Eine Gruppe von SAE-Brüdern stand um einige, wie ich schätzte, Ältere herum, denn Derek und Charles waren da. Charles hatte ein hübsches weißes Button-down-Hemd an, das ich gut fand, und trug einen Anstecker mit der Aufschrift »Wählt Portmont«. Ein Mädchen hing förmlich an seinem Arm und lachte zu ihm auf. Gott, wie erbärmlich! Ein anderes Mädchen war direkt links von ihm und blickte ihn mit Kuhaugen an. Man konnte nicht unbedingt behaupten, dass er nicht zurückflirtete. Ich wollte gerade aufstehen und etwas unternehmen, als sich ein blondes Mädchen durch die Gruppe bewegte und Charles sie mit einem Arm an sich zog. Die anderen Mädchen huschten davon wie verletzte Spatzen, und er küsste die Blonde auf eine Weise aufs Haar, die nicht »Verbindungsparty« schrie. Die Geste sagte auch nicht:

»Ich mach dich besoffen und versuche, mit dir oben auf einer klammen Bettdecke mit NFL-Bezug Sex zu haben.«

»Wer ist das?«, fragte ich und knuffte Cordy.

»Kristen? Charles' feste Freundin. Die sind schon ewig zusammen.«

»Am College gibt es kein ›Ewig‹.«

Er hickste. »Doch, gibt es. Du weißt, wer sein Dad ist, oder? Der ist ganz groß im Fracking. Ihre Mom ist die Erbin von GenCo Media. Was für eine Verschwendung«, sagte er kopfschüttelnd.

Oh ja, was für eine Verschwendung.

»Hey, Alter«, erklang eine neue Stimme, und ein Arm langte über mich, um Cordy abzuklatschen. »Wer ist deine Freundin?«

Ich blickte nach oben, und schlagartig konnte ich die Musik nicht mehr hören, die durchs Haus pulsierte, genauso wenig wie das Lachen, das Kreischen oder das Klackern der Beer-Pong-Bälle. Es war, als wäre die Zeit eingefroren. Will Bachman lehnte sich buchstäblich über die Couch und grinste uns an. Eine eisige Ruhe überkam mich.

Ich lächelte ihn an und ermahnte mich, dass es nur echt aussah, wenn es auch meine Augen erreichte. »Ich bin Chloe«, sagte ich und wartete, ob er mich erkannte – es war Jahre her. Alles, was ich in den nächsten zweiundfünfzig Tagen tat, hing davon ab. Falls ja, müsste meine gesamte Planung überarbeitet werden. Doch ich zählte darauf, dass er mich nicht erkannte. Ich war größer geworden, hatte meinen Namen geändert. Vergessen hatte ich jedoch nie.

Sein Gesicht war vom Alkohol gerötet. Und jetzt konnte ich besser sehen, wie sich seine Züge seit unserer Kindheit verändert hatten. Die Form seiner Unterlippe war aber immer noch dieselbe, und er hatte dieselben sandfarbenen Augenbrauen. Will Bachman. Ich erwog, den Druckbleistift aus meiner Handtasche zu holen und ihn in sein linkes Auge zu rammen.

»Chloe«, sagte er lächelnd. »Den Namen hört man nicht oft.«

»Nein«, antwortete ich. »Eher nicht.« Noch weniger oft hörte man den Nachnamen Sevre, weshalb ich ihn niemals in den sozialen Medien benutze. Mein Plan würde so viel besser aufgehen, wenn er nie begriff, wer ich war.

Will hockte sich auf die Sofalehne, und wir hakten schnell die Formalitäten ab: in welchem Jahr wir waren, wo wir wohnten (natürlich hatte ich mir eine falsche Geschichte zurechtgelegt, dass ich aus Connecticut kam). »Wo kommst du her?«, fragte ich und gab vor, einen Schluck von meinem Bier zu trinken.

»Aus Toms River, New Jersey, aber verschon mich bitte mit Jersey-Witzen.«

Es gibt nicht vieles, vor dem ich dich verschonen werde, Will. Nicht mehr, da ich dich jetzt gefunden habe.

ACHT

Tag 48

Phase eins war abgeschlossen und Will Bachman jetzt mein Kumpel. Auf der Party war ich versucht gewesen, ihn wegzulocken, aber ich sagte mir, dass ich mich auf Phase zwei konzentrieren musste: Befragung. Doch nun kannte er mich und vertraute mir, womit es ziemlich leicht sein dürfte, ihn allein zu erwischen. Er folgte mir auf Instagram, ich ihm hingegen nicht. Ich wollte nicht zu viele Verbindungen zwischen uns, die man entdecken könnte, wenn er Wurmfutter war.

Sowohl Will als auch Cordy bestanden darauf, dass ich zur Party des schrecklichen Charles am Wochenende mitkommen *musste*. Über die Möglichkeit hatte ich bereits nachgedacht. Ich war mir nicht sicher, wie ich Phase zwei auf Charles' Party einläuten wollte. Zum einen hatte ich keine Ahnung, wo genau die stattfand, was mir wenig Kontrolle gab. Und ich hatte kein Auto. Gleichzeitig war die abgelegene Location reizvoll. Das Haus – oder vielmehr: das Anwesen »Fort Hunt« – war ungefähr vierzig Minuten Autofahrt entfernt, nicht allzu weit von George Washingtons Mount-Vernon-Anwesen. Die öffentlichen Register und Google Maps verrieten mir, dass das Portmont-Grundstück direkt am Potomac in Virginia war, mit Maryland auf der anderen Seite des Flusses. Unsicher war ich mir, wie es ginge, dass ich auf einer Party bei Charles aufkreuzte, ohne explizit von ihm eingeladen zu sein. Noch dazu war es rein theoretisch nicht seine Party; seine Eltern warfen eine Spendengala, deren Erlöse eingebuchtete CEOs mit Maniküren versorgen sollten oder so was. Dort ohne Einladung aufzukreuzen könnte unerwünschte Aufmerksamkeit auf mich lenken.

Ich zoomte am Computer auf eine Campuskarte. Wenn nicht das Portmont-Anwesen, was wäre noch ein guter Ort für die Befragung? Es dürfte nicht allzu schwer sein, Will betrunken zu machen und ihn in eines der Zimmer im SAE-Haus zu locken, aber das Problem bei beiden war, dass sie in seinem Territorium lagen, wo seine Freunde in der Nähe sein könnten. Eine andere Möglichkeit war, mit ihm irgendwo zu feiern und ihn hinterher in mein Wohnheimzimmer einzuladen, um ihn durch ein Labyrinth von Unigebäuden zu führen, einen abgelegenen Raum zu finden und den als Schauplatz zu nehmen.

»Mitbewohnerin«, hörte ich Yessica direkt hinter mir sagen. Ich zuckte nicht zusammen. »Was machst du?«

»Ich versuche herauszufinden, wo sich diese Diskussionsrunde trifft.«

»Hast du Lust, zum *Starbucks* zu gehen?«

»Muss ich dafür einen BH anziehen?«, fragte ich. Ich trug eine karierte Pyjamahose und mein abgeschnittenes Top, auf dem *obvi* stand.

»Auf keinen Fall!«, antwortete sie. Yessica war ebenso im Pyjama.

Ich schlüpfte in meine flauschigen Latschen und sie in ihre Flip-Flops. Wir wohnten nur einen Block von dem riesigen Campus-Center, kurz CC, entfernt, in dem unten der *Starbucks* neben einer Million anderer Läden war. Und es gab eine Abkürzung an der Ecke des Blocks, wo wir uns durch eines der Unigebäude schleichen konnten, Albertson Hall, und direkt ins Untergeschoss gelangten, anstatt in unseren Pyjamas draußen herumzulaufen. Albertson Hall beherbergte die Musik-Fakultät und kleine Übungsräume für die Musikstudenten, die von einem Korridor abgingen. Hier unten war es kalt und roch nach Beton, aber ich mochte es, durch den Flur zu gehen und unterschiedliche Instrumente zu hören. Ich spähte durch ein Türfenster und sah ein Mädchen, das ein Waldhorn spielte. In einem anderen Raum sangen vier Leute a cappella. Als ich in den dritten Raum linste – der schreckliche Charles! Er war im Profil, saß an einem Klavier, und seine Finger tanzten über die Tasten. Die Musik war dunkel, kompliziert und bewegte sich in den Tempi auf und ab.

»Was?«, hörte ich Yessica laut flüstern. Sie sah über meine Schulter und grub ihr Kinn in sie. »Rachmaninow.«

»Er ist gut, oder?«, flüsterte ich.

Abrupt beendete Charles sein Spiel – wir zuckten beide zusammen –, doch anscheinend hatte er einen Fehler gemacht. Er neigte sich vor, sah die Noten genauer an und blätterte zurück. Wir zogen uns von dem Fenster zurück, ehe wir entdeckt wurden.

»Brauchst du ein Taschentuch?«, fragte Yessica. »Um dir den Sabber abzuwischen?«

»Ach, im Ernst! Er ist wunderschön, und Klavierspieler sind die allerbesten Musiker – all das Grüblerische, ohne die Arschigkeit von Gitarristen.«

Sie kicherte. Wir gingen weiter zum Campus-Center und stellten uns in der Schlange für den Kaffee an. Yessica nahm einen Americano und ich einen Mocha, weil ich mir heute noch eine Liste möglicher anderer Befragungsorte ausdenken musste. Außerdem musste ich für meinen Literaturkurs noch einen halben Roman lesen.

Wir kehrten zum Wohnheim zurück, doch sobald wir die Tür ins Albertson öffneten, kollidierten wir beinahe mit Charles und seiner Freundin. Er hatte sich Noten unter den Arm geklemmt, und sie hatte einige seiner Wahlplakate und

Kreppband bei sich. Gott, sie war so schlicht, dass es wehtat, die beiden zusammen zu sehen. Sie war hübsch, aber nicht *so* hübsch, eher wie die Besetzung einer Nebenrolle in einer Dramaserie. »Oh, hey«, sagte er. »Du bist, äh …« Er machte dieses Politikerding, als würde ihm mein Name auf der Zunge liegen, obwohl er es wahrscheinlich nicht tat.

»Chloe.«

Er streckte mir die Hand hin, sodass die Jaeger-LeCoultre an seinem Handgelenk zu sehen war. Nicht schlecht. »Das hier ist Kristen, meine Freundin, Schrägstrich Wahlkampfmanagerin.« Sie lächelte. Ihre Augen waren babyblau, und sie trug extrem dezenten pinken Lippenstift. Ich stellte Yessica vor. »Ihr seid alle zu meiner Party eingeladen, oder? Es ist *keine* Wahlparty«, sagte er lächelnd. »Rein technisch wäre eine Wahlparty nach unserer Studentensatzung illegal. Meine Eltern veranstalten so ein Spendending, aber wir können parallel feiern.«

»Ja, ich habe schon überlegt, ob ich komme«, entgegnete ich.

»Ihr müsst unbedingt!«, flötete Kristen.

»Alle Getränke sind frei«, erklärte er strahlend. »Meinen Eltern macht es nichts aus, wenn ich Leute mitbringe, solange wir angemessen gekleidet sind und hauptsächlich draußen bleiben.«

Ich fragte mich, was er Angemessenes anziehen würde. Eine Toga und einen Lorbeerkranz?

»Wie ihr wisst«, sagte er in einem formelleren Ton und presste die Hände zusammen. »Bald ist die Wahl. Ich hoffe, dass wir auf eure Stimmen zählen können.«

»Wie stehst du zur Finanzierung von Studentengruppen?«, fragte Yessica cool.

»Ich finde, dass alle Finanzierungen für Studentengruppen gestrichen werden müssen«, antwortete er prompt. Yessica runzelte die Stirn. »Das Geld wird über immer weiter steigende Studiengebühren reingeholt, und die wiederum belasten unsere ärmsten Studenten überproportional. Meine Hauptsorge sind die Studiengebühren.« Es war witzig, wie verunsichert Yessica aussah. Ich lachte, Charles ebenfalls, obwohl er irgendwie über sich selbst lachte.

Wir verabschiedeten uns und gingen weiter, durch das Albertson-Gebäude und hinaus in den schwülwarmen Abend. »Kommst du mit zu der Party, wenn wir eine Mitfahrgelegenheit finden?«, fragte ich vorsichtig. Wenn ich hinging, wollte ich Yessica nicht dort haben. Je weniger Leute mich auf der Party kannten, desto besser – keiner würde nach mir sehen.

Sie rümpfte die Nase. »Chloe, die Typen auf der Party werden diese total typischen Verbindungsbrüder sein.«

»Oh. Na ja. Aber die sind nicht alle gleich – wie der Mann, mit dem du zwei Stunden lang geredet hast.«

»Er war nur da, weil sein Mitbewohner ihn mitgeschleppt hat, so wie ich! Und sollte sich der schreckliche Charles als Alt-Righter entpuppen, kommt er nicht in unser Apartment.«

»Da würde ich mir keine Sorgen machen.« Ich hatte keinen Schimmer, was Charles' politische Ansichten betraf, und so heiß ich ihn auch fand, hatte er eine feste Freundin. Im Moment jedenfalls. Das würde ich auf meine To-do-Liste setzen, nachdem ich mich um die drängenderen Probleme gekümmert hatte.

NEUN

Andre war mit Sean, Marcus und Dee zusammen, als er zum ersten Mal ein Mood-Log bekam. Marcus war im dritten Studienjahr und hatte Andre und seinem Mitbewohner gleich in der ersten Woche Begrüßungspakete von der Black Student' Union gebracht. Er nahm die beiden unter seine Fittiche, führte sie herum und lud sie zu den Grillpartys ein, die er regelmäßig im Garten seines Reihenhauses gab. Er war so politisch engagiert, dass Andre in seiner Gegenwart verlegen wurde; dauernd nannte er Namen, bei denen Andre das Gefühl hatte, er müsste sie kennen, und anscheinend waren sie allen anderen geläufig.

Sie waren in Marcus' Garten, tranken süßen Tee mit billigem Rum und redeten über die Demos – nicht nur die große im Oktober, sondern die an diesem Wochenende. »Ihr solltet hinkommen«, sagte Marcus, der eine Packung Cheez-it öffnete. Andre versuchte, unauffällig zu Dee zu sehen, dem Mädchen direkt gegenüber von ihm. Sie gehörte zu diesem Freundeskreis, war im zweiten Studienjahr und hatte einen beißenden Witz. Ihre Augen erinnerten Andre an ein Reh. Wahrscheinlich war sie weit außerhalb seiner Liga, aber ein Versuch schadete ja nicht.

»Ich gehe, wenn ihr auch hingeht«, sagte er. Er öffnete den Mund und wollte einen nicht zu linkischen Übergang hinbekommen. Dee hatte erwähnt, dass sie bei der *Daily Owl* arbeitete, wo sie dauernd Fotografen suchten – und vor allem mehr Leute aus Minderheiten haben wollten. Andre war nicht sicher, wie man sich da einschleimte – ging man einfach hin und fragte nach Jobs? Bezahlte die *Owl* überhaupt etwas, und war es blöd, das zu fragen? Er brauchte einen Job.

In dem Moment fühlte er das Vibrieren seiner Smartwatch. Verlegen entschuldigte er sich und verzog sich nach drinnen ins Bad. Die Uhr erkundigte sich bei ihm, was er gerade machte. *Mit Leuten zusammen sein*, wählte er aus. Die Uhr bat ihn einzuschätzen, wie sehr er welche der folgenden Emotionen empfand: glücklich, ängstlich, wütend, aufgeregt. Wie glücklich war er? Andre überlegte.

Wie würde ein Psychopath die Frage beantworten?

Gewiss waren die so gut wie nie glücklich. Oder vielleicht nur in exakt dem Augenblick, in dem sie bekamen, was sie wollten. Er antwortete, dass er nicht sehr glücklich war, und schätzte, dass er auch nicht ängstlich sein sollte, obwohl er es im wahren Leben war, weil er irgendwie zufällig Betrug mittels Smartwatch beging und weil hier scharfe Mädchen und Oberklassenjungen waren, die cooler waren als er. Er gab ein, dass er nicht wütend war, und stockte bei »aufgeregt«. Sein Finger zitterte ein bisschen, als er auf »Senden« drückte. Die Smartwatch vibrierte, doch es explodierte nichts und es ging auch kein Alarm los. Allerdings sah er jetzt, wie spät es war.

Er lief wieder nach draußen. »Leute, ich muss los«, sagte er.

»Heißes Date?«, rief Sean ihm hinterher.

»Nee, ich sollte noch was bis zehn heute Abend fertig machen und hatte es vergessen.« Eigentlich hatte er es nicht vergessen, sondern keine Lust gehabt, die Party zu verlassen, denn er war nicht sicher, was ihn im Fachbereich Psychologie erwartete. Es sollte sein erstes Experiment oder sein erster Fragebogen sein.

Andre lief zu jenem Teil des Campus und blieb nicht stehen, als sein Handy klingelte. Es war seine Mutter. »Warum hattest du angerufen, Pooh?«, fragte sie.

»Oh, ja«, sagte er und bemühte sich, gelassen zu klingen. »Ich wollte bloß fragen, ob ihr eventuell einen Professor hier kennt. Dr. Leonard Wyman? Er unterrichtet Psychologie, und ich habe ihn getroffen. Er kam mir so bekannt vor, deshalb dachte ich, dass er vielleicht mal bei uns war oder so.« Allzu weit hergeholt war es nicht. Seine Mutter war Krankenschwester und sein Vater Rettungssanitäter, also kamen die Bekannten und Freunde von ihnen, die zu irgendwelchen Feiern eingeladen wurden, oft aus dem medizinischen Bereich.

»Mmmh, ich glaube nicht. Ich frage mal deinen Vater.« Es waren gedämpfte Stimmen zu hören, dann antwortete seine Mutter, dass der Name ihnen beiden nichts sagte. Anschließend erkundigte sie sich nach seinen Kursen, dem Wohnheim und seinen Freunden. Er fühlte sich mies, als er sie abwürgte, aber inzwischen war er vor dem Psychologie-Gebäude angekommen, das im gelben Licht der nahen Straßenlaternen besonders unheimlich aussah. Grundsätzlich stresste es ihn, mit seiner Mom über das College zu reden. Er hatte ständig das Gefühl, dass nur noch eine Frage fehlte, dann würde sie begreifen, was er getan hatte.

Die ersten Jahre nach Kiaras Tod war er abgestürzt. Er hatte die Schule geschwänzt, um fernzusehen oder mit Freunden abzuhängen, die seine Eltern nicht mochten. Prügeleien führten zu Vandalismus und der wiederum zu Spritztouren in »geliehenen« Autos. Er hatte damals gleich gewusst, dass es falsch war. Nur war er so *wütend*. Wütend auf Kiara, was keinen Sinn ergab. Wütend auf seine Eltern. Sein Flirt mit der Jugendkriminalität hatte zur Folge, dass er auf einer besonderen Schule und in einem Rehabilitationsprogramm landete, nachdem man Verhaltensstörungen bei ihm diagnostiziert hatte. Verhaltensstörungen wurden Kindern attestiert, wenn sie sich beständig dissozial benahmen, meistens in Form von Verletzungen gesellschaftlicher oder gesetzlicher Normen. Häufig war es die Vorstufe zu einer späteren Diagnose von Antisozialer Verhaltensstörung. Als Andre in der elften Klasse die Unterlagen zu einem Programm bekam, das ihn gern rekrutieren würde – die kombinierte Längsschnittstudie zur Psychopathie –, hatte er sie lachend seinem Bruder gezeigt. Sein Bruder, der sich einen riesigen Joint drehte, fand es zum Brüllen, denn Lil Pooh war eigentlich nicht mal verhaltensgestört und erst recht kein Psychopath. *Spiel denen was vor. Das schnallen die nie!* So hatte es angefangen. Als Spiel.

Andre hatte eine Reihe von Telefoninterviews gehabt und Fragebögen mithilfe des Internets ausgefüllt. Es war ja nicht so, als könnte man mit einer Blutprobe nachweisen, ob jemand ein Psychopath war. Das wurde anhand von Fragebögen, Gesprächen und Einschätzungen von Therapeuten entschieden. Und Andre hatte kein Problem damit, den Therapeuten zu verarschen, der ihm kein Jahr nach dem Tod seiner Schwester Verhaltensstörungen bescheinigte. Er fühlte sich nicht mies, als jemand von dem Programm anrief, um ein Elternteil zu befragen, und Isaiah in einem ernsten Tonfall vorgab, sein Vater zu sein. Sein Bruder schmückte seine Geschichten so abenteuerlich aus, dass Andre sich ein Kissen vors Gesicht drücken musste, um sein Lachen zu dämpfen.

Es rief niemand mehr an, und Andre vergaß die ganze Sache über Monate, bis sie *real* wurde. Er kam nach Hause und stellte fest, dass seine Mutter einen dicken, an ihn adressierten Umschlag geöffnet hatte. Seine erste Reaktion war, wütend auf sie zu sein, aber sie sah ihn mit Tränen in den Augen an, und er fürchtete, dass in dem Brief etwas Unangenehmes über ihn stehen musste. Schweigend reichte sie ihm das Anschreiben. Er war an der John Adams University angenommen worden. Mit einem vollen Stipendium für die vier Jahre. »Baby, wie hast du das gemacht?«, hatte sie gefragt. »Raim, komm mal nach unten!« Seine Noten hatten sich über die Jahre verschlechtert, doch in der elften Klasse hatte er gerettet, was er konnte. Nicht genug für irgendwas Besseres als die University of the District of Columbia. Und in Anbetracht ihrer finanziellen Situation müsste er wahrscheinlich arbeiten und in Teilzeit studieren, während er Studienkredite anhäufte.

Blitzschnell war sein Vater da und las den Brief. Beide sahen Andre erwartungsvoll an. Es war erstaunlich, wie leicht ihm die Lüge über die Lippen kam: »Es … ist Teil ihres Ancestor Scholarship. Erinnert ihr euch noch an mein Projekt über Stammbäume? Jedenfalls hat die Adams irgendein Programm, in dem man, wenn man seine Vorfahren bis zu Sklaven von John Adams zurückverfolgt und einen Essay schreibt, ein Stipendium gewinnen kann.«

Seine Mutter hielt sich wie zum Gebet die Hände vors Gesicht, und ihre Augen glänzten. »Oh Gott, Andre, das ist … wir waren so in Sorge wegen des College, wegen der Rücken-OP von deinem Vater und allem. Das ist … das ist wie ein Geschenk des Himmels.«

Als sie ihn in die Arme nahm, dachte Andre entsetzt, *Warte, Mom, warte mal!* Aber dann blickte er zu seinem sonst so beherrschten Vater und sah, dass Raim Jensen ebenfalls weinte. Und damit war es klar. Er hatte seinen Vater bisher nur einmal weinen gesehen – um Kiara.

Und so fing ein kleiner Schneeball von einer Lüge an, der immer weiterrollte und größer wurde. Er bestand aus komplizierten Manövern (Postsendungen und Anrufe vom Programm abfangen), aus schwierigen (Isaiah zum Mitmachen bringen) und lachhaften (hoffen und beten, dass seine Eltern niemals googelten und herausfanden, dass John Adams nie Sklaven besessen hatte).

Deshalb fürchtete er sich vor seiner ersten Einschätzung. Andre stieg die Treppe hinauf in den fünften Stock und hörte leise Stimmen. Es klang, als kämen sie von unten und dem nördlichen Ende des Gebäudes. Er ging einen engen Flur mit flackernden Lichtern entlang und vorbei an zwei Versuchsräumen, bis er seinen gefunden hatte, den letzten. Der kleine Raum war klinisch weiß und kahl, wie ein Labor in einem Science-Fiction-Film. Andre stellte seine Büchertasche hin und schloss die Tür. Dieses Gebäude machte ihm eine Gänsehaut.

Auf dem Computer klickte er sich durch einige Einverständniserklärungen und Demografien. Dann kam ein langer Fragebogen; vielleicht waren es auch mehrere, denn einige schienen zusammenzugehören. Je öfter er klickte, desto mehr entspannten sich seine Schultern. Einige der Fragen konnte er ehrlich beantworten, bei anderen zögerte er. *Frauen sollten von Männern beschützt werden.* Sollte er dem zustimmen oder nicht?

Dann jedoch durchdrang Lärm von außerhalb seines kleinen Raums die Luft, gedämpft, aber immer noch unglaublich schrill. Es war ein Schrei, bei dem Andre von Kopf bis Fuß erstarrte, sein Puls in die Höhe jagte und er aufhorchte. Der Schrei war wie von einem Tier, das von den Reißzähnen eines anderen Tiers gepackt wurde.

Da – noch ein Schrei, dann ein lautes Poltern. Andre glaubte, das Wort *Hilfe* zu hören. Er stolperte zur Tür und sah hinaus auf den Flur. Sah sich jemand einen Film an?

Aber da war es wieder – noch ein Schrei und ein Knall, eindeutig aus dem Raum einige Türen weiter, einem anderen kleinen Versuchsraum. Licht schien unter der Tür hindurch, was es garantiert nicht hatte, als Andre gekommen war. Er hörte einen jämmerlichen Schrei, dann ein Scharren an der Tür – jemand lag auf dem Boden und versuchte, die Tür zu öffnen. Vielleicht hat ein anderer Studienteilnehmer einen Anfall oder so.

»Ich bin hier!«, rief Andre und riss die Tür auf. In dem grellen Neonlicht des kleinen Raums lag ein junger Mann gurgelnd auf dem Boden, und Blut quoll in einem schnellen Takt aus seinem Hals. Es bildete eine Lache auf dem Boden, in der er ausrutschte, und sprühte gegen die Wände.

Andre hatte nicht mal Zeit, einen klaren Gedanken zu fassen, nur ein allgemeines *Oh Scheiße!*, als der Junge – ein Student – zu ihm aufsah, den Mund aufmachte und ihm eine Hand entgegenstreckte.

»Hilfe!«, schrie Andre. Er stürmte vorwärts und zog sein Sweatshirt aus. Warum musste es so lange her sein, seit er einen Erste-Hilfe-Kurs gemacht hatte? Wann war das gewesen – in der achten Klasse?

Der Junge keuchte, als Andre das Sweatshirt auf seinen Hals presste. Dort blutete er am stärksten, aber er hatte noch mehrere andere Stichwunden – zwei gleich unterhalb seines Schlüsselbeins, eine direkt durch sein Ohr. *»Ist hier jemand?! Hilfe!«*, brüllte Andre.

Scheiße, Scheiße. Andre angelte nach seinem Handy, während er versuchte, den Druck auf die Wunde zu halten (schon jetzt fühlte er, wie das Blut durch die Stofflagen des Sweatshirts sickerte). Sein blutiger Daumen glitschte über das Display, und das Telefon fiel klappernd zu Boden. Andre griff danach und merkte, dass jemand auf dem Flur stand. Gott sei Dank. »Helfen Sie mir – ich glaube, er verblutet!«, rief Andre.

Zwei Dinge geschahen gleichzeitig, was sie irgendwie Furcht einflößend machte. Andre wurde klar, dass der Mann auf dem Flur derjenige sein könnte, der dies hier getan hatte, und im selben Moment hob der Mann mit einem halben Lächeln die Hände, als wollte er sagen: *Viel Glück damit.* Dann drehte er sich um und ging vollkommen ruhig weg.

Verblüfft kämpfte Andre mit seinem Telefon und schaffte es, 911 zu wählen.

»Notruf, was kann ich für Sie tun?«

»Ich bin in der Psychologischen Fakultät an der Adams! Hier ist jemand niedergestochen worden.«

»Haben Sie gesagt, er wurde niedergestochen?«

»Ja, und er blutet überall. Sagen Sie mir, was ich tun soll!«

»Können Sie mir mitteilen, wo genau Sie sind?«

»Im fünften Stock, ähm, nach rechts von der Treppe aus. Muss ich seinen Kopf hochlegen?«

»Kann das Opfer sprechen?«, hakte die Zentrale nach.

»Hey, Mann«, sagte Andre und schüttelte den Jungen sanft. »Kannst du mich sehen? Die Sanis kommen.« Hilflos blickte Andre sich um und fragte sich, ob die Sanitäter es rechtzeitig schaffen würden. Der Typ bekam schon einen glasigen Blick.

»Haben Sie gesehen, wie es passiert ist?«

»Nein, nur gehört. Ich habe jemanden um Hilfe schreien gehört und dann ein Poltern.«

»Können Sie mir Ihren Namen sagen?«

»Andre. Was soll ich tun?«

»Andre, Sie machen das großartig, bleiben Sie einfach dort. Hilfe ist unterwegs.«

ZEHN

»Hey«, sagte der Cop und stellte Andre eine Cola hin. »Vielleicht wird es damit besser.«

Als Andre nach der Cola griff, zitterte seine Hand. Er hatte gesagt, dass ihm übel war, und sie hatten ihm einen Mülleimer hingestellt. Andre saß auf einem Bürostuhl, und ein Cop hockte kumpelhaft vor ihm, der andere stand und hielt einen Notizblock in der Hand. »Ich bin Detective Bentley«, sagte der Kumpelhafte, »und dies ist Detective Deever. Wir möchten nur Ihre Aussage aufnehmen, damit wir nachvollziehen können, was da los war.«

Andre trank vorsichtig einen Schluck, doch in dem Moment, in dem die süße Flüssigkeit seine Zunge berührte, dachte er an das entsetzliche Gurgeln des Jungen, kurz bevor die Sanitäter eingetroffen waren. Benommen hatte Andre zugestimmt, mit zur Polizei zu kommen und seine Aussage zu machen. Dazu gehörte, dass jemand von der Spurensicherung Proben von ihm nahm: von dem Blut an seinen Armen und seinen Händen. Sie hatten seine Schuhe und sein Shirt mitgenommen und ihm ein verblichenes MPD-T-Shirt gegeben, das er stattdessen anziehen konnte.

Jetzt saß er bei der Mordkommission. Mord: Kaum hatte er es an der Tür gelesen, begriff er, dass der gurgelnde Mann nicht überlebt hatte. Der Typ war tot, und erst da wurde ihm richtig bewusst, dass er vor der Polizei saß, ein schwarzer Junge, der zufällig Psychopath war oder vielmehr *vorgab*, einer zu sein – was es um nichts besser machte –, und der zufällig in unmittelbarer Nähe eines brutalen Messerangriffs gewesen war. *Oh Gott, wo habe ich mich da reingeritten?* Kurz überlegte er verzweifelt, seine Eltern anzurufen. Aber was könnte er ihnen überhaupt sagen?

»Es würde uns sehr helfen, wenn Sie uns alles erzählen, was Sie gesehen oder gehört haben – von Anfang an.«

»Ich war im fünften Stock der Psychologischen Fakultät …«

»Und Sie haben …?«, unterbrach Deever.

Andre fragte sich, ob dies so eine Sache war, bei der er darauf bestehen sollte, einen Anwalt zu bekommen. Aber würde ihn das nicht verdächtig aussehen lassen? »Ich habe eine Übung für einen meiner Kurse gemacht.« Wie sehr wollte er lügen? Vielleicht war ihnen das blöde Programm egal. Vielleicht interessierte sie nur der Mord. Vielleicht wollten sie bloß die Informationen und ließen ihn in Ruhe. Bentley hatte freundliche Augen – Deever nicht. »Ich weiß ziemlich genau, wann er zum ersten Mal geschrien hat, denn ich hatte ungefähr zwei Minuten vorher auf mein Handy gesehen – 21:48.« Bentley nickte. Er war weiß und hatte muskulöse, behaarte Unterarme. »Der Schrei kam aus dem Raum. Er schrie noch einige Male mehr, und ich glaube, er hat versucht, aus dem Raum zu kommen, konnte aber den Knauf nicht drehen.«

»Er konnte die Tür nicht öffnen?«

»Ich glaube …« Andres Mund war ausgetrocknet. »Ich glaube, er hatte zu viel Blut an den Händen. Nur dachte ich, dass vielleicht jemand einen Herzanfall hat, deshalb habe ich die Tür geöffnet, und er war drinnen und hat überall geblutet. Ich habe mein Sweatshirt zusammengeknüllt und auf seinen Hals gedrückt.«

»In welchem Zustand war der Raum?«

»Normal. Ein Schreibtisch, ein Stuhl, ein Computer und ein Whiteboard. Nein, warten Sie, da ist ein Fenster.«

»War das offen oder geschlossen, als Sie reingekommen sind? Haben Sie das Fenster angefasst?«

»Nein, habe ich nicht.« Er versuchte, sich zu erinnern. »Es kann nicht ganz offen gewesen sein, denn ich konnte mein Spiegelbild sehen. Vielleicht war es ein bisschen offen, das weiß ich nicht. Da war überall Blut.«

»Hat das Opfer etwas gesagt?«

Andre schüttelte den Kopf. »Nein, nach den Schreien, die ich gehört hatte, nichts mehr.«

»Wenn Sie sagen, Sie haben ihn schreien gehört, war es nur ein Laut, oder klang es, als würde er jemanden anschreien?«

Andre schürzte die Lippen. »Ich bin ziemlich sicher, dass es nur ein Laut war. Wie Schmerz. Und direkt bevor ich den Notruf wählte, war ein Kerl da.«

»Noch ein Mann?«

»Ja, ich habe ihn gesehen und war froh, dass jemand mir helfen könnte, weil ich mich wirklich nicht gut in Erster Hilfe auskenne. Ich habe gesagt, helfen Sie mir, rufen Sie 911 an oder so, und er …«

»Er …?«

»Er hat diese Geste gemacht.« Andre stand auf, um vorzumachen, was er nur ein Schulterzucken nennen konnte – nichts sonst würde veranschaulichen, wie schräg es war. Die Cops sahen einander fragend an.

Er war ein wenig erleichtert, als ihre Mienen ihm verrieten, dass sie es auch bizarr fanden. »Können Sie ihn beschreiben?«, fragte Bentley.

Andre lehnte sich zurück. »Er war weiß. Vielleicht irgendwas zwischen meinem Alter und … fünfunddreißig?«

»Was hatte er an?«

Andre nagte an seiner Unterlippe und schüttelte den Kopf.

»Können Sie sein Gesicht beschreiben?«

»Äh … Ganz … normal?«

»Irgendwas Auffälliges? Haare? Augen?«

»Er hatte definitiv keine roten Haare. Schwarz oder braun, das weiß ich nicht mehr. Sie können auch dunkelblond gewesen sein.«

»Wie groß war er?«

Je mehr Andre sich zu erinnern versuchte, wen er gesehen hatte, desto verschwommener wurde das Bild in seinem Kopf. »Ich war auf dem Fußboden, also …« Andre stand auf und setzte sich auf den Boden. Von dort blickte er zu Deever auf, der genervt wirkte, weil Andre als perfekter Zeuge versagte. »Vielleicht so groß wie Sie.«

»Irgendwelche Tattoos oder Piercings?«

Andre atmete langsam aus. »Ich erinnere mich nicht, aber das heißt nicht, dass er keine hatte. Ich habe ihn nicht mal eine Sekunde lang gesehen.«

»Sie haben gesagt, dass er weiß war«, sagte Bentley. »Weiß wie ich oder wie Deever?«

Andre blickte von einem Mann zum anderen. Bentley hatte eher das, was Weiße einen »dunkleren Teint« nannten; Deever sah aus, als würde er in der Sonne verbrennen. »Äh … irgendwo dazwischen?« Und wenn er ihnen einfach eine Beschreibung gab? Irgendeine, möglichst detailliert, egal ob sie stimmte oder nicht. Würde es ihre Aufmerksamkeit auf jemand anderen lenken, weg von ihm? Ihm wurde übel. »Tut mir leid. Hätten Sie ein Bild von ihm, könnte ich vielleicht Ja oder Nein sagen.«

»Was für ein Gefühl hatten Sie bei ihm?«, wollte Bentley wissen. »Was für eine Ausstrahlung hatte er? Schien er wütend?«

Andre blinzelte. Er verstand, was Bentley fragte, zögerte

aber auszusprechen, was er dachte. »Hätte er mich einfach angesehen und wäre weggegangen, hätte ich gedacht, dass es richtig schräg ist. Doch diese Geste, die er gemacht hat, bei der … die war gruselig.«

Andre kehrte endlich erschöpft ins Wohnheim zurück und ihm wurde noch beklommener zumute, als er sah, dass Sean nicht zu Hause war. Er war nicht sicher gewesen, wie er erzählen sollte, was passiert war, aber das war nun kein Problem mehr. Er war allein in einem leeren Wohnheimzimmer, und plötzlich überkam ihn der dringende Wunsch, sich umzudrehen und nach Northeast zu seinen Eltern zu fliehen. Was zur Hölle war gerade geschehen? Und was würde jetzt passieren? Würde die Polizei ihn wieder befragen? Würden sie anfangen, in seiner Vergangenheit zu graben, weil er zufällig dort gewesen war? Warum sollte er die Adams nicht einfach verlassen, nach Hause fahren und nie mehr ans Telefon gehen?

Andre rieb sich die Schläfen und öffnete seinen Laptop. Sein Kopf schwirrte vor Emotionen, und er konnte nicht aufhören, daran zu denken, dass es in Wymans Versuchsraum geschehen war, keine zehn Meter von seinem Büro. War es nicht zu viel Zufall, dass ein Typ direkt neben einem Büro erstochen wurde, das ein Spezialprogramm zur Untersuchung von Psychopathen betrieb? Und was war es an Wyman, das Andre so komisch bekannt vorkam?

Andre überflog die Suchergebnisse zu »Leonard Wyman Psychologe« auf Google. Ihm war vage bewusst, dass er dies hier nur machte, um sich von den Bildern abzulenken, die sich in seinem Kopf wiederholten – der Mann, der auf dem blutigen Fußboden ausrutschte, das Gurgeln –, und der Versuchung, seine Eltern anzurufen. Die meisten Suchergebnisse waren Artikel, die Wyman geschrieben hatte, mit langen, komplizierten Überschriften. Andere waren Hinweise auf Tagungsvorträge. Ein Link zu Elena, die ein Promotionsstipendium bekommen hatte.

Dann jedoch sah Andre zwei Wörter, bei denen er erstarrte. *Forensic Files.* Plötzlich wusste er genau, warum ihm Wyman bekannt vorgekommen war.

In den zwei Jahren nach Kiaras Tod hatte Andre oft die Schule geschwänzt, manchmal, um mit Freunden abzuhängen, aber manchmal auch einfach, um nach Hause zu gehen und allein zu sein. Er hatte auf der Couch gelegen, Cheesy Poofs gegessen und sich alte Folgen von *Forensic Files* und *48 Hours* angesehen. Ein True-Crime-Kaninchenloch öffnete sich, und Andre fiel hinein. Die düsteren Geschichten passten zu seiner makabren Stimmung. Er guckte alte Dokumentarfilme, abonnierte Podcasts und stöberte sogar in Online-Chats von selbst ernannten Detektiven.

Zwei Fälle hatten es ihm ganz besonders angetan, weil sie in D.C. gewesen waren: der Heckenschütze und der CRD-Killer. Ersterer waren tatsächlich zwei Männer, die durch die Gegend gezogen waren und wahllos Leute erschossen hatten, zodiacmäßig. Doch ihre Mordserie war nichts gegen die Taten von Gregory Ripley – dem CRD- oder Rock-Creek-Killer. Von Mitte der Neunziger bis in die frühen Zweitausender hatte sich eine Mordserie auf Virginia, Maryland und D.C. konzentriert. Die immer gleiche Vorgehensweise trug dem Täter seinen Namen ein – CRD für choke, rape, dismember –, erwürgen, vergewaltigen, verstümmeln. Als er schließlich geschnappt wurde, gestand er zweiundzwanzig Morde und bekam die Todesstrafe wegen neun Taten, die ihm zweifelsfrei nachgewiesen werden konnten.

Andre klickte herum und stieß letztlich auf eine halbseidene Website, die ihm erlaubte, alte Folgen von *Forensic Files* über den CRD-Killer zu sehen, die er bereits kannte. Er übersprang den ganzen Kram über die Jagd nach ihm und kam zur Festnahme. Ein Voice-Over sagte, dass die eine Person, die den Täter verstand, ein Psychologe war, der Einzige, der ihn ausgiebig befragt hatte und während des Prozesses vor Gericht aussagte. Jener Psychologe war Dr. Leonard Wyman. Dann folgte ein körniges Video von ihm an einem Schreibtisch – er war seither erheblich gealtert, aber die Stimme war dieselbe. Andre hatte einen anderen merkwürdigen Aspekt des Falls vergessen. Nachdem die Geschworenen ihr Urteil gefällt hatten, war Wyman aus dem Gerichtsgebäude gestürmt, ohne die Reporter zu beachten, die ihm Fragen zuriefen. Er hatte für Milde plädiert, als die ganze Nation Greg Ripley hinrichten wollte. Greg Ripley, der während des Prozesses den Geschworenen zugelächelt und zeitgleich zu den schaurigen Aussagen Bilder gekritzelt hatte. »Ich denke nicht, dass Greg Ripley verdient zu sterben«, sagte Wyman in die Kamera, dass sich die Härchen auf Andres Armen aufstellten. Wymans eigenes Haar war damals noch fast gar nicht grau gewesen. »Er ist nicht das Monster, für das Sie ihn halten.«

Was genau, fragte Andre sich nun, war dieses beschissene Programm für *Psychopathen* an der John Adams University, in das er sich hineingemogelt hatte? Es wurde von einem Mann geleitet, der den CRD-Serienmörder verteidigt hatte. Wenn er das konnte, was würde er sonst noch verteidigen?

ELF

Tag 45

Ich saß in einem Wagen und war auf dem Weg zu Charles Portmonts Anwesen. Der Bruder von Ruderer-Billy fuhr. Billy saß auf dem Beifahrersitz und machte sich am Radio zu schaffen. Ich war zwischen zwei Kappa-Delta-Mädchen eingeklemmt, von denen eine, wie ich vermutete, Billys Bruder fickte. Ein anderer Typ, ein neues Verbindungsmitglied, das sie Reek nannten, war ans Seitenfenster gedrückt und hatte nicht mal mehr einen Sitzgurt.

Reek und ich waren die Einzigen, die noch nie auf einer von Charles' Partys gewesen waren. »Die Bar ist soooo toll«, sagte eines der Mädchen. »Ich hab den Barkeeper gefragt, ob er mir einen Manhattan macht, und er hat gewusst, was das ist. War voll eklig, aber ich hab ihn trotzdem getrunken.«

Der Kofferraum quoll fast über von unseren Sachen – die der Jungs waren in ein paar Safeway-Plastiktüten. Ich hatte alles in eine Büchertasche gepackt, was ich brauchte: ein Cocktailkleid, einige Toilettenartikel und zwei Ampullen mit Rohypnol-Lösung. »Ich schnapp mir einen Sugar-Daddy, der meine Studienschulden abzahlt«, sagte Kappa 1.

»Tja, wenn du auf Schwabbelbacken stehst«, erwiderte Kappa 2.

Die Fahrt war angenehm. Größtenteils ging es nur über einen Highway, der von dichtem Wald eingerahmt war, in dem sich das Laub herbstlich zu verfärben begann. Wir bogen in eine kleinere Straße und schließlich in eine noch schmalere ab, an der ein Schild mit der Aufschrift »Privatbesitz« prangte. Der Wald endete, und vor uns tat sich eine weite, parkartige Fläche mit Blick auf ein großes Herrenhaus im Tudor-Stil auf. Weit vorn konnte ich Charles sehen, der aus seinem Jaguar stieg. Auf der Beifahrerseite kletterte Kristen heraus.

Wir drängten uns aus dem Wagen. »Wir sind die Ersten«, sagte Charles. »Und ich mache nur eine Führung, denn später werde ich dafür zu besoffen sein.« Von uns sollten an die dreißig kommen, doch die anderen steckten noch im Verkehr fest.

Wir folgten Charles ins Innere, und sobald die Haustür mit den zwei Flügeln aufging, konnte ich sehen, dass drinnen die Vorbereitungen für die Spendenveranstaltung in vollem Gange waren. Leute in Catering-Uniformen eilten mit Stühlen umher, und eine Frau stand auf einer gefährlich hohen Leiter, um einen gewaltigen Kronleuchter zu entstauben. Dahinter gingen zwei geschwungene Treppen nach oben.

»Charlie!«, ertönte eine Stimme. Eine ältere Frau – seine Mutter, nahm ich an – betrat die Diele und breitete die Arme aus, um ihn an sich zu drücken. Sie war so perfekt gepflegt, wie es nur bei wohlhabenden Frauen vorkam, die sich um wenig anderes kümmern mussten als ihr Aussehen. »Mein Charlie-Bär, sieh dich einer an!« Als Nächstes umarmte sie Kristen. Charles weigerte sich, verlegen zu sein, weil er Charlie-Bär genannt wurde.

Er stellte uns als seine Freunde vor und gab uns dann eine kurze Führung durchs Haus. Ich prägte mir alle Räume ein: eine Bibliothek, ein Esszimmer, ein formelleres Esszimmer, das Arbeitszimmer seines Vaters, in dem lauter Tierköpfe hingen, und eine so gigantische Küche, dass ich auf der Stelle lernen wollte, wie man Pasteten machte. Riesige Fenster boten einen Blick in den Garten hinten. Dort war eine große

Terrasse, ein überdachter Pool, dann noch mehr Rasenfläche und schließlich ein Anleger, der direkt auf den Fluss hinausging. Ich zog alles als mögliche Orte für meine Befragung in Betracht.

Ich hatte zu Wahrheitsseren recherchiert, was ich konnte. Leider gab es kein wirkliches Wahrheitsserum, also musste ich das zweitbeste nehmen: etwas, das Wills Zunge lockerte, seine Hemmschwelle senkte, aber auch dafür sorgte, dass er am nächsten Tag alles vergessen hatte. Alkohol besaß viele dieser Eigenschaften, war jedoch nicht zuverlässig. Es musste definitiv Alkohol im Spiel sein, denn sich zu betrinken und einen Blackout zu haben war eine plausible Erklärung für die Frage »Was ist letzte Nacht passiert?«. Rohypnol ist in den USA verboten, aber einfallsreiche Menschen können es immer noch online bekommen. In der Highschool hatte ich damit experimentiert, eine konzentrierte flüssige Form davon herzustellen. Ich wählte Jungen aus, von denen ich schätzte, dass sie in etwa Wills Statur hatten, und hatte mich mit ihnen in irgendwelche Hausecken verzogen oder sie von Lagerfeuern aus in den Wald gelockt. Natürlich dachten sie, sie würden zum Schuss kommen, aber ich führte bloß bizarre Unterhaltungen mit ihnen, bekam einige private Informationen und redete ihnen seltsame Geschichten ein, damit ich am nächsten Tag herausfinden konnte, an was sie sich erinnerten.

»Ich muss jetzt meine Runde machen. Wir treffen uns in einer Stunde hier wieder. Wir können essen und trinken, was wir wollen, aber stört die Leute nicht«, sagte Charles.

»Worum geht es bei dieser Veranstaltung?«, erkundigte sich Billy.

»Umweltschutz.«

»Ist dein Vater nicht groß im Fracking-Geschäft?«, fragte ich unwillkürlich.

»Er ist auch Jäger«, antwortete er. Was für mich keinen Sinn ergab, aber ich beließ es dabei.

Wir gingen nach oben, um uns umzuziehen. Charlie-Bär hatte gesagt, wir dürften uns eines der Zimmer aussuchen, bei dem die Tür nicht geschlossen war. Obwohl das Haus riesig war, bot es keine dreißig Schlafzimmer, daher schloss ich, dass sich heute Nacht einige Betten teilen müssten. Was spätabends vor sich ging, wäre entscheidend. Bis dahin musste ich Will um den Finger gewickelt und betrunken gemacht haben, aber nicht zu betrunken. (Das Letzte, was ich brauchte, war, dass er kotzen müsste, was es schwierig machen würde, ihn zu befragen.)

Ich und die beiden Kappa-Mädchen wählten ein Zimmer mit Blick zum Garten. Während sie versuchten, ihre Kleider in dem Bad glatt zu dampfen, sah ich aus dem Fenster. Bald wäre es dunkel auf dem Fluss. Auf dem langen Anleger gab es zwei kleine Gästehäuser.

Nicht zu weit weg, doch recht abgelegen. Sie schienen ideal. Ich konnte nicht hundertprozentig darauf zählen, dass Will zahm wäre – er könnte gewalttätig werden. Ich hatte einige Selbstverteidigungskurse gemacht, aber es blieb immer noch ein Risiko. Im Fernsehen gewannen stets die Guten; im wahren Leben konnte einen jemand, der schwerer war, leicht überwältigen. Entscheidend war, dass ich einen klaren Kopf behielt, damit ich die Oberhand hatte.

»Willst du dich nicht umziehen?«, fragte Kappa 2. Ihre Lippen waren mit Konturenstift eingerahmt.

Ich schlüpfte in mein Kleid. Es war ein kurzes, eng anliegendes Sue-Wong-Cocktailkleid im Jugendstil-Chic gehalten, rot mit schwarzen Spitzenakzenten und schwarzen Straußenfedern am Saum. Bis auf ein schwarzes Metallarmband, das ich dabeihatte, um meine Smartwatch zu überdecken, und das eigentlich nicht zum Outfit passte, trug ich keinen Schmuck. Die Kappas fummelten noch eine Weile an ihrem Haar, während ich meines offen ließ.

Ich stand vor dem Zimmer und zog meine hohen Schuhe an, als mehrere Oberschichtentypen aus einem Raum weiter hinten kamen. Seufz. Da war Charles in einem schmalen grauen Anzug, das Einstecktuch in seiner Brusttasche perfekt gefaltet. Kristen war neben ihm und hatte ein smaragdgrünes Kleid an, das Charles' Augen schmeichelte. »Du siehst nett aus!«, sagte er in dem Tonfall, den man gegenüber seiner Schwester anschlug.

Ich wollte nicht, dass er mich »nett« fand. Es gab Zeiten, in denen ich unsichtbar sein wollte, für gewöhnlich aus praktischen Gründen, aber jetzt gerade nicht. Im Ernst, Kristen in dem schlichten grünen Paillettenkleid? Kotz.

Seit unserer Ankunft waren noch mehr Gäste eingetroffen. Ich folgte Charles und Kristen die Treppe hinunter. Er schüttelte mehreren Leuten, die Freunde seiner Eltern sein mussten, die Hand.

Im Erdgeschoss wimmelte es nun von älteren Leuten in Cocktailgarderobe. Kellner gingen mit Tabletts voller Champagner und Hors-d'œuvres herum. In der Küche schnappte Charles sich ein Tablett mit Kanapees und drei Flaschen Champagner. Fernab von der Hauptparty saßen wir auf der Terrasse und tranken Schampus direkt aus der Flasche, bis uns ein Kellner Gläser brachte. Ich behielt ein Glas in der Hand, in dem immer Champagner war, tat allerdings nur so, als würde ich trinken, und gab vor, zunehmend alberner zu werden.

Bis die anderen eintrafen, war es bereits dunkel. Die Terrasse wurde von einer Reihe kleiner Kugelleuchten erhellt. Da war Cordy mit Will im Schlepptau. Es tauchten andauernd neue Champagnerflaschen auf, doch hin und wieder brachte ein Kellner auch Cocktails, die jemand bestellt hatte. Ich benahm mich, wie es ein betrunkenes Mädchen tun würde, lachte mich schlapp über schlechte Witze, die andere machten. Und ich sorgte dafür, in Wills Nähe zu sein, beobachtete, wie viel er trank, während ich meine eigene Betrunkenheit vorführte wie ein Pfau sein Rad. Ich fühlte, dass er mich ansah.

Ich aß eine Miniquiche und rief, dass es eine geile Idee sei, als jemand vorschlug, dass wir zum Anleger gehen. Die Mädchen staksten vorsichtig über den Rasen, in dem ihre hohen Absätze versanken. Auf dem Anleger war es dunkel, und das Wasser sah schwarz aus. Es gab Licht, doch das schaltete keiner an. Ich lehnte mich so weit über die Kante des Anlegers, wie ich mich traute. Das Anwesen lag abgeschieden genug, dass man keine Nachbarn sehen konnte. »Zwischen dir und Derek sind die totalen Vibes«, bemerkte eines der Mädchen.

Ein anderes kicherte. »Ich meine, was ist, wenn ich will, dass was passiert?«

Ich blickte zurück zum Haus. Wir waren beinahe so weit weg, wie ich es in dem nördlichsten Gästehaus wäre, und von meiner Warte aus konnte ich den Rest unserer Gruppe nicht mehr reden hören, obwohl alle laut waren.

Als wir wieder auf die Terrasse kamen, holte Charles eine kleine Tüte Kokain hervor. Das nahmen nicht alle. Mir fiel auf, dass Kristen ablehnte und ihren Freund ansah, als er es tat (das speicherte ich auf jeden Fall ab!), auch wenn er nur eine Line schnupfte. Ich gab vor, welches zu nehmen, verschmierte aber das Pulver, als ich tat, als würde ich etwas hochziehen. Ein paar von den SAE-Brüdern waren barfuß auf dem Rasen, stritten sich und begannen, sich zu prügeln. Einige Mädchen tanzten, und Charles hielt lachend eine Flasche Champagner in der Hand, während Kristen rief: »Neiiiin, das habe ich nicht gesagt!«

Alle waren sehr betrunken. Ein Mädchen lief zu einer Baumgruppe, um zu kotzen, ein anderes kam mit, um ihr das Haar zurückzuhalten. Mich erstaunte die Menge an Alkohol, die die Verbindungsbrüder trinken konnten. Da hielten die Mädchen nicht mit. Einige Paare verschwanden im Haus, möglicherweise, um irgendwo rumzumachen. Die Spendenveranstaltung für was auch immer ging zu Ende, und jetzt räumte Personal drinnen auf.

Ich war die Einzige, die noch nüchtern war.

Und ich fing an, zur Tat zu schreiten. Nun blieb ich noch näher bei Will. Ich berührte seinen Arm und lachte wie verrückt, wenn er irgendwas entfernt Witziges sagte. Er zog mich wegen meines Namens auf und meinte, das sei ein Hippie-Name, worauf ich vorgab zu schmollen. Wir saßen am Ende eines Terrassentisches, knabberten an einigen Appetithäppchen und redeten über Lacrosse. Gott, er dachte ernsthaft, dass ich über *Lacrosse* sprechen wollte? Ich beugte mich vor, klebte an seinen Lippen und legte irgendwann meine Hand auf sein Knie.

Unsere Gruppe wurde kleiner, als mehr Leute nach drinnen gingen oder von Freunden raufgebracht und gedrängt wurden, Wasser zu trinken. Es blieben nur noch eine Handvoll, und ich musste sie alle aussitzen, um sicherzugehen, dass Will glaubte, er könnte bei mir landen, wenn er nur lange genug durchhielt. Charles hatte seine Krawatte gelockert und knutschte so wild mit Kristen, dass ich ihre Zungen sehen konnte. Sie verwuschelte ihm das Haar, und auch sie würden bald im Haus verschwinden, zweifellos, um Sex zu haben. Der perfekte Charles und seine perfekte Freundin – bitte haut ab und lasst mich hier zum Wesentlichen kommen.

Dann ging Derek mit einem anderen Verbindungsbruder und zwei Mädchen nach drinnen, sodass nur noch wir vier blieben.

»Wir gehen rein«, murmelte Charles und hatte seine Hand auf Kristens Hintern, als sie weggingen.

Will und ich saßen allein auf der Terrasse. Ich stand langsam auf. »Ich schätze, wir sollten auch schlafen gehen«, tat ich kund und versuchte, widerwillig zu klingen. Will richtete sich auf und schwankte. »Ich fühle mich mies, weil wir hier solche Unordnung gemacht haben«, sagte ich und zeigte auf die Teller und Gläser, ehe ich anfing, sie zusammenzuräumen.

»Stimmt«, erwiderte Will und half mir ungeschickt. Charles und Kristen waren inzwischen längst weg. In der Küche war auch kein Personal mehr. Ich sah Will direkt an.

»Wollen wir uns mal eines der Gästehäuser ansehen?«, fragte ich.

»Klar!«

Ich teilte einen Drink in zwei Gläser auf, die ich vorsichtig über den Rasen zu den Gästehäusern trug. Meine Schuhe hatte ich ausgezogen, um sicherer zu sein, falls ich rennen oder zutreten musste. Und ich hatte meine Handtasche bei mir, in der die Ampullen und ein Klappmesser waren. Will war größer als ich, aber ich war schlauer. Ich war bereit.

Ich führte ihn in das Gästehaus, das näher am Wasser und weiter weg vom Haus war. Er spähte ins Fenster. »Das ist ein richtiges kleines Haus!«, rief er aus.

Charles hatte gesagt, die Häuser seien offen und dürften von uns genutzt werden. Ich schaltete das Licht ein, dimmte es aber sofort runter. Das Gästehaus hatte eine kleine, zum Wohnraum hin offene Küche. Eine halbhohe Wand trennte den Wohn- vom Schlafbereich. Und gleich rechts vom Fernseher war ein Kamin.

»Setz dich«, sagte ich und zeigte zu einem Schaffell, das zwischen dem Kamin und einem Ledersofa lag. »Ich mache uns was zu trinken.« Ich hörte, wie er schwer nach unten sank, als ich in die Küche lief. Dort stellte ich die Gläser auf die Arbeitsplatte und goss vorsichtig den Inhalt einer Ampulle in eins. »Runter damit!«, wies ich an, als ich zurück ins Wohnzimmer ging und ihm ein Glas reichte. Er lag halb auf dem Schaffell.

Ich stand vor ihm, beobachtete, wie er den Inhalt des Glases in seinen Mund kippte, und konnte nicht umhin, einen wohligen Schauer zu empfinden. Alles verlief nach Plan. Die Droge würde bald wirken. Will war in Reichweite. Er lächelte dümmlich zu mir auf. »Warum setzt du dich nicht hin?«

»Warte kurz. Ich muss mal für kleine Mädchen.« Ich ließ ihn dort und ging ins Bad, das vom Schlafbereich abging. Eigentlich musste ich nicht, aber ich richtete mein Haar, pflückte eine verirrte Wimper von meiner Wange und zog mein Kleid nach oben. Dann schob ich das Armband zur Seite, um auf meine Smartwatch zu sehen. Die Droge brauchte ein paar Minuten, ehe die Wirkung einsetzte.

Ich setzte mich neben Will und sah ihn prüfend an. Seine Augen waren glasig, und sein Gesicht war gerötet, seine Unterlippe feucht. Er war viel zu nahe an mir. Auf dem Couchtisch lag ein Buch über Höhlen, und obendrauf lag ein Achat. Ich hob den Stein hoch und sah mir die Schichten von leuchtendem Blau an, die von der Erde geformt worden waren. »Wo ist dein Handy?«, fragte ich. »Machen wir ein Selfie!«

Er verzog das Gesicht. »Habe ich nicht. Ich hatte es fallen gelassen, und es ist zur Reparatur.« Will schob seine Hand auf mein Knie und drückte, dann ließ er sie ein Stück weiter nach oben wandern. »Du bist echt heiß – hat dir das schon mal jemand gesagt?« Er blinzelte langsam.

Ich legte meine Hand auf seine. Jetzt sah ich, dass er sein Glas nicht geleert hatte, und ich hielt es ihm an den Mund.

Er nahm einen Schluck, doch es war immer noch etwas übrig. Mit offenem Mund neigte er sich zu mir, um mich zu küssen. Ich drückte ihn mit zwei Fingern an seiner Stirn weg. »Nicht so schnell.« Die Wirkung dieses Schubses, obwohl es nur meine Finger waren, war enorm. Hätte er gewollt, wäre er nüchtern gewesen, hätte er den nicht mal gemerkt. »Unterhalten wir uns erst mal.«

»Unterhalten?«, lallte er und sank zurück auf seine Ellbogen. Sein Kopf fiel leicht zur Seite, und fast verschüttete er sein Getränk, was ich verhindern konnte.

»Ich will dir nur einige Fragen stellen«, sagte ich und schwenkte sein Glas verführerisch vor ihm.

»Du erinnerst dich nicht an mich, oder?«, fragte er plötzlich.

Ich erstarrte. »Was?«

Er setzte sich auf. »Tust du nicht … Wir haben uns früher gekannt. Ich dachte, dass du vielleicht nicht … erkennst du mich nicht wieder?«

»Woher sollte ich dich wiedererkennen?«

»New Jersey«, sagte er ein wenig ungeduldig oder zumindest so ungeduldig, wie es jemand mit Rohypnol und Alkohol im Blut konnte. Hatte ich mich geirrt? Hatte er mich in dem Augenblick erkannt, in dem er mich im SAE-Haus gesehen hatte? Ich hatte mir eingeredet, dass ich so anders aussah, dass die Pubertät bei mir heftig zugeschlagen hatte und dass meine Namensänderung zu Chloe reichen würde, um jemand so Tumbes wie Will zu täuschen. Er sah mich mit großen Augen an, und seine Pupillen waren sehr geweitet. Er wirkte fast verletzlich. »Du weißt schon … was an dem Abend passiert war.«

Ich war sprachlos, was mich schlagartig wütend machte. Er hatte den Spieß umgedreht, und ich musste diejenige sein, die dies hier im Griff hatte. »Will, hast du das Video?«

»An dem Abend gerieten die Dinge außer Kontrolle, und das hätten sie nicht sollen.«

»Wo ist das Video? Wer hat es sonst noch?«

»Aber du hast mich doch gemocht, das wusste ich.«

»Ich habe dich gemocht.«

»Du hast mich gemocht«, wiederholte er lauter. Er sabberte ein bisschen.

»Ich mochte dich. Ich habe deinen Namen mit jeder Menge Schnörkeln gemalt, weil ich zwölf war, und du hast mich vergewaltigt.«

»Wow, warte mal!«, sagte er sehr langsam und neigte sich zu mir. »Du hast mich *gemocht.*«

Ich blinzelte und presste die Finger auf den Stein, den ich hielt. Er fühlte sich kalt an, eine Seite komplett glatt und poliert, der Rest rau. Ich betrachtete Wills Gesicht, und mein Herz schlug ruhig: die blassen Augenbrauen, die leichten Stoppeln, die auf seinen Wangen sprossen. »Du hast mich nach unten gedrückt, Brett Miller hat alles mit deinem Handy gefilmt, und ich war zwölf! Wo ist das Handy? Wo ist das Video?« Phase drei war »Beschaff das Video«. Ich musste es haben.

Er starrte mich an. Ich konnte nicht erkennen, ob er geschockt war oder die Drogen jeden vernünftigen Gesichtsausdruck unmöglich machten. Ungläubig beobachtete ich, wie ihm Tränen in die Augen stiegen. »Michelle … es tut mir leid.«

Ich hieb mit dem Achat zu, knallte ihn Will an die Stirn. Blut quoll hervor, und Will schrie vor Schreck und Schmerz auf, als er umfiel und sich nicht mehr rührte. Wie konnte er es wagen? Wie konnte er es wagen, meinen Namen auszusprechen? Sich entschuldigen zu wollen. Nach dem, was er getan hatte. Nachdem er mich erniedrigt hatte.

Als die Hitze nachließ, wurde mir klar, was ich angestellt

hatte, und unglücklich schaute ich zu, wie das Blut begann, den blütenweißen Schaffellteppich zu färben.

Scheiße!

Verdammt, Chloe, warum kannst du dich nicht beherrschen! Ich kniete mich halb hin, hielt die Hände über meine untere Gesichtshälfte und überlegte im Turbotempo. Will lag vollkommen still da – wie schwer war er verletzt? Die Ironie war, dass ich Will umbringen musste, aber *nicht jetzt*. Nicht, ehe ich das Video hatte.

Scheiße, Scheiße, Scheiße. Ich beugte mich zu ihm und drehte seinen Kopf um. Wie schlimm die Wunde war, konnte ich nicht sagen, weil Kopfwunden oft massiv bluteten. Bald waren meine Hände voll von seinem Blut. Ich hockte mich auf meine Fersen und dachte nach.

Dann jedoch hörte ich etwas, das mich erstarren ließ. Ein Schritt. Vom Eingang des Gästehauses. Ich wandte mich um.

Charles stand an der Tür, blass und den Mund offen vor Schreck. Sein Blick wanderte durch das Wohnzimmer, über Wills Körper und das leuchtend rote Blut, das den schneeweißen Teppich besudelte. Nein. Nicht Charles. Er war der Allerletzte, der das hier sehen sollte.

»Er hat mich angegriffen!«, schluchzte ich. »Oh Gott, ruf 911 an. Ich weiß nicht, was passiert ist.« Ich vergrub das Gesicht in den Händen, verschmierte Blut auf meinen Wangen und heulte hysterisch. Vage spürte ich, dass Charles kam, um mir zu helfen. »Er hat mich geschlagen. Oh Gott, ich habe gedacht, er bringt mich um. Ruf die Polizei!« Ich sah zu ihm auf. Tränen strömten mir übers Gesicht.

Charles hockte neben mir. Jetzt war sein Mund geschlossen. Sein Gesichtsausdruck gab keinerlei Emotionen preis, und sein strenger Blick schien zu sagen: *Hör auf.* Ich hörte auf zu weinen, und zum zweiten Mal heute Nacht war ich unsicher, was geschah oder was ich tun sollte. Charles griff langsam nach seinem Einstecktuch und zog es aus der Tasche. Mit einem Handschwenk entfaltete er es und wischte damit das Blut und die Tränen von meinem Gesicht. »Aber, aber, was hast du bloß angestellt?«, sagte er sanft.

ZWÖLF

Ich sah ihn mit großen Augen an.

Er streckte eine Hand vor, packte meinen Unterarm und schob das schwarze Armband nach unten, um meine Smartwatch zu enthüllen. Ich war sprachlos, gebannt von seinem Blick, der hart wirkte und zugleich beinahe amüsiert. Er griff oben in sein Hemd – die beiden oberen Knöpfe waren offen – und zog einen kleinen schwarzen Gegenstand heraus. Seine Smartwatch, nur ohne das Armband.

»Du bist …« Ich konnte meine Überraschung nicht mal ausdrücken.

Charles ließ meinen Arm los. »Bei dir hätte ich es nie erraten«, sagte er.

In diesem Moment gab Will ein leises Stöhnen von sich, und ich war unsagbar erleichtert. Er hob eine Hand an seinen Kopf. Er lebte. Okay, ich hatte nicht alles ruiniert. Das Einzige war …

Ich drehte mich um und stellte fest, dass Charles *mich* ansah, nicht seinen verletzten Freund. »Was genau habt ihr hier gemacht?«, fragte er in dem Tonfall eines Lehrers, der seine Schüler beim Aufteilen gestohlener Sachen ertappte.

»Wir haben nur geredet.«

»Worüber?«

Sein Blick war auf mich gerichtet und fest. Ich sagte nichts, weil ich keine Ahnung hatte, wie viel er gehört haben mochte. Da war etwas Verschlagenes an der Art, wie er seine hübschen Augen von mir zu Will wandern ließ. »Tja, ich schätze, wir sollten ihn ins Krankenhaus bringen.«

»Nein!« Er sah mich fragend an. Mir war klar, dass es als Drohung gemeint war. »Wir dürfen nicht ins Krankenhaus. Ich habe ihm eine Droge gegeben«, gestand ich.

»Welche?«

»Rohypnol.«

»Ich glaube kaum, dass du solche Hilfe brauchst, um männliche Gesellschaft zu bekommen«, sagte er lächelnd.

Ich tat so, als würde ich mich geschmeichelt fühlen, und wurde rot. »Er wird wieder. Aber das Letzte, was wir brauchen, ist, dass jemand herausfindet ...«

»Wir?«

Ich sah ihn besonders flehend an. Man kann mit Männern argumentieren, doch es ist weit effektiver, an ihre primitivsten Instinkte zu appellieren. Den Teil ihres Y-Chromosoms anzusprechen, der Frauen gern Dinge erklärt und bereitwillig hilft, weil sie sich dann größer vorkommen. »Ihm geht es gut, Charles. Ich denke, er muss sich nur hinlegen und sich ausschlafen.«

»Er könnte eine ernste Gehirnverletzung haben.«

Ich schwieg, da ich nicht einschätzen konnte, in wie großen Schwierigkeiten ich steckte.

Charles seufzte und bedachte mich mit einem Blick, als wäre ich ungezogen. Er ließ sein Einstecktuch fallen, stand auf und betrachtete das nun verunstaltete Gästehaus. Dann hockte er sich vor Will. »Will? Bist du wach?« Will stöhnte. »Mein Dad hat Typen«, sagte Charles zu mir, »so Bodyguards. Einer von denen war beim Militär und weiß wahrscheinlich einiges über Erste Hilfe. Er hat mir schon mal geholfen.«

»Wobei?«

»Ich habe nie jemandem einen Achat an die Stirn geschmettert, falls du das meinst, aber ich habe bereits den einen oder anderen Autounfall gebaut und wollte nicht, dass es mein Dad mitbekommt. Ich rufe ihn an, und wir vergewissern uns, dass mit Will alles okay ist. Geh zurück zum Haus«, sagte er und nickte in die Richtung. »Fahr morgen früh mit dem ersten Wagen weg, den du erwischst, und ich habe ein Auge auf Will.«

»Ich weiß nicht, ob er sich an irgendwas erinnert – er hatte nicht ausgetrunken.«

»Das dürftest du bald erfahren«, erwiderte er gefühllos.

Ich zögerte. »Warum soll ich dir trauen?«

»Weil ich nicht die Polizei gerufen habe, als ich es konnte. Geh dich waschen. Dein Kleid ist voller Blut.«

Leise schlich ich ins Bad. Meine Gedanken überschlugen sich nach dieser seltsamen Wende. Ich war wütend auf mich, weil ich zum schlimmstmöglichen Zeitpunkt die Kontrolle verloren hatte. Das war etwas, von dem ich Dr. Wyman gesagt hatte, dass ich daran arbeiten wollte. Doch obwohl diese neue Situation risikoreich war, fand ich es aufregend, mit Charles zusammen zu sein. Plötzlich war er nicht mehr nur ein süßer Junge, dessen Beziehung ich zerstören wollte; er war so viel mehr. Er war *gefährlich*. Und ich wusste genau, warum er mir half: Es gab ihm Macht über mich. Die einzige Frage war, was er mit dieser Macht anfangen wollte.

Als ich mich im Spiegel sah, stöhnte ich. Überall auf meinem schönen Kleid war Blut. Ich zog es aus und wusch mir das Gesicht. Es war kein Kleid, unter dem man einen BH oder sonstige Unterwäsche tragen konnte, also wickelte ich mich in ein flauschiges weißes Handtuch, hob das schmutzige Kleid auf und stopfte es in einen sauberen Müllbeutel. Ich wollte keine Spuren hinterlassen.

Charles beendete ein leises Telefongespräch, als ich zurück ins Wohnzimmer ging. »Er kommt – gehen wir.«

»In einem Handtuch?«, sagte ich neckisch. »Die Leute werden sich fragen, was du hier mit mir gemacht hast.«

Er seufzte. Dann zog er sein Jackett aus und hängte es über die Couchlehne. Er knöpfte sein weißes Hemd auf und zog es ebenfalls aus. Darunter kam ein schlichtes weißes T-Shirt zum Vorschein. Charles gab mir das Hemd und kehrte mir den Rücken zu. Ich wickelte das Handtuch ab und zog das Hemd an. Es war weich und warm und roch nach ihm.

Er drehte sich um, und für einen Sekundenbruchteil schaute er mich an. So hatte er mich noch nie angesehen. Sein Blick huschte von meinem Gesicht zu meinem Körper, der bis zur Mitte meiner Oberschenkel von seinem Hemd verhüllt war.

Charles streckte den Kopf aus der Tür des Gästehauses, bevor er rausging. Ich folgte ihm. Meine nackten Füße sanken in das kühle Gras ein. Im Haus brannte noch Licht in der Küche, aber oben war alles dunkel.

»Ich kann nichts sehen«, flüsterte ich. Er ergriff meine Hand. Seine war warm, und seine Finger fühlten sich vornehm lang und schmal an. Er führte uns zurück zur Terrasse, wo wir gefeiert hatten. »Geh nach oben«, raunte er. »Ich kümmere mich um alles und rufe dich an, wenn ich mit Will geredet habe.« Er schob eine der Glastüren auf.

»Falls du vorhast, mich zu erpressen, solltest du wissen, dass ich bettelarm bin.«

»Sehe ich aus, als würde ich Geld brauchen?«, fragte er leise. Diese Andeutung von Dunkelheit in seinen Augen erinnerte mich daran, dass ich hierfür noch irgendwie bezahlen müsste. »Geh zurück auf dein Zimmer, ohne dass dich jemand sieht. Und gib mir deine Handynummer.« Ich sagte sie ihm auf. Ich mochte vielleicht davon fantasiert haben, dass Charles meine Nummer in sein Handy tippte, aber nicht so.

Als er die Tür schloss, arbeitete ich mich im Kopf durch

Notfallgeschichten, mit denen ich meine Spuren verwischen könnte. Ich hatte nie das Gefühl gehabt, dass Charles Will sonderlich mochte. Bloß weil sie Verbindungsbrüder waren, mussten sie keine Freunde sein. Und Will hatte etwas Rüpelhaftes an sich, das mir sagte, sie konnten sich nicht sehr nahe sein. Eher glaubte ich, dass Charles ihn in seinem Dunstkreis duldete.

Ich schlich mich in das Zimmer und ertastete mir den Weg. Nachdem ich eines der Kappa-Mädchen fast vom Bett geschoben hatte, kroch ich unter die Decke. Ich hob Charles' Hemd an meine Nase und inhalierte schläfrig. Es war eine lange Nacht gewesen. Der Achat und Charles hatten meine Will-Pläne verkompliziert, aber sobald die Sonne aufging, würde ich tun, was ich immer getan hatte – mich anpassen, umorganisieren und meinen nächsten Schritt machen.

DREIZEHN

Kristen band ihr blondes Haar zu einem Pferdeschwanz und war wehrlos, als Charles sein Gesicht an der kitzligen Stelle in ihrem Nacken vergrub. Lachend wand sie sich. »Das ist die Strafe dafür, wenn du zu langsam bist«, sagte er.

»Charlie-Bär, das verrate ich deiner Mutter«, säuselte sie, und beide lachten über den furchtbaren Kosenamen. Auf wundersame Weise verstand Kristen seine Familie. Sonnenlicht fiel durch die Fenster in sein Schlafzimmer und auf ihr Haar, sodass es wie flüssiges Gold schien. Jeder zufällige Beobachter hätte sie für ein normales, gut aussehendes junges Paar gehalten. Charles umarmte Kristen von hinten und betrachtete sie beide im Spiegel. In Momenten wie diesem fühlte sich seine Dunkelheit wie ein krasser Kontrast an zu allem, was an Kristen leicht und sorglos war. Aber etwas an ihrer Beziehung gab ihm das Gefühl, dass er genau wie sie sein könnte. Wenn sie lächelte, erreichte es immer ihre Augen.

Er beugte sich vor und küsste sie. Gern würde er sie mehr küssen, doch dafür war keine Zeit. »Kannst du nach unten gehen und das Frühstück übernehmen? Ich möchte nachsehen, ob Will noch lebt«, sagte er.

»Hat er es letzte Nacht übertrieben?«

»Er ist gestürzt und mit dem Kopf auf die Steinstufen geknallt. Ich will mich bloß vergewissern, dass er okay ist. Rette mir eine Bärentatze.«

Kristen küsste ihn auf die Wange und verließ das Zimmer. Sie bewegte sich mit der Haltung von jemandem, der sich in seinem Körper vollkommen zu Hause fühlte, was Charles immer schon an ihr mochte. Doch kaum war sie weg, war ihm, als könnte er beinahe etwas klicken hören: das kleine Lockern seines Geistes, das eintrat, wenn Kristen nicht in der Nähe war, ähnlich einem winzigen Muskel, der sich fast unfreiwillig angespannt hatte und sich nun entspannen durfte.

Charles hatte Will in dem Zimmer neben seinem untergebracht – in dem sein Bruder Eric wohnte, wenn er zu Besuch war. Er fand, falls Will irgendwo kotzen müsste, sollte es in Erics Zimmer sein.

Charles klopfte an die Tür und ging hinein. Will regte sich eben erst unter einem Deckengewirr. Stöhnend fasste er sich an den Kopf. Mercer, der Bodyguard von Charles' Vater und Mann für alles, hatte Will untersucht, war mehrere Stunden bei ihm geblieben und dann wie ein Geist verschwunden. Von ihm blieben lediglich ein Glas Wasser und ein Fläschchen Ibuprofen zurück. Wie viele Männer, die für Charles' Vater arbeiteten, tat er, was man ihm sagte, ohne Fragen zu stellen. »Geht es dir gut?«, fragte Charles in dem affektierten Ton, den er benutzte, wenn sich Leute in der Nacht zuvor zum Idioten gemacht hatten.

»Mein Kopf bringt mich um.« Will schaffte es, sich aufzusetzen, wobei er das Gesicht verzog. Wieder berührte er seine Stirn und schien verwundert, dass dort ein Verband war.

Charles beugte sich auf Augenhöhe mit ihm und musterte sein Gesicht. »Erinnerst du dich an irgendwas von letzter Nacht?«

Will runzelte die Stirn und senkte den Blick. »Ich weiß noch, dass wir Kurze getrunken haben …« Er griff nach dem Ibuprofen und schluckte mehrere Tabletten trocken herunter. »Mmm … danach weiß ich nichts mehr.«

»Du warst besoffen, bist hingefallen und hast dir den Kopf an den Steinstufen draußen angeschlagen.«

»Ach du Schande.«

»Komm nach unten und trink eine Bloody Mary«, sagte Charles laut.

Will erschauderte. »Ich trinke nie wieder.«

»Berühmte letzte Worte. Willst du deinen Rausch dann vielleicht noch eine Weile ausschlafen?«

»Nein«, antwortete Will rasch. »Ich muss los. Ich habe noch was für Lacrosse zu machen.«

Gut. Charles wollte nicht, dass sich Will und Chloe über den Weg liefen.

Charles wartete, bis Will seine Sachen zusammengesammelt hatte, und folgte ihm in die Diele, um zuzusehen, wie sich die Tür hinter ihm schloss. Erst jetzt schien es ihm okay, zur Gruppe zu gehen, die verkatert vor einer Auswahl an Gebäck und Käsesoufflé saß. Als Charles seinen Teller füllte, spürte er, dass Chloe versuchte, Augenkontakt zu ihm herzustellen, aber er mied sie. Zumindest bis Kristen den Raum verließ, um ihre Tasche von oben zu holen. Dann sah er kurz zu Chloe und sagte stumm: *Alles gut so weit.*

Was für eine merkwürdige Verquickung der Ereignisse! Das Mädchen war ihm vorher nicht mal aufgefallen – nur eine in einer Horde nie endender Mitstudentinnen. Charles bildete sich ein, andere gut lesen zu können. Dr. Wyman meinte, dass er für einen Psychopathen überdurchschnittlich gut Emotionen anderer erkannte. War man klug, hatte Wyman einmal gesagt, konnte man die Fähigkeit, andere lesen und verstehen zu können, zu seinem Vorteil nutzen. Sie half, sich in einer konfusen Welt zurechtzufinden und ein erfolgreiches Leben zu führen. Andererseits konnte man dieselbe Fähigkeit auch anwenden, um andere zu manipulieren und in Schwierigkeiten zu geraten.

Was genau war im Gästehaus los gewesen? Komisch, dass Chloe sofort dachte, er würde sie erpressen. Charles war nicht sicher, was er mit der Information anfangen würde, aber eines stand fest: Es war zumindest etwas Neues und Faszinierendes in einer Welt mit so wenig Neuem und Faszinierendem.

»Hast du Will gesehen?«, fragte jemand. Genervt sah Charles nach rechts in das dümmliche, ernste Gesicht von Chad, dem Präsidenten der SAE. Seine Arme waren so muskelbepackt, dass es kein Hemd auf der Welt gab, das nicht zu eng an ihm aussah.

»Der ist früh weg«, antwortete Charles.

Die Gruppe verteilte sich auf die Autos und fuhr zurück zum Campus. Kristen schlief auf längeren Autofahrten ein, was Charles Ruhe zum Denken ließ. Sein Jaguar schnurrte angenehm, als er ihn nach D.C. lenkte. Hatte er Chloe richtig verstanden? Hatte sie von *Vergewaltigung* gesprochen? Auf jeden Fall hatte sie ein Video erwähnt. Dass sie zwölf gewesen war? Und ihr unglaublicher Zorn, als sie mit dem Achat zuschlug. Charles hatte geahnt, dass es zu einem Gewaltausbruch kommen würde. Er hätte Chloe stoppen können, indem er ihr etwas zurief, aber es war zu interessant gewesen abzuwarten, was als Nächstes geschehen würde. Sie hatte Will mit einem extrem kompakten Objekt geschlagen – jemand Stärkeres, wie Chad, hätte leicht eine Person mit einem einzigen Schlag mit dem Stein umbringen können. Chloe hätte Will umbringen können.

Aber warum?

Hatte Will sie *vergewaltigt?* Charles blickte hinüber zu Kristen, als könnte sie allein der Gedanke wecken. Doch sie lehnte am Seitenfenster, und hinter ihr verschwamm das vorbeirauschende Herbstlaub zu einem Farbschleier. Charles kannte Will nicht gut. Er war im weitesten Sinne ein Freund, wie es eine Menge Verbindungsbrüder waren, aber Charles' einziger richtiger Freund in der SAE war Derek. Sie waren schon befreundet, seit sie im ersten Studienjahr der Verbindung beitraten. Charles hatte das eigentlich nicht gewollt, doch es war die Verbindung seines Vaters gewesen. Ein Jahr lang hatte Charles parallel mit Will in dem Verbindungshaus gewohnt, war dann allerdings, so wie er konnte, aus dem widerlichen Haus aus- und vom Campus weggezogen in ein Apartment, das eher seinem Stil entsprach.

Will war unscheinbar, nicht mal interessant genug, um eine Abneigung zu ihm zu entwickeln wie bei Chad. Er trank Bier, redete dummes Zeug und würde wahrscheinlich irgendwann im Finanzsektor arbeiten und eine Frau heiraten, die er hinter ihrem Rücken als Schlampe bezeichnete. *Denke ich, dass er eine Zwölfjährige vergewaltigt hatte?* Charles dachte über die Frage nach.

Würde Will ein Mädchen betrunken machen und mit ihm schlafen? Ja, überlegte Charles, würde er vermutlich, obwohl er keine Anhaltspunkte dafür hatte. Würde Will ein Mädchen betrunken machen und mit ihm schlafen, obwohl es Nein sagte und ihn abzuwehren versuchte? Vielleicht. Und sollte eine der Hypothesen stimmen, war es dann zu weit hergeholt, dass er eine Zwölfjährige vergewaltigen würde?

Charles würde gern Dr. Wyman fragen. Natürlich müsste es rein hypothetisch formuliert sein. Es schien eher zu Chad zu passen – peinlich ernst und wohlmeinend –, sich ehrlich auf etwas Gefühlsduseliges wie eine Therapie einzulassen, aber Wyman war der Einzige, mit dem Charles solche Gespräche führen konnte. Er urteilte nicht, wenn Charles etwas nicht verstand, was er verstehen sollte. Und er zeigte echtes Interesse daran, seine Fragen so umzuformulieren, dass Charles sie begriff.

In D.C. setzte er Kristen bei sich zu Hause ab und fuhr

zur Psychologischen Fakultät. Es war Sonntag, und Wyman wäre nicht dort, aber Charles musste bis Montagmittag eine Übung fertig machen und wollte es lieber jetzt erledigen.

Die Übung gehörte zu einem Teil, in dem virtuelle Realität verwendet wurde. Und die VR fühlte sich verblüffend eindringlich an. In der virtuellen Welt interagierte Charles manchmal mit ein oder zwei weiteren Leuten in einer Unterhaltung, bei einer Problemlösung oder in einem Gespräch über Privates. Dann veränderte sich etwas – die Perspektive verschob sich, und er war jemand anderes, der sich zu dem Avatar umdrehte, der er eben gewesen war. Das Experiment maß seine emotionalen Reaktionen. Wyman hatte ihm erzählt, es würde Charles' Fähigkeit trainieren, unterschiedliche Perspektiven einzunehmen. Dass er, wenn er anfing, sich selbst aus einem neuen Blickwinkel zu sehen, die Kunst erlernte, Dinge aus der Perspektive anderer zu betrachten. Charles war nicht sicher, ob er darin besser wurde, aber es wäre eine nützliche Fertigkeit. Solche Sachen waren es, die ihn bei Kristen in Schwierigkeiten brachten.

Er parkte auf dem Platz des Dekans für Sozialwissenschaften (damit kam er so gut wie immer davon), doch beim Aussteigen bot sich ihm ein befremdlicher Anblick. Die Doppeltüren des Psychologiegebäudes waren mit einer übertrieben großen Kette und einem Vorhängeschloss gesichert, und leuchtend gelbes Polizeiabsperrband war über die Türen geklebt.

Genervt holte Charles sein Handy hervor. Da er offenbar nicht ins Gebäude kam, wollte er stattdessen noch mal nachsehen, wie es Will ging, und danach Chloe eine Textnachricht schreiben. Auf dem Weg zu dem Haus, das Will sich mit einem Mitbewohner teilte, scrollte er durch den Lokalteil der *Washington Post*, ob dort irgendwas zu dem Absperrband stand. Nichts. Auf Twitter war ein Foto der versperrten

Tür gepostet, versehen mit einen Haufen Fragezeichen. Mehrere Leute hatten mit Fragen kommentiert, doch eine Person hatte geschrieben: Ich habe gehört, dass einem Typen der Schädel eingeschlagen wurde.

Bei Will wurde Charles wieder ausgebremst – die Tür war abgeschlossen, und es war niemand daheim. Da Sonntag war, lag die Vermutung nahe, dass Will rüber ins SAE-Haus gegangen war. Auf dem Weg dorthin erwiderte Charles das nervöse Lächeln zweier Mädchen, die ihm entgegenkamen. »Nein, der ist voll *verblutet* – alle reden darüber«, sagte eine von ihnen.

Im SAE-Haus war es wie immer: unordentlich, muffig und voller Leute, die Besseres zu tun haben sollten. Zwei Typen probierten aus, ob sie mit einem brennenden Ball Tischtennis spielen konnten. Charles hielt es für ein fragwürdiges Unterfangen.

Als er halb die Treppe hinauf war, konnte er Wills Rücken aus dem Wandschrank oben ragen sehen. Er kramte in dem Schrank und warf hektisch Sachen umher. »Hey, ich wollte nur schauen, ob alles okay ist mit dir«, rief Charles.

Will war wie versteinert. »Mir geht es gut«, sagte er und sah Charles mit einem Blick an, der förmlich schrie: *Geh weg.*

Charles lief die Treppe wieder hinunter, nahm sich eine Flasche Bier aus dem Kühlschrank und ging nach draußen, wo er sich in einen der Liegestühle setzte. Er öffnete WhatsApp und textete Chloe: Habe morgens mit ihm geredet, und er hat sich benommen, als könnte er sich an nichts erinnern. Aber eben habe ich ihn im Verb.Haus gesehen, wo er ziemlich panisch nach etwas sucht. (Er wohnt hier nicht mehr.)

Fast sofort erschienen die kleinen Punkte, die anzeigten, dass die andere Person schrieb. Was immer es war, Chloe tippte auf jeden Fall sehr langsam. Charles saß über sein Handy gebeugt da.

O.K., war alles, was sie geschrieben hatte. Charles neigte den Kopf zur Seite. Das ist alles?

□, ergänzte sie.

»Alter!«, rief jemand laut. Charles blickte auf und sah Derek, der angelaufen kam. Sein schwarzes Haar sah extra verwuschelt aus – er hatte eindeutig noch nicht geduscht. »Hast du es gehört?«

»Was gehört?«

Derek streckte sich in dem Liegestuhl neben Charles' aus. »Irgendein Typ ist gestern Abend *ermordet* worden! Im Psychologengebäude!«

»Da war ich eben! Deshalb ist da überall Polizeiband?«

Derek nickte. »Keiner kennt die ganze Geschichte, aber anscheinend war ein Studienanfänger da und hat versucht, ihn zu retten.«

»Wer ist gestorben? Jemand, den wir kennen?«

»Michael Boonark?«

»Kommt mir nicht bekannt vor«, sagte Charles. Wie geschmacklos. Er fragte sich, wie schnell alles wieder sauber war. Immerhin musste er noch die Übung machen.

VIERZEHN

Leonard öffnete praktisch in dem Moment, in dem Detective Bentley die Klingel drückte. Er hatte Bentley länger nicht gesehen, weshalb es nicht komisch wirkte, dass die beiden Männer sich umarmten. Leonard hatte Bentleys Vater gekannt und erinnerte sich an den Detective als Kind, das durch Leonards Reihenhaus in Foggy Bottom flitzte. Jahrzehnte später war Bentley in die Fußstapfen seines Vaters getreten und erst Police Officer, dann Detective geworden.

Ein anderer Mann, anscheinend Bentleys Partner, warf ihnen einen gereizten Blick zu. »Kommt doch bitte rein«, sagte Leonard und führte sie ins Wohnzimmer. Bentley stand vor dem Ledersessel gegenüber dem Kamin und schüttelte amüsiert den Kopf.

»Verdammt, du hast diesen Sessel immer noch! Ich erinnere mich, wie ich auf dem rumgeklettert bin.«

»Gute Dinge bewähren sich«, sagte Leonard mit einem traurigen Lächeln und setzte sich auf die Couch. Die Umstände ihres Wiedersehens waren keine glücklichen.

Seit dreißig Jahren beriet Leonard das MPD. Er hatte bei dem älteren Detective Bentley angefangen, und diese Beziehung hatte geholfen, dass ihm die Uni und deren Ethikkommission grünes Licht für die kombinierte Längsschnittstudie zur Psychopathie an der Adams gaben. Schnappte man sich die, die gerettet werden konnten, solange sie jung waren, hatte er argumentiert, würden sie nie in die Kriminalität abdriften. Das MPD hatte bereits mehrere junge Leute an das Programm verwiesen – hoffnungsvolle Fälle in ihren Augen. Doch Leonard erkannte, dass es kluge Jugendliche waren und sie keine Gefahr für andere Studenten darstellten. Mehrere hatten das Programm durchlaufen und waren produktive Mitglieder der Gesellschaft geworden: Ehemänner, Ehefrauen und Eltern, ein Anwalt und eine Wirtschaftsprüferin, sogar jemand, der eine kleine Firma betrieb.

»Dies ist mein Partner Deever.«

Leonard nickte ihm zu und bedeutete ihnen, sich zu setzen. Normalerweise hätten sie sich in seinem Büro getroffen, aber sein intellektuelles Heiligtum war nun ein Tatort. »Ich bin vollkommen erschüttert.« Er rieb sich die müden Augen. »Ich verstehe nicht, wer das tun würde.«

»Wir haben eigentlich gehofft, dass du einige Ideen hast«, sagte Bentley. »Hatte Michael erzählt, dass er in jüngster Zeit Probleme mit jemandem hatte? Hatte er Geldsorgen? Nahm er Drogen?«

»Michael hat so viel getrunken wie alle College-Studenten. Seine Familie gehört zur Mittelschicht, und da gab es keine heimliche Spielsucht oder irgendwas. Ich wüsste nicht, warum ihm irgendjemand etwas antun wollen würde.«

»Wer hat Schlüssel zu diesen Versuchsräumen?«

»Nur ich, meine Doktorandin Elena – mit ihr habt ihr schon gesprochen, wie ich hörte – und unsere Forschungsassistenten aus den höheren Studienjahren. Die Studenten in dem Programm können nur herein, wenn sie für einen Versuch vorgesehen sind; dann öffnet ihnen ihre Smartwatch die Tür.«

»Und Michaels Diagnose? Könnte er sich durch sein Verhalten Feinde gemacht haben? Leute gegen sich aufgebracht?«, fragte Bentley.

Leonard schüttelte den Kopf. Zum ersten Mal seit zwei

Jahrzehnten lechzte er nach einer Zigarette. »Seit Beginn des Programms hat Michael sogar ziemliche Fortschritte gemacht. Es gab ein paar kleine Streitereien mit seinem Mitbewohner, bei denen es um schmutziges Geschirr und solche Sachen ging – nichts Ernstes. Kirby Gurganus«, fügte er unter Vorwegnahme der nächsten Frage hinzu. »So heißt der Mitbewohner. Er ist ebenfalls im dritten Studienjahr.«

»Ihr Programm, von dem Bentley mir erzählt hat«, begann Deever, und Leonard mochte seinen Ton nicht. »Sie laden einen Haufen Psychopathen an dieselbe Uni ein, damit sie verheerenden Schaden unter unschuldigen Studenten anrichten können? Was soll daran sinnvoll sein?«

»Komisch, dass Sie fragen, denn anscheinend hat jemand verheerenden Schaden bei einem meiner Psychopathen angerichtet. Es sind Studenten, denen wir beibringen, moralische Standards anzunehmen und ihr fehlangepasstes Verhalten zu kontrollieren.«

»Trotzdem – warum holen Sie die her?«

»Diese Studenten befinden sich in einer intensiven Behandlung. Bei den achttausend College-Anfängern hier kann man davon ausgehen, dass wahrscheinlich an die dreihundert psychopathisch sind – nur nie erkannt wurden. Meine Jugendlichen sind Studenten, die sich ein besseres Leben wünschen und deren Familien in diesem Bestreben voll und ganz hinter ihnen stehen.« Deever wirkte nicht beeindruckt.

»Also, er ist seit drei Jahren in dieser Studie gewesen«, probierte es Deever mit einem neuen Ansatz. »Sie müssen eine Menge über seine Psyche wissen.« Leonard wurde klar, dass Deever genau der Typ war, der einen Psychologen kennenlernte und gleich mit einem spöttischen Grinsen fragte, ob der ihn *psychoanalysierte*. »Was ging in seinem Kopf vor? Was können Sie uns über seinen Charakter erzählen?«

Leonard zögerte, weil ihn der seltsame Drang überkam, Michaels Privatsphäre zu schützen. Doch dann fiel ihm ein, dass Michael nicht mehr am Leben war und dass der Junge ermordet wurde. »Er war ein Misanthrop, allerdings nicht auf eine asoziale Art. Er hat viel gelesen, hielt sich für einen Poeten. Er wollte die Leute blenden, aber seine Manipulationsversuche waren eher plump und funktionierten nicht immer.«

»Da ist noch etwas, über das wir reden sollten«, sagte Bentley. »Es gab einen Augenzeugen bei dem Angriff, einen anderen Studenten, der den Notruf wählte und versucht hat, Erste Hilfe zu leisten. Er steht auf der Namensliste, die du uns gegeben hast.«

Leonard war sprachlos. Auf den vielen Seiten der Einverständniserklärungen gab es eine kleine Klausel, die besagte, dass die Namen von Studenten in dem Programm, die schon polizeibekannt waren, der Polizei gemeldet wurden. Es war ein Zugeständnis und eine Geste des guten Willens gewesen, die Leonard machen musste, um die Universität von der Studie zu überzeugen. »Andre oder Kellen?«, fragte er.

»Andre Jensen.«

Der arme Junge – nachdem er bereits so viel Berührung mit dem Tod in jungen Jahren durchgemacht hatte. Bei seiner ersten Sitzung war Andre unglaublich verschwiegen gewesen, hatte nur einsilbige Antworten gegeben und nach Leonards beruflichem Werdegang gefragt, als glaubte er nicht, dass er die nötige Qualifikation besaß. »Wie hat er reagiert?«

»Der Junge war ganz schön mitgenommen. Er hatte versucht, die Blutungen zu stoppen, und als wir ihn auf der Wache hatten, um seine Aussage aufzunehmen, hat er immer wieder angedeutet, dass Michael vielleicht nicht gestorben wäre, hätte er sich besser in Erster Hilfe ausgekannt.«

Leonard konnte diese Information kaum verdauen, ehe

Deever seinen Partner unterbrach: »Was für ein Zufall, dass noch einer Ihrer Studenten versehentlich zur selben Zeit in demselben Trakt war. Was können Sie uns über diesen Jungen erzählen?«

»Warum soll es ein Zufall sein? Zwei Studenten im selben Programm an der Psychologischen Fakultät? Natürlich sind die immer mal wieder in den Räumen«, antwortete Leonard und bemühte sich, nicht verärgert zu klingen. »Ich kann mir nicht vorstellen, dass Andre so etwas tut, falls das Ihre Frage ist. Er hat sich in einige idiotische Sachen verwickeln lassen, als er vierzehn oder fünfzehn war, aber nichts, was auch nur ansatzweise als Vorstufe zu Mord gedeutet werden könnte.«

»Irgendwelche Gewalttaten?«

»Rein theoretisch Körperverletzung, jedoch mehr von der Sorte ›nach der Schule schlag ich dich zusammen‹. Autodiebstahl, Vandalismus.« Deever machte sich eifrig Notizen. Für Leonard war offensichtlich, dass Autodiebstahl und gelegentliche Prügeleien ganz und gar nicht das Gleiche waren wie Mord. »Detective, warum sollte er Michael helfen und den Notruf wählen, wenn er der Täter war?«

Deever zuckte mit den Schultern. »Hier läuft ein halbes Dutzend Soziopathen herum, da werden Sie wohl kaum von mir erwarten, diese Tatsache zu ignorieren, wenn es einen Mord gibt.«

»Psychopathen«, korrigierte Leonard. »Und ich *hoffe*, dass Sie nichts übersehen, denn mein Student wurde umgebracht.«

»Diese Smartwatches, die sie tragen – können Sie über die Ortungsdaten der Studenten sammeln?«, hakte Deever nach.

»Die Smartwatch zeichnet die ganze Zeit den Standort auf, wie es auch ein Smartphone tut, aber entsprechend unseren Datenschutzklauseln behalten wir diese Daten nur für die Zeiten, in denen sie ein Mood-Log ausfüllen, und verwerfen den Rest.« Leonard sah auf seinem Computer nach. »Andre hatte um halb neun abends eines von diesem Ort abgegeben«, sagte er und notierte die Koordinaten, die er bewusst Bentley gab.

Bentley erwiderte, sie würden sich wahrscheinlich wieder melden, und beide Männer erhoben sich zum Gehen. Deever verließ als Erster das Haus und steuerte auf ein Zivilfahrzeug zu, das verkehrswidrig an der Straße parkte. Das winzige historische Viertel Foggy Bottom lag eingeklemmt zwischen dem Watergate-Komplex und dem großen Campus der George Washington University. Es war merkwürdig, dass all das Chaos und die Wut auf die Regierung während jener Watergate-Jahre wieder aufzubranden schienen. Bentley berührte sanft Leonards Arm. »Alles in Ordnung?«

Leonard schüttelte den Kopf. »Ich weiß, dass es irrational ist, aber mir kommt es vor, als würde sich die Geschichte wiederholen. Ich, du als Stellvertreter deines Vaters, das Absperrband.« Blinzelnd sah er hinaus in die Nacht, wo eine Krankenwagensirene heulte. »Ich denke ungern an die Zeiten zurück.«

»Es ist nur ein Mord. Und wir nageln diesen Typen fest. Vertrau mir.«

FÜNFZEHN

Tag 43

Reek schien überrascht, dass ich direkt auf ihn zuging, als uns gesagt wurde, wir sollten uns Laborpartner in Bio suchen. »Hi«, sagte er nervös und strich sich das aschblonde Haar hinter die Ohren, während ich mich auf den Laborhocker neben ihn setzte. »Ich will das nicht machen.«

»Komm schon, das ist reine Biologie.« Vor uns war ein Obduktionsset, einschließlich Nierenschälchen, Skalpell, Zange und Schere. Ich hatte mich auf das Labor gefreut – Sezieren ist das Beste an diesem Kurs.

»Es ist nur … dieser *Geruch*«, sagte er. Er sah blass aus.

Der Geruch war Formaldehyd. Allerdings könnte er auch von Reek – was so viel wie »Stinky« bedeutete – stammen, denn die SAE hatte ihm für eine Woche das Duschen verboten. Mir machte weder der eine noch der andere Geruch etwas aus, denn ich werde mal Ärztin, und Reek könnte nützliche Informationen zu Will haben.

Der Assistent ging herum und gab jedem von uns eine Plastiktüte mit einem Schweineembryo. Selbst mit den Latexhandschuhen war Reek sichtlich mulmig bei dem Gedanken, es anzufassen. Ich schlitzte meine Tüte auf und ließ das Formaldehyd ablaufen. Unser Schweinchen war niedlich mit dem kleinen Gesicht, dem offenen Mund und der herausragenden Zunge.

Die Laborarbeitsplätze waren weit genug auseinander, dass ich Reek ein bisschen ausfragen konnte, ohne dass es jemand mitbekam. Er schien froh, dass ich das Sezieren übernahm, während ich mit ihm ein wenig über die Party tratschte. Er wusste, wer dort mit wem was angefangen hatte, war fasziniert von Charles' Haus und dessen heißer Freundin (oh, bitte!), erwähnte aber mit keinem Wort Will und seinen kleinen Unfall. Gut – seine Anwesenheit und Abwesenheit waren also nicht wirklich bemerkt worden.

»Wer ist noch mal Charles' Freundin?«, fragte ich und führte einen langen Schnitt Babes Bauch hinunter aus. Die Charles-Situation bekam ich nur in den Griff, wenn ich so viel wie möglich über ihn erfuhr.

»Kristen Wenner?«

»Wie lange sind sie schon zusammen?«, hakte ich nach. Das Innere des Schweinchens zeigte alle möglichen Grauschattierungen. Tot aussehendes, leicht pinkes Grau und aufgeweichtes Gedärmgrau. Ich wäre klasse darin, mir Namen für diese Farbnuancen auszudenken.

»Zwei Jahre.«

Zwei Jahre? Wollte er denn gar nicht den Markt sondieren und ein bisschen herumprobieren?

Ich fischte noch ein wenig weiter, sowohl buchstäblich als auch metaphorisch, indem ich die Organe des Schweinebabys einzeln entnahm und Reek sämtliche Informationen entlockte, die er hatte. Er war auch ziemlich betrunken gewesen und hatte auf der Party längst nicht alles mitbekommen.

»Chad hatte übrigens ein Auge auf dich geworfen«, sagte Reek, während er beobachtete, wie ich die Schweineleber aus dem Embryo hob.

»Ich kenne keinen Chad.«

»Du weißt schon, SAE-Chad.«

»Bedaure, keine Ahnung.«

Er schien überrascht. »Er hatte was zu deinem Kleid gesagt.«

Ich konzentrierte mich auf die grauen Organe vor mir, pikte mit meinem Skalpell in die Schweinchenzunge und dachte an die Blutflecke auf meinem roten Cocktailkleid, das längst weg war, weil ich es in einen Müllcontainer vor einem *Popeye's* gestopft hatte. »Zu meinem Kleid?« Das Kleid war nicht billig gewesen, und ich hatte darin gut ausgesehen. Was für eine Verschwendung!

Ich riskierte einen Blick zu Reek, und er wurde rot. »Äh, dass es klasse an dir aussieht.«

»Ach so.«

Mehr bekam ich nicht aus ihm heraus. Ich wollte ihn nach dem fragen, was Charles mir erzählt hatte – dass Will im SAE-Haus nach irgendwas gesucht hatte –, aber das konnte ich unmöglich, ohne unerwünschte Aufmerksamkeit auf mich zu lenken. Doch sobald Charles mir getextet hatte, hatte ich im Geiste gefeiert. Will hatte das Video irgendwo – er würde nicht nach etwas suchen, das er nicht mehr hatte. Bald wäre es mein.

Wir wuschen uns hinterher die Hände, und ich schrubbte mich richtig professionell, tat so, als wäre ich Chirurgin. »Ich bin am Verhungern. Hast du Lust, auf eine Pizza zu All Purpose zu gehen? Ich treffe mich da demnächst mit einigen Leuten.«

»Nee, danke«, antwortete er und blickte zu dem Beutel mit dem Aufdruck »Gefährlicher Biomüll«, in den wir die Überreste des Ferkelembryos entsorgt hatten.

»Tja, musst du ja wissen«, sagte ich und stöpselte meine Ohrhörer ein.

Vor dem Mittagessen gab es noch eine Aufgabe zu erledigen. Ich ging zum Hallbreck, einem Wohnheim für die oberen Studienjahre am Südende des Campus. Es war leicht hineinzuschlüpfen, weil draußen lauter Leute standen, die über irgendeine Krimiserie redeten.

Ich hielt mich außerhalb der öffentlichen Toilette und gab vor, auf meinem Handy zu tippen, bis zwei Mädchen rauskamen. Ich wartete, bis sie wieder in ihren Zimmern waren, dann ging ich rein und schob einen Gummikeil unter die Tür, um nicht gestört zu werden.

Die Gemeinschaftsdusche war mit reichlich losem Haar dekoriert: langes glattes oder gelocktes Haar und Schamhaar in sämtlichen Farben. Ich zog die Latexhandschuhe über, die ich im Biolabor geklaut hatte, und nahm eine saubere Klarsichttüte hervor. Mit einer nagelneuen Pinzette sammelte ich vorsichtig rund ein Dutzend Haare ein, steckte sie in die Tüte und verschloss sie. Danach ging ich zum Thresher, einem anderen Wohnheim, in die Männerumkleide im Fitnesstrakt und zu einem YMCA im Viertel, wo ich jeweils genauso verfuhr. In dem YMCA konnte ich nicht nur einiges Haar ernten, sondern etwas noch viel Besseres: einen benutzten Tampon. DNS en masse – und keine von mir. Diese Sammlung war für Phase vier, bei der eine Menge bewegte Teile ins Spiel kamen. Doch vor allem musste ich mich auf Phase drei konzentrieren – das Video bekommen. Und nach dem, was Charles gesagt hatte, war Will bereits dabei, es zu suchen.

SECHZEHN

Es gab eine kurze Zeit an dem Tag, ungefähr zwei Stunden lang, in der Andre Jensen vollkommen vergaß, dass er seine Hände auf den blutenden Hals eines Mannes gedrückt hatte, der vor seinen Augen gestorben war. Er vergaß die Polizei und ihre Fragen, die komischen Gedanken an Wyman und den CRD-Killer und all die Dinge, die ihn zu einem anormalen College-Studenten machten, und war für eine Weile kaum mehr ein Individuum.

Er war ein Auge. Jemand, der den Lauf der Geschichte dokumentierte. Seine neue Kamera fühlte sich warm in seinen Händen an, weil er sie so fest hielt. Die riesige Menge von Demonstrierenden bewegte sich wie ein Hummelschwarm die Pennsylvania Avenue hinunter. Andre hockte auf einem Briefkasten, knipste und hoffte, eine dieser Aufnahmen könnte es auf die Titelseite der *Daily Owl* schaffen. Weil er zu schüchtern war, um Dee zu fragen, hatte Marcus es für ihn angesprochen, und ihm wurde gesagt, klar, schick alles, und wenn es gut genug ist, wird es gedruckt. Hier war eine Aufnahme von einem Mädchen mit weit aufgerissenem Mund und in die Luft gereckter Faust. Dutzende Aufnahmen von pfiffigen Plakaten. Es war die größte Demo, die Andre jemals hautnah erlebt hatte, und für ihn war beinahe unvorstellbar, dass die im Oktober noch um ein Vielfaches größer werden sollte.

Er machte ein Foto von einem Kleinkind, das auf den

Schultern seines Vaters saß und ein Schild mit der Aufschrift »Bürgerrechte sind Menschenrechte!« in die Höhe reckte. Diese Protestaktion war von der Ankündigung des Justizministeriums ausgelöst worden, die Ermittlungen zur Benachteiligung von Minderheiten bei Hypothekenbanken und Vermietern einzustellen. Andre hielt seine Kamera sehr fest, als er vorsichtig von dem Briefkasten sprang. Auf dem Weg zum Campus, wo seine Freunde einen Treffpunkt vereinbart hatten, machte er noch einige Aufnahmen. Er fühlte sich gut in dieser riesigen Menge, obwohl die Leute alle Fremde waren. Es kam ihm sicher und weit weg von seinem Alltag vor.

Bei der Black Student Union waren schon rund ein Dutzend Leute und machten sich über einen Snacktisch her, der aufgebaut worden war. Marcus hatte sich ein leuchtend rotes Bandana um den Hals gebunden (falls Tränengas gesprüht wurde, doch bisher schien die Demo ziemlich ruhig zu verlaufen) und nickte Andre zu. Durstig griff Andre nach einer Cola, aber sobald er sie schmeckte, erinnerte er sich wieder an die Mordkommission und ihm wurde übel. Plötzlich war das gute Gefühl weg, und er wollte niemanden mehr um sich haben, egal ob Freunde oder Fremde.

Die viele Aufmerksamkeit, die dem Mord während der letzten Tage gewidmet wurde, hatte es für Andre noch schlimmer gemacht. Jeder wollte verständnisvoll sein, aber auch die schaurigen Details hören. Manche gaben ihm blödsinnige juristische Tipps, einschließlich finsterer Warnungen, dass die Polizei ihm die Tat anhängen würde – als wäre er darauf nicht schon von allein gekommen. Ein irrationaler Teil von ihm fragte sich, ob das Ganze eine furchtbare Strafe für den Betrug sein könnte, den er beging. Er malte sich aus, wie er in Handschellen abgeführt wurde, seine Mutter anrief und sie zusammenbrach. Ein anderes Szenario war, dass der wahre Mörder geschnappt wurde, Andre entlastet, aber eine Gruppe grimmiger Verwaltungsleute vor seiner Tür aufkreuzte und fragte, wie er an die Adams gekommen war. Was würde dann passieren? War das, was er tat, rein technisch strafbar? Wie könnte jemand beweisen, ob er die Fragebögen wahrheitsgemäß ausgefüllt hatte oder nicht?

Andre schlich sich zu einer Seitentür hinaus und wählte ohne nachzudenken die Festnetznummer seiner Eltern, weil er ihre Stimmen und die langweilige Gleichförmigkeit ihres Lebens hören wollte. Sein Vater nahm beinahe sofort ab. »Pooh! In den Nachrichten haben sie gesagt, dass ein Junge an der Adams umgebracht wurde!«

Ja, selber Hallo. »Äh, ja.«

»An der Uni ist es nicht sicher!«

»Komm schon, in D.C. werden jeden Tag Leute ermordet. Das war so ein Meth-Ding.«

»Ein Drogendeal?«

Wie konnte er sich in diese Unterhaltung verstricken, wenn er doch nur das wohltuende Lachen seines Vaters über irgendeinen lahmen Dad-Joke hören wollte, wie Isaiah sich irgendwo im Hintergrund wie ein Idiot benahm und seine Mutter leise mit ihm schimpfte? Stattdessen hielt er das Telefonat so kurz wie möglich und sagte, er habe gleich keinen Empfang mehr, als er in den Fahrstuhl seines Wohnheims stieg.

Er stellte sich schlafend, als Sean nach Hause kam, und ignorierte dessen Seufzen, das Gejammer über seine schmerzenden Füße und das laute Essen von Karamellpopcorn, bevor er endlich einschlief. Würde Sean von der Adams fliegen, dachte Andre, würde er wahrscheinlich ein »Brückenjahr« machen und danach irgendwie an einer Uni wie der James Madison oder der UVA landen. Sean nervte nicht damit rum, aber er war ein Spitzenschüler gewesen, und dann waren da noch Kleinigkeiten wie die Tatsache, dass Sean Ski fahren konnte und eine nagelneue Playstation besaß, die klarmachten, dass Sean ganz andere Möglichkeiten im Leben hatte.

Als offensichtlich wurde, dass Andre zu aufgedreht war, um selbst einzuschlafen, stand er auf, ging an seinen Schreibtisch und klappte seinen Laptop auf. Den Studenten – Michael – sterben zu sehen war zu einem verkeilten Knochenstück in Andres Hals geworden, etwas, das störte und sich nicht entfernen ließ. Er hatte die Nachrichten verfolgt und nichts von einer Verhaftung eines Schuldigen gehört. War es nur Zufall, oder hatte der Mord mit dem Psychopathie-Programm zu tun? Wie gefährlich waren die anderen Studenten in der Studie, und wie wahrscheinlich war es, dass Andre ihnen über den Weg lief? Falls das nicht bereits geschehen war. Wyman schien ein netter, wohlmeinender Mann zu sein. Er gab sich zugänglich und warmherzig, wann immer Andre mit ihm zu tun hatte, aber der Mord und die CRD-Verbindung hatten Zweifel in Andre geweckt.

Was war, wenn für Wyman sein Programm alles war, ihm beruflichen Erfolg und Geld sicherte und er um jeden Preis beweisen wollte, dass seine Studenten hinterher Vorzeigebürger waren? Was war, wenn er sich irrte oder, schlimmer noch, wenn er wusste, dass er falschlag?

Wymans offizielle Adams-Homepage war mager. *Leonard Wyman, Fachgebiete: anormale Psychologie, Psychopathie und antisoziale Verhaltensstörungen, kognitive Verhaltenstherapie.* Nichts über die Längsschnittstudie zur Psychopathie. Warum stand da nichts über das Programm? Doch als Andre im Archiv der Gesundheitsbehörde nach Fördergeldern suchte, wurde Wyman dort mit einer beträchtlichen Förderung über mehrere Jahre aufgeführt; das musste die Studie sein.

Andre gab »scholar.google.com« ins Suchfeld des Browsers ein. Von Wyman waren dort Veröffentlichungen verzeichnet, aber keine von ihnen deutete irgendwas an in Richtung »Ich leite ein Geheimprogramm für Psychopathen« oder »Ich habe aus unerfindlichen Gründen einen wahrhaft bösen Irren verteidigt«. Seine Artikel hatten Überschriften wie »Rückfälligkeit und moralische Argumentation in psychopathischen Bevölkerungsgruppen: Eine Erforschung des Stress-Diathese-Modells« und »Neurosemantik und moralisches Argumentieren in Risikogruppen«.

Andre suchte nach Vorstrafen und fand nichts. Er probierte es mit allen Kombinationen von Wyman + CRD – dem richtigen Namen des Killers und anderen Bezeichnungen –, aber da tauchte nichts auf, was er nicht schon gesehen hatte.

»Was machst du da?«

»Ahh!« Andre knallte die Hand auf den Schreibtisch. »Sean! Tu das nicht, wenn jemand gerade … gerade …«

»Oh, entschuldige. Ich habe mir nur Sorgen um dich gemacht.« Er setzte sich auf das Fußende von Andres Bett. »Ich meine, man macht sich doch Sorgen, wenn der Mitbewohner spätnachts auf ist, nachdem er einen Mord mitangesehen hat, und Mist über Serienmörder recherchiert.«

Andre rieb sich die Augen. »Kann ich dir was Verrücktes erzählen, und du versprichst, es für dich zu behalten?«

»Moment.« Sean ging weg und kehrte mit seiner Packung Karamellpopcorn zurück. »Kann losgehen.«

»Hast du von dem CRD-Killer gehört?«

»Natürlich. Ich habe den Film viermal gesehen.«

»Er hat mit dieser Uni zu tun. Da ist ein Psychologe an der Adams, der eine Verbindung zu dem Fall hat. Er ist der Einzige, der den CRD jemals interviewt hat, aber er hat *nie* darüber geredet – das habe ich nachgesehen.«

»Er ist an der Adams?«

»Er hat hier eine Professur in Psychologie. Du weißt schon, zehn Schritte von der Stelle entfernt, an der ich den Typen gesehen habe, der ermordet wurde.«

Knurps. »Denkst du, ein Professor mit Festanstellung bringt einen Studenten direkt neben seinem Büro um?«

»Was hat die Festanstellung damit zu tun?«

»Ich meine, mit einer Festanstellung kann man nicht gefeuert werden.«

»Nein, er kommt mir nicht wie ein *Mörder* vor, aber es ist ein Riesenzufall. Ich denke, er verbirgt etwas.« Andre zögerte, denn er wollte Sean nichts von der Studie erzählen. Doch man brauchte keine begnadete Fantasie, um sich auszumalen, wie die Dinge außer Kontrolle geraten sein könnten. Wyman, der versuchte, einen seiner Psychopathen zu bändigen, einen gegenwärtigen oder früheren Studenten, und der bringt jemanden um. Würde er es der Polizei melden oder es leugnen, weil er so fest an den Erfolg seines Programms glaubte, dass er es nicht mal für möglich hielt? Oder würde er den Studenten oder das Programm schützen wollen? »Was ich nicht verstehe, ist, dass dieser Typ angeblich ein Experte in der Erforschung von Psychopathen ist. Von Leuten, die kein Gewissen und keine Empathie haben. Und bei dem CRD-Prozess hat er sich für Milde ausgesprochen. Er hat immer wieder gesagt, ›Dieser Mann ist kein Monster. Er sollte nicht zum Tode verurteilt werden‹.«

»Hm …« Sean überlegte. »Ich meine, das Rechtssystem ist total verzerrt von Rassismus und Klassendenken, aber, Mann, CRD …«

»Die Male, die ich denke: Okay, der Typ gehört gegrillt, sind, wenn ich von Kerlen wie CRD, Ted Bundy oder John Wayne Gacy höre«, fügte Andre hinzu.

»Und wieso fragst du ihn nicht einfach danach?«

»Bist du wahnsinnig? Soll ich hingehen und sagen: ›Erinnern Sie sich noch an diesen Riesenfall, über den Sie nie reden … könnten Sie mir, einem Wildfremden, erklären, was Sie gedacht haben?‹«

Sean zuckte mit den Schultern. »Man bekommt keine Antworten, wenn mein keine Fragen stellt.«

Vor einer Woche hatte er geglaubt, ein Spiel mit eventuell ernsten Folgen zu treiben: sein Stipendium verlieren, vielleicht vom College fliegen. Aber jetzt, nachdem der Typ in seinen Armen gestorben war, fühlte es sich eher an, als ginge es hier um Leben und Tod. Er hätte der sein können, der abgestochen wurde. War es sicher für ihn, an der Studie teilzunehmen? Was, wenn der Schuldige wusste, dass er ein Zeuge war, oder sogar wütend auf Andre wurde, weil er versucht hatte, Michael das Leben zu retten? Er hatte mal in einem Artikel gelesen, dass Psychopathen manchmal auf echte oder wahrgenommene Kränkungen fixiert sind und anderen Dinge über *Jahre* nachtragen konnten. »Ich weiß nicht. Vielleicht traue ich mich mal. Ich versuche, so viel wie möglich über seine Verbindung zu CRD herauszufinden. Irgendwie habe ich das Gefühl, dass sie mit diesem Mord zusammenhängt.«

Sean sah über Andres Schulter. »Möglicherweise hat er eine Fallstudie oder so geschrieben.«

»Bisher habe ich nichts gefunden. Könnte er sich zur Verschwiegenheit verpflichtet haben?«

Sean schüttelte den Kopf. »Eventuell hat Wyman nie was dazu veröffentlicht, aber du könntest die zweitbeste Variante probieren. Wer dürfte damals ununterbrochen über den Fall geredet haben? Seine Studenten.«

SIEBZEHN

Als die Fahrstuhltüren im Stockwerk G2 aufgingen, runzelte Elena die Stirn. Das Licht war aus. Vor ihr auf dem Linoleumboden des zweiten Untergeschosses spiegelte sich das blassrote Licht des Notausgangzeichens ein Stück weiter auf dem Korridor. Warum war der Strom ausgefallen?

Sie seufzte. Zeit im MRT war kostbar – das Gerät kostete fast zwei Millionen Dollar, und die Psychologen, die Neurowissenschaftler und die Biologen teilten es sich. Sie ging den Flur entlang, und die leisen Sohlen ihrer Espadrilles schienen in der Dunkelheit extrem laut. Ihre Augen passten sich an, sodass sie die vertrauten Türen zu Büros und Vorratsräumen ausmachen konnte.

Hoffentlich konnte Kellen seine Sitzung beenden, ehe der Strom ausgefallen war. Er war vor einer Stunde für einen Scan vorgesehen gewesen, und die Assistentin Belle, die das MRT bei ihm machen sollte, war klug genug, dass sie angerufen hätte, wäre etwas schiefgegangen.

Elena bog um eine Ecke und blieb stehen. In dem langen Gang flackerte eine Notbeleuchtung und drohte auszugehen. Etwas stimmte nicht, aber Elena konnte nicht sagen, was.

»Hallo!«, rief eine Stimme.

Elena stieß einen kurzen Schrei aus und ließ beinahe den Laptop unter ihrem Arm fallen. Charles stand hinter ihr, und beim Grinsen schimmerten seine weißen Zähne in der Finsternis. »Nicht witzig!«, sagte sie verärgert.

Charles schien ihre Reaktion amüsant zu finden. »Ich vergaß, dass du Angst vorm Dunkeln hast. Friedensangebot?« Er hielt ihr einen Starbucksbecher hin.

Sie nippte misstrauisch. »Wie viele Spritzer Haselnuss sind da drin? Vier?«

Sein Lächeln wurde noch breiter. Er wollte eindeutig etwas. »Ich bin früher zu meiner Sitzung gekommen *und* habe Kaffee mitgebracht, und du kannst nicht mal das Licht anmachen?«

Sie seufzte. »Komm mit. Sehen wir nach, was passiert ist.« Sie gingen auf den Raum mit dem Scanner zu.

»Tja, alle reden über den Mord«, sagte Charles. Elena warf ihm einen Seitenblick zu. Manchmal benahm Charles sich seltsam geziert, als hätte er zu viele Filme darüber gesehen, wie sich reiche weiße Kinder verhielten. Warum trug er mitten am Tag ein Oberhemd und eine Weste? Er hatte die Hände auf dem Rücken verschränkt.

»Ja«, antwortete sie schlicht. Sie durfte nicht über Michael sprechen – mit keinem, erst recht nicht den anderen Patienten. Die Polizei und Leonard hatten es ihr geraten. Elena selbst wollte es noch nicht wahrhaben. Es konnte nicht sein, dass keine zehn Meter von ihrem Büro entfernt ein Junge erstochen wurde, der nicht mal alt genug gewesen war, um legal Alkohol zu trinken. Direkt auf dem Campus. Ein Patient, den sie seit drei Jahren kannte!

»Es ist so furchtbar«, lockte Charles sie. Für einen kurzen Moment fragte Elena sich, ob Charles wissen könnte, dass Michael auch in dem Programm war. Tratschte er nur, oder wusste er Bescheid?

Sie kamen um die nächste Ecke, und Elena blieb abrupt stehen. Charles lief in sie hinein. »Es ist eindeutig aus«, sagte sie, als sie begriff, was fehlte. Das MRT summte normalerweise immer. Kam man näher, hörte man es. Charles horchte mit seitlich geneigtem Kopf.

Dann vernahm Elena etwas anderes.

Ein ersticktes Rufen. Ein Stöhnen. Kälte breitete sich in ihrem Bauch aus. Ihr war bewusst, dass sie hingehen müsste – jemand könnte verletzt sein –, aber sie wollte es eigentlich nicht.

Charles überholte sie. *Natürlich*, dachte sie, *er weiß es nicht besser*. Er strebte auf den L-förmigen Raum zu, den sie Kontrollraum nannten und in dem sie oder die Forschungsassistenten saßen, wenn sie den Scanner bedienten. Eine Glasscheibe trennte sie dort vom eigentlichen MRT-Raum.

Elena wollte nicht wissen, was in dem Kontrollraum war, zwang sich aber, ihre Füße zu bewegen. Als sie dort ankam, war Charles vorgebeugt, hatte die Hände auf die Knie gestützt und sprach mit jemandem.

Belle kauerte unter dem Schreibtisch, die Knie bis an ihre Brust gezogen. Sie zitterte, hatte glasige Augen und ein tränennasses Gesicht. »Ist dir kalt?«, fragte Charles. »Was ist mit dir?«

Belle zeigte mit einer zitternden Hand hinter sie.

Elena blickte durch die Glasscheibe in den MRT-Raum und sah jemanden auf dem Boden liegen. Oder vielmehr sah sie Füße. Sie drängte sich an Charles vorbei und betrat den Raum.

Zuerst konnte sie die Szene nicht erfassen. Jemand lag in einer Blutlache auf dem Boden, der Körper befremdlich verdreht. Mehrere blutige kleine Teile waren auf dem Boden verteilt, und als Elena aufblickte, sah sie Blutflecken auf dem Scanner.

Sie schaute wieder zu dem Körper, und ihr Herz raste. »Oh mein Gott, es ist Kellen.« Sie griff nach ihm, ohne auf Charles zu achten, der hinter ihr rief, sie solle die Leiche nicht anfassen. Doch sie presste die Finger an Kellens Hals – und fühlte nichts.

»Oh mein Gott.«

Charles hockte sich hin, wobei er achtgab, seine teuren Schuhe nicht mit dem Blut in Berührung zu bringen. Er blickte von dem MRT zu den kleinen Teilen auf dem Boden.

»Was … was ist das?«, fragte Elena.

»Schrot. Die winzigen Kugeln, die man in Jagdpatronen steckt.«

Bilder huschten durch Elenas Kopf. In den Nachrichten waren Amokschützen so allgegenwärtig, dass Elena sie nicht einmal mehr auseinanderhalten konnte. Sogar an der Adams hatte es einen Amokschützenalarm gegeben, der an die Handys sämtlicher Studenten geschickt wurde.

Charles richtete sich auf und stemmte die Hände in die Hüften. Er wirkte weniger erschüttert als interessiert.

»Benimm dich normal!«, fuhr Elena ihn unwillkürlich an.

Charles zuckte zusammen, weil ihm bewusst wurde, welchen Eindruck er vermittelte. »Du hörst dich aufgewühlt an.«

Fast hätte Elena ihn angeschrien. Es war wortwörtlich das, was Leonard ihm beigebracht hatte. Wiederhole die Emotionen anderer, als würdest du sie verstehen. Spiel sie vor, bis du sie empfinden kannst. Sein blöder Mangel an Furcht könnte tödliche Folgen haben.

»Er … er war schon so, als ich hergekommen bin. Der Strom war aus.« Belle stand an der Tür.

Elena sprang auf. »Hast du den Notruf gewählt? Wie viele Schützen sind hier gewesen?«

Belle nickte, doch dann schien sie verwirrt. »Meinst du … glaubst du, sie könnten noch hier sein?«

Elena stellte sich einen pirschenden Schützen vor, eine Gestalt in schwarzer Kampfmontur, die einen Abschiedsbrief zu einem Mädchen brachte, das ihn abgewiesen hatte.

»Er ist nicht erschossen worden«, sagte Charles plötzlich. Er bedeutete ihr, noch einmal mit ihm in die Hocke zu gehen. Dann zeigte er auf die Leiche, die heftig aus dem Brust- und Bauchbereich geblutet hatte. »Der Schrot ist nicht in ihn hineingegangen. Es ist aus ihm rausgekommen.«

»Mir wird schlecht«, murmelte Elena und stolperte hinaus auf den Flur. Die Polizei war unterwegs, aber es gab noch einen anderen Anruf, der genauso wichtig war. Natürlich ging Leonard nicht ans Telefon. Wahrscheinlich *meditierte* er wieder oder so.

»Du musst sofort nach unten kommen«, zischte sie auf seine Mailbox. »Die Polizei ist auf dem Weg. Oh, es ist schrecklich. Es ist *Kellen*. Er ist ermordet worden. Leonard, das ist der zweite Student aus dem Programm innerhalb von Wochen. Was zur Hölle ist hier los?«

ACHTZEHN

Charles nahm ein Taxi zum *Old Ebbitt Grill.* Die Polizei hatte ihn so lange zur Befragung dabehalten, dass er nun viel zu spät zum Dinner kam – ganz zu schweigen davon, dass ihm der Kopf vor lauter neuen Informationen schwirrte. Arme, niedliche Elena. Sie war gebildet, doch bisweilen mangelte es ihr an dem gesunden Menschenverstand, der einem sagte, dass man private Gespräche nur weit weg von einem Psychopathen führen sollte. Und was Charles gehört hatte, war wichtig: Der Tote war der *zweite* Student aus dem Programm, der in weniger als einem Monat ermordet worden war. Charles war nicht mal sicher, was er denken sollte.

Der *Old Ebbitt Grill* war in der Innenstadt, näher bei all dem touristischen Kram und häufig voll mit ebenjenen Touristen, weil er das älteste Restaurant in D.C. war. Drinnen war es typisch dunkel mit Akzenten von poliertem Holz. Es war einer der Orte, von denen sein Vater willkürlich entschieden hatte, ihn zu mögen. Sie mixten gute Cocktails – was vermutlich der Grund war.

Er drängte sich an den Touristen vorbei und entdeckte Kristen. Sie hatte eine pinke Seidenbluse an, die in einen Bleistiftrock gesteckt war, und ihr rotblondes Haar fiel in weichen Wellen über ihre Schultern. Charles näherte sich ihr von hinten und legte eine Hand unten an ihren Rücken. Sie zuckte zusammen, lachte aber, als sie erkannte, dass er es war. Sein älterer Bruder Eric sollte auch herkommen, weshalb sie gewiss etwas angespannt war. Bei der letzten Weihnachtsparty der Portmonts hatte Eric sich an sie herangemacht. »Warum bist du so spät?«, fragte sie.

»Ich hatte einen Unfall gesehen. Mit Fahrerflucht. Die Polizei hat mich als Zeugen befragt, und es hat ewig gedauert.« Die Lüge kam ihm mühelos über die Lippen, und letztlich gab es keine andere Option. Das Letzte, was er wollte, war das Drama eines Familiendinners, wenn er eigentlich *nachdenken* musste. Zwei Studenten in dem Programm ermordet. Wie hoch war die Wahrscheinlichkeit, dass es wahllos geschehen war? Am besten erzählte er Kristen nichts, ehe er nicht die ganze Geschichte kannte und es für sie keinen Grund zur Sorge gab. Sie sorgte sich sowieso schon zu viel um ihn.

»Gott, ging es den Leuten gut?«

»Nein«, sagte er, »tat es nicht.« Vermutlich nahm Kristen an, dass er besorgt war, sein Vater könnte wegen seiner Verspätung sauer sein, was zumindest ein guter Vorwand für sein Stirnrunzeln war. Sie verstand als Einzige das komplizierte Geflecht seiner Familie. Natürlich sprach er manchmal mit Dr. Wyman darüber, aber es zu hören war etwas anderes, als es zu erleben.

Ein Kellner erkannte Charles und führte sie zu einem Tisch hinten im Restaurant, an dem seine Familie bereits saß. Luke Portmont hatte den Platz am Kopf der Tafel und knackte eine Hummerschere. Er war sichtlich genervt wegen irgendeines politischen Streits im Kongress. Luke hatte silbergraues Haar und sein gutes Aussehen an seinen Sohn vererbt, mit Ausnahme der Augen und des irgendwie grausam wirkenden Mundes. Eric, der ältere Bruder, saß rechts von Luke. Beide waren bereits betrunken. Charles' Schwester Julia war in der Stadt und sprang auf, um Charles und Kristen in die Arme zu nehmen. Sie war über einen Meter achtzig groß und bewegte ihren Körper selbstbewusst wie eine Amazone. Charles' Mutter Lynn, eine zierliche Frau mit sanfter Stimme, begrüßte sie gleichfalls mit einer Umarmung.

Das Gespräch über Politik ging weiter, und Luke achtete nicht auf Charles oder dessen Verspätung. Charles breitete wortlos eine Serviette auf seinem Schoß aus und legte eine höflich nichtssagende Miene auf, die der seiner Mutter nicht unähnlich war. Zwei Leute aus dem Programm waren umgebracht worden. Luke winkte einen Mann ganz in Schwarz herbei und bestellte einen Manhattan, als hätte er nicht schon genug für alle fünf New Yorker Stadtbezirke intus. Der Mann, bei dem es sich offensichtlich um eine Hilfskraft handelte, sagte, er würde es dem Kellner ausrichten. Wenn zwei Leute ermordet wurden, hieß es, dass *Charles* in Gefahr war? Er hatte den Typen im MRT-Raum erkannt – Kellen, wie Elena ihn genannt hatte. Kein Freund oder Bekannter, aber jemand, den er bei der einen oder anderen Party gesehen hatte.

Charles' abschweifende Gedanken wurden jäh unterbrochen, als ihm klar wurde, dass sich der Fokus der Unterhaltung auf ihn verlagert hatte. Zuspätkommen war schlimm – nicht aufzupassen war noch übler. Charles' Vater knackte noch eine Hummerschere und schüttelte den Kopf. »Warum zum Teufel willst du Präsident an irgendeiner unbedeutenden Uni sein, wenn du an der Georgetown sein könntest?« Sein neuer Drink kam, von dem er trank und dann mit dem Glas in der Hand auf Kristen zeigte. »Hast du das gewusst? Ich zahle mich dumm und dämlich, um meinen Idioten von einem Sohn auf die Georgetown zu bekommen, und er beschließt, dass er nicht hinwill.«

»Nun, dann hätte er Kristen nicht kennengelernt«, versuchte Charles' Mutter es in einen netten Moment zu verwandeln.

»An der Georgetown wimmelt es von Kristens«, sagte Eric, der nicht einmal in ihre Richtung schaute.

»Es spielt keine Rolle, wo man zum College geht«, wandte Julia ein.

»Es spielt eine Rolle wegen der Beziehungen, die man knüpft«, widersprach ihr Vater. »Prestige spielt eine Rolle. Unser Name spielt eine Rolle. Glaubt ihr, ihr würdet ohne unseren Namen in der Welt weiterkommen? Was denkt ihr wohl, wo ihr wärt?«

»Ich denke, ich würde zurechtkommen«, sagte Charles.

Was als Nächstes geschah, konnte Charles nicht ganz verstehen. Er blickte von seinem Rote-Bete-Salat auf und nahm eine verschwommene Bewegung wahr. Dann war sein Gesicht nass und etwas pikte in seine Augen. Zugleich knallte ein schwerer Gegenstand an seine Stirn. Es wurde hörbar nach Luft gerungen, und das nicht nur an ihrem Tisch. Der eklig süße Geruch von Bourbon und Kirsche bedeckte Charles' Gesicht und tropfte auf sein Hemd. Seine Augen brannten höllisch, und seine Kontaktlinsen waren wie Säurefilme, die dort festklebten. »Ich kann nichts sehen«, sagte er.

»Komm mit«, flüsterte Kristen, packte seinen Arm und zog ihn hoch, um ihn durchs Restaurant zu führen.

Charles hielt sich beide Hände vor die Augen und blinzelte immerzu. »Geht es ihm gut?«, fragte ein Fremder. Charles hörte leises Getuschel. Kristen führte ihn anscheinend in einen Waschraum und drehte den Wasserhahn auf. Blind griff Charles in die Richtung und versuchte, die Kontaktlinsen aus seinen Augen zu spülen.

»Warte, ich habe Augentropfen.« Charles stemmte sich auf den Waschtisch. Dann neigte Kristen seinen Kopf nach hinten, gab mehrmals von den Tropfen in seine Augen und wischte darüber, bis sie die Linsen hatte. Die Tropfen beruhigten seine Augen, wenn auch nur ein wenig. Die Tür ging auf, und Charles verspannte sich. Aber es war nur ihre Kellnerin, die sehr unglücklich aussah, und jener Junge, dem sein

Vater seine Bestellung zugebrüllt hatte. Letzterer hielt ihm ein kleines Handtuch voller Eiswürfel hin. Und die Kellnerin nickte.

Kristen drückte das Handtuch an Charles' Stirn.

»Sollen wir …?«, begann die Kellnerin zögernd. »Falls Sie eine Gehirnerschütterung haben, sollten Sie nicht einschlafen«, sagte sie. »Das habe ich mal gelesen.« Der Junge nickte zustimmend.

Kristen berührte Charles' Arm. »Gehen wir einfach«, flüsterte sie. »Wir können hinten raus.«

Gott, er liebte diese Frau! Charles stand auf und zückte seine Brieftasche. Er gab der Kellnerin drei knisternd frische Hunderterscheine, worauf die ihn verwirrt ansah.

Sie fuhren schweigend in einem Taxi nach Hause, und kaum waren sie bei Kristen, machte sie Charles einen Eisbeutel. Danach setzte sie sich an ihren Computer und recherchierte die Symptome für Gehirnerschütterung. »Du musst es mir sagen, wenn die Kopfschmerzen schlimmer werden. Oder wenn du kotzt oder das Bewusstsein verlierst.«

»Ich habe keine Gehirnerschütterung.«

»Willst du in die Notaufnahme fahren?«

»Nein.«

»Lass mich mehr von den Tropfen besorgen.«

»Komm her«, sagte er leise. Kristen kam auf die Couch und umarmte ihn. Sie weinte lautlos, doch Charles merkte es schnell. »Hey, ist ja gut, mir fehlt nichts. Ist kein großes Ding. Ich werde wohl für ein, zwei Tage eine Beule haben.«

»Ich hasse ihn«, schluchzte sie an seiner Brust.

»Ist schon okay«, beruhigte sie Charles und balancierte die Eispackung auf seiner Stirn aus, damit er Kristen mit beiden Armen umfangen konnte. So lagen sie eine Weile ruhig da, während er ihr übers Haar strich.

»Glaubst du, sie rufen an?«, flüsterte sie.

»Wenn, soll die Mailbox rangehen. Ich habe dich ganz klebrig gemacht. Lass mich kurz duschen.«

Sie setzte sich wieder vor ihren Computer, und er ging ins Bad, wo er sich auszog. Die Dusche war mit glänzenden geriffelten Kacheln in Blaugrau gefliest und hatte mehrere Duschköpfe auf unterschiedlichen Höhen. Sie fungierte auch als Dampfbad, wenn Charles richtig nach Wasserverschwendung war. Was jetzt zutraf. Er wusch sich den Bourbon herunter und berührte seine Wunde wieder. Sie brannte.

Etwas machte ihm Sorge. Warum hatte er der Kellnerin und dem Hilfsjungen das Geld gegeben? Das hatte er getan, ohne nachzudenken. Na ja, es war ein Trinkgeld, antwortete ein Teil von ihm rasch. Ja, ein Trinkgeld – dafür, dass sie nach ihm gesehen hatten. Nein, nicht so viel. Das Geld war irgendwie eine Wiedergutmachung gewesen. Wofür? Tja, weil er in eine peinliche Lage geraten war. Sein Vater hatte ihm ein Glas ins Gesicht geschleudert, ihn entmannt, und was das wieder ausglich, war ein Haufen Kohle für Leute, die von Trinkgeldern lebten. War das alles? Oder war es, weil sie es den Rest des Abends mit seinem Vater und seinem Bruder aushalten mussten? Was war das? Ein Körnchen Gefühl in ihm? Fühlte sich so Schuld an? Könnte sein – könnte aber auch nicht sein.

Charles blinzelte, denn er sah, dass da leere Flecken und rissige Linien in der Fliesenwand waren. Hastig drehte er das Wasser ab, wickelte sich ein Badelaken um und achtete nicht darauf, dass er tropfte, als er auf den Flur ging. »K, ich habe eine Aura!«

Kristen sprang sofort auf. Sie hatten in ihren beiden Wohnungen Excedrin, und Charles hatte immer zwei Kapseln in seiner Brieftasche, falls er spürte, dass eine Aura kam. Gewöhnlich hatte er die vor einem Migräneanfall, und sie äußerte sich entweder in visuellen Anomalien oder der Halluzination von Gerüchen, die nicht da waren. Wenn sie kam, blieb nur noch ein sehr schmales Zeitfenster, ehe der lähmende Schmerz einsetzte.

Kristen schob ihm zwei weiße Tabletten in den Mund und gab ihm ein Glas Cola (Koffein half dem Medikament, schneller zu wirken). »Leg dich hin – ich schalte den Fernseher ein«, sagte sie. Er bejahte stumm.

Mit halb offenen Augen beobachtete er, wie Kristen nach der Fernbedienung suchte. Ihr Laptop stand noch aufgeklappt auf dem Couchtisch, und das kleine grüne Licht der Webcam war an. Etwas daran störte Charles. Die Kamera war seit Wochen kaputt, weshalb sie nicht mit ihm über FaceTime kommunizieren konnte. Aber das Denken wurde zunehmend anstrengender, als die Migräne kam und sich wie ein dicker Teppich über jeden vernünftigen Gedanken legte.

NEUNZEHN

Tag 40

Charles war wirklich ganz und gar nicht hilfreich, denn er ignorierte meine Textnachrichten, ob er Will wiedergesehen oder von ihm gehört hatte. Will hatte seit Charles' Party nichts gepostet, und ich hatte ihn nicht gesehen. Allmählich machte ich mir Sorgen, dass er die Stadt verlassen hatte. Ich lungerte auf dem Flur vor seiner Politikwissenschaftsvorlesung herum und linste durch die Türscheibe, ob er dort war.

Ich hatte es verkackt: Er hatte nicht genug Rohypnol gehabt, und ich hätte ihn nicht schlagen dürfen. Falls er nach dem Video gesucht hatte, als Charles ihn ertappte, und nicht irgendwas anderes, erinnerte er sich an mehr Sachen von der Party. Möglichkeit 1: Will erinnerte sich nicht. Ich könnte mich weiter in seiner Nähe aufhalten, ihn vielleicht sogar wieder befragen. Ihn dazu bringen zu gestehen, wo er seine geheimen Dinge aufbewahrte. Möglichkeit 2: Er erinnerte sich. Dann müsste ich zum Äußersten greifen, denn warum sollte er das Video freiwillig hergeben?

Seit sechs Jahren bin ich von dem Video besessen. Was damit passiert ist, wer alles Zugriff darauf hatte. Will kommt mir nicht wie jemand vor, der strategisch oder sorgfältig seine Spuren verwischt, weshalb ich mir sehr sicher war, dass er es noch irgendwo hatte. Entweder war Will so verkorkst, dass er es aufbewahrt hat, um es sich immer wieder anzusehen, oder er war so verkorkst, dass es ihm nicht mehr bedeutete als die endlosen Selfies auf den Partys und zu Hause, die er nie gelöscht hatte.

Ich sah mir jeden Studenten an, der aus der Vorlesung kam, und wurde zunehmend wütender, weil keiner von ihnen Will war. Alles dauerte zu lange. Ich hatte die Diskussionsrunde in meinem Ethikkurs verpasst, um nach Will zu suchen, und bekam gefährlich schlechte Laune, weil ich Hunger hatte. Auf dem Weg zur Hauptcafeteria schmollte ich, und meine Stiefel donnerten auf dem Gehweg. Die hatten heute besser anständige Pizza. Dann musste ich in einer Scheißschlange anstehen, und irgendeine Kuh nahm das letzte Stück Ananaspizza. Ich stopfte mir einen großen Happen von meinem Pizzastück in den Mund, während ich mich ans Fenster setzte, und kaute wütend.

Dann blickte ich mich in der Cafeteria um und erstarrte. Will musste seinen Kurs geschwänzt haben, denn er war hier und aß Pizza wie ein Arschloch. Ich warf mein halb gegessenes Stück in den Müll und setzte eine neutrale Miene auf. Freundlicher Blick, Haar hinter die Ohren gestrichen. Ich näherte mich seinem Tisch von der Seite, sodass er mich erst bemerkte, als ich neben ihm war.

»Will! Wie geht es dir?«, fragte ich munter. Sein Kinn zuckte, als er mich sah, und ich bekam sofort ein mieses Gefühl.

»Hi«, sagte er.

»Ich habe dich seit der Party nicht mehr gesehen.« Ich lächelte, obwohl ich wusste, dass es zu spät war. Diese Schlange ließ sich nicht bezirzen.

Er blickte zu mir auf. Etwas erinnerte er von der Nacht, aber wie viel? Doch dann erfuhr ich es, denn er meinte: »Bleib weg von mir und lass mich in Ruhe.«

Ich vergeudete keine Zeit mehr. »Wo ist das Video, Will?«, fragte ich leise. Ich war direkt zu ihm getreten und beugte mich vor, um bedrohlich zu wirken.

»Ich habe das blöde Video nicht. Jetzt lass mich verdammt noch mal in Frieden.«

»Ich weiß, dass du es hast.«

Er schnaubte. Vom Eingang der Cafeteria kamen einige Jungen – Lacrosse-Spieler –, und Will winkte sie zu sich. »Ich habe das Handy vor Jahren weggeworfen.«

»Und warum hast du danach gesucht, nachdem ich es erwähnt hatte? Du hast es gefunden. Gib es mir. Hast du es irgendwo hochgeladen?«

»Wieso soll ich dir etwas geben, das mich belastet?« Die Jungen kamen näher, und Will grinste schief. »Außerdem«, sagte er, stand auf und blickte auf mich herab. Er verschränkte die Arme vor der Brust und neigte sich zu mir, um mich daran zu erinnern, dass er größer und stärker war. »Was willst du machen?«

Dann wandte er sich um und ging weg, nicht einmal eilig. In der Mitte der Cafeteria und umringt von seinen Bros drehte er sich mit diesem Blick halb zu mir, der mir das Gefühl geben sollte, klein zu sein.

Ich stand wie angewurzelt da, und mich überkam dieselbe rasende Wut, die ich empfunden hatte, bevor ich ihn mit dem Achat schlug. Er versteht einfach nicht, wer ich bin. Er kapiert nicht, wie geduldig ich sein kann. Und dass seine Tage gezählt sind.

Will ist wie jeder Mann, der jemals einen Hund getreten hat. Wenn sie einen Hund treten, vergessen sie, dass der Hund nur winselnd den Schwanz einklemmt, weil er über Jahrtausende domestiziert und trainiert wurde. Sie vergessen bei jedem Tritt, dass sie hin und wieder auf einen Hund mit Zähnen stoßen.

ZWANZIG

Kannst du mich um 11 im Bean treffen?, schrieb Charles an Chloe. Es ist dringend. Er starrte auf sein Telefon, wartete auf ihre Antwort. Es war acht Uhr morgens, und Kristen schlief noch. Einzig das Fläschchen Excedrin auf dem Nachttisch wies noch auf die letzte Nacht hin. Charles ignorierte die Nachricht seiner Mutter, in der sie zwar zugab, dass sich Charles »wahrscheinlich nicht gut fühlt«, jedoch mit keiner Silbe erwähnte, es könnte damit zu tun haben, dass ihr Mann ihm ein Glas an den Kopf geworfen hatte.

Es war nur eine Frage der Zeit, bis sich die Gerüchte von den zwei ermordeten Studenten auf dem Campus herumsprachen, und natürlich würde Kristen sie hören. Aber sie konnte unmöglich herausbekommen, dass diese beiden in dem Programm gewesen waren, oder? Das würde sie höchstens, wenn Charles es ihr erzählte, überlegte er, und das hatte er nicht vor. Was sollte er denn sagen? Dass sie sich jetzt sorgen müsste, weil jemand Jagd auf die Studenten aus Wymans Studie machte und sie einen nach dem anderen umbrachte? Und dass diese Sachen plötzlich losgingen, als eine gewisse Psychopathin namens Chloe Sevre aufgekreuzt war? Und dass er sich in seinem eigenen Haus zum Komplizen besagter Psychopathin gemacht hatte, die nicht nur energisch mit ihm flirtete, sondern auch eine Serienmörderin sein könnte, die mit einem MRT arbeitete? Er hatte keine Ahnung, was zur Hölle hier vor sich ging, hoffte aber, es heute noch herauszubekommen.

Sein Handy machte »Ping«: Okay, schrieb sie. Ich habe ein Geschenk für dich lol.

Das *Bean and Nothingness* war der zweite Coffee-Shop im CC und befand sich im obersten Stock. Er war groß, und durch die Fenster blickte man über den Campus. Das Wichtigste aber war, dass es hier Tag und Nacht von Studenten wimmelte, die hier lernten und redeten. Es war ein öffentlicher Ort.

Charles war früh da und setzte sich mit dem Rücken zum Fenster, sodass er das ganze Lokal im Blick hatte. Er wartete und beobachtete Chloe genau, als sie hereinkam. Sie sah nicht aus wie ein Mädchen, das gerade einen Jungen erstochen und noch einen anderen ermordet hatte – der fast dreißig Zentimeter größer als sie gewesen war –, indem sie ein MRT benutzte. Eher wirkte sie wie die heitere Werbefrau für Gesichtswasser mit Minzeduft. Sie hatte einen dieser Loopschals in Herbstfarben um, die alle Mädchen trugen und die Charles an Löwenmähnen erinnerten. Nachdem sie sich gesetzt hatte, schob sie ihm ein Päckchen in einer Safeway-Tüte hin. »Das ist dein Hemd. Ich habe es gewaschen«, sagte sie und wartete, als würde sie mit Applaus rechnen. »Und …?«, fragte sie. Da war keine Spur von Angst in ihrem Gesicht. »Hast du Will gesehen?«

»Nein, nicht mehr seit dem Mal, von dem ich dir geschrieben hatte.«

Sie beugte sich vor. »Aber ich. Er hat mir *gedroht.*«

»Was hast du erwartet? Du hast ihn fast umgebracht.«

Da flackerte etwas in ihren Augen auf. Humor? »Was ich getan habe, war ein Unfall. Ich will bloß mein Eigentum wiederhaben.«

»Ah ja, das mysteriöse Video.« Sie ignorierte seine Bemerkung und lächelte einem Kellner zu, damit er zu ihnen kam. Der Mann machte eine »In einer Minute«-Geste.

Chloe lehnte sich zurück und musterte Charles. »Du erzählst es doch keinem, oder? Falls du mich erpressen willst, hast du Pech. Ich bin arm, wie ich schon mal erwähnt habe.«

»Vielleicht helfe ich dir aus lauter Herzensgüte.«

Der Kellner kam, und Chloe bestellte ein Stück Schokotorte. »Dann tu mir noch einen Gefallen. Ich will dieses Video.« Sie hob die Hände, als sie seinen skeptischen Gesichtsausdruck sah. »Ich bitte dich um nichts Großes. Sag mir nur Bescheid, wenn du weißt, dass er abends weg ist, damit ich in seinem Haus suchen kann.«

»Ich könnte gewillt sein, das zu machen«, antwortete er. Es war vermutlich klug, sich gut mit ihr zu stellen, falls sie gefährlich war. Seine Informationen gaben ihm Macht über sie, machten ihn allerdings auch zu einem Zielobjekt.

Der Kellner kam mit ihrem Kuchen und hielt ihr das Kartenlesegerät hin, mit dem Studenten ihr Essen bezahlten. »Würdest du bitte?«, fragte sie Charles.

Mit einem reumütigen Lächeln zog er seine Karte durch das Gerät. »Darf ich fragen, was du gestern Nachmittag gemacht hast?«

Sie zuckte mit den Schultern und nahm einen Bissen. »Kurse. Und Yessica und ich sind beim Yogalates gewesen.«

»Sicher hast du von dem Studenten gehört, der am sechsten ermordet wurde. Am Tag vor meiner Party?«

»Ja«, antwortete sie, und ihr war lediglich Interesse an Klatsch anzusehen. »Ich habe gehört, dass es ein Raubüberfall war.«

»War es nicht«, sagte Charles. »Und hast du gewusst, dass gestern jemand gestorben ist? Ein Typ namens Kellen?«

»Gestern?«

»Hast du gewusst, dass beide Ermordeten in unserem Programm waren?«

Chloe hielt mit der Kuchengabel auf halber Höhe zu ihrem Mund inne, dann legte sie die Gabel hin. »Was?« Sie sah wirklich überrascht aus – oder zumindest so ähnlich. Sie hatte bereits bewiesen, dass sie eine gute Schauspielerin war.

»Der Erste wurde in einem der Versuchsräume in der Psychologie-Fakultät erstochen. Der Zweite, ich weiß nicht – jemand hatte ihm Metall injiziert, und das wurde ihm im MRT herausgerissen.«

»*Was?* Die waren beide in *unserem* Programm?« Er blickte sie an. Dann dämmerte es Chloe allmählich, und sie beugte sich empört vor. »Du denkst, *ich* hatte was damit zu tun?«

»Hattest du?«, fragte er und versuchte, gelassen zu klingen.

»*Nein.* Bist du mal auf den Gedanken gekommen, dass ich *beschäftigt* gewesen bin?«

»Mit was genau?«

»Aber warum sollte ich …? Ich weiß gar nicht, wer die anderen in dem Programm sind!«

»Ich weiß nicht, was du weißt«, sagte Charles.

Sie schien erschüttert, doch ihre Reaktion kam ihm seltsam vor. Sie war eher enttäuscht als wütend wegen der Unterstellung und blickte zu ihrem Teller. »Ich schwöre dir, dass ich nichts damit zu tun hatte.«

»Da ich gesehen habe, wie du meinem Verbindungsbruder mit einem Achat den Schädel eingeschlagen hast, habe ich Mühe, dir zu glauben.«

»Du verstehst das nicht.«

»Ich mochte diesen Achat – den hatte ich aus der Schweiz.«

Chloe sah ihn direkt an, und nun war ihr Ausdruck ein anderer. Weniger misstrauisch – dem Anschein nach. Oh, sie war gut – sehr gut. Charles konnte sich leicht vorstellen, wie sie sich aus Strafzetteln herauswand, wenn die Polizei sie rauswinkte, indem sie ihnen erzählte, sie sei spät dran, um eine Hausarbeit einzureichen. »Okay, ich will ehrlich zu dir sein«, sagte sie. »Ich bin wegen Will an die Adams gekommen. Der einzige Grund, weshalb ich dich kenne, ist der, dass ich Zugang zu deiner Verbindung gebraucht habe, um nahe an Will ranzukommen. Das ist alles, was mich interessiert.«

»Hat er dich vergewaltigt?«

Ihr Blick wurde härter. »Das ist privat. Aber falls du dich moralisch entrüsten willst wegen irgendwas, das ich tue, solltest du lieber besser aufpassen, mit was für Leuten du dich umgibst.«

Er probierte eine andere Taktik aus, neigte sich vor und nahm mit dem Zeigefinger eine Kostprobe von ihrer Kuchenglasur. »Chloe, ich werde dich nicht verpfeifen, weil du irgendeinen Typen im MRT ausgeknipst hast. Ich will es nur wissen. Denn wenn zwei Leute in dem Programm tot sind und du es *nicht* warst, könnte jemand Jagd auf uns alle machen. Auf mich beispielsweise.«

»So bin ich nicht«, sagte Chloe und riss die Augen weit auf. »Ich bin so was wie eine gute Psychopathin.«

»Und ich soll dich einfach beim Wort nehmen?«

Sie griff über den Tisch – er zwang sich, nicht zurückzuweichen – und legte ihre Hand auf seine. »Ich schwöre es dir.« Dann wandte sie sich wieder ihrem Kuchen zu. »Außerdem«, sagte sie deutlich munterer, »kann ich gar nicht wissen, ob *du* es nicht bist.«

»Müsstest du dir nicht mehr Sorgen machen?« Die Wunde an seiner Stirn juckte, und unwillkürlich berührte er sie, worauf er das Gesicht vor Schmerz verzog. Interessiert blickte Chloe zu seinem Haaransatz. Scheiße. Er hatte sein Haar sorgfältig so arrangiert, dass es die kleine Beule und die rote Linie auf ihr bedeckte, aber er fasste sich dauernd ins Haar, ohne darüber nachzudenken.

Sie schaute ihm wieder in die Augen und lächelte. »Hmm«, sagte sie und leckte die Unterseite ihrer Gabel ab. »Keiner macht Jagd auf uns. Solche Sachen passieren nur in Filmen.«

Wenn sie es war, die Leute aus dem Programm umbrachte, würde sie sich dann nicht filmreif verängstigt geben? Etwa sagen, dass sie herausfinden mussten, wer es war? Oder hatte sie einkalkuliert, welches Verhalten er von ihr erwarten würde? Er runzelte die Stirn. »Chloe, ich denke, du solltest das ernst nehmen. Ich bin der, der die zweite Leiche gefunden hat – zusammen mit Elena. Die haben ein beschissenes MRT benutzt!«

Sie schnaubte. »Falls irgendwer tatsächlich fähig ist, mich zu jagen und zu töten, verdient derjenige einen Genie-Orden. Ich kann auf mich aufpassen.« Jetzt wurde ihre Miene richtig verschlagen. »Und wenn du nett zu mir bist, passe ich auch auf dich auf.«

EINUNDZWANZIG

Tag 38

Ich musste es einsehen: Charles Portmont wurde zu einem Problem. Er wusste entschieden zu viel. Inzwischen war ich mir sicher, dass er genau im Bilde war, um was für ein Video es ging. Gut genug, um der Polizei, sollte Will tot aufgefunden werden, zu erzählen, dass ich ein gutes Motiv hatte. Und diese bizarre Unterstellung, ich würde Leute in dem Programm umbringen! Was war das, eine verschleierte Drohung? Ich sah kurz in die Nachrichten – ja, es waren innerhalb von zwei Wochen zwei Studenten auf dem Campus ermordet worden. Das *war* ziemlich schräg, aber welchen Beweis hatte ich überhaupt, dass einer von ihnen in dem Programm war? Soweit ich es sagen konnte, log Charles und trieb irgendein absurdes Spiel mit mir.

Ich durfte auf keinen Fall zulassen, dass Charles mir meinen Plan vermasselte. Und zu dem gehörte, dass ich am Ende nicht ertappt wurde. Ich musste das Worst-Case-Szenario in Betracht ziehen – dass ich ihn töten müsste, sollte ich befürchten, er würde das mit Will verraten. Problematisch wäre daran zweierlei, nein, dreierlei: Erstens war er echt heiß – *was für eine Verschwendung*. Zweitens war das Will-Projekt ausschließlich auf diejenigen beschränkt gewesen, die in der Nacht involviert gewesen waren. Ich machte ein Unrecht wieder gut, womit ich im Recht war. Und drittens hatte ich das Gefühl, sollte Charles verschwinden, würden seine Milliardärseltern alles in Bewegung setzen, um die Schuldigen zu finden.

Vielleicht gab es einen einfacheren Ausweg: Ich könnte ihn mir angeln. Im Ernst, ich hatte ihn schon halb – das war offensichtlich gewesen an der Art, wie er mich in dem Gästehaus angeschaut hatte. Ein Normalo wäre direkt zur Polizei gelaufen, hätte er geglaubt, dass jemand Will umgebracht hatte, aber Charles war ein Psychopath wie ich. Es war nicht einzuschätzen, was er tun würde, denn es käme ganz darauf an, was ihm am ehesten zusagte. Und das wäre mein Ausweg.

Jeder im Wohnheim redete über die Morde, vornehmlich über den zweiten. Das MRT als Tatwaffe war eine schier unwiderstehlich schaurige Geschichte. Offiziell hörten wir vom College nur, dass es sich um tragische Ereignisse handelte, bla-bla, unsere Gedanken und Gebete sind bei den Familien, und wir kooperieren mit der Ermittlung.

»Leute, ich hab echt Angst«, sagte meine Freundin Apoorva. Wir saßen im Kreis auf dem Fußboden in ihrem Wohnheimzimmer und tranken Orangenlikör, weil er das Einzige war, was wir kriegen konnten. »Jetzt haben wir zusätzlich zu den Amokschützen, den Vergewaltigungen und dem Ende der Welt auch noch einen Serienkiller.«

»Ich konnte letzte Nacht nicht schlafen«, gestand Yessica.

Ich schürzte die Lippen, als ich durch die Nachrichtenergebnisse auf meinem Laptop scrollte. Molly massierte mir eine warme Ölkur ins Haar. »Zwei Tote machen noch keinen Serienkiller. Ich glaube, dazu müssen es drei sein«, meinte sie. Und ich fühlte, wie eine winzige Idee in mir aufkeimte.

Ich sah mir die Berichterstattung über die Morde in der *Daily Owl* an. Ein Kommentar gab den Studentenverbindungen die Schuld und behauptete, der zweite Typ, Kellen, wäre wahrscheinlich bei einem Aufnahmeritual gestorben – was sollte sonst der Grund sein, dass er einen Haufen Schrot geschluckt hatte? Der neuere Kommentar, der heute erschienen war, widersprach ihm.

»Dies war ein tragischer, entsetzlicher Vorfall«, erklärte Chad Harrity, Präsident des Verbindungsrats von Adams und der SAE. »Aber er hat nichts mit den Studentenverbindungen zu tun. Kellen war in keiner, und es war kein Aufnahmeritual. Die Verbindungen waren im Laufe der Jahre durch einiges Fehlverhalten aufgefallen, doch diese Generation bemüht sich, das zu ändern.«

Plötzlich traf es mich wie ein Hieb mit einem Achat. Ich glaubte nicht, dass jemand tatsächlich versuchte, alle Studienteilnehmer umzubringen. Ich denke, ich würde es wissen, sollte jemand mich zu töten versuchen. Also würde ich die Augen offen halten – und inwiefern war das anders als mein Alltag, in dem ich mich sorgte, dass Will mich allein erwischte? Vielleicht hatte dieselbe Person Michael und Kellen ermordet, vielleicht auch nicht. Entscheidend war, dass die Leute *dachten*, es wäre ein Serienmörder, der es auf Adams-Studenten abgesehen hatte. Wie könnte ich besser die Aufmerksamkeit von mir ablenken! Ich könnte Will loswerden und es unserem mysteriösen Jäger anhängen. Wenn es wirklich einen Serientäter gab, hatte er mir einen Riesengefallen getan.

Charles musste mir geglaubt haben, als ich sagte, das Video sei alles, was ich wollte, denn zwei Tage später textete er mir, dass die SAE eine Aufnahmezeremonie abhielt, was bedeutete, dass Wills Haus leer wäre. Ich zog mir mein Fassadenkletterer-Outfit an: schwarze Laufleggings und passendes Top, strammer Pferdeschwanz und kleiner Rucksack. In einem Holster über meinem rechten Stiefel steckte ein Messer. Will und sein Mitbewohner wären nicht da, aber ich musste bereit sein, falls einer von ihnen früher nach Hause kam und mich erwischte.

Ich ging zu Wills Haus, als wäre ich zum Yoga unterwegs, und zog mir meine Handschuhe erst an, als ich in seinem Carport war. Nachdem ich mich kurz umgeschaut hatte, kletterte ich an dem Regenrohr, das ich zuvor entdeckt hatte, nach oben auf das Flachdach. Von dort konnte ich mich weit genug vorrobben, um das Fenster im ersten Stock abzutasten. Es war gekippt, wenige Zentimeter weit offen und nur halb verriegelt. Geduldig bewegte ich es immer wieder, und nach ungefähr zehn Minuten löste sich der Riegel, und ich bekam es auf. Ich kletterte nach unten.

Und war im Haus.

Ich spitzte die Ohren. Lautlos schlich ich durch das Haus, stieg über Berge von Klamotten und Lacrosse-Kram, um mich zu vergewissern, dass niemand da war. Welches war Wills Zimmer? In beiden lag Lacrosse-Zeug, und in keinem standen Familienfotos. Ich durfte keine Zeit verschwenden, doch ich wollte gründlich suchen. Beide hatten einen PC in ihren Zimmern. Mit meinem kleinen Werkzeugbesteck öffnete ich die Rechner und nahm die Festplatten heraus. Jetzt zu den Handys. Wäre Will halbwegs klug, hätte er sein altes Handy einfach zerstört oder das Video gelöscht, aber wenn Charles gesehen hatte, wie er danach suchte, hatte er es bisher eventuell noch nicht gefunden. Ich ging Schubladen durch, sah unter Matratzen, in die Wandschränke und hinter Möbel. Dabei fand ich ein Suspensorium, einen geschmolzenen Schokoriegel und ein altes Handy-Ladegerät, nur kein altes iPhone. Mist. Wenigstens hatte ich die Festplatten.

Ich sah auf meine Uhr. Wie lange dauerte so eine Aufnahmezeremonie? Es blieb noch das Untergeschoss, doch ich war mir nicht sicher, ob Will und Cordy zu dem überhaupt Zugang hatten. In D.C. sind die Souterrains oft abgetrennte Wohnungen, die einzeln vermietet werden. Sofern ich nichts übersah, kam ich von innen nicht in das untere

Geschoss. Ich stieg zurück nach draußen und das Regenrohr hinunter. Nachdem ich mich aufmerksam umgesehen hatte, schlich ich mich zur Hintertür der Souterrainwohnung. Ein Schloss zu knacken bedeutet, dass man dünne Metallstäbchen bewegt – es erfordert Geduld, die nicht zu meinen vielen Tugenden zählt. Eine gefühlte Ewigkeit arbeitete ich konzentriert, doch am Ende rastete etwas ein, und ich konnte die Tür öffnen.

In der Wohnung war es stockdunkel, worauf ich aber vorbereitet war. Ich ließ die Tür halb offen, um ein wenig Licht zu haben, und holte meine Ministirnlampe hervor. Sie warf einen Lichtkegel über den vollgestellten Raum. Und ich wollte stöhnen. Hier war tonnenweise Kram. Wie konnte ich die Zeit finden, das alles abzusuchen? Es standen Schreibtische und Kartons herum. Es konnte gut sein, dass ich mehrmals hier einbrechen musste, um richtig zu suchen. Ich sah etwas, das wie eine Standuhr mit einem Wasserschaden aussah. Sie roch modrig. Dieses Untergeschoss war definitiv mal voll Wasser gelaufen, und es fühlte sich immer noch feucht unter meinen Füßen an. Ich drängte mich zwischen Kartonstapeln durch und fragte mich, wo ich anfangen sollte.

Schließlich öffnete ich einen der Kartons und zog einige muffige Kleidungsstücke heraus. Ein kariertes Kleid. Frauensachen. Wasser tropfte in die Dunkelheit. Ich sah in einen anderen Karton und fand Bücher. Waren das Bücher, die Collegestudenten lesen würden? Bei näherem Hinsehen schienen sie in Kyrillisch zu sein.

Ich drehte mich um und ging vorsichtig an einem zu vollen Garderobenständer vorbei, um von Angesicht zu Angesicht mit leuchtenden Augen und einem irren Grinsen zu kommen. Unwillkürlich ballte ich die Faust – aber es war bloß ein Spielzeug: Ein Clown, der mit einigen anderen Spielsachen auf einem Metallregal hockte. Moment mal,

Spielzeug? Ich sah mir das Regal genauer an. Da waren Puppen, verstaubte Brettspiele, von denen ich noch nie gehört hatte, eines dieser Plastikautos, in denen Kleinkinder herumfahren. Dies hier war nie und nimmer Wills und Cordys Kram. Wahrscheinlich war es Eigentum der Hausbesitzer.

Obwohl ich das Handy nicht fand, war ich erleichtert – das ganze Untergeschoss abzusuchen hätte Unmengen Zeit verschlungen. Ich manövrierte mich wieder an dem Garderobenständer vorbei und wollte im Licht meiner Stirnlampe zurück zur Tür. Und erstarrte. Die Tür war geschlossen, und ich hatte sie definitiv nicht vollständig zugemacht. Ich stand so still da, dass ich dachte, mein Herz würde aufhören zu schlagen.

Dann nahm ich es wahr. Ein sehr leises Geräusch – als würde etwas gegen Pappe streifen.

Ich schaltete die Stirnlampe aus. Es war jemand mit mir in dem Souterrain. Und sofern diejenigen kein Nachtsichtgerät oder so hatten, machte mich die Stirnlampe zu einem leichten Ziel. Langsam griff ich nach unten und zog das Messer aus dem Holster. Ich musste weg von der Stelle, an der ich zuletzt gesehen worden war. Geduckt tastete ich mich zu einer freien Fläche vor, wobei ich darauf achtete, so wenig Geräusch wie möglich zu machen.

Ich hörte einen gedämpften Laut – die anderen hatten etwas umgeworfen. Woher war das gekommen? Hinter mir, links, näher kommend. Wie weit hatte ich mich von dem Ursprungspunkt entfernt – drei Schritte, vier? Wussten die, wo ich war? Dies hier durfte nicht so enden. Es durfte nicht damit enden, dass Will früher von irgendeiner Verbindungsfeier zurückkam, betrunken, und mich in seinem Souterrain umbrachte. Dann fiel mir ein, dass ich mein Dietrichset in die Tasche gesteckt hatte anstatt zurück in den Rucksack. Aber das blöde Ding hatte einen Klettverschluss.

Will rührte sich nicht. Er wartete darauf zu hören, wo ich mich zuerst bewegte.

Mit beiden Händen hielt ich die Lasche des Dietrichsets und begann quälend langsam, sie aufzuziehen, wobei ich den Klang dämpfte, indem ich meinen Daumen in den Raum zwischen Haken und Borsten drückte. Ich fühlte, wie mir Schweiß im Nacken ausbrach und mich kitzelte, was ich nicht beachtete. Geduld. Komm schon. Ein Haken nach dem anderen. Selbst wenn dies hier hundert Jahre dauert, werde ich Will nicht gewinnen lassen.

Schließlich hatte ich vier oder fünf der Metallstifte in der Hand. Die schleuderte ich so fest ich konnte gegen die Wand, die am weitesten von mir entfernt war, sodass sie diverse Objekte trafen. Es gab einen brüllenden Lärm, als sich etwas mit enormer Geschwindigkeit dorthin bewegte, gegen Sachen stieß und sie umwarf. Ich stürmte in Richtung Tür, rammte gegen Sachen und fühlte, wie etwas schmerzhaft mein Bein aufschürfte, blieb aber nicht stehen und gab keinen Laut von mir. Ich war keine zwanzig Zentimeter mehr von der Tür entfernt, als mich jemand bei meinem Rucksack packte.

Kämpfe laufen nicht so ab, wie man es im Fernsehen sieht, wo sich die Leute mit dem Schlagen abwechseln. Echte Kämpfe sind hässliches, wirres Chaos. Ich rammte meinen Ellbogen nach hinten, traf auf etwas Hartes – den Kopf von jemandem? Ich hörte ein Luftholen, dann erwischte mich etwas Schweres seitlich an meinem Kopf und meiner Schulter. Ich weigerte mich zu schreien, sondern biss die Zähne zusammen und hieb mit dem Messer zu. Ich stach blind drauflos, bis etwas in mich hineinschmetterte, mir fast den Atem raubte, und Schmerz jagte mir den Rücken hinauf, als ich gegen den Türknauf knallte. Ich stach wieder zu, und diesmal hörte ich ein Schmerzstöhnen.

Noch nie hatte ich mich schneller bewegt. Ich drehte

mich um, packte den Türknauf und sprang die Stufen hoch, rannte wie der Teufel, weil mein Leben davon abhing. Mir tat der Rücken weh, meine Lunge schrie nach Atem, aber ich hatte für solche Momente trainiert – konzentriertes Intervalltraining und all die Selbstverteidigungskurse. *Lauf schnell. Bleib nicht stehen. Stolpere nicht wie die blöden Mädchen in den Filmen. Renn irgendwohin, wo es öffentlich ist.* Ich fühlte mich nicht sicher, bis ich fünf Blocks weit weg war und massenweise Leute auf der Straße. Drei Reihenhäuser machten eine Gemeinschaftsparty, und Hip-Hop wummerte draußen. Ich bemerkte Blut in meinem Mund.

Die Computer! Ohne etwas darauf zu geben, wie irre ich aussehen mochte, griff ich auf meinen Rücken und stellte fest, dass der Rucksack noch da war. War er zerrissen? Ich nahm ihn ab und tastete drinnen nach den Festplatten.

Gott sei Dank!

Gott sei Dank, sie waren noch da.

Und dann holte es mich ein. Was für Schmerzen ich hatte. Mein Rücken war am schlimmsten. An meiner Schulter und in meinem Gesicht fühlte ich jetzt schon, dass sich Blutergüsse bildeten. Und meine Beine brannten vom Rennen. Plötzlich stand ein älteres Mädchen vor mir. »Hey, ist alles okay mit dir?«

Gott, ich musste beschissen aussehen! Ich rang mir ein Lächeln ab, ohne meine Zähne zu entblößen, weil ich fürchtete, dass sie blutig sein könnten. »Ach, nur Karatekurs.« Ich winkte ab und joggte weiter, als wäre nichts. Mir kam es wie eine Ewigkeit vor, bis ich mein Wohnheim erreichte. Keiner sollte mich so sehen, weshalb ich mich über die Feuerleiter hereinschlich. Mein Fenster war so alt, dass das Schloss zigmal übermalt wurde. Ich schlitzte es erschaudernd auf und kroch hinein. Drinnen fand ich keine Ruhe, bis ich etwas von der richtigen Größe gefunden hatte, um es oben zwischen das geschlossene Fenster und den Rahmen zu klemmen und es so behelfsmäßig zu verriegeln. Eine der Latten vom Bett passte, doch ich schrie beinahe vor Schmerz, als ich die Matratze bewegte.

Dann öffnete ich meine Zimmertür und blickte zu Yessicas, die zu war. Ich konnte sie drinnen Spanisch reden hören, wahrscheinlich mit ihrer Mutter. Gerne wäre ich rübergegangen und hätte gesagt: *Guck dir an, was mir passiert ist. Sieh dir meine Verletzungen an.* Ich wollte ihre Sorge und ihr Entsetzen sehen, dass sie meine Wunden versorgte und mich in ihre dünnen Arme nahm. Aber es gäbe so viele Fragen. Und wenn ich log und erzählte, ich sei überfallen worden, würde sie erwarten, dass ich es meldete. Traurig sah ich zu ihrer Tür und schloss meine. Ich warf ein halbes Dutzend Ibuprofen ein und kroch ins Bett.

Jedes Mal, wenn ich eindöste und in den erholsamen Schlaf zu fallen begann, den mein Körper brauchte, sah ich Wills fieses Grinsen vor mir, als ich ihn in der Cafeteria zur Rede gestellt hatte. Ich wollte nicht daran denken, aber das Bild kam ständig wieder. Morgen würde ich neu planen. Und ich würde heilen – das tat ich immer.

ZWEIUNDZWANZIG

Tag 37

Ich wachte in einer Schmerzwolke auf, starrte an die Decke und konnte nicht recht glauben, was gestern passiert war. Als ich ruckartig nach links blickte, fuhr ein Stich durch meinen Rücken. Dann sah ich erleichtert, dass mein Rucksack noch da war. Mein Behelfsriegel am Fenster war noch an Ort und Stelle. Yessica spielte laute Musik.

Was zur Hölle war gestern Abend passiert?

Entweder war Will früh nach Hause gekommen, oder Charles hatte recht, und jemand *machte* Jagd auf uns. Am wichtigsten war, dass jemand Jagd *auf mich* machte. Ich nahm mein Handy hervor und suchte nach irgendwelchen Hinweisen, dass Will gestern Abend auf dem Verbindungsding gewesen war oder nicht. Keiner hatte etwas gepostet. Ich schrieb an Charles. Ich muss dringend wissen, ob er wirklich gestern Abend bei diesem Ding war und, wenn ja, von wann bis wann genau.

Ich wappnete mich, stand auf und bewegte mich vorsichtig vor meinen Spiegel, um den Schaden zu begutachten. Ich hatte ein blaues Auge und einen lila Bluterguss an meiner Schulter. Mit einem Aufschrei hob ich mein Shirt hoch und sah mir meinen Rücken an. Ein üblerer Bluterguss erstreckte sich über meine rechte Seite. Ich schluckte noch einige Ibuprofen und holte mein Make-up hervor. Im Überschminken bin ich sehr gut. Es war nicht schwer, das Veilchen mit einer Kombination aus Concealer, Foundation und Highlighter zu verbergen. Ich hatte mir früher schon YouTube-Videos angesehen, wie es ging.

Mein Spiegelbild sagte mir, dass meine Arbeit gelungen war. Ein stiller Zorn schwelte in meinem Bauch. Ich wollte schreien, den Spiegel zerbrechen und aus dem Fenster schmeißen. *Aber nein, beruhige dich. Zorn bringt nie was. Zähl rückwärts bis zehn, wie Dr. Wyman es dir beigebracht hat.*

Ich setzte mich an meinen Schreibtisch und nahm mein Bullet-Journal hervor. Über Will schrieb ich nie – Gott, das wäre bescheuert –, doch es schadete nicht, an meine eigene Sicherheit zu denken. Ich hob eben meinen Stift auf, als Charles antwortete. Kann ich nicht mit Sicherheit sagen, weil ich nicht da war. Aber ich frage Chad. Der wird es wissen.

Danke, gab ich zurück.

War es Will gewesen oder der mysteriöse Jäger? Falls es Will war, änderte es nichts an meinem Endspiel, sondern lediglich daran, wie der Rest ablaufen würde. Ich wusste, dass er bereit war, Gewalt anzuwenden, um mich zum Schweigen zu bringen. Er hatte keinen Schimmer, dass ich vorhatte, ihn zu töten. Vielleicht glaubte er, mich mit einigen Schlägen verschrecken zu können. Ja, damit könnte ich arbeiten und tun, als wäre ich abgeschreckt.

Aber was, wenn es nicht Will war? Was war, wenn mich tatsächlich jemand jagte? Warum? Was hatte ich demjenigen jemals getan? Wer immer es war, die Person hatte gewusst, dass ich in ein Haus eingebrochen war und drinnen herumschnüffelte. Abgesehen von der Frechheit zu glauben, er oder sie könnte *mich* umbringen, dachte diese Person auch noch, sie könnte sich zwischen mich und meinen Plan stellen.

Wild entschlossen begann ich, all meine Sicherheitsbedenken aufzulisten und was ich unternehmen sollte. Ich brauchte ein richtiges Fensterschloss und, sofern möglich, bessere Türschlösser für mein Wohnheimzimmer – solche, zu denen niemand sonst Schlüssel hatte. Die regelmäßigen Kurse waren ein Risikofaktor. Ich wollte nicht, dass meine Noten litten, aber ich könnte die Diskussionsrunden wechseln, zu denen ich ging, und meine Wege jeden Tag anders wählen. *Soziale Medien*, schrieb ich und unterstrich es. Ich hatte so viele Informationen zu Will über die sozialen Medien bekommen; jemand könnte leicht versuchen, über dieselben Kanäle zu mir zu recherchieren. Nur war ich nicht so blöd wie er. Instagram hat ein Feature, in dem man Posts auf Termin legen kann. Ich machte mir eine Notiz, einen Haufen Posts einzugeben, die mich Orten zuwiesen, an denen ich de facto nie gewesen war, damit es aussah, als wäre ich regelmäßig dort. Die Security im Wohnheim war nicht berauschend – eigentlich sollte man jedes Mal seine Karte durch das Lesegerät ziehen, wenn man das Gebäude betrat, aber manchmal war es den Studenten egal, die es überwachen sollten.

Nun, da konnte ich vielleicht etwas tun. Ich zog mich sorgfältig an, warf Make-up und ein paar Abschminktücher in meine Handtasche. Dann huschte ich an Yessicas Tür vorbei und ging zum Sicherheitsbüro, das im dritten Stock des Campuscenters war. Unterwegs musterte ich jeden in meiner Nähe und achtete auf plötzliche Bewegungen. Eine meiner Schwächen ist, dass ich Angst nicht so empfinde wie andere Menschen. Ich schätze, sie haben so eine Art siebten Sinn oder so, aber ich verstehe nicht, was es ist. Wie übersinnliche Wahrnehmung? Wäre Yessica in dem Souterrain gewesen, hätte sie irgendwie physisch gespürt, dass sie in Gefahr war, ehe sie jemanden hörte? Oder hätte sie gewusst, dass sie gar nicht ins Souterrain gehen sollte? Nachdem ich gelesen hatte, dass Psychopathen keine Furcht empfanden, hatte ich mich gefragt, ob ein normales Mädchen gemerkt hätte, dass mit Will was nicht stimmte. Dass es an dem Tag niemals zu ihm gegangen wäre.

Okay, ich kann das immer noch hinbekommen. Wie würde ich Chloe jagen, wenn ich nicht Chloe wäre? Was waren ihre Schwächen? Zum einen ist sie klein. Nun, das kann ich nicht ändern. Ich kann eine Waffe bei mir tragen und so viel wie möglich mit anderen zusammen unterwegs sein. In den Kursen war die Sicherheit problematisch – buchstäblich jeder Irre könnte in einen Kurs an der Adams marschieren und sich einfach dazusetzen. Machten die sich gar keine Gedanken wegen Amokschützen? Andererseits war ich im Kurs durch die Anwesenheit vieler anderer geschützt.

Plötzlich fiel mir etwas ein, das mich abrupt stehen bleiben ließ. Ich hatte tatsächlich eine riesige, himmelschreiende Schwäche. Schlimmer als mein Mangel an Körpergröße und Muskelkraft, schlimmer als die beschissene Wohnheimsicherheit. Chloe Sevre hatte ein kleines Hobby, das es notwendig machte, viel allein herumzuschleichen, Dinge heimlich zu tun und an abgelegene Orte zu gehen. Will zu jagen war mein größtes Risiko.

Scheiße.

Wütend betrat ich das CC und stampfte die Treppe hinauf. Wer war diese Person, und was bildete sie sich verflucht noch mal ein, sich zwischen mich und das Ziel zu drängen, auf das ich hinarbeitete, seit ich *zwölf* war? Wie lange hatte sie an *ihrem* blöden Plan gearbeitet?

Ich kam im zweiten Stock an und schlüpfte in die Damentoilette. Dort entfernte ich mein Make-up, sodass mein Gesicht sehr mitgenommen aussah. Ich hatte mich auch passend gekleidet – eine weitere Baumwollhose, eine Strickjacke über einer weißen Bluse mit Bubikragen und mit einem Ich-wurde-nie-gefickt-Stirnband im Haar. Weil nur zwei Typen von Frauen diese Beschwerden vorbrachten, die ich gleich äußern würde – Jungfrauen und Huren – und man ausschließlich einer von ihnen Gehör schenkte.

Ich ging ins Sicherheitsbüro und täuschte Nervosität vor, als die Sekretärin mich schockiert ansah. »Hi«, sagte ich kleinlaut. »Ähm, kann ich mit jemandem reden? Von der Security?«

Rasch brachte man mich in ein Büro, in dem ein Mann mit Schnauzbart saß. Er war im Dad-Alter – perfekt. »Oh, du meine Güte«, entfuhr es ihm beim Anblick meines Gesichts.

»Ich dachte, Sie können mir vielleicht helfen.« Verlegen zeigte ich auf mein Gesicht. »Ich habe es schon gemeldet. Das ist … mein früherer Freund. Er ist mir irgendwie zum College gefolgt.«

Erschrocken setzte er sich auf.

»Mr. Tedesco«, las ich von seinem Namensschild ab. »Er hat gegen sein Kontaktverbot verstoßen. Und er bekommt immer raus, wo ich bin.« Ich fing an zu weinen, ließ es jedoch so wirken, als versuchte ich verzweifelt, es nicht zu tun. Sorgenfalten gruben sich in seine Stirn, und er schob mir eine Schachtel Papiertaschentücher hin. »Ich habe das schon gemeldet, wissen Sie, bei der Polizei, und mit ihnen über alles geredet.«

»Das war richtig so von Ihnen.«

Ich schnäuzte mich. »Ja, ich weiß. Ich habe nur gedacht … Ich kann ja eigentlich nicht kontrollieren, was in meinem Wohnheim passiert, nicht? Ich wohne im Brewser. So wie gestern, gleich nachdem ich von der Polizei zurückkam, sind all diese Leute ohne zu zögern reingegangen, wissen Sie? Ich weiß, dass sie hier studieren, aber es ist so leicht für irgendjemanden, einfach ins Gebäude zu gehen.«

»Oh, Schätzchen, das wollen wir natürlich nicht. Das Sicherheitspersonal …«

»Das Sicherheitspersonal sind Studenten, die sich mit dem Job ihr Studium verdienen. Die gucken Netflix oder spielen Dog Dash auf ihren Handys«, sagte ich und hoffte, dass es nicht zu schroff für meine Rolle klang. Ich weinte ein bisschen intensiver. »Entschuldigung. Könnten Sie vielleicht ein Rundschreiben oder so rausgeben, damit sie die Security im Brewser wirklich ernst nehmen?«

Er beugte sich über den Schreibtisch und sah mich verständnisvoll an. »Selbstverständlich. Ich werde alles in meiner Macht Stehende tun, damit Sie sich sicher fühlen.«

Ich wollte dringend anfangen, Wills Festplatte durchzugehen, aber dieser Sicherheitskram verschlang eine Menge Zeit. Danach musste ich mich wieder neu schminken, und dann hatte ich ein Experiment und immer noch keine Gelegenheit gehabt, etwas zu essen. Es gab einen Laden unweit von den Psychologen, der sich auf Pastrami spezialisiert hatte. Ich kaufte mir ein Sandwich und lief hinüber, weil mir keine Zeit blieb, mich hinzusetzen und zu essen. *Ich gehe hier ganz allein*, wurde mir klar, und ich lief ein wenig schneller, um mich an eine Gruppe von Studenten zu hängen, die in dieselbe Richtung unterwegs waren. Bei jedem Umdrehen tat mir der Rücken weh.

In der Psychologieabteilung konnte man nicht mal erkennen, dass hier jemand ermordet worden war. Der Fußboden war blitzsauber, und ich fragte mich, ob mein kleiner Versuchsraum der Tatort gewesen war. Ich verriegelte die Tür und blickte mich um, als könnte hier ein Hinweis durch die Luft schweben.

Natürlich tat es das nicht. Ich war allein hier mit meinem schmerzenden Körper und meinem knurrenden Magen. Dieses Experiment war langweilig, und ich hatte ohnehin schon schlechte Laune. Es bestand aus einer Reihe von Szenarien, zu denen ich meine Reaktion aufschreiben sollte. Ich packte mein Sandwich aus und begann zu arbeiten. Von meinen fettigen Fingern glänzten die Tasten auf dem Keyboard.

Sie stehen auf Bahngleisen, und ein Zug naht. Es sind vier Leute an die Gleise gefesselt, die der Zug überfahren und töten wird. Ihre Hand ist an dem Weichenhebel. Wenn Sie den betätigen, wechselt der Zug auf ein anderes Gleis. Auf jenem Gleis aber ist eine Person an den Schienenstrang gefesselt, die sterben wird, wenn Sie den Zug umleiten. Was tun Sie?

Ein Tropfen Pastramifett fiel auf die Tastatur.

Nach der Person suchen, die diese Leute dort angebunden hat, schrieb ich. Warum fesselt sie all diese Menschen an Gleise?

Ich wechselte zur nächsten Seite, als ich ein Klicken, gefolgt von einem Rütteln hörte und aufschaute. An diesem Ende des Korridors mit den Versuchsräumen war es bei meiner Ankunft vollkommen still gewesen, auch wenn ich leise Stimmen von Dr. Wymans Ende gehört hatte. Ich blickte zu der L-förmigen Türklinke, die sich langsam auf und ab bewegte.

Möglichst lautlos zückte ich mein Messer und stand von meinem Stuhl auf. Unter der Tür konnte ich Schatten von zwei Füßen sehen. Dann entfernten sie sich. Ich drückte mein Ohr gegen die Tür, konnte aber nichts hören außer dem merkwürdigen Summen, das durch das Gebäude lief. War das der, der mich angegriffen hatte? Oder ein Student, der zum falschen Raum gekommen war? Ein Forschungsassistent? Oder ein Mörder?

Ich biss von meinem Sandwich ab, auf dem das Fleisch inzwischen kalt geworden war. Was mich wütend machte. Kaltes Sandwich! Irgendein dämliches Arschloch versuchte, mich umzubringen, und versaute mir meine Pläne. Ich wusste nicht, was hier los war, doch sollte es mir in die Quere kommen, würden Köpfe rollen. Dann öffnete ich WhatsApp und rief Charles' Nachricht auf. Ich tippte das Telefonsymbol an. Nach dem sechsten Klingeln meldete er sich und fragte leise: »Warum rufst du mich an?« Ich hatte eigentlich Großes im Sinn und verachtete mich ein klein wenig, aber, bei Gott, seine Stimme! Wie Butter, die auf einem warmen Brötchen schmolz. »Ich wollte dir schreiben, wenn ich rausgefunden habe, was du wissen willst.«

Warum war er so kryptisch? WhatsApp ist verschlüsselt. Doch vielleicht war seine Freundin bei ihm. »Ich denke, wir haben ein Problem«, antwortete ich.

»Welches Problem?«

»Kann ich dein Auto leihen?«

»Wozu?«

»Damit ich zu einer Waffenmesse fahren kann. Ich habe kein Auto, und für ein Uber ist es zu weit.«

»Ich soll mein ziemlich teures Auto einem Mädchen leihen, das keinen Führerschein hat, damit es zu einer Waffenmesse fahren kann?«

»Woher weißt du, dass ich keinen Führerschein habe?«

»Weil ich in der Partynacht deine Handtasche durchwühlt habe, als du dich sauber gemacht hast.«

Scheiße, er ist schlauer, als er aussieht. Meine Mutter hatte mir nicht erlaubt, den Führerschein zu machen. Sie dachte, mich mobil zu machen würde mich in einen »Horror auf Rädern« verwandeln. Wahrscheinlich war ich aus demselben Grund auch achtzehn geworden, ohne jemals in einem Flugzeug zu sitzen. Ich hatte vorgehabt, den Führerschein nachzuholen, aber für den müsste ich Fahrstunden nehmen, und ich war zu sehr mit dem Studium und allem beschäftigt.

»Ich muss mich schützen.« Und ich hatte eine Idee. »Dein Dad ist doch Jäger. Hast du keine Waffe, die ich mir leihen kann?«

»Leihen? Die sind keine Büchereibücher. Weißt du überhaupt … egal. Woher kommt das so plötzlich?«

»Ich hätte dich nicht für idiotisch erklären sollen, denn ich denke, es jagt uns tatsächlich jemand.« Charles musste glauben, dass ich wirklich Angst hatte und seiner Theorie voll und ganz zustimmte.

Zunächst schwieg er. »Warum sagst du das?«

Ich erzählte ihm von der Tür, stellte es allerdings dramatisch und eindeutig dar. Auf keinen Fall würde ich ihm erzählen, dass mich jemand windelweich geprügelt hatte. Und ich ließ den Teil aus, dass eine Waffe superpraktisch wäre, seit ich wusste, dass Will mich als Problem sah.

»Ich fahre mit dir, etwas besorgen«, sagte Charles schließlich. Und meine Stimmung hob sich merklich. Das war weit besser, als mich mit Charles' Wagen abzumühen – Charles selbst. »Aber wenn du denkst, jemand lauert dir auf, solltest du den Campus-Sicherheitsdienst um Begleitung bitten.«

»Diese Blödmänner? Es ist helllichter Tag.«

»Es könnte trotzdem gefährlich sein.«

»Ich dachte, ich bin die, die gefährlich ist.«

»Mag sein«, antwortete er. »Kannst du um vier fertig sein?« Ich bejahte, und er sagte, dass er mir schreiben würde, wo ich ihn treffen sollte.

Dann rief ich bei dem Sicherheitsdienst an, weil ich neugierig war, wen oder was sie mir schickten. Taugte der Dienst etwas, könnte er eine gute Lösung sein, um mich über den Campus zu bewegen. Ich kann nicht alles allein schaffen, auch wenn ich jung und in Form bin und mir ein Krav-Maga-Lehrer mal gesagt hat, ich sei besonders. Allerdings wurde mir jetzt, da Charles sie erwähnt hatte, ebenso bewusst, dass die Begleiter wahrscheinlich Zugang zu sämtlichen Unigebäuden hatten. Wenige Minuten später erschien ein Unipolizist, der ein bisschen verwirrt wirkte, weil er mitten am Tag gerufen wurde. Ich erzählte ihm nichts von der Tür, sondern lächelte nur und sagte beim Einsteigen in seinen Wagen nur: »Vorsicht ist die Mutter der Porzellankiste.«

»Vor allem dieser Tage«, bestätigte er grinsend. Er war in den Dreißigern. »Wohin?« Ich nannte ihm die Straßenkreuzung. Er fing an, mir allgemeine Fragen zu stellen und mit mir zu plaudern, als hielte er dies hier für eine Verabredung.

»Bekommen Sie viele Bitten um Begleitung?«

»Hin und wieder«, antwortete er achselzuckend und schlug mit einer Handfläche aufs Lenkrad. »Und dann fahre ich manchmal um zwei oder drei Uhr nachts herum und sehe diese Mädchen, die mit ihren Schuhen in der Hand nach Hause tapsen.« Er schüttelte den Kopf. »Ich meine, die Welt da draußen ist nicht sicher für euch, das müsst ihr Mädchen doch wissen.« Er fuhr rechts ran und zückte scheinbar aus dem Nichts eine Visitenkarte. »Falls Sie jemals irgendwas brauchen, können Sie mich direkt anrufen, okay, Chloe?«

Ich war verwirrt, weil er meinen Namen kannte, aber dann fiel mir ein, dass ich meine Immatrikulationsnummer angegeben hatte, als ich den Begleitdienst anrief. »Klar«, sagte ich und steckte die Karte ins Müllfach meiner Handtasche, wo ich sonst altes Kaugummi in benutzten Taschentüchern aufbewahrte.

Charles kam um Punkt vier in einem silbernen Porsche an die Ecke P und sechste. Er trug eine Sonnenbrille, was mir nicht gefiel. Sie machte es schwerer einzuschätzen, was er dachte, und ich musste trotz all meiner ablenkenden Schmerzen und Wunden konzentriert bleiben. »Ganz ehrlich«, sagte er, als ich unter einigen Qualen in sein Auto stieg. »Ich fahre dich nicht irgendwohin, wo du dir eine Waffe kaufen kannst – es kommt mir ungut vor. Aber ich kenne einen Laden, in dem du einen Elektroschocker bekommst.«

Ich schmollte.

Er sah mich an, doch ich konnte lediglich mein Spiegelbild in seiner Sonnenbrille sehen, und dann fuhr er die P-Street hinunter.

»Es hat definitiv jemand versucht, in den Raum zu kommen, um mir was anzutun«, sagte ich.

»Und es kann nicht sein, dass bloß irgendwer nachgesehen hat, ob die Tür verriegelt war?«

»Nein, die hatten es eindeutig auf mich abgesehen. Ich glaube, du hast recht, was diese Morde angeht.« Ich konnte nicht durchblicken lassen, dass ich unbedingt jeden denken lassen wollte, es wäre ein Serientäter. Alle mussten glauben, dass das Töten weiterging. Im Idealfall war Will der Nächste, womit das Muster gebrochen wäre, denn würde eine dritte Person aus dem Programm umgebracht, würde Will als Abweichung gelten. Zwei tote Psychopathen konnten Zufall sein, drei nicht.

»Auf einmal bist du zu meiner Theorie bekehrt?«, fragte er in einem solch angenehmen Tonfall, dass ich wusste, er empfand kein bisschen so. Er bog auf die Rhode Island Avenue.

»Nicht ganz bekehrt – es könnte schlicht ein Serienmörder sein, der es auf Collegestudenten abgesehen hat. Es ist ja nicht so, als würde da draußen eine Liste von allen Leuten in dem Programm herumschwirren.«

»Doch, schwirrt sie. Dr. Wyman, Elena und ihre Forschungsassistenten kennen alle unsere Namen. Und die Finanzverwaltung der Uni ebenfalls«, sagte er.

»Denkst du allen Ernstes, Wyman oder einer seiner Lakaien könnte das tun?«, fragte ich unwillkürlich. »Ist er nicht Veganer?«

»Das war Hitler auch.«

»Elena könnte es sein. So eine Jekyll-und-Hyde-Nummer.«

Er lachte, und ich kicherte, was ich ausschließlich ironisch tue. Und mir tat dabei alles weh. »Fährst du nicht in die falsche Richtung?« Wir fuhren nach Osten, nicht südwestlich nach Virginia.

»Ich muss erst noch was abholen«, sagte er und bog in die Q-Street. »Eine Vorsorgemaßnahme.«

Mein Bauch verspannte sich ein bisschen, weil ich daran dachte, dass man in dem Wagen von jemandem faktisch dessen Gefangene war. Doch wenige Minuten später bogen wir zu einem *Wendy's* ein, und ich war verwirrt. War dies ein unverdächtiger Ort, an dem er sich mit einem zwielichtigen Typen traf, der mir einen Elektroschocker verkaufte? Wir stiegen aus und liefen ins Restaurant, in dem es nach Pommes frites roch. Ich wartete, dass etwas Ungewöhnliches geschah, aber Charles ging nur zum Tresen und bestellte einen großen Frostee.

»Echt?«, fragte ich.

»Willst du irgendwas?«

»Nein.«

»Das ist hoffentlich dein Ernst, denn ich teile nicht«, sagte Charles.

»Wir hätten den Drive-through nehmen können.«

Er sah mich angewidert an. »Portmonts fahren nicht durch *Drive-throughs*.«

Ich musste lachen, was für ein komisches Gefühl in meiner Blase sorgte. »Bin gleich wieder da«, erklärte ich und ging zu den Toiletten. Es war niemand sonst in dem Restaurant, also war es hier wunderbar leer. Und ich wollte mein Make-up noch einmal überprüfen, nachdem ich gepinkelt hatte. Charles musste nicht wissen, dass ich angegriffen worden war, denn dann wüsste er, dass ich angreifbar war.

Ich pinkelte, erstarrte aber vor Schreck, nachdem ich einiges Toilettenpapier zusammengefaltet hatte. Das Wasser in der Kloschüssel war rosa – und meine Tage standen die nächsten zwei Wochen nicht an. Meine Hände zitterten, als ich mich sauber machte. Dann blickte ich auf meine unruhigen Finger und stemmte sie auf meine Knie. *Eine Nierenverletzung.* Ich war so hart geschlagen worden, dass eine meiner Nieren verletzt wurde. *Ist okay*, sagte ich mir. *Steh auf, ehe Charles denkt, dass du zu lange brauchst. Verletzungen heilen. Wenn du dich in einigen Tagen nicht besser fühlst, gehst du zum Gesundheitsdienst für Studenten und denkst dir eine Geschichte aus.* Doch aus irgendeinem Grund konnte ich nicht aufstehen. Mein Kopf tat weh, meine Schulter schmerzte, und mein Rücken pochte.

Ich hörte, wie die Tür aufging, und dann erklang Charles' belustigte Stimme: »Bist du reingefallen?«

»Das hier ist die Damentoilette«, rief ich, stand wütend auf und zog meine Unterwäsche und die Hose wieder hoch.

»Geschlecht ist ein gesellschaftliches Konstrukt. Außerdem habe ich Neuigkeiten.«

»Was für Neuigkeiten?« Ich stürmte aus der Kabine.

Sein Lächeln schwand, als er mich sah. Er hielt ein Frostee in einer Hand und sein Handy in der anderen. »Chad hat mir zurückgeschrieben«, sagte er und sah mich prüfend an. »Er meint, dass Will den ganzen Abend bei der Zeremonie war. Also bis ungefähr drei oder vier Uhr morgens.«

Ich starrte ihn an. Dann konnte es nicht Will gewesen sein, der mich angegriffen hatte.

»Warum hattest du mich danach gefragt? Ist letzte Nacht irgendwas passiert?«

Ich sagte nichts.

Er steckte sein Handy wieder ein und stellte seinen Frostee vorsichtig auf dem Mülleimer ab, ehe er vortrat, um mich genauer anzusehen, bevor ich ihm ausweichen konnte. »Hast du dich überschminkt?«

»Jemand hat die Scheiße aus mir rausgeprügelt«, gestand

ich, weil ich zu erschöpft war, um eine Lüge zu erfinden. Ich dachte an Yessicas geschlossene Tür. Charles' Augen wurden größer. »Ich hatte gedacht, das war Will, aber er kann es nicht gewesen sein, wenn er bei diesem Aufnahmedings war. Doch wer immer das war, achte auf eine Stichwunde.«

»Ist das dein Ernst?«

»Ich habe Blut im Urin.«

»*Was?*« Ich drehte mich um, hob mein Shirt hoch und zeigte ihm meinen Rücken. Der Bluterguss hatte sich zu einem fiesen Dunkellila verfärbt. Ich schrie fast auf, als er mich berührte – die Stelle war empfindlich, und seine Hand war kalt von dem Frostee. Er bewegte seine Hand an dem Bluterguss nach oben, und ich schloss die Augen, während ich mich an der Kabinentür festhielt. Ich hasse es, das zuzugeben, aber irgendwo zwischen dem Schmerz und der Empfindlichkeit empfand ich ein wenig Interesse zwischen den Beinen. Ich dachte an die Art, wie er Klavier spielte.

Schließlich hörte ich, wie er zurücktrat, zog mein Shirt nach unten und drehte mich um. »Dann passiert es also wirklich«, sagte er sehr ernst. Ich wusch meine Hände und nickte. »Besorgen wir dir einen Elektroschocker.«

Wir stiegen wieder in den Wagen und begaben uns auf den Weg zurück auf den Highway. Er nahm seine Sonnenbrille ab und fuhr zu schnell. Ich schloss die Augen, genoss es, wie mir der Fahrtwind vom offenen Seitenfenster durch mein Haar wehte. Die Luft hatte diese Herbstnote von Teeröl.

»Ich war noch nie bei einem *Wendy's*«, sagte ich über den Wind hinweg, um das Thema zu wechseln.

»Was?!« Er nahm einen Schluck von seinem Frostee, und die Vertiefungen an seinen Wangen verrieten mir, dass das Getränk dickflüssig sein musste.

»Meine Eltern hassten die aus irgendeinem Grund. Sie hatten was gegen die Läden, deshalb sind wir da nie hin.«

»Was für eine seltsame Hassfixierung.«

»Was soll denn an Frostees so toll sein? Jeder redet über die.«

»Ich habe dir schon gesagt, dass ich nicht teile.«

Ich sah ihn über ein gutes Stück der 395 mit riesigen Augen an, weil der Verkehr hier fast zum Stillstand kam.

Dann blickte er zu mir, lachte und reichte mir seinen wächsernen Becher. Als ich einen Schluck nahm, konnte ich nicht umhin zu denken, dass seine Lippen um denselben Strohhalm geschlossen gewesen waren, den meine jetzt berührten – es war sozusagen ein indirekter Kuss. Für einen Sekundenbruchteil sah er mir direkt in die Augen, als ich trank. Der Wind blies mir eine Locke ins Gesicht. Charles neigte sich lächelnd rüber und strich sie mir hinters Ohr.

DREIUNDZWANZIG

Andre stand auf dem Treppenabsatz zum fünften Stock. Er hatte einen Kloß im Hals. In der Psychologischen Fakultät war alles still – fast elf Uhr abends –, und er hatte nicht vorgehabt, es so spät werden zu lassen. Er sollte irgendwelche Bögen in Wymans Büro abgeben, aber da waren seine Kurse und Diskussionsrunden gewesen, und es fühlte sich an, als würde er schrecklich hinterherhinken … wie überhaupt immer seit dem Vorfall. *Es ist in Ordnung*, sagte er sich. *Die haben alles sauber gemacht. Die Polizei hat mich nicht wieder kontaktiert, also haben sie wahrscheinlich schon jemanden festgenommen.* Tatsächlich schien in der Ermittlung keiner zu wissen, was wirklich vor sich ging. Was die Studenten natürlich nicht davon abhielt, zig »Fakten« zu streuen, die sie von Kommilitonen mit vermeintlichen Verbindungen zum MPD, zur Adams oder sogar dem FBI hatten.

Andre hakte seine Daumen unter seine Rucksackriemen und bewegte sich langsam die restlichen Stufen hinauf zu Wymans Büro. Als er sein Päckchen durch den Schlitz unter der Tür in die Dunkelheit schob, stellte er sich vor, dass drinnen etwas Furchtbares vorging. Aber das Päckchen rutschte problemlos hindurch. Er drehte sich gerade zum Gehen um und zog sein Handy aus der Tasche, als es ihm aus der Hand glitt und auf den Boden fiel. Er bückte sich, um es aufzuheben, da sah er etwas. Auf halbem Weg den Korridor entlang war eine Tür, die er vorher nie bemerkt hatte. Und auf dem Boden vor ihr lag etwas Kleines, Weißes – bei näherer Betrachtung war es ein dickes kleines Papierrechteck. Andre hob es auf und sah nachdenklich zur Tür. War man in einem Büro und hatte keinen Schlüssel, wollte die Tür aber offen halten, war eine Möglichkeit, das Schloss mit solch einem kleinen Papierstück zu blockieren. Neugierig berührte er den Knauf und entdeckte, dass die Tür nicht ganz geschlossen war, sondern bloß so weit, dass es so aussah.

Er zögerte, und sein Herz klopfte. In einem Film wäre dies exakt die Stelle, an der Sean den Bildschirm anbrüllen würde. Andre neigte den Kopf vor und wartete, dass sich seine Augen an die Dunkelheit anpassten. Er hatte diesen hinteren Teil von Wymans Büro schon mal von innen gesehen – ein Labyrinth von Aktenschränken und Stapeln von Büchern und alten Zeitschriften. War jemand in das Büro eingebrochen? Wer hatte die Tür blockiert?

Lautlos trat Andre hinein und zog die Tür hinter sich zu. Dann hörte er ein Geräusch – jemand ging irgendwo im Büro Papiere durch. Andre duckte sich ein wenig und spähte um die Ecke in den Durchgang zum Hauptbüro.

»Stehen bleiben«, befahl eine strenge Stimme, und blendend weißes Licht schien ihm ins Gesicht.

Andres Magen verdrehte sich. Er dachte sofort an die Polizei und Deevers arrogantes Gesicht. Unwillkürlich hob er die Hände.

»Hände oben lassen.«

Das grelle Licht ging aus. Andre blinzelte, und für einen Moment sah er Grün anstelle des Bildes vor ihm. Langsam nahm es Konturen an. Ein Mädchen, kein Cop. Sie war ungefähr in seinem Alter und ganz in Schwarz. Das in ihren Fingern war keine Schusswaffe, sondern ein Taser oder Elektroschocker – Andre konnte die nie auseinanderhalten. Er legte eine Hand an seine Brust und ermahnte sich, ruhig zu atmen.

Das Mädchen zeigte mit der Waffe auf ihn. »Du bist in dem Programm«, sagte sie sachlich.

Verblüfft sah er, dass sie ebenfalls eine Smartwatch trug. Es war keine abwegige Annahme, bedachte man, dass sie beide in dasselbe Büro einbrachen, auch wenn Andre es eigentlich nicht vorgehabt hatte. Er hatte sich vor diesem Moment gefürchtet – einem der echten Psychopathen zu begegnen. Sie könnten gefährlich sein oder ihn sofort durchschauen. Andererseits hatte Wyman es nicht, was Andre ein klein wenig sicherer machte.

Er nahm eine entspanntere Haltung ein und schaute das Mädchen an, als wäre er fast gelangweilt. »Du auch?« Sie beäugten einander misstrauisch. Wenn er die Informationen über Psychopathen richtig verstanden hatte, wäre es ihr entweder egal, dass er rein technisch gesehen etwas Falsches tat, oder sie würde es gegen ihn benutzen.

»Was machst du hier?«, fragte sie.

»Du hast die Hintertür offen gelassen.«

»Nein, habe ich nicht«, widersprach sie.

Er hielt das gefaltete Papier in die Höhe. »Niedlicher Trick.«

Sie neigte den Kopf zur Seite. Wahrscheinlich war sie hier, um in ihre Akte zu sehen oder Smartwatches oder Geld zu klauen. Noch war nichts passiert. Sie könnten sich gegenseitig versprechen, es für sich zu behalten, und gehen. Plötzlich hob sie den Elektroschocker, der ein Angst einflößendes Zischen von sich gab, als zwischen den beiden Gabeln elektrische Blitze erschienen. »Ich hätte eine Frage«, sagte sie und trat vor.

Andre zwang sich, nicht zurückzuweichen. Er konzentrierte sich auf ihr Gesicht. »Und?«

»Michael Boonark – kommt dir der Name bekannt vor?«

Er war geschockt, achtete allerdings darauf, keine Miene

zu verziehen. »Und ob. Ich hatte ihm fast das Leben gerettet, hast du das gehört?«

»Was?«, fragte sie skeptisch.

»Jemand hatte ihn aufgespießt wie ein Fondue-Shrimp. Ich hatte ihn gefunden und ihm praktisch das Leben gerettet, aber dann sind diese Sanitäter gekommen und haben es vergeigt.«

»Du bist der Zeuge?«

»Jo. Ich habe nicht mal eine Belohnung oder so was bekommen.«

Hinter ihr machte Wymans Computer ein Geräusch – sie sah kaum hin. »Was ist mit der Nacht am dreizehnten?«

»Dreizehnter?«

»Im letzten Monat sind zwei Leute aus unserem Programm ermordet worden. Michael am sechsten und ein anderer Typ, Kellen, am dreizehnten.«

Ach du Scheiße. Andre hatte eine Geschichte gehört – anscheinend eine unwahre –, dass der Tod in dem MRT ein Verbindungsstreich gewesen sein sollte, der grausam schiefgegangen war. Es kursierten alle möglichen Geschichten. Dann wurde ihm bewusst, wie misstrauisch sie ihn ansah. »Warte mal – denkst du, ich war das?«

»Wenn sieben Psychopathen auf dem Campus sind und nur wenige Leute wissen, wer sie sind, ist die Liste der Verdächtigen nicht sehr lang«, antwortete sie genervt.

»Ich bin der *Hauptzeuge* in dem Mord an Michael. Ich habe versucht, ihn zu retten!«

Sie verengte die Augen. »Sicher doch – du hast ihm *geholfen.* Womit du zufällig zur richtigen Zeit am richtigen Ort warst.«

»Glaubst du etwa, die Polizei hätte kein Interesse, einen Schwarzen zu verhaften, der zur falschen Zeit am falschen Ort war? Die haben den ganzen forensischen Kram mit mir gemacht – und sie wissen schon, dass ich unschuldig bin.« Sie blinzelte. »Wann war der andere – am dreizehnten? Ich muss auf mein Handy sehen, aber ich kann beweisen, wo ich war.«

Langsam holte er sein Handy hervor, wobei er sie im Auge behielt, und begann, hastig Apps zu öffnen. Da waren reichlich Schnappschüsse von ihm auf der Party bei Marcus in der Nacht, und zwar die ganze Nacht hindurch, bis zum Frühstück im Florida Avenue Grill morgens um sieben.

Sie nahm ihren Elektroschocker nicht herunter. »Die kannst du irgendwann gemacht und erst dann gepostet haben, um dir ein hübsches Alibi zu verschaffen.« Wieder trat sie einen Schritt vor.

Dieses Mädchen hatte einen leeren Blick, der Andre an ein Kind denken ließ, das gelassen einer Fliege die Flügel ausriss. *Heiliger Himmel.* Er öffnete sein Fotoalbum. »Nur, dass hier Zeit und Datum stehen.« Gott sei Dank für die schlichte Lebensdokumentation der sozialen Medien. Sie griff sich sein Handy, ging die Aufnahmen durch und schien hin- und hergerissen.

»Zieh dich aus. Wenn du es nicht warst, hast du nirgends eine Stichwunde.«

Es war beschissen idiotisch, aber Andre würde einen Teufel tun, einer Irren mit einer tödlichen Waffe nicht zu gehorchen. Er zog sein Sweatshirt, das T-Shirt und die Jeans aus und versuchte, nicht zu bibbern, als sie ihn mit ihrer Taschenlampe ableuchtete. Es fühlte sich wie der schrägste Arzttermin aller Zeiten an.

Schließlich verschwand das helle Licht, sie gab ihm sein Telefon zurück und steckte den Elektroschocker hinten in ihre Jeans. Andre rang sich ein Lachen ab, als er sich wieder anzog. »Ist es das, was du hier machst? Zu diesen Morden nachforschen oder so?«, fragte er.

Sie zögerte, ehe sie bejahte. »Ich bin Chloe«, sagte sie.

»Andre.«

»Wir sollen uns gegenseitig helfen«, flüsterte sie in einem völlig neuen, nun verschwörerischen Tonfall. »Wir sind sieben«, fuhr sie fort und hielt sieben Finger in die Höhe. Dann krümmte sie zwei. »Zwei sind tot. Und ich und du.« Drei Finger blieben. »Diesen hier«, sagte sie und zeigte auf ihren Mittelfinger, »kenne ich ein bisschen, bin mir bei ihm allerdings nicht sicher. Wir könnten zusammenarbeiten.«

Oh, verflucht, nein, war Andres erster Gedanke. Er wollte nichts mit diesem Mädchen zu tun haben. Aber dann zögerte er. Soweit er wusste, könnte sie bereits jede Menge Informationen haben. Verdammt, sie war schon allein in Wymans Büro gekommen. Doch auch wenn sie sich als nützlich erweisen könnte, hatte Andre Angst. Von all seiner Recherche wusste er, wie gefährlich Psychopathen sein konnten, und in ihrer Nähe riskierte er, von ihr entlarvt zu werden.

»Wozu soll ich dir helfen? Ich habe meine eigenen Probleme«, antwortete er. Andre fragte sich, wann der Wachdienst seine Runde machte.

»Du denkst nicht klar. Deine Probleme sind dieselben wie meine. Wymans Studenten werden umgebracht«, sagte sie. »Wer immer uns jagt, ich war mit denen in einem Messerkampf. Die hätten mich umbringen können. Allerdings bin ich ziemlich sicher, dass ich sie auch erwischt habe.«

Auf einmal ergab es einen Sinn, dass sie von ihm verlangt hatte, sich auszuziehen. Jemand versuchte, die Studenten aus der Studie zu töten? Das verlieh Andres Sorge, er könnte sich mit dieser Nummer gnadenlos verhoben haben, eine völlig neue Dimension. Er hatte noch nicht einmal ganz erfasst, dass er zugesehen hatte, wie ein Mann ermordet wurde; und jetzt sollte er überlegen, dass ihm dasselbe passieren könnte. Hier war diese Psychopathin, sah ihn an und erwartete, dass er genauso impulsiv und spontan eine Entscheidung traf, wie sie es würde. »Und warum genau bist du hier?«, flüsterte er.

»Ich versuche, an die Patientenakten zu kommen.« Sie nickte zu Wymans Schreibtisch.

Sie war ihm schon weit voraus, und dies war etwas, was er allein nicht herausbekäme. »Wir teilen sämtliche Informationen«, sagte er schließlich.

Sie bejahte stumm. »Kannst du zufällig gut mit Computern umgehen? Ich hatte gehofft, sein Passwort ist was Doofes wie sein Geburtstag, ist es aber nicht.« Beide standen vor Wymans Computer, dessen Monitor ein blassblaues Licht auf alles warf, als er noch einige andere Passwortversuche ablehnte.

»Wahrscheinlich weiß er, dass seine Patienten so was versuchen würden«, wurde Andre klar.

»Sieh mal, ob du irgendwas aufgeschrieben findest. Oder vielleicht ist er altmodisch und hat Ausdrucke von allem.« Chloe saß auf dem Bürostuhl, und Andre arbeitete um sie herum, sah an den klassischen Verstecken für Passwörter nach: hinter einem gerahmten Foto von einem Strand, unter dem Mousepad. Mit der Taschenlampe seines Handys sah er in die Schubladen, suchte nach Akten, doch da waren größtenteils nur Büromaterialien und alte Kalender. In der obersten rechten Lade allerdings war ein Notizblock, und auf der ersten Seite war jede Menge Gekritzel. Es waren hauptsächlich Zahlen, die aber mehr wie ein Matheproblem aussahen, das jemand lösen wollte, nicht wie ein ordentlich aufgeschriebenes Passwort. Andre schoss für alle Fälle ein Foto und gab Chloe den Block. »Versuch es mal hiermit.« Dann machte er mit dem Aktenschrank hinter dem Schreibtisch weiter. Er war nicht sicher, wonach er suchte – vielleicht hatte Wyman schriftliche Notizen zu alten Patienten. Vielleicht …

Beide zuckten zusammen, als sie etwas hörten – lautes Lachen. Stimmen. Elena? Dann klimperten Schlüssel. Chloe warf den Notizblock zurück in die Schublade und schaltete den Monitor aus. Beide eilten ins hintere Büro und waren durch die Tür, als die Beleuchtung im Büro angeknipst wurde.

Im hellen Licht des Korridors blieben sie kurz stehen, bevor sie zur hinteren Treppe liefen. Sie hielten erst an, als sie aus dem Gebäude waren, wo sie ein Schwall kalter Luft umfing. »Scheiße«, murmelte Chloe. »Seine Sicherheitsvorkehrungen sind besser, als ich gedacht hätte.«

»Hattest du nichts gefunden, bevor ich gekommen bin?«

Sie schien ein bisschen beleidigt. »Du hast mich unterbrochen!«

»In dem Büro sind zwei Informationen, die wir brauchen. Wer in dem Programm ist und wer Zugang zu all den Infos hat.«

»Die können wir bekommen, wenn wir gemeinsam überlegen«, beharrte sie. »Du weißt doch, was man sagt – zwei Psychopathen sind besser als einer.«

VIERUNDZWANZIG

Wenn jemand dem idealen Forschungsobjekt für die kombinierte Längsschnittstudie zur Psychopathie am ehesten entsprach, war es Charles Portmont. Leonard erlebte ihn als intelligenten jungen Mann, dessen Narzissmus für ihn arbeitete – er dachte gern über sich selbst nach, was ihm die Fähigkeit verlieh, sein eigenes Verhalten zu durchschauen. Patienten konnten die besten Absichten haben, doch fehlte es ihnen an dieser Einsicht oder Selbsterkenntnis, stießen Therapie und Programme zur Verhaltensmodifikation an ihre Grenzen. Umso besser, wenn der Klient tatsächlich motiviert war, sich zu ändern.

Die Portmont-Familie verfügte über die Art Vermögen, angesichts dessen die Gebührenbefreiung an der Adams keinen Anreiz darstellte. Charles hatte Angebote von besseren Unis gehabt, sich aber wegen der Längsschnittstudie für die Adams entschieden. Das hatte er in der Therapie zugegeben und erzählt, dass sein Vater einen Wutanfall bekommen hatte, weil er an eine drittklassige Hochschule wollte anstatt an die Georgetown.

Fehlte es einem Kind an Empathie, konnte man ihm schlecht erklären, dass es andere nicht schlagen durfte, weil es ihnen wehtat. Das war dem psychopathischen Kind schlichtweg egal. Wymans neurowissenschaftliche Forschung hatte sogar gezeigt, was in ihren Gehirnen vor sich ging, wenn sie mit den Perspektiven anderer kämpften. Zeigte man ihnen

Bilder, die bei der Kontrollgruppe starke emotionale Reaktionen auslösten – Mitgefühl, Trauer –, war an ihren Hirnscans abzulesen, dass sie eher überlegten, welche Gefühle von ihnen erwartet würden, und vielleicht sogar versuchten, sie zu imitieren, anstatt sie wirklich zu empfinden.

Doch einiges von Charles' Impulsivität konnte erfolgreich eingedämmt werden, indem er lernte, die Prinzipien des Programms anzuwenden. Jede Entscheidung wurde nicht nach moralischen Grundsätzen getroffen, sondern danach, wie sich deren Folgen auf sein Eigeninteresse auswirken könnten. Charles möchte, dass seine Schwester ihn liebt, weil er nach Zuneigung lechzt; wenn Charles Dinge tut, die seine Schwester für egoistisch hält (ungeachtet dessen, ob Charles ihr *zustimmt*), ist die Versorgung mit Zuneigung gefährdet.

Er war nicht mehr der selbstsüchtige Junge, der das ganze Geld seiner Familie durchbrachte, Autos zu Schrott fuhr und Betäubungsmittel nahm, sondern führte mittlerweile ein relativ stabiles Leben. Und das nur, weil er anwandte, was er in dem Programm gelernt hatte. Er nutzte seinen Charme und seine Fähigkeit zur Manipulation, um seine Bedürfnisse auf sozial akzeptable und legale Weise zu befriedigen. Wollte er Leute von seiner intellektuellen Überlegenheit überzeugen, sollte er lieber gute Noten erzielen. Wollte er vermeiden, dass er enterbt wurde, sollte er lieber konstruktive Methoden finden, mit seinem Vater umzugehen. Wollte er Lob und Aufmerksamkeit, konnte er versuchen, als Präsident des Studentenrats im Rampenlicht zu stehen, und nicht, indem er ausflippte.

Leonard suchte nach seinem Lieblingsfüller – der gewöhnlich neben seiner Bankierslampe lag – und fand ihn auf dem Fußboden. Er schlug eine frische Seite in seinem Notizbuch auf, nachdem er seine letzten Therapienotizen durchgelesen hatte, und blickte in dem Moment zur Tür, in dem

Charles hereinkam. Pünktlich auf die Minute. Wollte man eine Stunde lang über sich selbst reden – und welcher Narzisst wollte das nicht? –, musste man rechtzeitig kommen.

Heute beugte Charles sich interessiert vor. »Wie geht es Ihnen mit allem, was vorgefallen ist?«, fragte Leonard. Sie hatten unmittelbar nach den Ereignissen Notfallsitzungen mit Charles und Andre gehabt. Ersterer hatte die gesamte Sitzung über abgestumpft gewirkt; Letzterer schien vollkommen losgelöst von allem. »Es ist ein enormer Stress für jeden, der das durchmacht, und Sie wissen hoffentlich, dass Sie jederzeit zum Reden herkommen können.«

»Eigentlich fühlt es sich eher … surreal an. Ich kann fast nicht glauben, dass das geschehen ist, obwohl ich es mit eigenen Augen gesehen habe.« Er legte eine Hand auf sein Herz. »Seine Brust war praktisch *offen*. Dieser Schrot – was denken Sie, wie das passiert ist?«

Leonards Reaktion kam ein wenig verzögert. »Eine kurze Anmerkung. Ich möchte Sie darauf hinweisen, dass Ihr Ton unangemessen ist.«

»Ist er?«

»Wenn jemand stirbt, wenn jemand eine Leiche findet, ist die Person erschüttert. Sie klingen eher neugierig. Wie jemand, der eine schaurige Szene aus einem Horrorfilm schildert.« Schauriger, als Charles ahnte. Leonard würde ihm ganz sicher nicht erzählen, was Bentley ihm mitgeteilt hatte: Dass Kellen Rohypnol im Blut gehabt hatte, wohl damit er sich nicht wehrte, als er mit Schrotkugeln gefüttert wurde.

»Oh.«

»Was hat Kristen gesagt?« Der verständnislose Gesichtsausdruck verriet Leonard, was er wissen wollte. Wer kein Psychopath war, würde zerknirscht, unsicher und schuldbewusst aussehen. »Charles, Sie haben Ihrer Freundin nicht erzählt, dass Sie eine Leiche gefunden haben?«

»Wie könnte ich?! Sie würde nur dasselbe machen wie Sie gerade und …«

»Und was?«

Charles blickte zu seinen Schuhen. »Vielleicht wäre sie angeekelt, wenn ich nicht richtig reagiere. Ich meine, mich *interessieren* die Morde nicht. Soll ich so tun, als würden sie?«

»Was wäre für Sie schlimmer, dieses Gespräch mit Kristen oder der Tod selbst?«

»Kommt drauf an – hängen die Morde zusammen? Die Leute reden alles Mögliche.«

»Es steht mir nicht frei, darüber zu sprechen.«

»Warum redet die Polizei mit Ihnen?«

»Auch darüber zu sprechen steht mir nicht frei.«

Charles seufzte, lehnte sich in seinem Sessel nach hinten und neigte den Kopf in den Nacken. »Ich weiß nicht … Ich meide sie ein bisschen, weil sie genauso viel davon redet wie alle anderen.«

»Kristen hat ein unglaubliches Verständnis für Ihre Diagnose gezeigt.«

»Stimmt, aber ich müsste sie anlügen, und Lügen ist schlecht. Also erstens müsste ich Gefühle vortäuschen, und dann müsste ich tun, als wüsste ich nicht, was ich weiß – dass diese beiden Typen in dem Programm waren.«

Leonards Hand mit dem Füller erstarrte über dem Blatt. Wie konnte Charles das wissen? Hatte er herumgeschnüffelt? Mit einer Forschungsassistentin geflirtet – die dann definitiv gefeuert würde. Oder riet er nur aufgrund der Tatorte und der zeitlichen Nähe? Und versuchte jetzt, sich seinen Verdacht von Leonards Reaktion bestätigen zu lassen? Es war ebenso gut möglich, dass diese Behauptung eine beabsichtigte falsche Fährte war, um von einem Thema abzulenken, bei dem Charles nicht wohl war. »Sie und Kristen haben einander gesagt, dass Sie sich lieben. Glauben Sie, ihre Liebe sei an die Bedingung geknüpft, dass Sie einen gewissen Standard von ›Normalität‹ erfüllen?«

Er runzelte die Stirn, und Leonard konnte praktisch sehen, wie es in seinem Kopf arbeitete. Kristen war eine wichtige Entwicklung in Charles' Leben, ein wesentlicher Faktor, um sein schlechtes Benehmen zu drosseln. Er war so aufgeregt gewesen, als er sie kennenlernte: ein attraktives, interessantes Mädchen, mit dem die Chemie stimmte. Und zugleich hatte er große Angst gehabt, er würde etwas tun, das alles verdarb. Es traf zu, dass Kristen geduldig gewesen war, doch niemandes Geduld währte ewig. »Ich will nicht, dass sie diese Seite von mir sieht.« Charles veränderte seine Position. »Ich dachte nur, wie wird sie reagieren, wenn ich es ihr erzähle?«

»Was vermuten Sie, wie das aussehen würde, Charles?«

»Sie könnte … wütend oder angewidert sein. Und dann wäre es ein Riesending, weil sie Angst bekäme. Wenn zwei Leute aus dem Programm ermordet wurden und ich in dem Programm *bin*, könnte mir etwas passieren. Sie würde sich Sorgen machen. Sie könnte denken, *Wieso gehe ich überhaupt mit diesem Typen, der so viele Probleme hat?*«

Leonard musste an sich halten, keine Miene zu verziehen. Gewiss, das Thema war entsetzlich, und wieder fischte Charles nach einer Bestätigung, dass beide Opfer in dem Programm gewesen waren. Dennoch war beachtlich, was hier geschah. Charles war zunehmend besser darin geworden, andere Perspektiven nachzuvollziehen und sich vorzustellen, wie Kristen empfinden würde. Natürlich war es für ihn, in wahrer Psychopathen-Art, eher wie ein gekonnter Schachzug.

»Ich habe keinen Grund zu der Annahme, dass es irgendwas mit dem Programm zu tun hat.« Die Polizei verfolgte eine wahrscheinlichere Spur: Beide Jungen hatten mit Drogen herumexperimentiert, und es gab nur eine begrenzte

Anzahl an Dealern mit Beziehungen zum Campus. Es war tragisch, aber Leonard musste zugeben, dass er schon oft gesehen hatte, wie Drogen junge Menschen zerstörten, die doch noch ihr ganzes Leben vor sich haben sollten.

»Hat die Polizei das gesagt?«

»Wie ich bereits erwähnte, darf ich nicht darüber sprechen, weil es sich um eine laufende Ermittlung handelt. Ich verstehe, dass Sie erschüttert sind …«

Charles atmete hörbar aus, und sein kalter, genervter Ausdruck machte offensichtlich, dass es nicht Kristen war, die ihn verärgert hatte, sondern sein gescheiterter Versuch, Leonard mehr Informationen zu entlocken.

Er war eben doch kein perfektes Forschungsobjekt, erinnerte Leonard sich. Das gab es nicht.

FÜNFUNDZWANZIG

Tag 32

Zum dritten Mal durchsuchte ich Wills Festplatte, und immer noch hatte ich nichts gefunden. Es war leicht, die Festplatten an meinen Computer anzuschließen und auf die Dateien zuzugreifen. Ich hatte schnell erkannt, dass die erste die von Cordy war. Dann konzentrierte ich mich auf Wills. Zunächst ordnete ich alles nach Datum, bevor ich sämtliche erdenklichen Kombinationen ausprobierte, unter denen er Videos abgespeichert haben könnte. Natürlich waren da eine Menge Pornos. Dämliche Tiervideos und blöde Internet-Challenges. Urlaubsbilder von Will und seiner Familie. Von ihrem Golden Retriever Mockey, an den ich mich erinnerte. Sicher war er inzwischen tot.

Ich holte mir eines von Yessicas gefrorenen Snickers und knabberte daran bei der Arbeit. Ich suchte nicht bloß nach meinem Video, sondern wollte auch sichergehen, dass es keine Videos oder Fotos von anderen Mädchen gab. Einige Nacktbilder fand ich, aber die Mädchen sahen aus, als wären sie in meinem Alter, und natürlich konnte ich nicht wissen, wie Will an die Aufnahmen gekommen war. Auch wenn ich vorhatte, eine gründliche, komplette Suche zu machen, war ich nach ein paar Stunden froh, eine Pause einzulegen.

Andre und ich trafen uns im Computerraum, und er hatte darauf bestanden, dass es um Punkt zwei sein musste. Andre zu entdecken war eine interessante und wichtige Entwicklung gewesen. Zum einen war ich mir in einem hohen

Maße sicher, dass er nicht der Mörder war. Mein Vertrauen in Charles hingegen war weniger groß. Immerhin war er derjenige, der mir gesagt hatte, die Luft sei rein, als ich in der Nacht bei Will einstieg. Das Internet hatte ich bereits durchforstet. Charles hatte nichts von der Nacht gepostet, aber anscheinend war er zum Dinner im *Zaytinya* gewesen. Kristen hatte Bilder von ihm hochgeladen, genauso wie andere Freunde, die dort gewesen waren. Es schien abwegig, dass er sowohl seine Freundin als auch einen Haufen ihrer Freunde – einschließlich zweier, mit denen er nicht mal online befreundet war – überredet hatte vorzutäuschen, dass sie den Abend mit ihm zusammen verbracht hatten. Und er hatte glaubhaft überrascht gewirkt, als er meine Verletzungen gesehen hatte – vielleicht sogar wütend. Sicherlich dachte er über die sehr reale Gefahr nach, dass er der Nächste sein könnte.

Wie dem auch sei – kommen wir zu Andre. Ich würde ihn fest auf meine Seite ziehen. Ich brauchte Verbündete, auch wenn ich weiter vorsichtig sein würde. Andre hatte vage angedeutet, dass er sich einiges über die Morde zusammengereimt hatte, das er mir um zwei erzählen wollte. Was gut war. Je mehr er bereits wusste, desto weniger Arbeit für mich und damit mehr Zeit, mich dem zu widmen, worauf ich mich von Anfang an nur konzentrieren sollte: Will.

Als ich in den Computerraum kam, sah ich, dass Andre schon dort war. Er saß mit dem Rücken zu mir, trug ein leuchtend rotes Shirt wie eine Zielscheibe und bemerkte nicht, wie ich mich hinter ihm anschlich, um zu sehen, was er machte. Ich konnte einen Blick auf seinen Bildschirm werfen und mich vergewissern, dass er nichts Unheimliches tat – tat er nicht. Offensichtlich war er Footballfan. Irgendwie war es verrückt, dass er ein Psychopath war. Für einen Studienanfänger war er jung, und beim Lächeln hatte er Grübchen. Welcher Psychopath hatte denn *Grübchen?* Aber ich musste mich daran erinnern, dass jeder einer von uns sein könnte, und bloß weil ich wusste, dass er nicht der Killer war, musste ich ihm noch lange nicht vertrauen.

»Bereit?«, fragte ich und setzte mich neben ihn. »Was ist deine geheime Info?« Zum Glück war sonst nur noch eine Person in dem Raum, die neben einem der Drucker schlief, also waren wir ungestört.

»Verrate du mir erst alles, was du weißt«, antwortete Andre. Natürlich bat er mich, den Anfang zu machen. Allein aus Prinzip wollte ich mich weigern, doch dann zog er eine Tüte Brezeln mit Erdnussbutterfüllung aus seiner Büchertasche und bot mir welche an. Ich nahm sie, obwohl uns hier verboten war zu essen.

Ich sagte ihm, was ich über Kellens Tod wusste, was sehr wenig war, und erzählte ihm dann, wie ich in einer dunklen Gasse angegriffen wurde. Dass ich in Wills Souterrain herumgeschnüffelt hatte, behielt ich für mich – man kann auch zu ehrlich sein.

»Wer ist der andere aus dem Programm, den du kennst?«, fragte er.

»Charles Portmont. Er war mit Elena zusammen, als sie Kellens Leiche gefunden haben.« Ich nahm mein Handy hervor, um ein Bild von ihm zu suchen. »Falls du ihn auf dem Campus siehst, sei vorsichtig.«

»Hast du nicht gesagt, er war es nicht?«

»Ich bin mir beinahe sicher … allerdings ist er ein Lügner. Glaub nichts, was er dir über mich erzählt.«

Andre sah mich direkt an. »Was würde er mir über dich erzählen?«

»Lügen. Er spielt gerne mit Leuten.«

»Aber er hat dir erzählt, dass die beiden toten Typen in dem Programm waren – was, wenn er dich nur verarschen wollte?«

Gut – Andre war kein Idiot. »Ich glaube ihm, weil er ehrlich um seine eigene Sicherheit besorgt schien. Er hat gedacht, dass ich es war. Ich weiß nicht, woher er wusste, dass sie in dem Programm waren, doch er ist im dritten Studienjahr, also kann es sein, dass er alle in der Studie kennt.«

»Alle außer mir«, korrigierte Andre.

Ich zuckte mit den Schultern. »Wie gesagt, vertrau ihm nicht, ehe wir es nicht aufgeklärt haben.« Ich nahm mein Journal und das Stifteset hervor. »Sag mir alles, was du über den Mord an Michael weißt, über jede Millisekunde.«

»Was ist das denn?«, fragte er.

»Ich stehe total auf Bujo. Bullet Journal? Es ist eine Form, Informationen zu ordnen.« Ich zeichnete eine Timeline des Abends, und Andre half mir, sie zu füllen. Er brachte hin und wieder die Fakten durcheinander, konnte sich aber an haufenweise Einzelheiten von dem Abend erinnern. Nur an das Gesicht von dem Typen, den er gesehen hatte, als Michael starb, erinnerte er sich nicht. »Er ist es definitiv nicht?«, fragte ich und tippte mein Handy an, auf dem noch das Bild von Charles' Gesicht war, das von Kristens Instagram stammte.

»Nein, ich würde es wissen, wenn er es war.«

»Und wie ist deine Theorie? Warum dieses Treffen um zwei?«

Andre sah auf seine Smartwatch. »So haben wir eine Stunde. Ich habe ein Experiment um drei, und du kommst mit mir.«

»Ach ja?«

»Die Sache ist die – ich denke, Wyman ist das fehlende Bindeglied.«

Ich runzelte die Stirn und hielt meinen Stift in der Hand. »Der ist doch ungefähr siebzig.« Auf keinen Fall war es Wyman gewesen, mit dem ich in dem Keller gekämpft hatte. Die Person war körperlich stark gewesen.

»Nein, ich sage ja nicht, dass er es war.« Andres Augen leuchteten wie die von jemandem, der einem gleich wie der größte Nerd kommen würde. Auf dem Computer vor sich rief er seine E-Mail auf, öffnete eine Bilddatei und versuchte, sie so groß wie möglich zu ziehen. »Das ist von dem Notizblock, den wir im Büro gefunden haben.«

Ich sah lauter zweistellige Zahlen vor mir, von denen einige durchgestrichen waren: »06« war eingekreist, »33« war mit einem Stern versehen, und noch einige andere. »Ich habe alle Kombinationen dieser Zahlen versucht – die waren nicht sein Computerpasswort. Vielleicht hat er irgendwie in seinem Büro ein Zahlenschloss oder einen Aktenschrank, in den man die eingeben muss?«

»Es ist kein Passwort, sondern Mathematik. Er hat versucht, die Verbindung zwischen zwei Jahren herzustellen.« Andre zeigte auf eine »96«. »Sagt dir dieses Jahr etwas?«

»Was interessiert mich ein Jahr, in dem ich noch gar nicht geboren war?«

»Hast du jemals von dem CRD-Killer gehört? Von den Neunzigern bis in die frühen 2000er?«

»Ja, klar.«

»Wyman war sein Therapeut, nachdem sie ihn geschnappt hatten, und der Einzige, der je mit ihm geredet hat. Er hat für Milde plädiert und vor Gericht all dieses Zeug gesagt, dass er kein schlechter Mensch wäre.«

»Was?«

Andre nickte. »Wyman hat Jahre durchgerechnet. Ripley war dreiunddreißig, als er vom Staat Virginia hingerichtet wurde, vor etwas über zehn Jahren. Geh zwanzig Jahre zurück, ins Jahr 1996 und den Monat September – da fand der erste CRD-Mord statt, von dem wir wissen.«

»Ich verstehe nicht, was das mit uns zu tun hat.«

»Okay, wir haben noch nicht alle Puzzleteile zusammen,

doch wir wissen, dass *Wyman* zumindest über die Daten nachgegrübelt hat. Diesen September ist es zwanzig Jahre her, seit die CRD-Mordserie angefangen hat. Und jemand beginnt rein zufällig seine eigene Mordserie auf den Tag genau zwanzig Jahre später. Es ist ein *Nachahmungstäter.*«

»Aber CRD war ein Vergewaltiger, der seine Opfer verstümmelt hat oder so. Diese Morde begeht jemand rein um des Mordens willen.«

»Denk mal nach«, flüsterte Andre und beugte sich vor. »Wyman leitet dieses Programm, das Psychopathen zu funktionierenden Mitgliedern der Gesellschaft machen soll. Doch vielleicht geht irgendwas schrecklich schief. Wie könnte man Wymans Aufmerksamkeit besser erregen, als mit dem Nachahmen eines Serienkillers, mit dem Wyman gearbeitet hat? Der erste Mord passiert, und er ist eine willkürliche, furchtbare Tragödie. Aber als der zweite geschieht, kann Wyman nicht mehr umhin, das Timing zu bemerken.«

Ich lehnte mich zurück und überlegte rasch. Da waren zu wenige Hinweise und zu viele Leichen für meinen Geschmack. »Diese Rechnerei könnte alles Mögliche gewesen sein – er könnte über seine Hypothek nachgedacht haben, über seinen Hochzeitstag oder was weiß ich … Oder vielleicht sollen die Morde eine Bestrafung für Wyman sein. Womöglich hat jemand einen richtig üblen Hass auf Wyman.«

»Es könnte sein, dass er einen heimlichen Verdacht hat, von dem er der Polizei nichts sagen kann – weil er nicht will, dass sein Programm und seine ganze Forschung mies aussehen. Es könnte ein früherer Student sein, den er seit Jahren kennt und decken will. Oder es ist kein Student, sondern irgendein Irrer, der es wegen Wymans CRD-Verbindung auf ihn abgesehen hat«, sagte Andre.

»Ich bezweifle, dass er oder die Uni damit werben wollen, dass er mit CRD gearbeitet hatte. Vor allem nicht, wenn ein Haufen von Wymans Psychopathen auf dem Campus herumspaziert.«

Er lachte, schlug dann aber verärgert auf den Schreibtisch. »Ich finde es nur schräg, dass er nie über den CRD-Fall gesprochen hat, ich meine, in einer True-Crime-Doku oder einer akademischen Studie. Ich forsche gerade nach, welche Studenten bei ihm Examen gemacht haben und in welchen Jahren sie hier waren. Seine Studenten aus den Neunzigern könnten mehr Informationen haben, doch die müssen wir erst mal finden.«

»Ich denke, wir müssen zuerst rausbekommen, wer derzeit sonst noch in dem Programm ist. Es gibt ja nicht so viele, die überhaupt von dem Programm wissen – Wyman, Elena, einige andere Studenten in den Abschlussjahrgängen. Seien wir ehrlich, wenn es sieben Psychopathen auf dem Campus gibt und jemand Leute umbringt, stehen die Chancen sehr gut, dass es einer von uns ist. Aber wir dürfen nicht ausschließen, dass es einer seiner früheren Studenten oder jemand ist, der vor Jahren das Programm abgeschlossen hat.« Ich seufzte. »Obwohl … wenn wir nicht einmal herausfinden, wer jetzt in dem Programm ist, wie sollen wir dann erfahren, wer es vor Jahren war?«

»Ich habe eine Idee, wie wir herauskriegen, wer im Moment sonst noch in dem Programm ist.« Andre stand auf, hängte sich seine Tasche über die Schulter und bedeutete mir, ihm zu folgen. Wir verließen den Computerraum.

»Du weißt ja, dass einige der Experimente bloß wie Berichte oder Übungen sind, wir bei anderen aber mit jemandem interagieren«, sagte Andre.

»Ja, wie das Teilen-oder-Stehlen-Dings. Hast du dabei irgendwelches Geld verdient?«

»Du nicht? Ich vermute, dass sie uns für die Paar-Versuche

manchmal mit Leuten aus einer Kontrollgruppe zusammenbringen, mitunter aber auch gegeneinander spielen lassen.«

»Psychopath gegen Psychopath!«

»Einige von Wymans Veröffentlichungen handeln von solchen Sachen – wie Psychopathen miteinander interagieren sollen. Doch er will eindeutig nicht, dass wir uns persönlich begegnen.«

»Jemand könnte in Brand gesteckt werden.«

Er schnaubte anerkennend, ehe er die Doppeltüren zur Psychologie-Fakultät öffnete. »Also, wir observieren hier, wenn einer von uns einen Termin für ein Experiment hat. Ich gehe rein und schreibe dir direkt vorher und direkt hinterher, wenn ich mit dem interaktiven Teil fertig bin. Du wartest auf dem Flur und tust so, als würdest du mit deinem Handy spielen.«

Ich begriff, was er vorschlug, und war neidisch, weil mir das nicht zuerst eingefallen war. »Und mache ein Foto von ihnen«, beendete ich seinen Gedanken. »Das lade ich bei Facebook hoch, und Mark Zuckerberg verrät mir per Gesichtserkennung, wer der neue mysteriöse Fremde ist. Ziemlich schlau, Andre.«

Seufzend sah er die Treppe hinauf, und sein Gesichtsausdruck wirkte genervt. Er wollte offensichtlich nicht nach oben gehen.

»Ich weiß«, sagte ich verständnisvoll. Er schien erschrocken. »Ich weiß, was du denkst. Im Film würden wir das einmal machen und herausbekommen, wer es ist. Aber im echten Leben wird es mühselig, und wir müssen es vielleicht zehnmal wiederholen, ehe wir irgendwas Brauchbares haben. Das echte Leben ist nie so einfach.«

»Ja«, murmelte er. »Genau das dachte ich gerade.«

SECHSUNDZWANZIG

Tag 31

»Was macht ihr denn?!«, rief eine unglückliche Stimme. Die Mädchen und ich hockten auf dem Flur unseres Wohnheims, umgeben von Baumarkttüten.

Byron, unser studentischer Berater, der sich für gewöhnlich als nutzlos erwies, außer wenn er gelegentlich fragte, ob alles in Ordnung war, stand auf dem Flur und starrte uns an.

»Wir nehmen die Dinge selbst in die Hand«, antwortete Yessica und streckte einen neuen Sicherheitsriegel in die Höhe.

»Der Unipräsident hat diese beschissene E-Mail über ›den tragischen Tod von zwei unserer Studenten‹ herumgeschickt«, sagte Apoorva. »Die erzählen uns nicht mal, was los ist!«

»Ihr dürft kein Universitätseigentum *zerstören!*«

Ich richtete die Bohrmaschine, die ich hielt, auf Byron und drückte auf den Knopf. »Und ob wir dürfen. Wenn ihr uns nicht beschützen könnt, bauen wir unsere eigenen Schlösser ein.«

»Ich gehe das Mr Michaels sagen!«, rief er und ging weg, als wüsste irgendjemand von uns, wer Mr Michaels war.

Zwei von den Ruderern waren aus ihrem Zimmer gekommen, um uns bei der Arbeit zuzusehen. Molly und Apoorva saßen im Schneidersitz auf dem Boden und sahen sich YouTube-Videos an, wie man Schlösser einbaute. Ich war fertig mit Bohren und lehnte mich zurück, um mein Werk zu begutachten. Nur Yessica und ich würden Schlüssel für diesen

Türriegel haben. Und ich hatte bereits ein neues Schloss an meinem Fenster angebracht, das ich von drinnen aktivieren und mit einem Schlüssel von draußen öffnen konnte.

Yessica hockte sich auf die Fersen zurück, die dunklen Augen weit aufgerissen. »Weißt du noch, dass ich dir von dem Mädchen in meinem Zivilisationskurs erzählt habe? Ihr Bruder ist beim MPD, und er hat gesagt, der zweite Typ, der ermordet wurde, hat anscheinend Metallstücke *eingetrichtert* bekommen, ist dann ins MRT geschoben worden, und da ist sein Gedärm explodiert!«

Mir kam es wie eine sehr unelegante Art vor, jemanden zu töten. Wer die Person auch sein mochte, sie stand auf große Show; das könnte ihr Verhängnis sein. »Ich habe gehört, dass es wie eine Geheimgesellschaft ist, die über Jahrhunderte zurückreicht. Alle dreißig Jahre fangen sie wieder zu morden an«, sagte ich und überließ es den anderen, über dieser Idee zu brüten.

Ich schnappte mir meine Büchertasche und ging zum Campuscenter, um mir das letzte Teil für mein Sicherheitssystem im Wohnheim zu besorgen. Die Unibuchhandlung war im Untergeschoss des CC, und dort konnte man alles von Lehrbüchern über Snacks bis hin zu Bettwäsche kaufen. Auch drahtlose Kameras. Ich nahm drei, weil ich vorhatte, eine auf das Fenster in meinem Zimmer auszurichten und zwei weitere auf unseren Gemeinschaftsbereich. Sie waren klein genug, dass man sie nicht sehen konnte, sofern man nicht gezielt nach ihnen suchte. Und so klein, dass niemand merkte, wie ich aus dem Laden ging, ohne sie zu bezahlen.

Als ich den Laden verließ und mich dem Postamt des Campus näherte, sah ich zwei Gestalten. Charles – ich spürte, wie mein Herz ein wenig hüpfte – stand mit dem Gesicht zu mir und redete mit einem Typen, der mir den Rücken zugekehrt hatte. Der andere war sehr kräftig, hatte breite, über-

trieben muskulöse Schultern und einen Rücken, der sein T-Shirt dehnte. Er hatte braunes, zerzaustes Haar und nickte zu irgendwas, das Charles erzählte. Als ich mich den beiden näherte, sah Charles kurz zu mir, und ich hatte sofort den Eindruck, dass er den Jungen nicht mochte, mit dem er redete.
»Hallo«, grüßte ich.

Der Fremde drehte sich um. Er war auf eine gewöhnliche Art gut aussehend, und sein strahlend weißes Lächeln blendete mich. »Chloe!«, sagte er.

»Kennen wir uns?«

Charles grinste hochzufrieden.

»Von Charles' Party«, antwortete er, ohne Charles' Gesichtsausdruck wahrzunehmen.

»Du musst Eindruck gemacht haben«, bemerkte Charles trocken. »Dies hier ist Chad, der SAE-Präsident.«

Lächelnd streckte ich ihm meine Hand hin. Chad – der Typ, der Wills Alibi für jene Nacht bestätigt hatte. Seine große, warme Hand umschlang meine, und ich hielt den Händedruck eine Sekunde länger, als ich es sonst getan hätte. Da sah ich, dass er die gleiche Smartwatch trug wie ich. Sofort blickte ich Charles an, der mich nur ungerührt betrachtete.

»Ein Jammer, dass ich mich an dem Abend nicht mehr mit dir unterhalten konnte«, meinte Chad.

»Sicher sieht man sich hier mal.«

»Vielleicht könntest du mir deine Nummer geben«, sagte er lächelnd. Ich erwog ernsthaft, es zu tun, um Charles zu ärgern, der sich seit unserem Ausflug so frostig gab. Aber Chad bekam einen Anruf. »Entschuldige, das ist meine Oma.« Er ging mit dem Handy an seinem Ohr weg, um besseren Empfang zu bekommen. Gut – ich brauchte einen ungestörten Moment, um Charles von Andre zu erzählen.

»Anscheinend hast du das Herz unseres lieben Präsidenten im Sturm erobert«, bemerkte Charles.

»Ist er einer von uns?«, flüsterte ich.

»Kann sein.«

»Hä? Ist er oder ist er nicht?«

»Das verrate ich nicht.«

»Wie bitte? Warst du nicht der, der mich gewarnt hat? Wenn es irgendwen gibt, bei dem ich aufpassen soll, sind es die anderen in dem Programm.«

»Schon möglich. Ich erzähle dir nicht, wer sie sind.«

»Kennst du alle?«, drängte ich.

»Nein.«

»Dann sag mir nur, welche du kennst.«

»Warum?«

»Traust du mir immer noch nicht? Nach …« Ich zeigte zu meinem Rücken. Und ich hatte ihm von Andre erzählt und unsere Verdächtigenliste um eine Person reduziert!

»Mir ist hinterher eingefallen, dass ich dich chauffiert habe, damit du dir eine tödliche Waffe beschaffst, auf welcher Grundlage? Einer Geschichte und einiger Blutergüsse, die du gefälscht haben könntest? Ich habe dir schlicht *geglaubt*, als du mir erzählt hast, dass Blut in deinem Urin war.«

»War es!« Ich biss die Zähne zusammen. Wie er *geglaubt* sagte … als könnte er nicht fassen, dass er mir vertraut hatte.

Charles musterte mich. Niemand spricht je von »stechend grünen Augen«, als wäre es das Privileg von blauen, stechend zu sein, dabei waren seine grünen es ohne Zweifel: Als würde er nach Rissen in meiner Seele suchen. Er neigte sich vor, bis sein Gesicht nahe an meinem war. »Du findest das spaßig, oder?«, raunte er. »Du veranstaltest ein Psychospiel mit mir, das irgendwie mit Will zu tun hat.«

»Rede nicht über ihn«, flüsterte ich. Als ich eben dachte, er sei in Reichweite, wandte er sich gegen mich.

»Finde dich damit ab, dass wir uns nie vertrauen werden.«

Ich gab mir Mühe, freundlicher zu wirken. »Während du

damit beschäftigt warst, das Schlimmste über mich zu vermuten, habe ich bei dem Fall Fortschritte gemacht. Die Namen aller in dem Programm zu bekommen.«

»Um eine Todesliste zu erstellen?«

Ich verdrehte die Augen.

Er richtete die Ärmelenden seines Jacketts. »Dir ist bekannt, dass ich eine Waffe besitze, nicht wahr?«, fragte er, wobei er mich kaum ansah.

»Schön für dich!« Weiter hinten in der Wandelhalle ging Chad telefonierend auf und ab, gerade außer Hörweite. »Sag mir wenigstens, ob er einer von uns ist.«

Charles zuckte mit den Schultern, und da war eine Andeutung von Belustigung in seinen Augen. »Ich bin mir nicht sicher, ob ich dich vor Chad warnen sollte oder Chad vor dir.«

»Höre ich da einen Anflug von Eifersucht?«

»Warum sollte ich eifersüchtig sein?«

»Ich bin schon länger nicht mehr flachgelegt worden, und er ist irgendwie heiß«, log ich. Chad war objektiv anziehend, aber zu sehr Crossfit-Bro.

Charles rümpfte die Nase. »Wenn du darauf stehst, viel Glück.«

Ich trat näher zu ihm, eventuell ein paar Zentimeter zu nahe, als dass es noch angenehm für ihn war. »Vielleicht stehe ich auf etwas anderes.«

»Weil ich mich ja so brennend für eine Studienanfängerin mit Impulsproblemen interessiere.«

»Du lügst.«

»Ich habe eine Freundin«, sagte er.

»Denkst du, sie wird dich jemals verstehen?«

»Ich muss mich um Wahlkram kümmern«, gab er genervt zurück.

Ich gab Chad meine Nummer, als er zu Ende telefoniert

hatte. Wenn Charles nicht helfen wollte, würde ich mit Andre arbeiten. Und Chad sah immer mehr nach einer guten Informationsquelle an diversen Fronten aus.

Ich kam eben die Treppe vom Untergeschoss hinauf, als Unmengen Nachrichten auf meinem Handy eingingen. Unten hatte ich nie anständigen Empfang. Zwei Memes von Yessica, und jemand hatte mich auf Instagram getaggt. Neugierig blieb ich auf dem Gehweg stehen und sah nach. Die Markierung stammte von Pinprick52, und ich erkannte den Account nicht. Aber mir folgten oft irgendwelche Leute oder Typen, die versuchten, mir eine direkte Nachricht zu schicken. Als Pinprick52s Account lud, war das Profilfoto eine extreme Nahaufnahme von einem Tierauge. Die Bilder waren bescheuert: Die Fassade eines Gebäudes; eine nicht sonderlich gut komponierte Aufnahme von einige Studenten auf dem Weg zu ihrem Kurs – kein Filter, nichts. Ich tippte zu dem Bild, auf dem ich markiert war.

Es war ein Foto von mir. Ich saß im Kurs. Wer immer das aufgenommen hatte, musste draußen vorm Fenster gestanden und nach drinnen gesehen haben. Das war mein Kurs in französischer Literatur – ich konnte die Worte an dem Whiteboard lesen. Aber da war ich, drehte gedankenverloren mein Haar mit dem Finger auf, während die Person, die mich stalkte, keine fünf Meter entfernt stand. Abrupt blieb ich auf dem Gehweg stehen, drückte mein Handy an meine Brust und blickte mich zu den anderen Studenten auf der Straße um, zu den Fenstern der Unigebäude um mich herum und all den anderen kleinen Stellen, an denen sich jemand verstecken könnte. Wurde ich in diesem Moment beobachtet? Für alle Fälle reckte ich den Mittelfinger – komm doch und hol es dir, Arschloch!

SIEBENUNDZWANZIG

»Herein«, sagte Leonard und erhob sich von seinem Schreibtischstuhl, um in einem der Ledersessel in seinem Büro Platz zu nehmen. Andre trat ein und sank schlaff in den Sessel ihm gegenüber. »Ich bin froh, dass wir heute einen Termin haben. Für Sie müssen die letzten Wochen unglaublich stressig gewesen sein.« In der Notfallsitzung, die Leonard und Elena für Andre direkt nach dem Vorfall mit Michael gemacht hatten, war er nicht besonders mitteilsam gewesen. Es war schwierig zu unterscheiden, ob jemand sprachlos vor Schock war oder gänzlich unberührt von einem dramatischen Ereignis. Zumindest im persönlichen Gespräch. Andres Mood-Logs seitdem hatten gezeigt, dass er stabil und mit anderem beschäftigt war.

Nun zuckte Andre mit den Schultern. »Ich wünsche mir nur, dass mich die Polizei in Ruhe lässt.«

»Konnten Sie den Mann nicht identifizieren, den Sie gesehen haben?«

Andre schüttelte den Kopf.

»Letztes Mal hatten wir keine Gelegenheit, darüber zu reden, weil ich an Ihrem Trauma arbeiten wollte. Aber ich möchte Ihnen sagen, dass mich Ihr Verhalten an dem Abend wirklich beeindruckt hat. In einer potenziell gefährlichen Situation sind Sie jemandem zu Hilfe geeilt, der in Not war.«

Ein nachdenklicher Ausdruck ging über Andres Gesicht. »Ich schätze, dass ich dachte, wenn ich dem das Leben rette, bin ich so was wie ein Held, und die Geschichte geht direkt viral und so. Mir war nicht klar, dass er sterben würde und ich mein Sweatshirt nie wiederkriege. Und jetzt könnte die Polizei denken, dass ich das war!«

»Ich habe ihnen gesagt, sie sollen sich Ihretwegen keine Gedanken machen. Trotzdem möchte ich Ihnen meinen Respekt ob Ihres Verhaltens ausdrücken, ungeachtet Ihrer Gründe.«

»Danke.«

»Da ist noch eine andere interessante Sache. Wie ich in Ihren Mood-Logs sehe, sind Sie in jüngster Zeit politisch sehr aktiv. Sind Sie unten bei den Demos gewesen?«

Andre wurde merklich misstrauisch. Leonard kannte diesen Blick – eine gängige Reaktion bei psychopathischen Patienten. Sie mussten stets überlegen, warum jemand etwas von ihnen wissen wollte, weil sie prompt davon ausgingen, dass es benutzt würde, um sie zu manipulieren. Denn das würden sie selbst tun. »Ich war bei einigen. Bei einer vor ein paar Tagen, bei einer in der Woche davor. Die finden jetzt ja dauernd statt.«

»Was mich an die alten Zeiten der Demos gegen den Vietnamkrieg und Watergate erinnert. Da war ich auch hier.«

»Waren Sie auf den Demos?«

»Oh ja, das waren bewegte Zeiten. Ich war da, mitsamt meinem Plakat, meinen Liebesperlen und meinen langen Haaren, falls Sie sich das vorstellen können.«

Da war die Andeutung eines Lächelns, bei der Andres Grübchen erschienen. Es verschwand allerdings gleich wieder, und er starrte ihn einfach nur an.

»Betrachten Sie sich selbst als Aktivisten?«, fragte Leonard.

Andre schob seine Hände tief in die Tasche seines Sweatshirts und schüttelte den Kopf. »Nein, ich finde das bloß interessant. Im Grunde ist es das, worauf Schwarze jetzt stehen – woke sein. Man will cool sein, alles mitmachen und über Audre Lorde reden und so. Macht Spaß. Und meine Freunde sind cool.«

»Aber die Anlässe – was war er letzte Woche, Black Lives Matter?«

Jetzt grinste Andre richtig, und seine Grübchen blieben. »Mein Leben zählt. Ich bin nur da, um alles aufzunehmen.«

»Um ein Zeitzeuge zu sein?«

Andre stutzte. »Nein, um buchstäblich alles aufzunehmen. Ich schieße Fotos für die *Daily Owl*. Das macht sich gut für eine Praktikumsbewerbung.«

»Warum interessieren Sie sich für Journalismus?«, fragte Leonard. Andre hatte in der ersten Sitzung erwähnt, dass er eventuell darin seinen Abschluss machen wollte, dann gestockt und Management oder Wirtschaft als Alternativen genannt.

Andre zögerte und blickte zu dem Briefbeschwerer auf dem Tisch vor ihnen. »Informationen sind Macht.«

»Und die reizt Sie?« Andre nickte. »Welche Themen würden Sie behandeln wollen?«

»Was immer die meisten Klicks bringt.«

Leonard blätterte seine Notizen durch und versuchte es anders. »Als wir uns das letzte Mal unterhielten, hatten wir ein wenig über die Zeit gesprochen, als Sie dreizehn waren.«

»Stimmt.«

»Ihre Noten zeigten, dass Sie bis dahin ziemlich gut in der Schule waren.«

»Die Schule war langweilig.«

»Und Sie fingen an, sich in Schwierigkeiten zu bringen.«

»Tat jeder. Wir liefen einfach rum. Das war halt so.«

»Wer ist jeder?«

»Mein Bruder. Seine Freunde. Alle meine Freunde.« Andre verstummte, und Leonard wartete ab. »Ich weiß nicht. Manchmal war es eben, als wäre allen langweilig und sie würden anfangen, Mist zu machen.«

»Und dieses Mistmachen hat Ihnen die Probleme mit der Polizei eingebracht?«

»Die haben mich zur Beratungslehrerin geschickt, und sie hat gesagt, ich hätte Verhaltensstörungen.« Leonard sagte nichts. Andre tippte mit seinem Fuß, sah auf seine Smartwatch.

»Können Sie mir von Ihren Eltern erzählen?«

»Über die will ich nicht reden.«

»Worüber möchten Sie reden?«

»Über dieses Programm. Funktioniert das überhaupt?«

Natürlich war er nicht der erste Patient, der den Sinn oder die Methoden des Programms infrage stellte. Leonard hatte schon mehr als einen Patienten gehabt, dem danach war, ihm einen Vortrag über sein Fachgebiet zu halten. Es war bloß ein Test. Doch bei jemandem wie Andre könnte es sogar eine jugendliche Tarnung seiner Verletzlichkeit sein – um seine Furcht zu verschleiern, dass er sich nicht bessern könnte. »Ich würde sagen, dass wir bereits einige bedeutsame Erfolge erzielt haben.«

»Und wie lange gibt es das schon?«

»Oh, fast zehn Jahre, zählt man die Zeit, in der ich die Finanzierung bekomme. Ich unterhalte mich mit Freuden über die Forschung, die hinter der Verhaltensmodifikation steht, falls Sie wollen …«

»Können wir uns wirklich ändern? Werden Leute jedes Jahr besser?«

»Ich würde dies hier nicht tun, wenn ich nicht daran glaubte, dass Menschen sich ändern können. Und ich sage nicht, dass es steil bergauf geht, aber mit der Arbeit kommt die Verbesserung.«

»Und gibt es Leute, die in dem Programm scheitern und rausfliegen?«

»Nein, ich habe noch nie jemanden aus dem Programm geworfen. Die Arbeit mit dieser Gruppe ist schwierig, und man muss bereit sein, es mit einer Menge Widerstand aufzunehmen.«

Andre blickte zu seinen Schuhen. »Dann glauben Sie nicht, dass es bei manchen Leuten aussichtslos ist?«

Leonard zögerte. »Diese Frage ist der Grund, aus dem ich mit dem Programm angefangen habe.« Andre merkte auf – etwas hatte sein Interesse geweckt. »Manche kann man gewiss als ›hoffnungslose Fälle‹ bezeichnen, und an sie erinnere ich mich mit großer Traurigkeit. Ich denke an all die Weggabelungen, an denen das Leben eines Menschen in eine Richtung hätte gehen können, aber die andere eingeschlagen hat, und wie die Gesellschaft ihnen hätte helfen können, die richtige Wahl zu treffen. Meiner Ansicht nach hat die Psychologie diese Leute im Stich gelassen.«

»Haben Sie Mitleid mit ihnen?«

»An guten Tagen, ja.«

»Mir tun solche Leute nicht leid. Solche, die den Typen abgestochen haben.«

»Wissen Sie, Andre.« Leonard legte sein Notizbuch hin. »Was Sie vor zwei Wochen erlebt haben, war traumatisch, und was Sie getan haben, war eine Form von Altruismus. Ich glaube nicht, dass es Ihnen nur darum ging, als Held gesehen zu werden.«

»Nein, darum ging es gar nicht.«

»Ist es wegen Ihrer Schwester? Ging es darum, rechtzeitig zu sein, um jemanden zu retten?«

Andre verstummte.

Leonard notierte es sich. Schon bei ihrem ersten Gespräch hatte er sich geweigert, über seine Familie zu reden. Wenn es so weiterging, könnte es Monate dauern, eine Beziehung aufzubauen. Und das traumatische Erlebnis mit Michael hatte sie wahrscheinlich weiter zurückgeworfen. Seit bei Andre mit dreizehn Jahren Verhaltensstörungen diagnostiziert wurden, schien er nicht großartig behandelt worden zu sein. Andres Verhalten und seine Probleme in der Schule blieben noch zwei Jahre, bis sie sich langsam legten. Etwas hatte ihn wieder auf die richtige Bahn gebracht, und er machte seinen Abschluss – zwar nicht glänzend, aber mit anständigen Noten. Er war ein besonders interessanter Fall, weil es seine Fähigkeit bewies, sich zu kontrollieren. Was es auch war, Leonard würde es am Ende herausfinden.

ACHTUNDZWANZIG

Das Triumvirat trifft sich @ Charles in einer Stunde, hatte Chloe als Textnachricht geschickt, einschließlich einer Karte mit Markierung des Orts. Andre steckte sein Handy ein. Um ihn herum saßen seine Freunde auf dem Fußboden in Dees Wohnheimzimmer, und Sean machte unter allgemeinem Gelächter vor, wie er in der Metro die Rolltreppe heruntergepurzelt war. Sie tranken Cola-Rum und hörten Musik. Er müsste bald los, dachte Andre und stellte fest, dass er es auch wollte, zugleich aber nicht. Halb wollte er mit seinen Freunden hier sitzen und Blödsinn reden. Dies war derselbe Teil von ihm, der ein schlechtes Gewissen hatte, weil er seinen Mitbewohner und alle seine Freunde belog, wie er auf die Adams gekommen war und was er hier tat. Sean die Halbwahrheit zu erzählen, was sein Interesse an dem Fall betraf, hatte es nur noch schlimmer gemacht, denn Sean verstand sein Interesse, aber nicht, was auf dem Spiel stand. Deshalb musste Andre hier sitzen und tun, als hätte er keine Angst, dass ihn ein gestörter Mörder jagte, was er nicht mal seinen Freunden anvertrauen konnte – was für ein Mensch tut so was? Dieselbe Person, die andere Hälfte, die in vierzig Minuten aufstehen und gehen würde, anstatt mit einem interessanten Mädchen abzuhängen. Die anderen durften hier sein und ein normales College-Leben führen – er nicht. Andre entschuldigte sich und reagierte mit Humor auf die Sprüche, dass er entweder ein heißes Date hatte oder mal kacken müsse.

Draußen in der kühlen Abendluft runzelte Andre die Stirn und zog den Reißverschluss seiner Jacke zu. Es war neun, nicht mal besonders spät, und noch waren viele Studenten auf den Straßen. Er wollte seine Kapuze aufsetzen, weil er sich damit seltsam geschützt fühlte, tat es aber nicht, denn sie raubte ihm die seitliche Sicht. Seit Chloe gesagt hatte, dass die Morde zusammenhingen, war Andre darauf bedacht, nie allein herumzulaufen. Was nicht weiter schwierig war, da Sean ungern Sachen allein unternahm, und es war immer jemand da, der auch etwas essen oder irgendwo hingehen wollte. Selbst wenn Andre zu lernen versuchte oder in den Diskussionsrunden der Kurse saß, fragte er sich, ob ihn jemand im Raum beobachtete und abwartete. Irgendwie hatte der Täter gewusst, dass Michael an jenem Abend allein in dem Versuchsraum war. Und er hatte gewusst, wann und wo Kellen seinen MRT-Termin hatte. Wusste dieselbe Person, wo Andre wohnte? Oder dass er jetzt gerade allein unterwegs war?

Andre sah eine Horde Mädchen ein Stück weiter vorn, die in dieselbe Richtung gingen wie er und alle exakt gleich gekleidet waren. Gut, in einer Menge war es sicherer. Er beschleunigte seine Schritte ein bisschen, um sie einzuholen, und dann waren sie wie ein Gänseschwarm um ihn herum und dämpften seine Furcht mit ihrem Geplapper über Haarglätter. *Chloe sieht genauso aus wie diese Mädchen*, erinnerte er sich und fühlte, wie sich ein Muskel in seinem Rücken anspannte. Wie sich herausstellte, sahen Psychopathen nicht irre aus, hatten keinen wahnsinnigen, glotzenden Blick. Er hatte Chloes diverse Online-Accounts gefunden, und die wirkten wie bei allen Mädchen in ihrem Alter (okay, vielleicht mit zwanzig Prozent mehr Selfies).

Dann ertappte er sich dabei, wie er wieder die Argumente durchging, warum er Chloe trauen sollte. Sie konnte nicht die Mörderin sein, weil sie ihn leicht in der Nacht hätte umbringen können, in der sie sich begegnet waren. Und auch sie war todernst in ihrer Absicht herauszufinden, wer dahintersteckte. Bei ihrer ersten Observierungsaktion hatte Andre halbwegs erwartet, dass sie nicht auf dem Korridor bleiben und Fotos machen würde. Aber das hatte sie getan. Er musste ihr vertrauen, und es machte ihm Sorgen, wie leicht er vergessen konnte, was sie war. Ihm war beinahe wohl dabei, mit Chloe zusammenzuarbeiten, doch jetzt wollte sie, dass er direkt in die Höhle des Löwen marschierte, um einen anderen Psychopathen kennenzulernen, von dem sie sagte, dass sie ihm nicht traue.

Andre beobachtete unglücklich, wie die Mädchengruppe an einer Ampel eine andere Richtung einschlug – eine von ihnen winkte und blies ihm einen Luftkuss zu. Er eilte den letzten Block allein entlang und war froh, als er Chloe an der Gegensprechanlage eines Gebäudes sah. Charles' Apartment war in einem der hohen Häuser mit diesen durchgehenden Fenstern; die allgegenwärtigen Luxusapartments, die in D.C. wie die Pilze aus dem Boden schossen. Chloe war in ihren Sportsachen und hatte ihr Bullet Journal unter einen Arm geklemmt. »Pass gut auf«, sagte sie. »Glaub ihm kein Wort, und ich will hinterher von dir wissen, was du von ihm hältst.« Die Tür summte, und sie gingen hinein. Der Concierge an einem Schreibtisch vor den Fahrstühlen musterte Andre, doch Chloe warf ihm ein entwaffnendes Lächeln zu.

»Ist er gefährlich?«, flüsterte Andre, als sie in den Fahrstuhl stiegen.

»Wer, Charles?« Chloe strich sich das Haar glatt. »Weiß ich nicht. Du solltest ihn nicht ohne mich treffen. Er hat sehr starke Stimmungsschwankungen.«

Andre biss sich innen auf die Wange. Dem Wohnhaus nach malte er sich bereits den Typen aus *American Psycho* aus. In einem Wohlfahrtsladen in der Vierzehnten hatte er sich ein kleines Messer gekauft, das in der Scheide unter seinem Shirt war. »Irgendwelche Übereinstimmungen?«, fragte er und strengte sich an, nicht ängstlich zu klingen. Zwischen ihren Kursen hatten sie nur noch zwei Observierungen geschafft. Einen der Studenten konnten sie nicht mit der Gesichtserkennung zuordnen, ein anderer erwies sich als ein Footballspieler namens Orvel Hines, der während der Morde in einer Reha-Klinik außerhalb der Stadt gewesen war. Chloe hatte gesagt, sie würde es weiter mit dem anderen Foto versuchen.

Sie schüttelte den Kopf. »Wir sollten die Aktion nicht vor Charles erwähnen. Er hat mehr Informationen über das Programm als wir, kennt die Namen von mehr Studenten aus höheren Studienjahren. Wir können ihn dazu bringen, sie uns zu verraten, und sie dann allein überprüfen. Außerdem musst du ihn ein paar Minuten ablenken, damit ich mich in seinem Apartment umsehen kann.«

Andre kam es wie eine Menge Intrigen vor, doch er vermutete, dass es ihm Spaß machen sollte. Sie fuhren in den obersten Stock und gingen auf eine geschlossene Tür zu, hinter der Andre Klaviermusik hörte. Chloe klopfte einen rhythmischen Takt, das Klavier verstummte, und ein weißer Typ riss die Tür auf. Er war verblüffend fröhlich für jemanden, der sich fürchten sollte, dass man ihn umbrachte. »Charles Portmont«, sagte er und reichte Andre die Hand. Charles kam ihm älter vor, wie ein Banker oder so.

Andre stellte sich vor und versuchte, so gelassen wie Chloe hineinzugehen, nur maskuliner. Charles' Apartment war keine typische Studentenbude – kein erbärmliches Poster von einer halb nackten Frau, keine leeren Bierdosen. Das geräumige Wohnzimmer war modern, stilvoll eingerichtet und groß genug, um einen kleinen Flügel aufzustellen, ohne dass es voll wirkte. Insgesamt sah das Apartment gut aus, aber völlig seltsam für jemanden in ihrem Alter.

Charles holte Biere aus dem Kühlschrank und Gläser aus dem Tiefkühler. »Ich habe Kristen gesagt, dass meine kleinen Freunde vorbeikommen, und sie hat uns eine Käseplatte gemacht.«

Andre sah zu dem Ding auf dem Couchtisch. Es war eine flache Schieferplatte mit dicken Stücken unterschiedlicher Käsesorten, einer Art Gelee und winzigen Toastbroten. »Wer ist Kristen?«, fragte er.

Charles kam herüber und zeigte zu einem gerahmten Foto an der Wand. Obwohl er in Jeans und einem Choate-Swimming-T-Shirt war, wirkte er komisch formell. In zwanzig Jahren könnte er ohne Weiteres den bösen Geschäftsmann in einem Film spielen. »Meine Freundin«, sagte er selbstgefällig. Auf dem Foto hatte er den Arm um ein Mädchen gelegt, das irgendwo zwischen heiß und schön war.

Chloe war lautlos hinter sie getreten. »Kristen hat das Bild rahmen lassen und aufgehängt, stimmt's?«

Charles' Stirnrunzeln, als er sie ansah, legte nahe, dass sie recht hatte. Zwischen den beiden herrschte eine Spannung, die Andre nicht verstand. »Bier?«, fragte Charles ihn. Sein Lächeln war einen Millimeter zu breit. Er öffnete das Bier vor Andre und goss ihm ein – es musste sicher sein. Chloe trank schon von ihrem. Andre nahm einen vorsichtigen Schluck von dem bitteren Gebräu.

Chloe ging zu dem Flügel und stellte ihr Bierglas darauf ab. Hastig folgte Charles ihr und schob einen Untersetzer unter das Glas, wobei er wieder die Stirn runzelte. Chloe hob den Deckel, um langsam »Mary Had a Little Lamb« zu klimpern, eine Oktave tiefer, als es eigentlich gehörte, während Charles sie vollkommen regungslos anstarrte. Andre beobachtete sie, und seine Nackenhärchen stellten sich auf. Sie waren das charmante weiße Paar, das behauptete, sie hätten vor dem Haus eine Autopanne gehabt, um dann das Haus zu besetzen. Natürlich ließ man sie rein, denn gewiss waren sie nicht gefährlich …

»Ja, das ist überhaupt nicht gruselig«, sagte Charles.

»Gruselig? Ich bin diejenige, die diese Geste des guten Willens angeregt hat, obwohl du ein Arsch bist.« Sie wandte sich zu Andre. »Ich habe ihm erzählt, wie wir uns begegnet sind und dass ich dich quasi schon entlastet habe. Was bedeutet, dass ich die Liste unserer Verdächtigen weiter eingrenzen konnte.« Den letzten Satz richtete sie an Charles, bevor sie auf der eleganten Ledercouch Platz nahm und ihr Journal hervorholte. »Wir haben zwei Hauptpunkte zu besprechen.«

Charles setzte sich ebenfalls und blickte amüsiert von Chloe zu Andre. *Er will, dass ich ihn mag*, wurde Andre klar, *und dass wir gegen Chloe sind.*

»Wyman«, sagte Chloe. »Wir haben einige *hochinteressante* Sachen über Wyman herausgefunden.« *Wir?*, dachte Andre. Bei ihrer letzten Unterhaltung darüber hatte sie ziemlich skeptisch geklungen. Er beschloss, sich Chloe und Charles gegenüber auf den Boden zu setzen, weil er fand, dass es wirkte, als ließe er sich von den beiden nicht einschüchtern. Ob der Käse ungefährlich war? Er sah lecker aus.

»Denkt ihr, Wyman ist ein Serienmörder?«, fragte Charles lächelnd. Warum lächelte er? Er nahm ruhig einen Schluck von seinem Bier, legte einen Knöchel auf das andere Knie und wippte mit dem Fuß. »Tja, dann können wir direkt zum zweiten Punkt kommen. Ich habe zu Wyman recherchiert, und es ist unnötig, dass ihr zwei ihn belästigt«, sagte Charles.

»Was recherchiert?«, fragte Andre.

»Ich kenne Wyman seit drei Jahren.«

Chloe verdrehte die Augen. »Ich dachte, wir folgen ihm

nach der Uni nach Hause, damit wir sehen, wo er wohnt. Wir …«

»Das habe ich schon gemacht«, unterbrach Charles sie sichtlich zufrieden mit sich. »Letztes Jahr. Ich wollte wissen, wie seine Frau aussieht. Er hat mich allerdings erwischt. Es war witzig – er hat mich einen ganzen Block lang im Kreis geführt. Ich hatte es nicht bemerkt. Und dann hat er mich zur Rede gestellt.«

»Was hat er gesagt?«, fragte Andre, denn es faszinierte ihn, obwohl Charles hier eindeutig eine Show abzog.

»Er war nicht überrascht. Mein Eindruck war, dass früher schon Patienten versucht hatten, in seinem Privatleben herumzuschnüffeln. Aber ich fand heraus, dass er in Foggy Bottom wohnt. Und ich ließ einen der Typen von meinem Dad in seinem Haus nach irgendwas Verdächtigem suchen. Das war vor zwei Tagen.«

»Dein Dad hat Typen?«, fragte Andre.

»Mein Dad ist reich und hatte schon Morddrohungen von Umweltschützern. Jedenfalls ist der Mann alles durchgegangen, während Wyman bei der Arbeit war.«

»Beweis es«, sagte Chloe aufgeregt.

Charles drehte sich zu dem Beistelltisch neben der Couch. Er nahm einen Briefbeschwerer auf – einen halbierten Achat – und zog einige Papiere darunter hervor, die er Chloe gab. Sie hatte die Lippen zusammengepresst. Andre ging hinüber, um ebenfalls in den Bericht zu sehen. Dort waren die Sachen in Wymans Haus aufgelistet, seine Computerausstattung, was in seiner Garage war und sogar der Inhalt der Waschmaschine. Aber diese Person, dachte Andre, wüsste nicht unbedingt, dass sie auf CRD-Kram achten sollte.

Genervt warf Chloe die Papiere hin, und Andre hob sie auf. »Woher weiß ich, dass *du* das nicht geschrieben hast?«

Charles seufzte. »Ich kann dir die E-Mail zeigen.« Er

klappte seinen Laptop auf, zeigte ihr die E-Mail und fügte freundlich hinzu: »Er heißt Mercer, der Typ von meinem Dad. Er macht alles Mögliche.«

»Nun, Andre und ich schließen Wyman nicht aus«, sagte Chloe. Sie nickte Andre zu, und er gab Charles eine verkürzte Version von Wymans CRD-Verbindung. Er beobachtete Charles aufmerksam – seine Miene war insgesamt eher ausdruckslos, und seit ihrer Ankunft siedelte sie irgendwo zwischen amüsiert und blasiert. Doch je länger Andre redete, umso mehr wirkte Charles ehrlich verwirrt. Das war ein realer Ausdruck von Emotion; hingegen war die amüsierte Patina vorher aufgesetzt gewesen.

»Zusammengefasst hatte Wyman mit einem Serienmörder zu tun, und diese Morde jetzt beginnen zufällig am zwanzigsten Jahrestag der CRD-Morde«, endete Andre. »Es könnte also ein Nachahmungstäter sein oder einer der Studenten in dem Programm oder …«

»Oder beides«, fiel Chloe ihm ins Wort.

»Ich glaube, Wyman weiß mehr, als er sagt, und vielleicht sorgt er sich, dass es einer der Studenten aus dem Programm ist.«

»Ich kenne Wyman seit Jahren, und er hat nie etwas von dem CRD-Mörder erwähnt«, bemerkte Charles.

»Warum sollte er, Blödmann?«, konterte Chloe. »Warum sollte er *dir* etwas über *sein* Leben erzählen?«

»Wie ich schon sagte, belästigt den Mann nicht. Ich weiß …«

»Du weißt eine Menge Dinge, die du uns nicht erzählst«, warf Chloe ihm vor. »Verrate uns einfach die Namen der anderen in dem Programm.«

»Ich weiß von keinem sonst in dem Programm«, antwortete Charles und riss die Augen weit auf. Chloe sprang fast von ihrem Sitz hoch. »Ich habe nie behauptet, dass ich sie kenne«, erklärte Charles verwundert. »Aber ich kann versuchen, sie herauszufinden.« Nun grinste er. »Elena mag mich.«

Chloe ignorierte ihn und sagte zu Andre: »Bedenken wir auch die Alternative, dass nichts hiervon mit dem Programm zu tun hat. Es könnten auch wahllos Leute umgebracht …«

»Und zwei von ihnen sind zufällig in dem Programm?«, unterbrach Charles sie.

»Weil du nur auf Leute achtest, die wie du sind. Soweit wir wissen, könnten noch andere Leute ermordet worden sein, aber wir konzentrieren uns nur auf die von der Adams.«

»Das könnte stimmen«, pflichtete Andre ihr bei. »Ich kann eine Liste der ungelösten Mordfälle aus dem letzten Jahr machen.«

»Die andere Sache ist, dass wir jeder einen Sicherheitsplan brauchen«, sagte Chloe.

Charles öffnete ein kleines Fach in dem Couchtisch und hob ein schwarzes Kästchen heraus. Er klappte es auf und zeigte ihnen die Pistole darin. *Natürlich hat er eine Waffe*, dachte Andre. »Dies hier ist mein Sicherheitsplan. Was ist deiner?«, fragte er Chloe.

»Neben meiner Waffensammlung«, antwortete sie ohne einen Hauch von Humor, »habe ich gerade ein Sicherheitssystem eingebaut. Was ist mit dir?«, wollte sie von Andre wissen.

»Ich habe Sachen«, sagte er knapp. Seine »Sachen« waren sein Messer, ein Baseballschläger unter seinem Bett und Pfefferspray aus dem Drogeriemarkt. Dass er sich möglichst nicht mehr allein auf und um den Campus bewegte, machte es schwer, seine Arbeit fürs Studium zu schaffen, aber was sollte er tun?

»Was genau?«, fragte Chloe ihn.

»Warum soll er dir das verraten?«, unterbrach Charles. »Wir sind alle erwachsen und können selbst auf uns aufpassen.«

»Es darf nicht passieren, dass einer von uns umgebracht wird, und es hilft wenig, dass du mir nicht erzählen willst, was du weißt.«

»Was interessiert dich das, solange du nicht gekillt wirst?« Charles beobachtete sie genau.

Chloe schnaubte. »Wie soll ich auf eine Medizinische Hochschule kommen, wenn die Adams hierfür berühmt wird?« Frustriert hielt sie die Hände an ihren Kopf und verkündete, dass sie ins Bad müsse.

Dies war wohl der Moment, in dem er Charles ablenken sollte, dachte Andre. Doch bevor ihm einfiel, was er sagen könnte, beugte Charles sich vor. Da war kein selbstgefälliges Lächeln mehr, sondern er sah Andre ziemlich ernst an. »Hör mir zu. Du musst vorsichtig bei ihr sein. Verrat ihr nicht zu viel über dein Leben, und lass sie nicht wissen, wo du wohnst.«

»Warum?«, flüsterte Andre. Sein Herz klopfte. Er hatte bereits beiläufig fallen gelassen, in welchem Wohnheim er war.

»Was denkst du denn? Sie ist gefährlich!«

NEUNUNDZWANZIG

Tag 25

Meine Probleme verschlimmerten sich. Wills Festplatte zu stehlen hatte sich als Sackgasse erwiesen. Und ich war kein Stück näher dran, Charles für meine Zwecke zu gewinnen – er spielte immer noch Katz und Maus. Und er versuchte, es Andre gegenüber so aussehen zu lassen, als wäre ich wahnsinnig. Und dann war da noch das drängendste Problem: der Serienmörder.

Wieder einmal saß ich an meinem Schreibtisch und fragte mich, ob Charles ein Mörder war, anstatt meine Hausaufgaben zu erledigen. Aber er war der gewesen, der mich wegen der Morde gewarnt und mich gefahren hatte, damit ich mir eine Waffe besorgen konnte. Vor allem schützte er die anderen Studenten in dem Programm ohne ersichtlichen Grund – ganz schön bizarr für einen Psychopathen. Ich konnte mir nicht vorstellen, wie er wild auf jemanden einsticht – er würde kein Blut auf sein Hemd bekommen wollen –, und erst recht nicht, dass er etwas so Gestörtes tat, wie jemandem Schrot zu füttern. Und sofern er nicht ein sehr guter Schauspieler war, hatte er wenigstens ein bisschen Angst vor mir.

Doch eines nach dem anderen. Es war Zeit, bei Will eine neue Taktik zu entwickeln, da die Festplatte ein Reinfall gewesen war. Im Geiste ging ich die Schritte durch, die vor mir lagen.

Haus durchsuchen.

Festplatte.

Persönliches Umfeld – Freunde? Charles wusste nicht alles, aber Chad war auch eine Option. Ich holte mein Handy hervor und schickte ihm noch eine Textnachricht, die sehr nach Flirt klang. Wir hatten ein wenig hin und her geschrieben. Und Chad könnte auf schräge Weise zwei meiner Probleme verknüpfen: Will und unseren kleinen Jäger. Chad wohnte in dem Verbindungshaus und wusste wahrscheinlich eine Menge darüber, was dort vor sich ging. Zudem könnte er einer der anderen Studenten in dem Programm sein, der zwischen seinen Crossfit-Sessions Zeit für einige Morde freimachte.

Handy. Gemeint war Wills gegenwärtiges Handy, das ich mir besorgen wollte. Damit würde ich die Dinge zum Eskalieren bringen, doch der Zeitpunkt dafür war gekommen, und die beiden anderen Optionen waren extremer.

Erpressung. Diesen Teil des Plans hatte ich vor über sechs Monaten angeleiert, aber ich wollte ihn mir unbedingt als letztes Mittel aufsparen, um an das Video zu kommen und Endphase vier einzuläuten.

Loslassen. Ich begann, mich der Tatsache zu stellen, dass ich das Video vielleicht nicht zurückbekam. Sollte Tag 0 heranrücken und es immer noch nicht in meinem Besitz sein, würde ich Will trotzdem töten. Fraglos würde auf ewig der Gedanke an mir nagen, dass das Video irgendwo in den Tiefen des Darknet herumschwirrte und Leute über meine Erniedrigung lachten wie an jenem Abend. Aber irgendwann musste man akzeptieren, dass man nicht alles haben konnte.

Als ich das Wohnheim an diesem Morgen verließ, waren erst wenige Leute auf. Das Lacrosse-Training am anderen Ende vom Campus sollte gleich anfangen und zwei Stunden dauern. Beim Joggen schlug mir mein Rucksack gegen den Rücken. Der Umkleideraum des Lacrosse-Teams befand sich im Blagden Athletic Center, einer separaten Sportanlage, zu der Pöbel wie wir keinen Zutritt hatte.

Ich setzte eine traurige Miene auf, als ich die Glastür öffnete. Ein älterer Mann saß vorn an dem Empfangstresen und guckte den Sportkanal.

Ich ging zu ihm, und Tränen schwammen in meinen Augen. »Hi, ich hatte angerufen.«

»Hmm?«, fragte er und sah mich an. Er setzte sich auf, sobald er mein Gesicht sah. »Ich habe mit niemandem telefoniert.«

»Ich hatte ganz früh angerufen und gefragt, ob jemand meinen Verlobungsring gefunden hat?«

»Oh, nein, Schätzchen, ich glaube nicht.«

Die Tränen drohten überzulaufen. »Ich habe überall gesucht. Ich weiß, dass ich ihn noch hatte, als ich das letzte Mal hier geduscht habe. Ich erinnere mich so genau, weil ich an ihm gedreht und noch überlegt habe, ob er zu locker sitzt und ich ihn lieber abnehme …«

»Wie wäre es, wenn Sie einfach mal nachsehen gehen? Ich notiere Ihren Namen, falls ihn jemand findet.« Schniefend nannte ich ihm einen falschen Namen und die Telefonnummer des nächsten *Duccini's Pizza* und lief auf sein Insistieren hin nach hinten, um in der Umkleide nach dem Ring zu suchen.

Nur war es die Herrenumkleide, zu der ich ging, nicht die für Damen. Zum Glück war dort niemand. Der Raum war ein Labyrinth, aber ich fand den Teil mit mehreren Adams-Lacrosse-Wimpeln. Jeder der Spieler hatte einen mit seinem Namen beschrifteten Schrank. Ich zog meinen großen Bolzenschneider aus dem Rucksack ($29,95 im Baumarkt) und knackte das Schloss an Wills Schrank und noch drei anderen. Will würde bald begreifen, dass ich es war, aber dies gab mir zumindest einige zusätzliche Stunden, um das ganze Team glauben zu lassen, einer von ihnen würde den anderen einen Streich spielen.

Es dauerte eine Sekunde, dann hatte ich gefunden, wonach ich suchte: ein schickes schwarzes iPhone, volle drei Modelle neuer als sein altes, aber das war egal. Hiermit kam ich in seine iCloud. Ich ging durch den Hintereingang hinaus und in Richtung Wills Haus. Sein Handy verlangte keinen Fingerabdruck. War Wills PIN der Monat und das Jahr seiner Geburt? Ja, selbstverständlich! An der Straßenecke blieb ich stehen und öffnete seine Fotos. Alle ordentlich chronologisch geordnet. Und die Dateien auf dem iPhone reichten zwei Jahre zurück, weiter nicht.

Drecksack. Hier war das Video nicht.

Ich biss die Zähne zusammen und kochte vor Zorn, als ich weiterging, wobei ich immer noch das Handy durchsuchte. Ich wollte wissen, ob er noch andere Opfer hatte, doch seine Bilder waren hauptsächlich blöde Collegesachen. Da waren einige nackte und halb nackte Mädchen, die jedoch im College-Alter zu sein schienen.

Vom Training würde Will in seinen Wirtschaftskurs gehen und sich fragen, wer sein Handy geklaut hatte. Ich wanderte direkt zu seinem Haus und blickte mich kaum um, bevor ich wieder am Regenrohr nach oben kletterte. Mein Adrenalinpegel schoss in die Höhe. Diesmal war das Fenster geschlossen und verriegelt. Ich fand einen Zementklumpen auf dem Dach und schlug es ein. Es gäbe keinen Zweifel. Will würde wissen, dass ich hier gewesen bin. Und dass ich wahnsinnig war. Fast wünschte ich mir, er würde in diesem Moment nach Hause kommen, denn ich war bereit. In meinem Hinterkopf war ich wütend auf Will, weil ich in seinem Souterrain angegriffen wurde, obwohl ich rein logisch wusste, dass er es nicht gewesen war. Jene Person verdiente, bestraft zu werden. Jene Person verdiente, sich bedroht zu fühlen.

Ich sprang durch das Fenster und kickte Glasscherben vor mir her, als ich zu Wills Zimmer ging, das ich nun an einem

C-Test erkannte, den ich auf dem Boden fand. Wills Bett war ungemacht, ein trauriges Teil mit schmutzigen halb zerrissenen Laken, keine Überdecke. Mit Lippenstift malte ich ein Smiley auf das Handy und platzierte es in der Bettmitte.

Dann wanderte ich durchs Haus, warf Sachen um, drehte die Stereoanlage auf volle Lautstärke und vergoss Orangensaft auf dem Küchenboden. Ich spazierte zur Vordertür hinaus und ließ sie weit offen. Manchmal musste man eben tun, was man tun musste. Ich zog die Wangen ein und biss von innen darauf, um nicht zu grinsen, als ich mir Wills dämliches Gesicht vorstellte, wenn er sah, was ich getan hatte.

Jetzt wollte ich nur noch nach Hause, duschen und mich von allen Staubmilben befreien, die sich auf der Suche nach einem begehrenswerteren Wirt bei Will an mich geheftet hatten.

Er wäre paranoid, dass ich irgendwas mit seinem Handy gemacht hätte, eine Spionagesoftware installiert oder alle seine Bilder oder E-Mails abgegriffen hätte. Ihn irrezumachen reichte fürs Erste. Tatsächlich hatte ich erwogen, eine Spionagesoftware auf seinem Handy zu installieren, aber das Letzte, was ich brauchte, war, dass die Polizei sie auf seinem Handy fand und zu mir zurückverfolgte.

Als ich die Straße vor dem Muffin Shop nahe seinem Haus überquerte, summte meine Smartwatch und schickte mir ein Mood-Log. Seufzend ignorierte ich es und wartete, bis ich halb über den Campus war, damit ich erst weit weg von Wills Haus geortet wurde. Ich hoffte, dass meine Beiträge von der Wissenschaft geschätzt wurden, denn die Mood-Logs hatten den Reiz des Neuen verloren. Ich benutzte das Menü, um meine gegenwärtige Aktivität zu benennen: *Recherche.*

Wie ängstlich fühlen Sie sich im Moment?

2

Wie wütend fühlen Sie sich im Moment?

7

DREIßIG

Tag 23

Ich sterbe vor Neugier: Was sagst du zu Charles, schrieb ich. Ich saß auf dem Treppenabsatz zwischen dem vierten und fünften Stock in der Psychologischen Fakultät. Andre war schon in einem der Versuchsräume eingeschlossen und bei seinem Kurzbericht vor dem geplanten Experiment.

Zwanzigjähriger Verkäufer gebrauchter Segeljachten, antwortete er, und ich musste so lachen, dass mir der Bauch wehtat. Aber es war gut, denn es bedeutete, dass er Charles nicht traute. Ich war mir allerdings auch nicht ganz sicher, ob Andre *mir* vertraute. Kurz bevor wir herkamen, hatte ich mal das Terrain erkundet und mit ihm geflirtet, mich unterwegs bei ihm eingehakt. Doch er schien es nie zu bemerken, wenn ich solche Sachen machte, oder es verwirrend zu finden. Als würde er mich für eine alberne Kuh halten, die mit Emojis um sich warf. (Als wären die keine gezielte linguistische Taktik!) Ich fragte mich, ob er einer von diesen schwarzen Jungen war, die ausschließlich schwarze Mädchen mögen, oder genau durchschaute, was ich tat.

Aber wenigstens wollte er immer noch mit mir zusammenarbeiten. Diese Observierungen waren echt langweilig – wenn ich dran war, spielte ich mit meinem Handy oder versuchte, meine Hausaufgaben zu machen. Dennoch fühlte es sich oft wie eine vergeudete Stunde an. Ich war seit zwanzig Minuten an meiner Französisch-Hausaufgabe, solange Andre in dem Experiment war, bei dem es offenbar wieder darum ging, verschiedenen Studentengruppen Geld zuzuspielen. O.k., gerade die letzte Frage beantwortet – mach dich bereit, schrieb er.

Ich stand auf und hielt mein Handy so, als würde ich ein Selfie machen, richtete die Kamera aber nach vorn. Es kamen Schritte die Treppe hinunter. Ich erkannte ihn in dem Augenblick, in dem ich das Foto schoss. »Reek!«

»Oh, hi«, sagte er und rückte verlegen den Riemen seiner Schultertasche höher.

»Was machst du hier?«

»Wenn du diese Experimente für den Einführungskurs in Psychologie mitmachst, kannst du bis zu drei Punkte extra für die Abschlussnote kriegen.«

»Und war es interessant?«, fragte ich. Er schüttelte den Kopf und zog ein Gesicht, das irgendwie blöd wirkte, bevor er sich murmelnd verabschiedete und an mir vorbei die Treppe hinunterlief. Könnte Reek der Mörder sein? Er war im ersten Studienjahr, weshalb ich ihn in die »Eher nicht«-Kategorie sortierte. Wie könnte jemand, der neu hier war, so schnell die Abläufe auf dem Campus so gut durchblicken, dass er nie erwischt wurde? Außerdem war er ausgesprochen trottelig, was aber auch gespielt sein könnte. Ich nahm mir vor, Charles oder Chad nach Reek zu fragen, dessen richtigen Namen ich gar nicht kannte.

Komm schon, Lahmarsch, schrieb ich an Andre.

Ist noch nicht vorbei – muss noch irgendeine persönliche Bewertung machen.

Ich begann, die Treppe hinaufzugehen und mich zu fragen, ob unsere Aufgaben bei den Sitzungen so getimt waren, dass die Teilnehmer den Bereich zu unterschiedlichen Zeiten verließen. Als ich oben ankam, erhellte sich meine Stimmung schlagartig: Die Tür zu Wymans Räumen stand offen und es saß jemand am Schreibtisch der Forschungsassistenten. Doch beim Näherkommen erkannte ich, dass der Mann blass und frettchenhaft aussah. Seine Augenbrauen waren so bleich, dass sie faktisch non-existent schienen. Er tippte auf die Tastatur ein und aß dabei Schweinekrusten aus der Tüte. Ich hatte gehofft, auf den perfekten Forschungsassistenten zu stoßen, aber viele von ihnen waren superorganisierte Elena-Typen. *Frauen*, um genau zu sein. Und eines kann ich euch allen über Frauen verraten: Sie denken nicht mit ihren Penissen.

Ich strich mir das Haar glatt und ging auf ihn zu. »Hi, ich bin Becky«, sagte ich, als sollte er mich erwarten.

»Ja?« Seine Augen waren sehr blassblau.

»Ich hatte vorhin mit Elena Torres geredet, weil ich mich auf eine Assistentenstelle bewerbe?«

Er zog die bleichen Brauen zusammen. »Ich glaube nicht, dass wir momentan noch Leute einstellen.«

Hmm. Vielleicht sorgte er sich, weil jemand in sein Territorium vordrang. »Na ja, ich habe gehört, dass Wie-heißt-sie-noch, du weißt schon, die mit den Haaren?« Hier zeigte ich vage zu meinem Kopf, was im Grunde alles bedeuten könnte.

»Angela?«

»Ja, Angela. Ich habe gehört, dass sie geht, deshalb wollte ich mich auf ihre Stelle bewerben.«

»Ist dir klar, dass du im Hauptstudium sein musst, um hier Forschungsassistentin zu werden?«, fragte er. Ich mochte ihn jetzt schon nicht. Wer war er denn zu urteilen, ich sei nicht qualifiziert? Elena würde mich sofort einstellen!

»Bin ich«, antwortete ich betont freundlich und um einen dümmlich netten Ton bemüht. »Wir wollen uns treffen, und sie hat gesagt, dass ich einen CV und ein Motivationsschreiben mitbringen soll. Ein CV ist wie ein Lebenslauf, oder?«

Ich gab mich so blöd, damit er mich nicht als Konkurrenz betrachtete.

Er grinste herablassend. »Klar, wie ein Lebenslauf, nur länger und mit mehr zu deiner Forschung und deinen Präsentationen bei Konferenzen.«

»Präsentationen bei Konferenzen?«

Er sah aus, als müsste er sich verkneifen, die Augen zu verdrehen, aber zumindest schien es ihn aus der Defensive zu holen – ich war keine Bedrohung für ihn hier, würde ihn nicht weniger schillern lassen. »Ich nehme an, du willst diese Stelle, um dich für das Doktorandenprogramm in Psychologie zu bewerben?« Ich nickte. »Tja, dann musst du einige Vorträge bei Konferenzen halten oder vielleicht sogar was veröffentlichen, um mitzuhalten. Ein Doktortitel ist nicht nur College 2.0.«

Er hörte sich eindeutig gern reden. Ich stellte mir schon vor, wie ich mich in sein Wohnheimzimmer schlich und ihm die Schlüssel klaute – Hurrikan-Becky, hier und wieder fort innerhalb einer Nacht. »Ich denke, ich könnte da was Anständiges zusammenbringen – das ganze andere Zeugs habe ich ja, aber nicht so viele Vorträge. Meinst du, du könntest dir mal meinen Entwurf ansehen, wenn ich ihn fertig habe? Mir eventuell ein bisschen helfen?«

Man muss auf die richtige Art fragen. Und trifft man genau den richtigen Ton, bekommt man immer das, was man will.

EINUNDDREIẞIG

»Uns ist klar, dass es für jeden auf dem Campus eine stressige Zeit ist«, sagte Leonard, dessen Gewissen sich regte. Natürlich konnte Chloe nicht wissen, dass die zwei ermordeten Studenten in dem Programm gewesen waren. Solch eine Information einem psychopathischen Studenten zu geben war eine schlechte Idee. Leonard war bereits unwohl, weil Charles es irgendwie herausgefunden hatte oder zumindest vermutete, obwohl ihre zweijährige Beziehung vielleicht dafür sorgte, dass Charles wohler dabei war, ihm Informationen zu entlocken.

Vor sieben Jahren hatte es einen Zwischenfall gegeben, als ein Student in dem Programm, der bei den meisten seiner Kurse durchgefallen war, versuchte, die Uni zu verklagen, weil sie ihn in dieser Studie »gefährlichen Personen« ausgesetzt hatte – dabei hatte er die Bedingungen genau gekannt, als er unterschrieb, und war nie anderen Teilnehmern begegnet. Die Adams hatte ihn lieber entschädigt, als ein Gerichtsverfahren durchzustehen, und ihm erlaubt, in noch mehr Kursen durchzurauschen und trotzdem noch im vorgesehenen Zeitraum seinen Abschluss zu machen. Seitdem hatte Leonard die Einverständniserklärungen geändert, um solchen Situationen vorzubeugen. Ein Risiko blieb aber immer.

Chloe nickte und sah ihn mit großen Augen an. Sie saß im Schneidersitz in dem Ledersessel, den sie meistens für ihre Sitzungen wählte. »Mir tun die Eltern leid.« Taten sie das, oder war sie gut darin, es so wirken zu lassen? In den Sitzungen sagte Chloe nie irgendwas, das nicht klang, als stammte es aus dem Standardrepertoire für Teilnehmerinnen eines Schönheitswettbewerbs. Sie liebte es, über sich zu reden, hielt jedoch sorgsam eine Mauer zu ihm aufrecht, die er bisher nicht durchbrechen konnte. Sie war nicht bereit, irgendwas zu sagen, das sie verwundbar machen könnte. »Denken Sie, dass es Drogen waren?«

»Reden wir nicht darüber, Chloe. Lassen Sie uns etwas über Sie erforschen.«

»Mein Leben ist langweilig! Darf ich Sie stattdessen etwas fragen, damit wir uns kennenlernen?«

»Manche Leute stellen mich gern auf die Probe, um die Aufmerksamkeit von sich abzulenken. Was verständlich ist – Therapie ist nicht jedermanns Sache. Man braucht einen intelligenten, emotional gebildeten Klienten, um wirklich gut darin zu sein.« Wyman unterbrach, um einen Schluck Wasser zu trinken. »Also, möchten Sie über etwas reden, das Ihnen durch den Kopf geht, oder wollen Sie über mich sprechen?«

Sie wurde unruhig. »Können wir über einen verstörenden Traum sprechen, den ich hatte?«

»Ja, natürlich.«

Sie blickte zum Fenster. »In dem Traum war ich in einer öffentlichen Toilette. Ich hatte diesen großen Bluterguss an meinem Rücken. Ein Mann kam in die Toilette und berührte den Bluterguss.« Sie wurde rot. »Es war auf eine schräge Art erotisch. Was denken Sie, was das bedeutet?«

»Ich bin kein Freudianer, muss ich gestehen. Ich neige dazu, Träume für nichts weiter als einen Bildersalat zu halten. War der Mann derselbe, der den Bluterguss verursacht hat?«

»Glaube ich nicht, aber warum sollte ich so reagieren?«

»Tja, was ist ein Bluterguss?«

»Eine Ansammlung beschädigter Blutzellen unter der Haut.«

»Und ein physisches Mal. Es sagt, *Jemand hat mich verletzt.*«

Sie sah ihm direkt in die Augen, und für einen flüchtigen Moment war da ein Ausdruck von echter, intensiver Wut, der gleich wieder verschwand. Und schon war die niedliche Hilflose zurück. »Ich treffe eben eine Menge schlechte Entscheidungen bei romantischen Partnern.«

»Aha?«

»Na, sicher haben meine Mom oder mein letzter Therapeut Ihnen erzählt, was mit Alexei war.« Hier bot sie Brotkrumen an, ein Thema, das sie ausgesucht hatte und über das sie gut reden konnte, weil der Traum zu gefährliches Terrain darstellte. Wollte sie damit ihre »emotionale Bildung« zeigen, mit einigen Missetaten angeben, um ihn mit ihrer Klugheit zu gewinnen?

»Ich weiß ein wenig darüber.«

»Es ist nicht so, wie die Leute sagen«, erklärte Chloe kühl. »Bei allen klingt es so, als wäre er ein Kinderschänder gewesen, aber so war das nicht. Er war dieser junge Lehrer – alle Mädchen waren in ihn verknallt. Und ich war keine unschuldige Jungfrau. Meine Mitfahrgelegenheit hatte mich den einen Tag vergessen, und da hat er mich nach Hause gefahren. Wir haben die ganze Fahrt geredet, und wir hatten so viel gemeinsam.«

»Denken Sie, dass eine Fünfzehnjährige und ein Zweiundzwanzigjähriger viel gemeinsam haben können?«

»Wir waren auf derselben Wellenlänge. Ich hatte vorher schon Freunde, aber da habe ich zum ersten Mal echte Chemie mit jemandem gefühlt. Er war rein zufällig mein Lehrer. Als ich ihn das erste Mal geküsst habe, hat er gesagt, ich darf das nicht. Und ich habe gefragt, ›Warum nicht?‹, und er hat geantwortet, ›Wegen unseres Alters‹. Ich habe wissen wollen: ›Warum müssen wir uns an ein tyrannisches Gesetz halten, das vorschreibt, wie alt man sein muss, um jemanden zu berühren?‹«

»Machen wir eine Übung – ich denke, in der werden Sie gut sein.« Natürlich weckte es ihr Interesse. »Sagen wir, Sie sind nicht einverstanden mit dem Gesetz zur Volljährigkeit. Aber da gibt es das Problem, dass wir in einer Welt leben, in der Regeln existieren, die Ihnen nicht gefallen.«

»Stimmt …«, sagte sie gedehnt, und ihr Tonfall verriet, dass sie nicht verstand, worauf er hinauswollte.

»Was passiert, wenn es diese Regeln gibt und Sie bei einem Verstoß erwischt werden, ob Sie mit den Regeln einverstanden sind oder nicht?«

»Aber ich dachte nicht, dass man uns erwischen würde.«

»Hatten Sie darüber nachgedacht, welche Folgen es für Sie oder für ihn hätte?«

»Ich bin die, über die sich alle das Maul zerrissen haben!«, rief Chloe aus und krallte die Fingernägel in die Lederarmlehnen. »Jeder hat über mich geredet und gemeine Sachen gepostet. Und sie hätten es nicht mal gewusst, wäre er nicht so blöd gewesen.«

»Was meinen Sie? Ich dachte, Ihre Mutter hatte es herausbekommen und der Schule gemeldet.«

»Hat sie Ihnen das erzählt?« Sie inspizierte ihre Nägel, die in einem hellen Lila lackiert waren. »Wie sich herausstellte, hatte Alexei noch was mit einem anderen Mädchen. Sie waren so dumm, in der Schule herumzumachen, im Theaterraum – und jemand hat sie da überrascht.« Der letzte Teil klang verschlagen. Sie konnte nicht umhin, stolz auf sich zu sein. »Die Eltern sind durchgedreht.«

»Was waren die Folgen?«

»Er ist gefeuert worden. Sie haben Artikel über ihn geschrieben, also bezweifle ich, dass er noch mal als Lehrer arbeiten kann. Meine Mom hat versucht, mich in ein Internat zu schicken, was völlig absurd war, denn er war ja gar nicht mehr da.«

»Versucht?«

»Ich wollte nicht«, antwortete Chloe. »Ich wollte meine Stadt nicht verlassen – und ich hatte ja die ganzen Sachen, die ich außer der Schule noch gemacht habe.« Man könnte sie beinahe für ein verträumtes Mädchen halten, das mit denselben Dingen beschäftigt war wie die College-Studenten. Doch Chloes Mutter hatte Leonard erzählt, dass sie Chloe letztlich nicht umgeschult hatte, weil sie Angst hatte, Chloe würde sich dafür irgendwie an ihr rächen.

Jetzt baumelte sie mit den Beinen. »Innerhalb von einer Woche hatten alle den Skandal vergessen. Jemand, der früher auf unserer Schule gewesen war, war über Thanksgiving zu Besuch gekommen – einer der Goldjungen in unserer Stadt. Er hatte einen üblen Unfall, ist mit seinem Wagen über ein Feld und gegen einen Baum gerast. Anscheinend war ein tödlicher Autounfall viel spannender als der Tratsch.«

»Hatten Sie den Jungen gekannt?«

»So halb. Jeder sprach darüber. Der Wagen war explodiert, aber weil es erst mal keiner mitbekommen hatte, ist er verbrannt. Bis sie ihn fanden, war er tot. Ein knusprig gebratener kleiner Scheißer.«

ZWEIUNDDREIẞIG

Tag 20

Das Handy hatte nichts gebracht, deshalb musste ich es direkter angehen. Will hatte mich auf all seinen Online-Accounts gesperrt, was nach dem Chaos, das ich in seinem Haus angerichtet hatte, kein Wunder war.

Der nächste Teil des Plans war beinahe spaßig, und ich konnte ihn auf meinem Handy erledigen, während ich mit den Mädchen zusammen war. Wir probierten in Mollys Zimmer neue Gesichtsmasken aus und redeten über den neuesten Campusklatsch.

Auf meinem Prepaid-Handy lud die Dating-App, von der ich wusste, dass Will sie benutzte. Das Telefon war vor ein paar Jahren eine wichtige Investition gewesen: Ich bezahlte die Karten in bar und schaltete es nie richtig an. Ich ging mit ihm ins Internet, aber erst, nachdem ich eine VPN-App installiert hatte.

Als Erstes richtete ich falsche Accounts in der Dating-App ein, für die ich willkürlich Bilder von heißen Mädchen auf Instagram auswählte und als Beschreibungen ein oder zwei dämliche Sätze wählte, z. b. »Netflix und Chillen« und »Ich hänge gerne ab«. Dann lud ich MassSwipe herunter und wandte es auf alle Profile an, die ich angelegt hatte. Die App wischte nun automatisch bei jedem neunzehn- oder zwanzigjährigen Mann in der Gegend auf Ja, sodass ich eine Liste aller Typen bekam, die einem der Mädchen aus meinem Harem ein Like gaben. Die konnte ich später durchgehen, falls Will auftauchte.

Nach wenigen Minuten sprudelten die Nachrichten.

Ich lehnte mich zurück und versuchte, Fakten von Gerüchten zu trennen, als meine Freundinnen über die Morde redeten.

»Sie wollen eine Ausgangssperre auf dem Campus einführen«, sagte Yessica. Das Gerücht hatte ich bereits gehört. Zwei tote Studenten – Eltern, die zu reden anfingen.

Aber eine Ausgangssperre? Die brauchte ich so dringend wie ein Loch im Kopf.

Mein richtiges Handy meldete einen Texteingang, und ich sah eine Gruppennachricht von Charles, der mich zu irgendeiner Veranstaltung einlud. Ich klickte den Link an und las die Nachricht: Charles war offiziell zum Präsidenten der Studenten gewählt worden, anscheinend ohne die Hilfe meiner Stimme. Ich schickte ihm ein Emoji von einer Sektflasche und fragte mich, ob ich hingehen sollte.

Es war Donnerstagabend, ich hatte Avocado in meinem Gesicht verschmiert und musste anfangen, die ganzen Übereinstimmungen auf meinen Dating-Profilen durchzusehen. Andererseits hatte ich mich gerade erst angemeldet, und wie wahrscheinlich war, dass Will mich gleich liken würde? Außerdem musste ich mich weiter bei Charles einschmeicheln. Also stand ich auf und sagte, dass ich noch auf eine Party ginge, ob jemand mitkommen wolle. Dann halfen mir alle beim Anziehen. Eine Stunde später war mein Gesicht erfrischt, ich trug ein auberginefarbenes Minikleid, dazu die geliehene Silberkette von Yessica und war bereit.

Wir trafen uns zu mehreren vor dem Wohnheim und machten uns auf den Weg zu einem Nachtclub namens SAX. Dort waren überall rote Brokatvorhänge, goldene Farbe auf aufwendigen Holzakzenten und Samtwände. Die Bedienungen liefen in burlesken Outfits herum, und eine seltsame Mischung von Leuten tanzte. Es waren einige junge Leute da, aber auch alte Typen, die aussahen, als würden sie bei der Weltbank arbeiten, und die von verdächtig hübschen Osteuropäerinnen begleitet wurden.

Die Adams-Studenten drängten sich auf der Tanzfläche. Charles stand mit Kristen und Derek in einer Ecke. Ich blieb nahe bei einigen Mädchen, dann sah ich Chad an der Bar, der entweder einundzwanzig sein musste oder einen gefälschten Ausweis hatte, denn sie hatten ihm ein Armband gegeben – Volltreffer! Offensichtlich konnte ich an ein und demselben Abend sozial und produktiv sein. Ich ging hinüber zu ihm, und seine weißen Zähne leuchteten in der Dunkelheit. Er rief etwas und bestellte uns Wodka-Shots.

»Was?«, fragte ich, beugte mich näher zu ihm und legte eine Hand auf seinen Unterarm. Er war behaart und von vorgewölbten Adern durchzogen. Chad wiederholte, was er gesagt hatte, und ich konnte das Lächeln heraushören. Er sah nicht aus wie ein Mörder. Allerdings tat ich das auch nicht.

Ich tanzte mit jedem außer Charles und Kristen. Vielmehr tat ich, als wäre er gar nicht da, obwohl dies seine Party war, denn ich wollte Spaß haben, und das Gravitationszentrum von Spaß war direkt in mir. Chad tanzte natürlich auf die typische Art von kräftigen Jungen, indem er kaum mit dem Kopf nickte. Will konnte ich nicht sehen, aber er war auch nicht in Charles' Verteiler für die Gruppennachricht gewesen.

Wir tanzten im Kreis, und in der Mitte war Derek, der Quatsch machte. Wir lachten wie verrückt und tranken von unseren verwässerten Appletinis und Bieren. Die Musik wummerte, und der Beat schien in meinen Körperflüssigkeiten zu vibrieren. Mein Haar war verschwitzt, aber das kümmerte mich nicht, weil alle hier schwitzten.

Eine Gruppe von Fremden drängte sich auf die Tanzfläche, löste unseren Kreis auf und schob uns dichter zusammen. Ich fand mich direkt an Charles gepresst wieder. In der von Stroboskoplicht durchzuckten Dunkelheit wirkte sein weißes T-Shirt mit V-Ausschnitt schillernd hell. Er bewegte sich nur wenig im Takt, hielt ein Bier an der Hüfte in seiner Hand und wischte sich das schweißklamme Haar mit der anderen aus der Stirn. Ich blickte zu ihm auf. Mir war bewusst, dass sich unsere Körper noch nie so nahe gewesen waren und seine Freundin irgendwo hinter mir sein musste, auf der anderen Seite des Fremdenpulks. Ein kleines Lächeln umspielte seinen Mund, und ich konnte nur einen schmalen Streifen Iris um seine geweiteten Pupillen sehen.

»Tanz!«, sagte ich und machte mich darüber lustig, wie wenig er sich bewegte. Er lachte. Wir berührten uns praktisch schon, weshalb es nicht besonders außergewöhnlich wirkte, als ich seine Hand unten auf meinem Rücken fühlte. Ich schmiegte mich wie selbstverständlich an ihn, folgte der subtilen Richtungsvorgabe seiner Hand. Wir bewegten uns synchron, und ich neigte meinen Kopf, bis ich sein Shirt an meiner Stirn spürte. Dann war sein Bier verschwunden, und er legte beide Hände an meine Hüften. Ich schlang einen Arm um seinen Hals und zog mein Haar mit der freien Hand weg von meiner klebrigen Haut. Nur für einen Moment wagte ich aufzuschauen. Unsere Blicke begegneten sich im blitzenden Licht. Alkoholbedingte Unbesonnenheit überkam mich.

Da waren nur die Musik und Charles, der sich an mich presste. Ich schloss die Augen, wollte es mit all meinen Sinnen erleben: das hypnotische Hämmern der Musik, Charles' Duft, unsere unteren Körperhälften dicht an dicht. Er hatte sein Bein zwischen meine geschoben, und die Reibung fing an, mich wahnsinnig zu machen. Er war hart, wie ich durch seine Hose fühlen konnte. Mir fällt kein anderes Mal ein, dass ich so mit einem Jungen getanzt hatte und er mich nicht küsste. Ich konnte seinen Atem an meinem Hals spüren, und es kam mir wie eine Frage von Sekunden vor, bis seine Lippen meine Haut berühren würden.

Charles, versuchte ich, ihn telepathisch zu rufen. Mir war egal, ob sich herausstellen würde, dass Kristen direkt hinter uns war. Es war egal, weil offensichtlich war, dass wir uns wollten und sie Müll war.

Plötzlich ging scheußlich grelles Licht an, und die Menge stöhnte. »Schluss für heute, Leute!«, rief der DJ. Charles wich von mir zurück, und im nächsten Augenblick war er zur Seite gewandt und sprach mit Derek. Ein Schwall von Menschen strebte zur Tür hinaus, und ich wurde mitgerissen.

Draußen standen alle herum und verabredeten, gemeinsam nach Hause zu gehen oder zu fahren. Ich sah Charles einen Arm um Kristen legen und ihr etwas ins Ohr flüstern, was sie zum Lachen brachte. Ich hasste ihn.

Jemand rief ein Lyft und sagte, wir könnten uns die Fahrt teilen, doch als der Wagen da war, drängelten sich Leute hinein, sodass ich mit Traci draußen in der Kälte zurückblieb. Traci hatte hohe Schuhe an, in denen sie nicht richtig gehen konnte, und sie schwankte – es bestand eine 80-prozentige Chance, dass sie kotzen würde. »Chloeeee … die sind weg!«

Ich rief selbst ein Lyft und berechnete die Kosten, die auf meine schreckliche geheime Kreditkarte laufen würden, zu der es einen Gratis-Burrito gegeben hatte, als ich für sie unterschrieb. Der Wagen sollte in fünfzehn Minuten kommen. »Wir können ihm wenigstens schon mal ein Stück entgegengehen.«

Sie klammerte sich an meinen Arm. »Es ist nirgends mehr sicher!«

»Ich habe das hier«, sagte ich und zeigte ihr eine kleine Dose. »Wespenspray. Besser als Pfefferspray, weil es einem nicht entgegenwehen kann.«

»Ich habe einen Katzenschlüsselanhänger …« *Hicks* »… mit den Ohren kann man zustechen.«

Wir stolperten los. Es war halb zwei Uhr nachts, aber mir kam es sicher vor, weil immer noch Autos auf der New York Avenue unterwegs waren. Trotzdem blickte ich mich um und versuchte, es so aussehen zu lassen, als täte ich es nicht. Erst hinter dem Kongresszentrum packte Traci mich fester. Hier wimmelte es tagsüber von Menschen, aber nachts gab es bloß das riesige Gebäude und nichts und niemanden drum herum. Das ist das Problem: Manchmal scheinen Dinge sicher, bis sie unsicher wirken, und an dem Punkt ist es zu spät. Traci zog ihre Schuhe aus und ging barfuß weiter. Auf einmal schien sie nüchterner.

Uns wird gesagt, dass wir einen männlichen Freund bitten sollen, uns nach Hause zu bringen, wobei alle außer Acht lassen, dass uns ein männlicher Freund vergewaltigen kann. Nimm ein Taxi – aber der Taxifahrer könnte dich vergewaltigen! Nimm ein Uber – doch bei dem ist das Risiko noch größer! Nimm die Metro – freie Fahrt für Vergewaltiger! Was, wenn jeder wie ich wäre, fragte ich mich, und seinen eigenen Will jagte? Würde die Wirtschaft zusammenbrechen?

Als ich in mein Zimmer kam, schlief Yessica vorm Fernseher. Ich hatte noch ihre Kette um und überlegte, ob sie es merken würde, wenn ich vergaß, sie ihr zurückzugeben. Ich kniete mich hin, um sie in den Schuhkarton zu packen, in dem ich meinen Schmuck aufbewahrte, da fiel mir plötzlich etwas ein. Wo war das Armband, das ich in der Nacht getragen hatte, in der ich Will eins mit dem Achat übergebraten hatte? Seitdem hatte ich es nicht wieder getragen. Ich begann, in meinem Wandschrank nach der kleinen Handtasche zu suchen, die ich an dem Abend benutzt hatte.

Ich fand die Tasche und darin das Armband, aber nicht alles, was sonst noch in der Tasche sein sollte. Verärgert schrieb ich Charles. Hast du in der Nacht deiner Party meine Brownies aus meiner Tasche genommen? Da waren zwei in der Tasche. Er war hoffentlich nicht so blöd zu denken, dass ich tatsächlich über Brownies redete. Was fehlte, war die zweite Ampulle Rohypnol, an das man nicht so leicht kommt. (Nicht nur Vergewaltiger kaufen das Zeug, sondern auch Bodybuilder, die es als Anabolikum nahmen. Ich hatte es als Gewichtheber mit dem Usernamen Ripped69 online gekauft.)

Schließlich antwortete er. Du hattest schon einen Brownie gegessen, und ich dachte, das sei genug für dich.

Das waren meine.

Nicht mehr.

DREIUNDDREIẞIG

»Pst«, zischte Chloe. »Du siehst verdächtig aus.«

Unschuldig hielt Andre beide Hände in die Höhe. Sie gingen auf der belebten Siebten den Gehweg entlang, zusammen mit zahllosen anderen Leuten, und sahen wie x-beliebige abgelenkte Studenten aus – Chloe von ihrem Handy, Andre von der Kamera, die er sich umgehängt hatte. Einen ganzen Block vor ihnen war Leonard Wyman in einem langen schwarzen Mantel und mit einer Aktentasche. Andres Observierungsidee hatte, bisher zumindest, nichts ergeben, ebenso wenig wie Chloes neue Freundschaft mit einem der Forschungsassistenten in dem Programm. Ermitteln brauchte Zeit, doch Chloe war ungeduldig. Andre hatte ihr nur widerwillig zugestimmt, Wyman nach der Arbeit zu folgen; er müsste sich nur umdrehen, dann würde er sie entdecken.

»Er textet – ich glaube, er will jemanden treffen«, sagte Andre.

Chloe rammte ihm ihren Ellbogen in die Seite – Wyman war abrupt langsamer geworden und sah verwirrt zu einer Restauranttür. Andre blieb dicht neben Chloe, gab vor, seine Kamera einzustellen, und betete, dass der Mann sich nicht umdrehte. Charles hatte nie gesagt, ob es irgendwelche Folgen gehabt hatte, als er Wyman nach Hause gefolgt war. »Er hat die Restaurants verwechselt. Sieh mal, er geht in das andere«, sagte Chloe, die sich zu ihm drehte und ihn streng ansah. »Warte eine Minute, dann gehst du rein und machst ein Foto von ihm und der Person, mit der er dort ist.«

»Was? Dann sieht er mich!«

»Denk dir einen Vorwand aus! Ich knipse sie von draußen durchs Fenster.« Es war zu spät, sich zu weigern – sie verstand nicht, dass er nicht so gut Ausreden erfinden konnte wie sie und dass er aus logischen Gründen Angst hatte. Das war eine Weinbar, in der Käse und Charcuterie angeboten wurde und Andre komplett fehl am Platze wäre – ganz abgesehen davon, dass er zu jung war. Grundsätzlich waren solche Läden nicht für Leute wie ihn gedacht. Trotzdem war er dort, stand allein in der Weinbar und war sich allzu bewusst, dass sich Wyman gleich links von ihm befand, zum Glück mit dem Rücken zu ihm. Andre bewegte sich auf die Bar zu. Der Barkeeper erklärte einem Paar am anderen Ende der Bar irgendwas sehr ausführlich.

Wyman gegenüber saß ein Mädchen. Andres Herz schlug sehr schnell. Er versuchte, sie unauffällig zu mustern. Sie war im College-Alter, hatte farbloses Haar, ein unscheinbares Gesicht und trug Jeans und einen hellen Sweater, dessen Farbe befremdlich nahe an ihrem Hautton war. Sie hatte die Hände um einen Becher geschlungen und war ganz auf Wyman konzentriert, der redete. Wer war sie? Eine seiner Examensstudentinnen?

Andre hielt die Weinkarte in einer Hand und tat, als würde er sie studieren, während er sich abmühte, seine Kamera einzuschalten. Leute machten Fotos von Karten, oder nicht? Er musste schnell sein, bevor es irgendwer mitbekam. Er zoomte auf das Mädchen und entschied sich für ein kurzes Video anstelle von Fotos. Und er fragte sich, ob er nahe genug herankommen könnte, um zu hören, was sie sagten.

»Darf ich Ihnen eine Kostprobe von etwas bringen?«

Andre zuckte zusammen. Der Barkeeper, ganz in Schwarz,

stand auf einmal direkt vor ihm und lächelte. »Äh …« Er tat, als würde er in die Karte sehen. »Ich hatte auf einen chilenischen Wein gehofft.«

»Wir haben einen wunderbaren Syrah, falls Sie den probieren wollen.«

»Gerne.«

»Sehr schön. Darf ich nur kurz Ihren Ausweis sehen?«

Andre grinste verlegen. »Der ist in meinem Wagen.«

»Alles klar«, sagte der Barkeeper und tippte leicht mit den Fingerknöcheln auf den Tresen, wobei er weiter lächelte.

Andre eilte mit gesenktem Kopf nach draußen und lief an Chloe vorbei. »Ich habe auch ein Foto!«, rief sie, während sie ihm nachrannte. Andre hielt erst an, als sie um den Block waren. Sein Video erwies sich als besser als ihre Fotos, die allesamt im Profil waren. »Kennst du die?« Andre schüttelte den Kopf. »Die habe ich nie gesehen.«

»Guck mal, wie sie sitzen«, sagte Andre. »Wie dicht.«

»Sie kennen sich eindeutig. Meinst du, er hat eine Affäre?«

»Sie ist ungefähr in unserem Alter!«

Chloe schnaubte abfällig.

»Sieh mal«, sagte Andre und zoomte ran, damit sie einen Moment sehen konnte, in dem Wyman dem Mädchen beruhigend die Hand auf den Arm zu legen schien. »Sie könnte eine Patientin sein.«

»Warum sollte er eine Patientin außerhalb des Büros in einem schicken Restaurant treffen? Das ist total unangemessen.«

Gutes Argument. Beide sahen sich das Video noch einige Male an. Andre konnte aus dem Gesichtsausdruck des Mädchens nichts herauslesen und Chloe anscheinend auch nicht. Dann kam ihm eine Idee. »Wie alt ist Wyman? Siebzig oder so?«, fragte er. Chloe nickte. »Sie ist ungefähr so alt wie wir. Was ist, wenn sie seine Tochter ist?«

»Ich bin mir ziemlich sicher, dass er nie Kinder erwähnt hat. Und er ist der Typ, der Bilder von denen in seinem Büro hätte.«

»Ich hätte keine Fotos von meinen Kindern in meinem Büro, wenn ich mit Psychopathen arbeite«, sagte Andre. In dem schwachen Licht waren Chloes Pupillen riesig, wie Katzenaugen. Sie begriff nicht, wie andere Leute sie sehen könnten, wie die sie durchschauen könnten. Als wäre es jemals völlig harmlos, würde sie ein Bild von Wymans Kindern ansehen oder nach ihnen fragen.

»Charles könnte wissen, ob er Kinder hat.« Sie klang wenig überzeugt.

»Und wenn er eine *heimliche* Tochter hat?«

»Sie schienen sich gut zu kennen. Vielleicht war sie früher in seinem Programm. Oder, was die langweiligste Erklärung wäre, sie ist eine Examensstudentin von ihm.«

»Lade sie mit Facebook hoch und warte ab, was auftaucht«, schlug er vor.

»Das habe ich nicht auf dem Handy. Da müsste ich mich bei diesem blöden mobilen Dienst registrieren.«

»Ach, gehen wir eben in einen Computerraum«, sagte Andre. Sie waren lediglich zwei Blocks von einem der beiden entfernt, die durchgehend geöffnet hatten und immerzu nach Cheetos rochen. Andre kannte sie alle, weil es an solch einer Uni immer Orte waren, an die man gehen konnte, wenn man nicht allein sein wollte. Er fühlte sich nicht allein und hatte keine Angst, wenn er mit Chloe zusammen war, stellte er fest. Was überhaupt keinen Sinn ergab, denn wie in aller Welt sollte es ihn sicherer machen, wenn er ein eher kleines weißes Mädchen neben sich hatte? Es war nur, dass Chloe sich dauernd *bewegte*, immerfort nachdachte und plante; man konnte sich leicht in ihren Strudel reißen lassen. Vielleicht lag es daran, dass sie, würde ein Idiot in einer Hockeymaske und mit einer Machete in einem Computerraum aufkreuzen, sich garantiert nicht unter einem Tisch verkriechen und wie ein Mädchen in einem Horrorfilm schluchzen würde. Und das würde sie auch nicht von ihm erwarten. Es war eigenartig leicht, in die Rolle von jemandem mit einem gewaltigen Ego und ohne Ängste zu schlüpfen, weil es sich nicht mal so sehr von der Rolle unterschied, die er in den Jahren gespielt hatte, als er sich sein Leben versaute. Da hatte es ihn nicht interessiert, ob ihm irgendwas Schreckliches passierte, weil das Schlimmste schon geschehen war.

Sie setzten sich jeder an einen Computer. Chloe loggte sich bei Facebook ein, und Andre mailte ihr sein Video. »Versuch es mit ein paar Standbildern und sieh mal, ob sie dieselben Ergebnisse bringen«, schlug Andre vor.

Chloe machte genau das, nahm zwei Standbilder aus seinem Video und öffnete eines ihrer Fotos des Mädchens im Profil. Sie machte drei verschiedene Tabs auf und lud rasch die drei Fotos hoch. Bei allen dreien tauchte derselbe Tag auf: *Ist das Megan Dufresne?* Mit einer Geschwindigkeit, die beinahe Angst einflößte. Chloe öffnete bereits mehr Tabs bei Google und rief Instagram auf.

Andre wandte sich seinem Computer zu und gab »Megan Dufresne Adams University« in die Suchmaske ein. Mit wenigen Klicks hatte er einen Instagram-Account gefunden. Er blickte über Chloes Schulter und sah, dass sie das Facebook-Profil von Megan Dufresne hatte. Hier lachte sie, die Arme um eine Freundin geschlungen. Hier lächelte sie über einem Latte, in dessen Schaum oben ein Herz gemalt war. Andre empfand ein Hochgefühl, weil er etwas vor allen anderen herausgefunden hatte. Das Mädchen auf Chloes Facebook – Megan Dufresne – hatte rotbraunes Haar, nicht das farblose, das sie gerade gesehen hatten.

»Chloe«, sagte er, konnte sie aber nicht auf sich aufmerksam machen, also musste er ihren Kopf zu seinem Computer und der Instagram-Seite drehen, die er für Emma Dufresne gefunden hatte. »Das sind Zwillinge.«

VIERUNDDREIẞIG

Kristen wirbelte hinter ihm herum, machte sich fertig, und Charles konnte es nicht erwarten, dass sie ihr Haus verließ. »Warum bist du noch nicht angezogen?«, fragte sie.

Sie trug ein Herbstkleid, das ihre langen Beine zur Geltung brachte. »Ich habe Kopfschmerzen«, antwortete er und massierte sich die Schläfen.

»Und das passiert zufällig eine Stunde vor dem geplanten Dinner mit meiner Schwester?«

»Ist das heute Abend?«

»Ich habe dich vor Wochen gefragt! Sie ist nur für eine Nacht in der Stadt.«

»Wäre es schlimm, wenn ich nicht mitkomme?«, fragte er.

»Du würdest nur hier sitzen und in die Luft starren.«

»Es ist eine Migräne – ich musste eine zweistündige Sitzung des Studentenrats durchhalten und will mich einfach hinlegen.«

»Ich schätze, dir war nicht klar, dass die Wahl zu gewinnen tatsächlich mehr Arbeit heißen würde.« Sie atmete hörbar aus. »Okay, gute Nacht.«

Oh-oh. Er müsste sie hinterher beschwichtigen, es auf seine gelegentliche Egozentrik schieben, anstatt ihr zu erzählen, was er vorhatte. Das Letzte, was sie brauchte, war eine Erinnerung daran, dass ihr perfekter Freund nicht wirklich perfekt war, sondern eine Vielzahl unappetitlicher Probleme hatte.

Die Tür fiel ins Schloss, und erleichtert, allein zu sein,

blickte Charles auf seine Uhr. Mercer würde gleich hier sein, und tatsächlich klopfte es bald.

Mercer war groß und bullig mit grau meliertem Haar, und hinter ihm war ein kleinerer Mann, den Mercer als Mal, den Techniker, vorstellte. Charles führte sie ins Wohnzimmer und zeigte ihnen Kristens Laptop, der neben seinem eigenen stand. An dem Abend, als sie im *Old Ebbitt Grill* waren, hatte Charles vergessen, nach dem Webcam-Licht zu sehen, bis Kristen sagte, der Computer würde sich komisch benehmen. Und schlagartig hatte Charles einen gruseligen Verdacht gehabt, was los war.

»Die Webcam war seit Monaten kaputt, und dann habe ich gesehen, wie sie von selbst anging«, erklärte er. Mal setzte sich hin, und Charles bedeutete Mercer, ihm in die Küche zu folgen.

»Hat das hier mit der anderen Sache zu tun?«, fragte Mercer.

Ah, die andere Sache! Wills Unfall zu vertuschen, die Bitte, dass Wymans Haus durchsucht wurde, und dann jüngst die, Andre Jensen zu überprüfen. »Da bin ich mir nicht ganz sicher. Es gibt Leute, die mich nicht mögen, und ich denke, Kristen auszuspionieren ist ein Weg, mich empfindlich zu treffen.« Mercer nickte, und Charles folgte ihm durchs Haus, als er mit seiner Suche anfing.

Er überprüfte die Fensterschlösser und die Riegel an der Vorder- und der Hintertür, die beide mit gusseisernen Sicherheitstüren verstärkt waren. Dann stellte er ein kleines Gerät mit einer Wählscheibe an und begann, damit durchs Haus zu schwenken. »Funkfrequenzdetektor«, erklärte er. »Um nach Wanzen zu suchen. Sie können sich ausruhen, Mr Portmont. Ich glaube nicht, dass es lange dauert.«

Charles ging zurück nach oben, setzte sich an den Küchentisch und sah den Techniker an, der an Kristens Laptop arbeitete. Er schob die Kappe von einem Füllfederhalter und zog ein Notizbuch heran.

Michael. Er machte eine Liste aller Leute, von denen er dachte, dass sie mit Michael Kontakt haben könnten, ausgehend von dem, was er aus den sozialen Medien wusste.

Dann erstellte er eine Liste von Kellens Leuten, aber die einzige Überlappung zwischen Michael und Kellen war die, dass sie beide in dem Programm gewesen waren. Kellen könnte, soweit Charles wusste, der gewesen sein, der Michael umgebracht hatte. Oder dieselbe Person hatte beide ermordet. Charles sortierte die Liste von den unwahrscheinlichsten Kandidaten bis hin zu den wahrscheinlichsten.

Elena, dachte er, war am unwahrscheinlichsten. Die angenehme, freundliche Elena, deren Leben von Stipendienbewerbungen bestimmt war. Die Objekte ihrer eigenen Forschung zu töten schien karrieretechnisch unfassbar blöd. Elena war zu klug, um so etwas zu tun.

Dr. Wyman. Charles konnte sich solche Gewalttaten bei ihm nicht vorstellen. Nicht gegen – wie Wyman es ausdrücken würde – *junge Menschen.* Doch bedachte Charles die ruhige, gefasste Art, wie er seine Therapie anging, konnte er sich fast ausmalen, wie Wyman Fragwürdiges tat, wenn er glaubte, es wäre im Interesse seiner Forschung.

Ein bisschen weiter oben auf der Liste standen Wymans Forschungsassistenten. Charles kannte nicht alle von ihnen, weil einige blieben, andere nur ein Studienjahr lang dabei waren. Manche speisten nur Daten ein, aber andere hatten direkt mit den Experimenten zu tun. Sie gaben gute Verdächtige ab, weil sie von dem Programm wussten und Zugang zu einer Liste der Teilnehmer haben dürften. Doch Charles fiel kein Grund ein, *warum* – warum sie und warum jetzt?

Andre. In dem Moment, in dem Chloe stolz ihre Schlussfolgerung enthüllt hatte, dass Andre es unmöglich gewesen sein könnte, hatte Charles sich vorgenommen, ihn sich genauer anzusehen. Ein hagerer Studienanfänger – wie schlimm konnte er sein? Zumal, wenn er gut belegte Alibis für beide Morde hatte. Tja, das war das Problem, oder? Die Alibis waren ein bisschen zu gut, fast so, als wären sie gezielt inszeniert worden.

Charles hatte Mercer gebeten, alles über Andre auszugraben, was er konnte, und wie sich herausstellte, hatte Andre eine Vorgeschichte als »jugendlicher Delinquent«. Bei näherem Hinsehen waren es lediglich einige Schulhofprügeleien, nichts Gewalttätiges oder Ungewöhnliches. Charles selbst hatte ein oder zwei Autos zu Schrott gefahren, als er jünger war, und mehr als herumprobiert, was Drogen anging. Charles hatte Andre in der Cafeteria mit mehreren multiethnischen Freunden gesehen, wie sie eine äußerst absurde Unterhaltung über Politik führten und dass sich alles ändern müsste. Andre hatte aufmerksam zugehört, aber kaum etwas gesagt. Wie Charles wusste, war das ein sicheres Zeichen, dass jemand auf politische Manipulation setzte, sich erst mal bedeckt hielt und vorsichtig war. So jemand würde niemanden töten, dann einen Rettungsversuch vortäuschen und den Notruf wählen. Und er würde kein MRT benutzen.

Will, schrieb er langsam. Nichts an Will schien die Kriterien eines Psychopathen zu erfüllen. Er wirkte nicht wie ein meisterhafter Manipulator und auch kaum impulsiver als der durchschnittliche Verbindungsbruder. Doch Charles kannte offiziell drei andere Psychopathen außer ihm selbst, und keiner schien aus ganz und gar demselben Holz geschnitzt zu sein. Sollte stimmen, was Chloe angedeutet hatte, dass Will imstande war, ein vorpubertäres Mädchen anzufallen und es zu filmen, wäre es statistisch nicht unwahrscheinlich, dass er ein Psychopath *war*. Sollte er hinter diesen Morden stecken, könnte es durchaus sinnvoll sein, Chloe zu helfen.

Aber … *Chloe*. Sie gehörte ganz oben auf die Liste. Er

hatte schon gesehen, wie sie jemandem halb den Schädel einschlug. Doch vielleicht hatte das zwischen ihr und Will nichts mit dem Programm zu tun, und sie hatte auf jeden Fall ehrlich überrascht gewirkt, als er sagte, dass sie in Gefahr waren. Er hatte keine Ahnung, was ihr Motiv sein könnte, und sie hatte solch eine Show daraus gemacht, dass sie eine Waffe zu ihrem Schutz brauchte. Doch sie musste nicht zwingend ein Motiv haben; vielleicht tötete sie einfach gern. Es könnte sein, dass es ihr einen Kick gab, so wie es bei dem CRD-Killer und Richard Ramirez gewesen war. Und niemand würde sie verdächtigen, weil sie ein Mädchen war. Charles *mochte* Chloe. Er fand sie interessant. Möglicherweise interessanter als alles, was ihm seit Längerem passiert war. Ihr Flirten könnte ein Katz-und-Maus-Ding sein, ihr Spielen mit der Beute, bevor sie zuschlug.

Charles nahm sein Handy hervor und googelte sie. Lauter Accounts bei sozialen Medien erschienen. Ihr Instagram war voll mit dem üblichen Kram: Bilder von Essen, Selfies, irgendwelchen Hunden. Keine Hochglanzaufnahmen von Messern oder MRT-Geräten. Bei einem Selfie hielt er inne – sie in einem blutroten Schlauchkleid, wie sie nicht sonderlich scheu in die Kamera blickte. An einer anderen Stelle im Internet hieß es, dass sie Halbfinalistin für ein Stipendium einer nationalen Studienstiftung gewesen war. Charles überflog einige Seiten mit Schrott, bis er auf einen Artikel aus einer Lokalzeitung stieß.

Merrifield-Lehrer unter Missbrauchsverdacht beurlaubt bis zum Abschluss der Untersuchungen.

MERRIFIELD, N.J.: Die Polizei ermittelt zu den Vorwürfen, dass Alexei Kuznetsov (22), Geschichtslehrer an der Merrifield High, sexuelle Beziehungen zu mindestens zwei fünfzehnjährigen Schülerinnen unterhielt. Der Missbrauch wurde entdeckt, als man Kuznetsov mit einem der Opfer auf dem Schulgelände überraschte.

Der Artikel ging noch weiter, aber Chloe wurde nicht als eine der Schülerinnen genannt. Charles scrollte nach unten zu den Kommentaren, und da sah er ihren Namen.

Die betroffene Schülerin ist Chloe Sevre, und sie ist eine #slutcunt.

Tja, eine Schlampenfotze zu sein war noch kein Beweis, dass jemand auch eine Mörderin war.

»Sir?«

Erschrocken blickte Charles auf, und sowohl Mercer als auch Mal sahen ihn an. Letzterer packte zusammen. »Sie hatten recht. Wir haben auf beiden Computern Schadsoftware gefunden. Jemand hat online auf diesen Laptop zugegriffen und die Webcams kontrolliert.«

»Wie lange?«, fragte Charles, der im Geiste alles durchging, was Kristen vor der Kamera gesagt oder getan haben könnte. Erst letzte Woche hatten sie im Wohnzimmer Sex gehabt.

»Schwer zu sagen. Jetzt ist alles beseitigt, und ich habe neue Software installiert, die helfen sollte.« Charles bedankte sich bei ihnen und begleitete sie zur Tür. Er empfand leichte Panik und versprach Mercer, dass er sich melden würde, sollten sich neue Entwicklungen ergeben. Was, wenn jemand sie aufgenommen hatte? Ihre privaten Unterhaltungen belauscht hatte? Wie konnte das schon wieder geschehen?

Cybertyp, schrieb er. Letztes Jahr war Charles gehackt worden, hatte jedoch nie gesehen oder erfahren von wem. Er wachte bloß eines sonnigen Morgens auf, weil seine Bank anrief und ihm mitteilte, dass es seltsame Belastungen auf seiner Kreditkarte gegeben hatte: Jemand hatte in Waco in Texas ein Quad gekauft, Windeln im Wert von tausend Dollar und ein Dreijahresabo für eine Hardcore-Schwulenporno-Website. Verrückt, aber nicht ungewöhnlich für einen normalen Kreditkartendiebstahl. Er war gerade fertig geworden, sämtlichen Käufen zu widersprechen, als sein Handy den Dienst einstellte. Es dauerte eine Stunde, alles von Kristens Haus aus zu regeln, denn sein Smartphone-Account war gelöscht worden und sein Passwort wurde nicht mehr angenommen. Immer wieder hieß es, er, Charles Portmont, wäre nicht Charles Portmont. Als Nächstes konnte er mit seinem Studentenausweis nicht mehr in die Bibliothek kommen, weil alle Daten auf der Karte gelöscht waren. Und während er sich um ein Dutzend Anchovi-Pizzas kümmern musste, die zu seinem Apartment geliefert wurden, rief sein Vater wütend an, weil seine eigene Kreditkarte mit einer Reihe von Käufen belastet worden war, die anscheinend von seinem missratenen Sohn getätigt wurden.

Nichts ergab einen Sinn, bis sein Handy endlich wieder freigeschaltet war und er einen Schwall Textnachrichten von Daisy erhielt. Daisy war ein Mädchen, das Charles kaum kannte, das ihn jetzt aber wirr um Hilfe bat, was ihm erst begreiflich wurde, als er erfuhr, dass sie beide gleichzeitig gehackt worden waren.

Sie schickte ihm Screenshots von Hunderten von Textnachrichten, die von blockierten Nummern kamen und sie als Hure und Schlampe titulierten, sowie erboste Nachrichten von Freunden, die plötzlich wütend auf sie waren. Ihre Accounts auf den sozialen Medien waren gekapert worden und posteten Nacktbilder von ihr – oder angeblich von ihr –, zusammen mit Angeboten für kostenlosen rauen Sex, gefolgt von ihrer Telefonnummer.

»Ich weiß nicht, wer das macht«, hatte sie auf seine Mailbox geschluchzt. Charles hatte die Aufnahme sofort gelöscht. Soweit Kristen wusste, griff jemand grundlos ihren Freund an – eventuell hatte es mit der politischen Haltung seines Vaters zu tun. Aber sie hatte noch nicht herausgefunden, was Charles bereits erkannt hatte, weil sie nicht alle Informationen besaß. Jemand da draußen wollte etwas von Daisy, und Charles hatte dummerweise betrunken mit ihr herumgemacht. Das musste derjenige gesehen haben und richtig sauer geworden sein. Plötzlich war Daisy zu Charles' Problem geworden. In seiner Ratlosigkeit schlug er die einzige Lösung vor, die ihm einfiel: Er entwarf eine E-Mail und schrieb: Ich gebe dir Geld, wenn du mich in Ruhe lässt. Am nächsten Tag war der Entwurf noch da, allerdings war unten eine neue Zeile hinzugefügt: $10.000 Hierauf folgten Instruktionen, wie das Geld in Kryptowährung umgetauscht und auf ein anonymes Konto überwiesen werden sollte. Kaum hatte Charles es getan, hörten die Angriffe genauso schnell auf, wie sie angefangen hatten.

Als Charles erstmals von den Morden an Michael und Kellen erfuhr, hatte er prompt den Cyberangreifer in Verdacht gehabt. Doch jetzt, da er Zeit zum Nachdenken gehabt hatte, war er sich nicht mehr so sicher. Der Cybertyp hatte versucht, seine Noten zu verschlechtern, seine Familie wütend auf ihn zu machen und in Charles' E-Mails nach wenig schmeichelhaften Dingen gegraben, die er über Kristen gesagt hatte, um sie ihr zu schicken. Er tat *alles*, außer ihn als Teilnehmer des Psychopathen-Programms zu outen. Der Hacker hätte ihn vor der gesamten Uni entlarven können und konnte nicht wissen, dass Charles seiner Freundin schon von seiner Diagnose erzählt hatte. Warum sollte er diesen einen Fakt für sich behalten, aber alles andere gegen ihn benutzen? Er hatte angenommen, dass es bei dem Angriff um Daisy gegangen war, doch vielleicht war von Anfang an *er* das Ziel gewesen. Charles hatte bei Google Scholar ein wenig über Internettrolle recherchiert und eine Studie entdeckt, laut der diese Trolle nicht bloß weit hinten im Spektrum der Psychopathen rangierten, sondern auch in dem der Sadisten.

Charles kaute auf dem Ende seines Kulis, ehe er widerwillig einen weiteren Namen auf seine Liste setzte. *Emma.* Er griff nach seinem Handy und rief die letzte Textnachricht von Chloe auf. Ein Bild von Emma erschien, dazu die Worte Kennst du dieses Mädchen? Er kannte dieses Mädchen. Und sie war in dem Programm. Wie hatten Chloe und Andre es geschafft, sie aufzuspüren?

In seinem ersten Jahr an der Uni war ihm Emma nicht aufgefallen, als sie zusammen im Einführungskurs Philosophie saßen. Sie hatte strähniges Haar, eine schlechte Körperhaltung und war insgesamt kein Hingucker. In einer Diskussionsgruppe hatte Charles sie manchmal ertappt, wie sie ihn anstarrte. Das kam vor; Charles wusste, dass er gut aussah. Er hatte nie mitbekommen, dass sie mit anderen Studenten redete oder bei irgendwelchen Partys oder Campus-Veranstaltungen war. Einmal war er durch den Bereich vor dem Campuscenter gegangen, wo Picknicktische standen, die größtenteils vollbesetzt mit sich unterhaltenden, lachenden Studenten gewesen waren. Emma hatte ganz allein an einem Tisch am Rand gesessen, mit dem Rücken zu den anderen. Sie hatte nicht, wie es auf den ersten Blick schien, ins Leere geschaut, sondern eine Spinnerraupe beobachtet, die an ihrem Seidenfaden von einem nahen Baum hing. Die dumme Raupe war auch traurig – ein doofes kleines Ding, das wahrscheinlich bis zum nächsten Morgen tot wäre.

Aus einer Laune heraus hatte Charles sich zu ihr gesetzt und Mittag gegessen. Jetzt war er ziemlich sicher, mit dieser unbedeutenden Geste bewirkt zu haben, dass sich Emma in ihn verliebte, was noch trauriger war. Dann, eine Woche später, als er in einem der Klavierräume im Albertson-Gebäude übte, hatte er sie erwischt, wie sie ihn durch das Fenster in der Tür beobachtete. Er hatte die Tür geöffnet und war ihr nachgelaufen, als sie zu fliehen versuchte, weil er die Sache klären wollte.

»Ich bin auch in dem Programm«, hatte sie gesagt, was ihn sprachlos vor Schreck machte. Zuerst dachte er, sie wollte ihm drohen, aber dann ging ihm auf, dass sie lediglich etwas mit ihm gemeinsam haben wollte. Sie hatte ihn einmal mit Wyman reden gesehen und mitbekommen, wie er ein Mood-Log auf seiner Smartwatch beantwortete. Allerdings entsprach Emma nicht seiner Vorstellung von den Teilnehmern. Er dachte, Psychopathen sollten … nun ja, wie er sein. Charmant, charismatisch und fähig, von anderen das zu bekommen, was sie wollten. Sie schien eher wie jemand, der eine Maus nahm und sie in heißes Wasser tunkte, um Tee zu kochen.

Obendrein erfasste Emma das Konzept des Programms nicht so gut wie Charles, und es schien ihr egal. Sie hatte offensichtlich keine Lust zu lernen, wie man Emotionen las oder mit seinem Handeln andere Leute weniger verstörte. Sie interessierten bloß ihr Abschluss (Hauptfach Philosophie) und ihr Hobby (Fotografie) – die einzigen Dinge, bei denen sie aufzuleben schien. Sie besaß keinen Funken Charme, aber was war es an ihr, das in Charles eine tiefe Traurigkeit hervorrief und sogar seinen Beschützerinstinkt weckte?

Er war nicht mit Emma *befreundet*. Dafür käme sie niemals infrage. Aber sie war irgendwie eine verwandte Seele, und er wollte lieber denken, dass Chloe und Andre sich irrten und Emma keine Verdächtige sein konnte. Dennoch musste er einige Fakten berücksichtigen, bei denen ihm nicht wohl war.

Emma hatte bereits bewiesen, dass sie herausfinden konnte, wer in dem Programm war. Eigentlich wusste Charles nichts über sie, außer dass sie im Hauptfach Philosophie studierte und eine Schwester hatte, die auf der American war und ihr nicht sehr nahestand. Und noch etwas wusste er: dass Emma in ihn verliebt war. Und sie ihm mindestens einmal gefolgt war. Konnte es sein, dass Emma und der Hacker ein und dieselbe Person waren? Charles widerstrebte der Gedanke, auch wenn ihm kein rationaler Grund einfiel, warum.

Wenige Stunden später hörte Charles, wie Kristen vor der Haustür ihre Schlüssel fallen ließ. Er rannte hin, um ihr zu öffnen, und setzte eine zerknirschte Miene auf. Kristen hatte eindeutig einige Gläser Wein zum Dinner gehabt. Er folgte ihr in die Küche, wo sie ihre Jacke auszog und ihre hohen Schuhe abstreifte. »Du bist doch nicht alleine nach Hause gegangen, oder? Hör mal, es tut mir leid«, sagte er.

Sie betrachtete ihn stumm. Charles nahm sie in die Arme und küsste sie aufs Haar. »Ich bin ein Arsch.« Er musste den Ton richtig hinbekommen – sanft, nur wenig mehr als ein Flüstern.

Kristen stemmte sich von ihm ab, um ihm ins Gesicht zu sehen. »Was genau tut dir leid?«

»Mir tut leid, dass ich nicht mit dir und deiner Schwester zum Essen gegangen bin, wie ich gesagt hatte.«

»Ach ja?«, fragte sie. Sie provozierte ihn zu lügen, denn sie wusste zu gut, wie er tickte. »Hast du wirklich Migräne gehabt?«

Er überlegte, kalkulierte. »Nein, ich wollte nur nicht.«

»Und warum hast du das nicht gleich gesagt, als ich dich gefragt hatte?«

»Weil ich dachte, du willst, dass ich zusage.«

»Also tut es dir *nicht* leid.«

»Mir tut leid, dass ich etwas getan habe, was dich verletzt.«

Es funktionierte nicht. Die meisten Mädchen waren einfacher als Kristen. Jetzt folgte er ihr mit traurigen Augen durch die Küche. Als sie sich ein Glas Wasser einschenkte, legte er von hinten die Arme um sie. »Kannst du mir verzeihen?«, fragte er leise und küsste sie in den Nacken.

Sie stellte ihr Glas hin und stützte die flachen Hände auf die Arbeitsfläche. »Weißt du, jedes Mal, wenn du mich enttäuschst, liebe ich dich ein bisschen weniger.« Kristen ging weg von ihm und setzte sich auf die Couch. Die Worte schmerzten auf exakt die richtige Art.

»Ich möchte nicht, dass du wütend auf mich bist«, sagte er und blieb in ihrer Nähe, wie ein Satellit in ihrem Orbit.

Schließlich setzte er sich neben sie und presste sein Bein an ihres. Sie schaltete den Fernseher ein und lud eine alte Folge von einer Kuppelshow für Farmer – Charles hasste die Sendung. Und er empfand einen tiefen Widerspruch in sich: Es war ihm egal und gleichzeitig wieder nicht, wie Leute ihn sahen. Er wollte tun, was er wollte, aber zugleich wollte er bewundert werden. Es führte manchmal zum Streit mit Kristen, doch sie liebte ihn auch. Wie viel von alledem war seine Schuld? Er war so geboren, und es war alles genetisch, oder hatte ihn das Aufwachsen in seiner Familie so gemacht? Der Vorfall im *Old Ebbitt Grill* war nicht überraschend, bedachte man, dass sein Vater seit Jahren ein funktionierender Alkoholiker war.

Als Charles ihr von seiner Diagnose erzählte, hatte Kristen Angst bekommen. Die ersten zwei Monate ihrer Beziehung waren turbulent gewesen, aber dann hatte er ihr nach vielen Beratungen mit Wyman die Wahrheit gesagt. *Psychopath* war lediglich ein Wort, bei dem man an wahnsinnige Mörder dachte, die mit einer Axt herumliefen, nicht an einen Kommilitonen im ersten Studienjahr, der aus einer reichen Familie kam, auf einem angesehenen Internat gewesen war und Freunde, Interessen und anständige Noten hatte. Zu Charles' Überraschung hatte sie nicht angeekelt reagiert, sondern etwas über die Diagnose nachgelesen und ihm Fragen gestellt. Sie waren einfach zu gut zusammen, als dass dies hier einen Keil zwischen sie treiben durfte.

Charles streckte einen Arm auf der Couchlehne hinter ihr aus. Bald kam ein kleiner Kuss auf ihr Ohr. Dann ein Streichen über ihr Haar. Er wartete auf ein Zeichen der Zustimmung. Sie wechselte die Fernsehkanäle, sah sich die Nachrichten über die Demos an, die noch den Lafayette Park unten am Weißen Haus füllten. Charles beugte sich zu Kristen und küsste sie hinterm Ohr. Seine Hand landete auf ihrem Knie. Er ließ seine Lippen über ihren Hals wandern. Für einen Moment schloss sie die Augen. Charles wusste genau, wie er sie berühren musste. Kristen legte eine Hand an seinen Hinterkopf. »Süßer, du bekommst heute Nacht definitiv nichts. Du hast es dir verscherzt, und das ist nicht so schnell vorbei.«

FÜNFUNDDREIẞIG

Tag 16

»Magst du M&Ms?«, fragte mich die Forschungsassistentin.

»Ja?«, antwortete ich.

»Setz dich.« Auf dem Schreibtisch vor mir in dem Versuchsraum stand eine blaue Schale mit einer roten Markierung innen. Die Forschungsassistentin schüttete eine Tüte mit Mini-M&Ms hinein, sodass sie bis zur roten Markierung gefüllt war. »Du kannst diese Süßigkeiten essen, wenn du willst und so viel du willst. Bleib eine Stunde hier, spiel mit deinem Handy, lies eine Zeitschrift.« Hier lagen einige alte Ausgaben von *Self* und *Psychology Today*. »Aber wenn du keine isst, bis ich zurück bin, kannst du alle in der Schale und noch eine zusätzliche Tüte haben. Verstanden?«

Hatte ich. Sie ging, und ich schaute mich nach einer versteckten Kamera um. Es gab kein verspiegeltes Fenster, die Tür war sicher verriegelt, und ich hatte mein Wespenspray in der Jeanstasche. Ich legte die Füße auf den Tisch, aß absichtlich M&Ms und spielte Dog Dash auf meinem Handy. Dann öffnete ich meine Dating-App und löschte Typen – bisher kein Will. Ich las einen Artikel in *Self* über zehn Schritte zum perfekten Make-up-losen Make-up.

Was machst du heute Abend?, kam plötzlich eine Textnachricht. Chad!

Nicht viel. Du?

Als noch zehn Minuten von dem Experiment blieben, kramte ich in meiner Handtasche. Ich hatte ein paar Notizzettel dabei, die ich zerknüllte und nach einigem Probieren unten in der Schale verstecken konnte, sodass die Süßigkeiten wieder die rote Markierung erreichten. Als die Forschungsassistentin zurückkam, rief sie aus: »Du hast es geschafft! Einige Leute können das nicht!« Sie belohnte mich mit einer frischen Tüte, als Chad wieder schrieb. Treffen wir uns auf Drinks?

Ich verließ das Gebäude ganz auf mein Handy konzentriert, weil ich die Logistik mit Chad klärte. Wir hatten uns eben auf ein Restaurant geeinigt, als ich eine Benachrichtigung bekam: noch ein Match auf der Dating-App. Ein gewisser Lacrosse-Spieler! Ich hetzte nach Hause, um mich umzuziehen, zwang mich aber zu warten, bevor ich Will antwortete. Mir blieben nur noch gut zwei Wochen bis zum D-Day, trotzdem wollte ich nicht zu eifrig wirken, weil er dann misstrauisch werden könnte.

Ich überlegte noch, was ich schreiben sollte, als eine Nachricht von Will aufleuchtete.

Süßes Bild, schrieb er.

Lol. Hast du den Fisch selbst gefangen? (Aus unerklärlichen Gründen hatte er ein Foto von sich geschickt, auf dem er einen Fisch in den Händen hielt, vermutlich bei einem Angelausflug aufgenommen.)

Nee, ist mir direkt in die Arme gesprungen.

Ist es nuttig, mit einem Jungen zu schreiben, wenn man unterwegs ist, einen anderen zu treffen? Vielleicht nicht, wenn man vorhat, einen von ihnen zu töten.

Ich traf Chad in einem Restaurant in der Neunten, nachdem er ein »Meeting« beendet hatte. Es war einer dieser dunklen Läden, in denen das meiste Licht von den Teelichten in den Sitznischen kam. Chad hockte an der Bar und redete mit dem Barkeeper. Er lächelte strahlend, als er mich sah. Mich erinnerte er an Gaston aus *Die Schöne und das Biest*, nur mit hübscherem Haar.

»Ich kenne den Barkeeper hier«, sagte er und führte mich zu einer Nische, wo er sich neben mich setzte, nicht mir gegenüber.

Ich fragte ihn, was für ein Meeting er gehabt hatte, und er redete endlos über Hurrikan-Hilfen und wie die Verbindung sich bemühte, möglichst viele Hilfsgelder einzuwerben. Wozu? Der nächste Hurrikan kam sowieso – wir sollten den Leuten lieber Schwimmen beibringen.

Wir bekamen Biere, und ich fing an, behutsam vorzufühlen. Jedes Mal, wenn ich subtil zu ergründen versuchte, ob er im Programm war oder nicht, wechselte Chad das Thema – zu Sandwiches oder Astronomie. Entweder war er ein böses Genie oder ein gut aussehender Schwachkopf. Ich drehte das Flirten ein bisschen auf, als wir halb mit den zweiten Drinks durch waren.

»Mir gefällt deine Uhr«, sagte ich und untersuchte sie spielerisch, wobei ich eine seiner großen Hände berührte.

»Die habe ich bei Groupon gesehen und dachte, ich hole mir eine.«

Eine Lüge? Und warum hasste Charles ihn? Das machte es umso spannender. »Die ist nett«, sagte ich. Ich sah ihn an, und unsere Blicke begegneten sich. »Und was machst du so, wenn du nicht gerade die Welt rettest?«

»Hauptsächlich Gewichtheben. Tough Mudders. Ich trainiere für die Crossfit-Meisterschaften.«

»Bei Crossfit gibt es Meisterschaften?«

»Oh ja, und die sind heftig!«, antwortete er grinsend. »Aber die SAE kostet mich eine Menge Zeit. Da ist eine Menge zu organisieren, wie eben die Hurrikan-Sache.«

»Wohnst du in dem Verbindungshaus?«, fragte ich und rümpfte die Nase.

»Jetzt hör mal auf«, sagte er und knuffte mich in die Seite. »Mein Zimmer ist jedenfalls ordentlich, und ich wohne mit all meinen besten Freunden zusammen.«

»Leben nicht alle Verbindungsbrüder da?«

Er schüttelte den Kopf. »Wenn man aufgenommen wird, ist Auflage, dass man erst mal dort wohnt, aber nach dem ersten Jahr kann man ausziehen. Ich versuche, dafür zu sorgen, dass sich auch danach noch jeder dazugehörig fühlt. Wir sind jeden Tag in dem Haus. Es ist wie eine Familie. Wir alle haben Charles bei seiner Wahl unterstützt. Marty hat das Design für seine Plakate gemacht, ich habe bei der Kampagne geholfen, und Will hat die Lacrosse-Stimmen besorgt.«

»Will?«, fragte ich.

»Blonder Typ? Im Lacrosse-Team?«

»Ah, stimmt, der. Hängst du viel mit ihm rum?«

»In letzter Zeit mehr, würde ich sagen. Er ist schon sehr oft im Haus.« Hatte er vielleicht zu viel Angst, in seinem Haus zu sein?

Ich schnippte mit den Fingern, als wäre mir eben etwas eingefallen. »Oh, einer von deinen neuen Verbindungsbrüdern ist in meinem Biokurs. Wir haben zusammen ein Ferkel seziert. Reek?«

Chad sah verwirrt aus, dann schien er ein wenig verärgert. »Milo, meinst du. Mir gefällt dieser Spitzname nicht, aber die Brüder wollen nicht damit aufhören.«

»Er ist ein Netter.«

»Und wie! Er ist auch richtig klug. Ich hoffe, er bleibt.« Chad war anscheinend meisterhaft darin, Informationen preiszugeben, die per se nichtssagend waren. Wieder lächelte er, diesmal mehr, als würde er flirten. »Apropos Partys. Ich fasse nicht, dass du dich nicht von Charles' an mich erinnerst.«

»Hatten wir da geredet?«

Er trank von seinem Bier. »Ich bin sofort auf dich geflogen.«

»Nicht dicht genug ran, wie es scheint.«

»Hätte ich eine Chance gehabt?«

»Ich bin sicher, dass du eine andere gefunden hast.«

»Am Ende habe ich mit sechs anderen Leuten auf dem Fußboden gepennt.«

Ich fühlte ein Hitzeknistern, ein Jucken tief in mir. All dieses vorsichtige Leben hatte eine bedenkliche Delle in meinen sozialen Austausch getrieben, was bedeutete, dass ich nicht genug Eiweiß bekommen hatte. »Ich habe in der Nacht allein geschlafen.« Plötzlich hatte ich ein Bild im Kopf. Wie ich vor Charles stand und nur sein Hemd anhatte. Ich malte mir aus, wie er die Hände ausstreckte und langsam die Knöpfe öffnete, seine Finger über meine nackte Haut glitten.

»Was für ein Jammer«, sagte Chad ernst.

Und auf einmal wollte ich, dass Chad mich vögelte. Ich wollte von seinem Gewicht erdrückt werden. Ich wollte, dass er von mir so verblüfft war wie die antiken griechischen Soldaten, die auf Medusa trafen.

Ich schlang einen Arm um seinen Hals und zog seinen Mund auf meinen. Er roch nach holzigem Eau de Cologne und war kein schlechter Küsser. Wir knutschten, und das Jucken wurden schlimmer. Er umfing mich mit seinen Armen, nahm mich quasi ein, und ich rieb meine Beine an seinen. Schließlich unterbrach ich den Kuss, um zu murmeln: »Gehen wir woandershin.«

»Klar«, sagte er. »Heute Abend ist keiner im Haus.« Hastig verließen wir das Restaurant.

Chad hatte das größte Zimmer ganz oben im Verbindungshaus. Es war erschreckend aufgeräumt, mit einem frisch bezogenen Bett und geordneten Bücherregalen. Er drückte die Tür zu, und wir machten gleich wieder rum. Eine seiner großen Hände war unter meiner Bluse. Ich schloss die Augen, warf den Kopf in den Nacken und fühlte seinen Mund auf meinem Hals.

Ich packte seine Schultern und schob ihn zurück, bis er auf seinem Bett saß. Dann zog ich mein Kleid aus und stellte fest, dass ich ein perfektes Spiegelbild von mir in dem dunklen Fenster hinter dem Kopfende des Betts sah.

Wir beide zogen mir den BH aus, und ich ließ ihn mich ansehen, bevor ich an seinem Shirt zerrte, sodass er seine Jacke, den Pullover und schließlich das T-Shirt abstreifte, um muskulöse Schultern und sonnengebräunte Haut zu entblößen. Er hatte ein wenig Brustpelz – von dem ich kein Fan bin –, aber nicht viel. Und er zog mich näher, seinen Mund auf meinem. Ich stieß ihn zurück und sagte: »Keine Schuhe auf dem Bett!«

Grinsend bückte er sich, um seine schwarzen Schuhe auszuziehen, und sah mich erwartungsvoll an. »Hose«, wies ich an. Er wand sich aus seiner Jeans und ließ sie auf den Boden fallen. Ich zog meinen Slip aus und stieg aufs Bett, wo ich ihn schubste, damit er sich auf den Rücken legte. Ich positionierte ihn zwischen meinen Beinen, und er begann rhythmisch seine Hüften zu kreisen, aber es war ohnehin nicht so, als bräuchte ich jetzt noch irgendwelches Vorspiel.

Ich war schon fast so weit, ihn in mich hineinzudrücken, als er mich mit einer Hand festhielt und lachte. »Warte kurz, ich brauche ein Kondom.«

»Ich verhüte«, sagte ich ungeduldig, als er in seinen Jeanstaschen kramte. Aber ich konnte ihm seine übertriebene Korrektheit vergeben, weil er das Kondom richtig schnell übergezogen hatte und sich in mich versenkte. Ich rang nach Luft und vergrub mein Gesicht an seinem Hals.

»Ist das okay?«, murmelte er.

Ich knabberte an seinem Ohr, rieb über seine Muskeln und schubste ihn wieder auf den Rücken. In seinem dunklen Fenster konnte ich unsere Spiegelung sehen. Mein Haar sah wild aus. Er hob die Hände, um mich anzufassen, während sich unsere Körper im Takt bewegten. Ich beugte mich nach unten, um ihn zu küssen, wobei ich seine Zähne hinter seinen Lippen fühlte. Ich schlang die Finger um seinen Hals.

Sonnenlicht und Vogelzwitschern weckten mich. Chad war an meinen Rücken geschmiegt und hatte einen geäderten Arm über meine Brust gelegt. Ich gähnte, und sein Magen knurrte laut. Chad lachte. »Ich habe mich eben selbst geweckt. Frühstücksburrito?«

»Klar.« Ich fischte mein Handy aus der Handtasche. Es gab einige Benachrichtigungen, und jemand hatte mir ein Foto geschickt. Verwirrt sah ich es an. Das war ich, schlafend vor gestreiftem Hintergrund. Dasselbe Muster wie Chads Bettwäsche. »Oh Scheiße!«, schrie ich.

Chad, der sich gerade seine Hose anzog, erstarrte vor Schreck. »Findest du das witzig?« Er tat, als würde er mich nicht verstehen, und ich schleuderte ihm mein Handy ins Gesicht. Er fing es verblüffend sicher auf und blickte das Foto an. Ich beobachtete ihn genau, doch er sah wirklich verwirrt aus.

»Aber das ist mein …« Entsetzt sah er zu mir. »Chloe, ich habe das nicht geschickt. Das ist nicht mal meine Nummer!«

»Gib mir dein Handy«, befahl ich. Wortlos entsperrte er es und reichte es mir. Seit wir uns gestern verabredet hatten, hatte er keine Nachrichten mehr versendet. Und er *hatte* tatsächlich wegen der SAE-Zeremonie an Charles geschrieben – keiner von ihnen hatte gelogen. Ich gab ihm das Telefon zurück und suchte hastig meine Sachen zusammen. Chad kam auf mich zu. »Ist deine Tür überhaupt abgeschlossen?«

»Warum soll ich in meinem eigenen Haus meine Tür abschließen?«, fragte er verständnislos. Ich blickte hinter ihn und sah, dass seine Fenster beide einige Zentimeter weit offen waren. Gott, Chad müsste man sein und sich nie Sorgen machen wegen ungesicherter Türen! Die Vorstellung, dass sich jemand hier eingeschlichen hatte, während ich wie eine Idiotin schlief … mich beobachtete und ein Foto machte. Ich zog mein Kleid an. »Die einzige vernünftige Erklärung, die mir einfällt, ist, dass einer von den Jungs es witzig gefunden hat.«

Einer von den Jungs. Einer von den Jungs mit Zugang zum Haus. Ich war zu wütend, um zu sprechen.

Er legte die Hände auf meine Schultern. Hätte er es nicht wie ein perfekter Gentleman getan, ich hätte ihm einer Gottesanbeterin gleich den Kopf abgebissen. »Es ist *nicht* witzig«, sagte er. »Das ist richtig uncool. Eine Verletzung unserer Privatsphäre, und ich werde ein ernstes Wort mit ihnen reden.«

Was, wenn es Will war? Will war hier gewesen. Warum denke ich nicht nach, ehe ich Scheiß mache? »Ich bin fertig. Ich gehe nach Hause.«

Er machte große Augen. »Das verstehe ich. Tut mir leid. Ich hoffe, du bist deshalb nicht sauer auf mich.«

»Man sieht sich.«

SECHSUNDDREIẞIG

Andre betrachtete die Fotoreihe vor sich und widerstand dem Drang, zu den Detectives zu sehen, die ihm gegenübersaßen und ihn aufmerksam beobachteten. »Lassen Sie sich Zeit«, sagte Bentley – der Nette.

Sollte er Seans Rat befolgen und einfach irgendwen aussuchen, damit sie sich nicht auf ihn einschossen? »Tut mir leid«, sagte Andre. »Ich sehe ihn nicht.«

Bentley wirkte enttäuscht, und Deever, der zweite Detective, sah genervt aus. »Ist schon okay.«

»Ich will nichts Falsches sagen, aber ich sehe ihn nicht.«

»Wir können noch andere Fotos zusammenstellen«, sagte Bentley.

»Hat das mit diesem anderen Jungen mit dem MRT zu tun?«, erkundigte sich Andre.

»Glauben Sie das?«, fragte Deever.

»Alle reden darüber. Läuft jemand auf dem Campus herum und tötet Adams-Studenten, oder ist das eine größere Nummer?«

Plötzlich sprang Bentley auf und begann, hektisch in Papieren und Fotos auf seinem Schreibtisch zu suchen. Er hielt Andre ein Foto vor die Nase. Weiße Haut, ausgeprägte Wangenknochen, zerzaustes Haar. »Ist das der Typ?«, fragte er im selben Moment, in dem Andre sagte: »Das ist er!« Bentley wollte von ihm wissen, ob er sich sicher war, wirklich *sicher*.

»Absolut.«

»Warten Sie, ich habe noch andere Bilder.« Er kramte noch ein halbes Dutzend Fotos hervor, und die im Profil machten Andre vollkommen sicher.

»Das ist der Typ, den ich gesehen habe.«

Bentley stemmte die Hände in die Hüften und sah Deever mit so etwas wie erschöpfter Zufriedenheit an. »Es ist Kellen.«

»Kellen?«

»Kellen!«, rief Andre, bevor ihm bewusst wurde, dass ihm der Name eigentlich nichts sagen durfte.

Andre eilte über den Campus und schrieb dabei Textnachrichten. Chloe und er hatten geplant, sich trotz allem in der Bibliothek zu treffen und ihre Notizen auszutauschen. Andre hatte an einer Liste von früheren Studenten Wymans gearbeitet und sie auf jene eingegrenzt, die in den CRD-Jahren an der Uni gewesen waren und eventuell etwas zu den neuen Morden sagen konnten. Chloe hatte gesagt, dass sie »tief« in die Internetpräsenz der Dufresnes eintauchen wollte.

Tagsüber wimmelte es in der Bibliothek immer von Studenten, die Kaffeebecher mit sich herumtrugen und nach einem freien Sitzplatz suchten. Trotzdem hatte Andre jedes Mal, wenn er den Fahrstuhl nahm, eine Hand nahe an seinem Messer. All die Morde waren passiert, als das Opfer allein war, überlegte er. Ähnlich wie in einem Horrorfilm gab es Standardregeln: Wirst du allein erwischt, stirbst du. Er hoffte allerdings, dass die Regel mit dem schwarzen Jungen nicht stimmte.

Chloe wartete in einem privaten Leseraum im vierten Stock, wo die Dissertationen lagerten, und wollte dringend über Kellen reden, der am Tatort gewesen war. »Natürlich«, sagte sie. »Jetzt ergibt alles einen Sinn. Wer würde an einem Verblutenden und jemandem vorbeigehen, der um Hilfe ruft, wenn nicht ein Psychopath?« Andre wies darauf hin, dass Kellens Anwesenheit bei Michaels Tod eigentlich nichts weiter verriet, außer dass er ein Arschloch gewesen war. »Vielleicht lässt dich jetzt die Polizei in Ruhe«, sagte Chloe.

»Wie kommst du darauf? Kellen hatte kein Blut an sich. Er kann es nicht gewesen sein.«

»Bist du *sicher*, dass er kein Blut an sich hatte?«, hakte sie nach. Andre verstand, dass sie vorschlug, er solle die Polizei belügen.

»Was für eine schreckliche Party«, sagte eine vertraute Stimme. Andre schaute auf und sah Charles, der hereinkam und seinen Mantel auszog. Andre warf Chloe einen Blick zu, die ihn offensichtlich eingeladen hatte. Eine Warnung wäre gut gewesen. Da er gezwungen war, sich zwischen zwei Psychopathen zu entscheiden, die ihn beide vor dem jeweils anderen warnten, traute er lieber keinem von ihnen. Aber wenigstens hatte er eine Arbeitsbeziehung mit Chloe, die sich als verlässlich erwiesen hatte. Und auch wenn er Charles nicht traute, kam er ihm nicht wie ein Mörder vor. Er schien eher wie jemand, der bei einer Poloparty sein sollte, falsch abgebogen und am College gelandet war. Es sei denn, das war alles nur aufgesetzt.

»Willst du helfen oder ein Arsch sein?«, fragte Chloe.

»Schließt das eine das andere aus?« Charles warf eine fettige Papiertüte auf den Tisch, aus der weißer Puder aufstob. Er zog ein merkwürdig geformtes Teil aus der Tüte. »Also, was sind das für neue Entwicklungen, die ihr so aufregend findet?«

»Kennst du das Mädchen, von dem ich dir das Foto geschickt habe?« Chloe beobachtete ihn.

»Nein, nie gesehen.«

»Was zur Hölle ist das?«, fragte Andre.

»Und warum hast du uns nichts mitgebracht?«, fügte Chloe hinzu.

»Draußen ist ein Truck, der Schmalzgebäck-Cheeseburger verkauft«, antwortete Charles. Angewidert sah Andre zu, wie Charles mehrere Päckchen Mayonnaise und Relish unter den zuckrigen Schmalzgebäckdeckel gab. »Wer ist das Mädchen? Ist sie in dem Programm?«

Chloe drehte ihren Laptop herum und aktivierte eine PowerPoint-Präsentation, die mit dem Foto von Emma begann, das sie aufgenommen hatte. »Wir haben dieses Mädchen gesehen, wie sie sich mit Wyman zu einem Dinner in trauter Zweisamkeit getroffen hat. Emma Dufresne, nicht zu verwechseln mit ihrer Zwillingsschwester, Megan Dufresne.«

Charles hielt mitten im Bissen inne. »Zwillinge?« Andre hatte das Gefühl, dass Charles nichts jemals ernst nahm, weshalb er mit einem Hauch von Zufriedenheit sah, dass sie endlich seine Aufmerksamkeit gewinnen konnten.

Chloe klickte weiter zu einem Bild von ihr aus Andres Video. »Folgendes habe ich herausgefunden: Sie studiert Philosophie im Hauptfach, im selben Studienjahr wie du, Charles. Es ist schwer, irgendwas über sie zu finden, weil sie eigentlich kaum im Internet ist. Dies ist ihr Instagram – wie man sieht, hat sie einige Follower, folgt selbst aber keinem. Und hier sind die Sachen, die sie postet.«

Andre sah eine Reihe von Slides über den Monitor rauschen. Sie war Hobby-Fotografin – und gut –, nahm jedoch nur Insekten auf. Hochaufgelöste, extreme Nahaufnahmen verschiedener Insekten: eine Fliege mit verspiegelten Augen, eine Gottesanbeterin, eine Hummel im Flug. »Die sind richtig gut«, murmelte Andre, der nicht umhinkonnte, ein wenig Neid zu empfinden.

»Sie hat bei diversen Fotowettbewerben mitgemacht, immer mit Bildern von Insekten. Und sie reagiert nie auf Kommentare zu ihren Instagram-Posts.«

»Käfermädchen, schon klar«, sagte Charles mit vollem Mund.

»Dies ist ihre Schwester Megan.« Chloe wechselte zu einem Schnappschuss von einem Facebook-Profil. Megan war eine klassische Vertreterin der Pumpkin-Spice-Latte-Fraktion. Ein Post darüber, dass sie das Herbstwetter liebte. Ein niedlicher Hund. Einige Leute auf einer Party, die Bier tranken. »Sie ist im dritten Jahr an der American University. Es ist mehr über sie im Internet als über ihre Schwester. Sie ist früher bei Gymnastikmeisterschaften angetreten und hat für die Zeitung ihrer Highschool geschrieben.«

»Warte mal«, warf Andre ein und zeigte zum Bildschirm. »Seht mal unter ›Beziehungen‹. Sie sagt nichts von einer Schwester oder Eltern oder so.«

»Das füllt nicht jeder aus«, entgegnete Charles. Den Burger hatte er erstaunlich schnell verdrückt. Er wischte sich den Mund mit einer Serviette ab, neigte seinen Stuhl nach hinten und verschränkte die Arme vor der Brust.

Chloe klickte einen neuen Slide an, *Offene Frage*, darunter eine Liste mit einzelnen Punkten. »Warum gehen sie auf zwei verschiedene Colleges in derselben Stadt?«, fragte sie.

Charles zuckte mit den Schultern. »Vielleicht mögen sie sich nicht.«

»Das würde keine Rolle spielen«, sagte Andre. »Denn wenn man in dem Programm ist, kostet das College nichts. Also, Emma ist in dem Programm, aber Megan nicht.«

»Ihr wisst nicht mal, ob Emma in dem Programm ist …«, begann Charles, doch Chloe unterbrach ihn.

»Aber sie sind Zwillinge«, murmelte sie, stand auf und fing an, im Raum auf und ab zu gehen. »Sie könnten zweieiige Zwillinge sein, die sich nur sehr ähnlich sehen, oder eineiige.«

»Warum ist das wichtig?«, fragte Andre.

Sie hielt einen Marker in die Höhe. Charles sah gequält aus. »Was ist, wenn sie in einem natürlichen Experiment sind? Eineiige Zwillinge, aber eine ist eine Psychopathin – Emma –, die andere nicht. Das macht Megan zur idealen Kontrollperson für Emma. Will man die Gehirne, das Verhalten oder was auch immer vergleichen? Dann stellt man einfach Emma ihrer Schwester gegenüber, die die gleichen Gene hat und aus derselben Familie kommt.«

Es war eine faszinierende Idee. Andre hatte genug Ahnung von Psychologie, um zu wissen, dass man sich oft auf Zwillingsstudien stützte, um Fragen zu Anlage und Umwelt zu klären, wie viele Persönlichkeitszüge vererbt waren und wie viele von der Umwelt geprägt. »Aber wenn sie eineiige Zwillinge sind, müssten sie dann nicht beide Psychopathinnen sein?«

»Nur, wenn wir denken, dass Psychopathie allein genetisch bedingt ist.«

Charles warf die zusammengeknüllte Papiertüte zielsicher in den Papierkorb auf der anderen Seite des Raums. »Übrigens, wenn Emma im dritten Jahr ist, könnte ich Leute kennen, die sie kennen. Gebt mir ein paar Tage, mal nachzuforschen, dann berichte ich.« Chloe sah zu Andre, als wollte sie ihm stumm etwas bedeuten, was er nicht verstand. Charles wirkte wie ein Typ, der einen Haufen Leute kannte. Und eigentlich war er bisher keine große Hilfe gewesen, also sollte er doch ruhig diese eine Sache machen.

»Klingt wie ein Plan«, sagte Andre. »Aber, ob Emma nun in dem Programm ist oder nicht, warum trifft sich Wyman privat mit ihr zum Dinner?«

»Was ist daran komisch?«, fragte Charles.

»Gehst *du* privat mit ihm essen?«, entgegnete Andre. »Man trifft sich nicht mit seinem Seelenklempner in einem schicken Restaurant. Und wenn doch, geht da was Schräges vor.«

Chloe seufzte. »Andre denkt, dass sie eine Affäre haben könnten.« Charles lachte herzlich, was wiederum Chloe zum Lachen brachte, und nach einem Moment fand Andre es so ansteckend, dass er mitlachte.

»Und jetzt zum spaßigen Teil des Abends«, sagte Chloe und wandte sich zu Andre, während sie aufsprang. »Ich habe alle Dissertationen reserviert, nach denen du gefragt hast.« Sie öffnete die Tür und zog einen Rollwagen herein, der gleich draußen stand.

»Was ist das?«, fragte Charles, der nicht froh wirkte, weil es wie echte Arbeit aussah.

»Dissertationen von ehemaligen Studenten Wymans«, antwortete Andre. Im vierten Stock lagerten alle Druckexemplare der Dissertationen, die je an der Adams eingereicht wurden. Andre hatte die relevanten herausgesucht, um darin nach Verbindungen zum CRD-Killer zu suchen. Wyman war sehr viel älter, als er aussah, und hatte viele Studenten gehabt; das Erste, was Andre getan hatte, war, alle von der Liste zu streichen, die vor den späten Neunzigern verfasst wurden. Einige Verfasser waren leicht auf den akademischen »Stammseiten« im Internet zu finden gewesen, weil sie selbst in die Forschung gegangen waren; andere arbeiteten in Kliniken und Praxen.

Andre schob Charles einen Stapel Dissertationen hin. »Such nach irgendwas über Psychopathie, Mord oder Paraphilie.«

»Warum interessiert uns, was Wymans Studenten vor Jahren studiert haben?«, fragte Charles.

»Wyman geht davon aus, diese Morde haben mit dem CRD-Mörder zu tun, was heißt, dass er etwas weiß oder denkt, was wir bisher nicht wissen. Er hat nie über den CRD-Fall veröffentlicht, aber vielleicht hat es einer seiner Studenten. Oder Wyman hat nie über jemanden geschrieben, der aus der Studie geflogen ist, doch eventuell steht das bei einem seiner Studenten«, erklärte Andre.

Chloe legte sich bäuchlings auf den Boden, und nach einigem theatralischen Seufzen setzte Charles sich Andre gegenüber an den Tisch, wo sie beide in ledergebundenen Bänden blätterten.

Dabei hatte Andre wieder mal ein schlechtes Gewissen, weil er dies hier machte. Wie kam es, dass alle seine Freunde ihre Kursarbeiten schafften und trotzdem noch Zeit hatten, Partys zu feiern, Gras zu rauchen und an ihren Sixpacks zu arbeiten – den flüssigen wie den muskulösen – und an den Wochenenden bis drei Uhr nachmittags zu schlafen? Passend zu seiner Diagnose schien Charles wie jemand zu sein, der Leute bezahlte, damit sie seine Hausarbeiten für ihn schrieben, oder sich auf seine Verbindungsdrähte verließ, was die Noten anging. Aber Chloe hatte, wie er erfuhr, schon vor dem College einen Berg Zusatzkurse an der Schule gemacht. Und sie klagte nie, wie viel sie zu tun hatte oder wie sie das alles schaffen sollte. Er hatte überlegt, sie zu fragen, dann aber gezögert, weil er keine Schwäche zeigen wollte. *Vielleicht hat dieses Bullet-Journal-Ding was*, dachte Andre und blätterte weiter.

Chloe gab einen Laut von sich – sie hatte eine Dissertation über Psychopathie gefunden, doch nach rund zehn Minuten beschloss sie, dass darin nichts Brauchbares stand. »Euch ist klar, dass dies hier Zeitverschwendung ist, oder?«, fragte Charles. Er hatte die Dissertationen so lässig durchgeblättert, dass Andre es für klug hielt, sie sich lieber selbst noch einmal vorzunehmen.

»Ich sehe nicht, dass du irgendwelche Lösungen anbietest«, konterte Chloe, kniete sich hin und rollte die Schultern, um ihren Nacken zu entspannen.

»Ich habe doch gesagt, ich erkundige mich nach Eleanor …«

»Emma!«

»Ja, ja, aber ich will auch nichts Lächerliches machen, das Wyman in Schwierigkeiten bringt«, ergänzte Charles.

»Du bist schlicht faul und willst nichts tun«, sagte Chloe.

»Dies hier ist nicht die sinnvollste Verwendung meiner Fertigkeiten.«

»Fertigkeiten«, murmelte Chloe. Sie streckte sich in die Haltung des Kindes, und Charles musterte unverhohlen ihren Hintern. »Wie wäre es, wenn du dich nützlich machst und uns Essen besorgst? Ich bin am Verhungern.« Andre zuckte zustimmend mit den Schultern. Sichtlich froh, sich vor der Arbeit drücken zu können, zog Charles seinen Mantel an und ging. »Der Typ hat noch nicht einen Tag in seinem Leben gearbeitet«, sagte Chloe.

»Sei nicht zu hart zu ihm. Er versucht zu helfen.« Chloe sah ihn an und zog eine Augenbraue hoch. *Oh-oh.* Warum musste sie »Chloe gegen Charles« als Nullsummenspiel betrachten? Je mehr Hilfe sie hatten, desto besser. »Du weißt nicht, wie man mit ihm arbeitet«, sagte Andre.

Chloe lachte. *»Wie bitte?«*

»Du nörgelst an ihm rum, obwohl offensichtlich ist, dass er von allen für großartig gehalten werden möchte. Er hat für die Wahl kandidiert – wahrscheinlich lebt er davon, dass ihm Leute Zucker in den Hintern blasen.«

Sie schien ernsthaft darüber nachzudenken. »Also hältst du es für besser, einfach mitzuspielen?«

»Ja, und lass ihn denken, dass er gewinnt. Warum hast du ihn hergebeten, wenn du nicht willst, dass wir alle zusammenarbeiten?«

»Will ich doch! Er nervt bloß gewaltig. Und ich wollte seine Reaktion sehen, wenn ich die Emma-Sachen zeige.«

»Es hat nicht so gewirkt, als würde er sie kennen.«

»Aber er hat ziemlich schnell angeboten, sie zu suchen.«

»Kommt sie dir echt wie jemand vor, mit dem Charles sich umgeben würde?«

Chloe seufzte und schüttelte den Kopf. »Andre, da ist noch etwas, das du nicht gesehen hast.« Sie stand auf und setzte sich neben ihn an den Tisch. Auf ihrem Handy war eine Textnachricht – ein Bild von ihr, wie sie schlief. »Jemand hat das hier von mir letzte Nacht gemacht und es mir geschickt.«

»*Die sind in dein Wohnheimzimmer gekommen?*« Er setzte sich auf.

»Nein, ich war im Haus von diesem Typen. Einem Verbindungshaus.«

»Hat der Typ das gemacht?«

»Ich bin mir hundertprozentig sicher, dass er es nicht war. Er ist praktisch ein Golden Retriever und entschuldigt sich immer wieder. Blabla, er wird alle SAE-Leute zu einem Kurs über sexuelle Belästigung verdonnern, oder, blabla, er macht das wieder gut.«

»Warte mal! Begreifst du, was das heißt?«, rief Andre aus. »Es heißt, die waren nur Schritte von dir entfernt und haben dich *nicht* umgebracht.« Chloe schien sprachlos. »Vielleicht wollen die dich gar nicht umbringen.«

Sie blickte auf ihr Handy. »Vielleicht doch. Der Typ, bei dem ich war, ist echt stark. Kann sein, dass sie ihn gesehen und Angst bekommen haben.«

»Hast du die Nummer gegoogelt?«

»Ja, kein Ergebnis.«

»Kannst du irgendwie herausbekommen, ob es eine richtige oder eine gefälschte Nummer ist?«

»Dafür verstehe ich zu wenig von Technik«, sagte sie und klappte ihren Laptop wieder auf. »Aber vielleicht finde ich was im Internet, wie man das macht.«

Sie arbeiteten schweigend weiter. Andre blätterte eine

Dissertation durch und las die Danksagung. Der Autor bedankte sich bei Wyman, seinem Fachbereich und diversen anderen, deren Namen alle bereits auf Andres Liste standen, mit Ausnahme von einem – John Fiola. Er schlug eine andere Dissertation auf und blätterte zu der Danksagung. Es wurde denselben Studenten gedankt, einschließlich John Fiola. Nun ging Andre alle Arbeiten aus der CRD-Zeit durch und fand dieselbe Studentenliste in den Danksagungen.

Andre sah im elektronischen Katalog nach: Fiola hatte eine Dissertation mit dem Titel »Zum besseren Verständnis von sexueller Gewalt bei männlichen Psychopathen« geschrieben. Andre lief hinaus zu dem Regal und überprüfte die Katalognummer: Alle anderen Dissertationen waren da, aber die eine, die er wollte, fehlte. Die Arbeiten waren jeweils in zweifacher Ausfertigung da – wie konnten *zwei Exemplare* verschwunden sein? Er nahm sich vor, die Bibliothekarin unten zu fragen, und ging zurück in den Leseraum.

Eine Google-Suche nach »John Fiola D.C.« ergab sowohl interessante als auch enttäuschende Resultate. »Anwohner aus Cleveland Park stirbt bei tragischem Unfall«, lautete eine Schlagzeile von vor Jahren.

John Fiola, der kürzlich an der John Adams University promoviert hat, ist zum Opfer eines tragischen Autounfalls geworden, der durch Trunkenheit am Steuer verursacht wurde.

»Chloe«, sagte Andre und stellte verärgert fest, dass sie mit einer Dating-App beschäftigt war. *Können diese Leute denn gar nichts ernst nehmen?* »Sieh dir das an.«

Fiola hinterlässt eine Verlobte, Mira Wale.

SIEBENUNDDREIẞIG

Tag 12

Was für eine Art, einen Freitagabend zu verbrennen! Ich verbrachte ihn mit einem schwachsinnigen Forschungsassistenten, der mir wahrscheinlich an die Wäsche wollte. Aber ich hatte einen Plan für das Endspiel mit Will. Wenn ich herausfand, wer die anderen Morde begangen hatte, hätte ich den idealen Strohmann. Wäre ich doch im Psychologie-Gebäude gewesen, als Michael umgebracht wurde! Was, wenn ich eine Sekunde früher dort gewesen wäre und gesehen hätte, wer es war? Dann wäre ich ihm gefolgt, würde wissen, wo er wohnt, und hätte mir eine glaubwürdige Geschichte ausgedacht, weshalb er hinter Will her wäre. Vielleicht glaubte er, er würde mich jagen, aber ich jagte ihn und dachte bereits zwei Schritte voraus, an seine medienwirksame Verhaftung.

Ich hatte mich schon einmal mit dem Forschungsassistenten getroffen, Trevor Koch. Das war im *Bean* gewesen, wo er meinen falschen Lebenslauf mit einem Rotstift durchging und zwanzig Minuten lang über Psychologie dozierte. Ich musste meine gesamte Selbstbeherrschung aufbieten, um einen dümmlichen Gesichtsausdruck beizubehalten und dauernd zu nicken, als würde ich zuhören. Tatsächlich beobachtete ich ihn und sammelte alle Informationen, die ich brauchte. Trevor war schlaksig, linkisch und hatte null Modegespür – kein Typ, der von Mädchen beachtet wurde. Er schien nicht nervös in meiner Gegenwart, doch ich hatte das

Gefühl, dass er seine herablassende Art für eine Flirttaktik hielt. Vor allem aber nahm ich einen Geruch wahr. Einen besonders unangenehmen Gestank, um genauer zu sein.

Eine Woche später schickte ich ihm einen aufgedrehten Text, in dem ich ihn fragte, ob er eine Grasquelle hätte, denn da ich neu in der Stadt war, hatte ich noch keine. So kam es zu diesem Abend. Ich hatte mich zum »Abhängen« bei ihm eingeladen, was stundenlanges Herumsitzen, Kiffen und high Gespräche führen bedeutete. Trevor wohnte im Strayer, einem der kleineren Wohnheime, quer über den Innenhof von meinem. Wir waren im Zimmer seines Mitbewohners Ray, der sich ein Bad mit Trevor im Nebenzimmer teilte.

Trevor war quer auf Rays Bett ausgestreckt und starrte zu den selbst leuchtenden Klebesternen, die jemand an die Decke geklebt hatte. Ich saß an der Bettkante und spielte mit der Lavalampe auf dem Tisch – der einzigen Beleuchtung im ansonsten dunklen Zimmer. Trevor hatte seinen Körper komisch in meine Richtung angewinkelt, brachte jedoch nicht den Mut auf, mich zu berühren. Ray und zwei andere Typen, die Mousey und Pete genannt wurden, saßen vor einem Laptop auf dem Boden und stritten sich wegen irgendeiner Frau und ihrem Internetdrama in einem Forum.

Trevor winkte verächtlich ab und sagte sehr langsam: »Die könnte ich im Handumdrehen doxen.« Dabei schnippte er mit den Fingern.

In dem Moment gab sein Handy ein Geräusch von sich. »Das Essen ist da«, teilte Trevor mit, stand auf und stieg in seine Converse. Die anderen drei bekamen es anscheinend nicht mit; sie brummten kaum, als ich sagte, ich müsste mal ins Bad.

In dem Badezimmer schloss ich die Tür zu Rays Zimmer ab und öffnete die zu Trevors. Drinnen war es dunkel, bis auf ein blassblaues Licht, vermutlich von einem Computer, das aus der Nische kam, in der sein Bett stand. Er hatte einen riesigen Tisch, vielleicht aus einem der Gemeinschaftsräume geklaut, der voller Computerkram lag, von dem einiges eingeschaltet war und summte, anderes halb auseinandergenommen. Es war abnorm kalt in seinem Zimmer.

Wo wäre ich, wäre ich ein Schlüssel? Ich wettete, dass er Wymans Büroschlüssel nicht bei sich trug. Mit der Taschenlampe meines Handys leuchtete ich auf den Tisch und suchte nach einem Schlüsselbund. Eine Jacke lag auf dem Boden – ich überprüfte die Taschen, fand aber nichts. Hatte er keinen richtigen Schreibtisch? Vielleicht war der in der Bettnische. Rasch ging ich in den Bereich, erstarrte allerdings, als ich etwas sah, von dem ich nicht wusste, wie ich es verstehen sollte.

Da war ein Bett, doch dominiert war die Nische von einem Schreibtisch, auf dem vier große, leuchtende Computermonitore standen. Auf einem war ein Mädchen zu sehen, das einen Dildo in sich hineinschob. Ein anderer zeigte ein Mädchen, das seine Zehennägel schnitt. Beim dritten sah es so aus, als würde jemand im Bett liegen und schlafen. Auf dem vierten bemerkte ich ein schmales, ordentlich gemachtes Bett mit einer lavendelfarbenen, gesteppten Bettdecke. Zwei Kissen. Ein Chemiebuch. Das vertraute Fenster gleich hinter dem Bett. Ein Plüschwal. Es war *mein* Zimmer.

»Gefallen sie dir?«, erklang eine Stimme.

Unwillkürlich zuckte ich zusammen. Trevor stand hinter mir. Ich konnte erkennen, dass seine Zimmertür ein wenig geöffnet war – und ich hatte nicht gehört, wie er hereingekommen war. »Ich verstehe nicht, was ich hier sehe.«

»Webcam-Mädchen«, antwortete er. »Oben links ist ein Live-Feed – Natasha in der Ukraine, sie ist eine Professionelle. Sind sie genau genommen alle, bis auf dich.« Ich versuchte noch, mir dies hier zusammenzureimen, während mich schon eine stille Rage überkam. Mehr Videos von mir, die im Netz herumschwirren, damit jeder sie ansehen kann? Wollt ihr mich verarschen? Ich musste gut aufpassen, was ich als Nächstes tat. Trevor grinste, wobei er kleine, gerade Zähne bleckte. »Du musst vorsichtiger sein, welche Links du anklickst.«

Meine Gedanken überschlugen sich, als ich mich an irgendwas Seltsames zu erinnern versuchte. Aber wer denkt denn schon über alles nach, was er anklickt und liest? Blöde Bankbenachrichtigungen, die auf dem Handy aufleuchteten und einen darauf hinwiesen, dass man irgendein Formular ausfüllen musste? Dann fiel es mir wieder ein. Vor ungefähr einer Woche hatte ich eine PN von irgendeiner neuen Firma auf Instagram bekommen, die Mädchen rekrutierte, damit sie etwas über ihre Kosmetika posteten. Ähnliche Angebote hatte ich früher bereits erhalten, und wer sträubte sich schon gegen Schmeichelei und Gratisprodukte? Ich hatte den Link angeklickt, während ich zwischen zwei Kursen unterwegs war, und hinterher nicht mehr daran gedacht. Und das war wenige Tage nach meiner ersten Begegnung mit Trevor gewesen.

»Du bist klüger, als du aussiehst«, sagte er. »Aber ich dachte mir, wenn ich an deine Eitelkeit appelliere ...«

Instinktiv wusste ich, dass ich ruhig bleiben musste. »Warum machst du das?«

»Ich weiß, wer du bist, Chloe.«

Oh nein. Ich hatte auf die Tatsache gesetzt, dass ich ihn nie zuvor in dem Büro gesehen hatte – und angenommen, dass die Assis kein Foto oder sonst was von mir hatten. Ich hatte zu viel unterstellt. Ich habe nicht viele Fehler, doch ein kompletter Mangel an Bescheidenheit ist einer von ihnen.

»Du hast dich verraten, als du ins Büro gekommen bist und nach Informationen gesucht hast.«

Dieser widerliche Perversling hatte die ganze Zeit mit mir gespielt! Ich wollte ihm die Augen auskratzen, konnte aber nur daran denken, was er auf meiner Webcam gesehen haben könnte. Wie ich mich anzog. Wie ich rummachte – Chad war zum »Lernen« da gewesen. Einen Abend hatte ich mit Ruderer-Billy Tequila-Shots getrunken, weil mir langweilig war. Aber das Wichtigste war: *Hatte ich irgendwas im Zusammenhang mit meinem Will-Plan getan, das die Kamera erfasst haben könnte?* In der letzten Woche nicht, und ich benutzte meinen Computer nicht in einem Winkel, den diese Webcam aufnahm. »Offensichtlich wirst du hierfür gefeuert«, sagte ich resigniert, weil ich nicht einmal sicher war, ob es ihn kümmerte.

Er lachte laut und legte auf eine schräge, affektierte Art eine Hand auf meine Schulter. »Ach, Süße, glaubst du immer noch, dass ich ein Assi bin?«

Er war in dem Programm. Er hatte in dem Augenblick, in dem ich aufkreuzte, gewusst, dass ich irgendwie an die Unterlagen kommen wollte. »Warum warst du an einem von Wymans Computern?« Er hatte dort so zu Hause gewirkt – exakt die Körpersprache gehabt von jemandem, der an seinem Arbeitsplatz saß.

»Ich hatte auf Elena gewartet und nachgesehen, ob sie mit ihren Passwörtern besser geworden sind.«

Ich drehte mich wieder zu den Monitoren um und nahm eine Haltung ein, als wäre ich eher genervt als wütend. Meinen nächsten Schritt musste ich klug wählen. Trevor war der siebte Student in dem Programm. Er könnte der Mörder sein. Zweifellos war er schlau und pervers genug. Wie abwesend waren seine Trollfreunde nebenan? Würden sie es hören, wenn ich schrie? Ich hatte mein Wespenspray – und bewegte diskret meine Hand in die Richtung. »Ich sollte dir was berechnen für die Show«, sagte ich ruhig.

»Haha. Ein Mädchen wie du könnte gutes Geld machen.«

»Bist du der Einzige, der das hat, oder hast du es öffentlich gemacht?«

»Ich habe es nicht geteilt.«

Ich wandte mich zu ihm und klatschte höflich so verhalten, wie es bei Golfturnieren üblich war. »Na gut, ich gebe zu, du hast gewonnen.« Er grinste, und seine Augen blitzten auf eine Weise, wie ich es nie zuvor gesehen hatte – sonst wirkte er immer eher dumpf und phlegmatisch. »Die Sache ist nur die«, sagte ich freundlich und zeigte zu den Monitoren. »Mir gefällt das nicht. Ich weiß nicht, ob ich dir glauben soll, dass du es nicht teilst oder aufzeichnest ...« Er wollte widersprechen, doch ich redete weiter. »Und in der heutigen Zeit kommt es echt nicht gut, wenn man die Webcam eines Mädchens hackt, um sich einen runterzuholen. Ich meine, ich könnte dafür sorgen, dass sie dich von der Uni werfen.« Ich betrachtete meine Fingernägel. »Oder es könnten ein paar geschickt platzierte Posts viral gehen, und dann würde niemand dich je wieder googeln, ohne dass die Geschichte auftaucht. Glaub mir, dafür würde ich sorgen.«

Er sah ein wenig erschrocken aus. »Ich kille den Feed jetzt gleich!« Er hob beide Hände, bevor er sich über seine Tastatur beugte und schnell einige Befehle eingab. Der Feed wurde dunkel. Aber was hieß das überhaupt? Ich konnte nicht wissen, ob er ihn nicht gleich wieder aufrufen könnte. »Ich habe nichts gespeichert, versprochen.«

»Und ein Versprechen von einem Psychopathen ist irgendwas wert?«

»Hör zu, ich tue dir einen Gefallen. Du musst Internetsicherheit ernst nehmen. Besorg dir einen guten Passwortmanager, benutze ihn richtig, und nicht mal ich komme an deinen Kram.« Er hielt mir einen Vortrag über Technologie, während ich ihn sprachlos ansah. Blitzschnell hatte er von »finster« auf »wohlwollend« umgeschaltet, fast als glaubte er, meine Entdeckung hier hätte das Eis zwischen uns gebrochen und wäre der Beginn einer neuen Freundschaft oder, schlimmer noch, mehr. Im Geiste kotzte ich.

»Ich bin sehr wütend, Trevor«, sagte ich seufzend.

Er blinzelte hektisch. »Ich habe dich auf dem Campus gesehen und weiß, mit was für Leuten du abhängst.« Was sollte das denn heißen? »Ich tue dir einen Gefallen.« Wieder beugte er sich über seine Tastatur. Eine Weile lang suchte er herum, bis er etwas fand – einen Ordner, der *Fotze* hieß. Dann mailte er mir etwas – an meine Uniadresse, die auf meinen Namen lief.

»Du bist irre, wenn du denkst, dass ich einen Anhang von dir öffne.«

Er schob die Hände in die Hosentaschen. »Der Ordner enthält einige Informationen über jemanden, die du wirklich sehen solltest. Ich mag dich, Chloe. Die meisten Mädchen sind langweilig, aber du nicht. Du bist wie ich.« Das Wespenspray lockte mich, doch ich musste auf jeden Mikroausdruck von ihm achten. »Du musst aufpassen, mit wem du dich herumtreibst«, sagte Trevor.

Ich floh aus Trevors Wohnheim, als gälte es, einer schrägen Bärtigenhölle zu entkommen. Und ich war so wütend, dass meine Ohren glühten. Unterwegs hielt ich mein Handy in der Hand, weil ich dringend wissen wollte, was in dem Ordner war, aber natürlich würde ich den Anhang nicht öffnen. Ich wollte nicht mal meine Mail-App öffnen, falls mein Telefon den Ordner automatisch herunterlud. Trevor war gruselig und ein Lügner – und er wusste genau, wie er mich kriegte und dass ich viel zu neugierig war, um den Anhang nicht aufzumachen.

Zu gern wollte ich Andre schreiben. Er hatte sich als idiotisch verlässlich für einen Psychopathen erwiesen, jede Menge Laufarbeit erledigt, um Wymans Vorgeschichte und alles zu erforschen. Doch ich durfte nicht vergessen, dass er es auch getan hatte, um seinen eigenen Arsch zu retten, nicht meinen. Nein, das würde ich allein hinbekommen.

Der Strayer-Campus war schräg gegenüber von der Bibliothek, in der sich ein durchgehend geöffneter Computerraum befand. Nachdem ich mich in meine E-Mail eingeloggt hatte, starrte ich den Anhang an, sterbend vor Neugier und immer noch wütend. Ich zog den Ordner auf den Desktop, um ihn zu speichern, und loggte mich rasch aus meinem E-Mail-Account aus.

Dann blickte ich mich um, ob auch sonst niemand auf meinen Monitor sehen konnte, ehe ich den *Fotzen*-Ordner anklickte.

Er bestand aus einer einzelnen PDF namens »Patientenakte34522«. Die erste Seite erkannte ich, weil es das gleiche Aufnahmeformular war, das ich für das Programm unterschrieben hatte. Doch schon in der ersten Zeile gefror mein Blick. *Portmont, Charles Andrew.* Mein Herz begann, schneller zu schlagen.

Warum sollte Trevor das haben? Das Dokument war ungefähr dreißig Seiten lang, brach dann mitten in einem Satz ab. Nach einigen Seiten mit allgemeinem Zeugs kamen Blätter, die wie klinische Notizen aussahen und mit dem Kürzel LW oder ET versehen waren. Was dort stand, war nichts Neues. Charles, das arme reiche Kind, das schon in jungen Jahren in Schwierigkeiten geriet und von einem Internat aufs nächste geschickt wurde. Dein Vater ist ein Arschloch? Die riesige Leere in all deinen Ferien zu Hause konnte dir keinen Trost bieten? Blabla.

Ich überflog alles, bis einige Worte herausstachen.

Die Arbeit mit Charles bleibt ein Kampf. Er zeigt immer noch ein hohes Maß an sadistischer Neigung, was sich seit Beginn der Sitzungen nicht geändert hat. Dass er Genuss dabei empfindet, anderen Schmerzen zuzufügen, geht auf seine Kindheit zurück. Er drückt keine Reue aus, was sein Fehlverhalten oder kriminelle Aktivitäten angeht. Zum zweiten Mal in diesem Monat hat er sich ausführlich über das sexuelle Verlangen geäußert, das er mit dem Gedanken verbindet, junge Frauen zu töten und zu verstümmeln. Er hat über Träume gesprochen, in denen er mit Toten Geschlechtsverkehr hat. Ich musste noch eine Forschungsassistentin entlassen. Habe überlegt, ob ich wegen Daisy zur Polizei gehe, fürchte mich jedoch vor den Konsequenzen. (Der Vater ist sehr mächtig.)

Das musste gefälscht sein. Trevor spielte mit mir. Andererseits schien er ernstlich besorgt, dass ich versuchen könnte, ihn von der Uni werfen zu lassen. Und warum sollte er zufällig eine falsche Akte über Charles auf seinem Computer haben? Die seltsame Art, wie er meine Schulter berührt hatte … Ich denke, Trevor mochte mich – so richtig –, und vielleicht hatte er mich mit Charles reden gesehen und sich auf seine eigene verkorkste Art um mich gesorgt. Oder war er eifersüchtig? Bei einigem in der Akte war ich mir sicher, dass es stimmte. Dr. Wymans Unterschrift sah echt aus, und wer immer die Notizen schrieb, schilderte Charles' Charme, seine Faulheit und seine abrupten Stimmungswechsel treffend. Beide Jungen waren furchtbar, aber welcher war schlimmer?

Moment mal, wer war Daisy? Eine Forschungsassistentin? Ich öffnete Google und suchte nach »Daisy Adams University«, versprach mir indes nicht viel davon. Die ersten beiden Resultate waren Flops, aber dann kam ein Artikel aus der

Daily Owl. Selbstmord einer Examensstudentin wirft Fragen zur Gesundheit der Studenten auf.

Anscheinend war eine Daisy Crosby, die im letzten Studienjahr war, vom Mathematikturm gesprungen – der bei allen nur der Selbstmörderturm hieß. In dem Artikel wurde ihr Gesangslehrer zitiert, der sagte, welch wunderbares Talent verloren gegangen war. Sie hatte Gesang im Hauptfach studiert, weshalb sie immerzu in Albertson Hall gewesen war – wo sich Charles auch oft aufhielt.

Vielleicht war es die ganze Zeit offensichtlich gewesen. Sogar seine Verbindungsbrüder nannten ihn »den schrecklichen Charles«. Ich musste mich der Tatsache stellen, dass ich bei Charles voreingenommen gewesen war und es meine Entscheidungen beeinflusst hatte. Von dem Moment an, als ich von den Morden hörte – von *ihm*, wohlgemerkt –, hatte ich nicht eine Sekunde lang ernsthaft in Betracht gezogen, dass Charles der Täter sein könnte. Warum? Weil er mir in Fort Hunt geholfen hatte? Vielleicht wollte ich denken, dass er mir half, weil er insgeheim scharf auf mich war. Aber es könnte auch reines Eigeninteresse gewesen sein – möglicherweise war das Letzte, was er brauchte, dass die Leute sich auf seinem Grundstück angriffen, weil er genau dort seine Leichen verscharrte.

Ted Bundy hatte gemordet, indem er einen falschen Gips trug und Frauen bat, ihm zu helfen; sie waren gar nicht auf den Gedanken gekommen, dass er unheimlich war, weil er angeblich so gut aussehend und charmant war. Andere, einschließlich seiner festen Freundin zu der Zeit und der mit ihm befreundeten Krimiautorin Ann Rule, verdächtigten ihn, haderten aber auch, weil sie schlicht nicht glauben wollten, dass er es war. Und das trotz allem, was sie die ganze Zeit vor Augen hatten.

Als ich nach Hause ging, wurde mir plötzlich sonnenklar,

was so traurig an dem armen, schönen schrecklichen Charlie-Bär war. Wenn ich mich um Will gekümmert hatte, würde ich mich um Charles kümmern, und dann würde ich keine Scheuklappen tragen.

ACHTUNDDREISSIG

Charles öffnete die Augen im fahlen Licht, das ein wirres, sechseckiges Muster auf die Fliesen in Kristens Bad warf. Ohne Kontaktlinsen sah er grausam schlecht, wusste aber, dass die weiße Pille unten neben der Toilette Excedrin war. Das Letzte, an das er sich erinnerte, war, dass Kristen sich an ihn schmiegte, als sie einschliefen. Dann wachte er wenige Stunden später mit entsetzlicher Migräne auf.

Er stand auf und bewegte sich in Richtung Schlafzimmer, immer noch mit dem dumpfen Schmerz im Hinterkopf. Sah er Dinge, oder war da eine dunkle Gestalt im Zimmer? Manchmal beeinträchtigte die Migräne seine Sicht, aber das äußerte sich gewöhnlich in einem Tunnelblick. Im Schlafzimmer war es zu dunkel, um klar zu sehen, doch dort – war da nicht etwas noch Dunkleres in der Mitte? Stand da, vor dem Bett, darübergebeugt. Über Kristen.

Scheiße! Seine Waffe war im Nachttisch – nur zwei Schritte von dem Eindringling entfernt und quer durchs Zimmer. Charles griff halb blind um sich und ertastete eine Vase. *Ich könnte sie damit treffen*, warnte er sich, aber es galt, keine Zeit zu verlieren. Der Schatten, das *Ding*, beugte sich jetzt über seine Freundin. Charles schleuderte die Vase quer durchs Zimmer. Es folgte ein dumpfer Knall, ein Ächzen und ein Klirren von Scherben. Die Gestalt bewegte sich zum Fenster, und Charles stürmte zum Nachttisch, als Kristen wieder schrie. Er konnte den dunklen Schatten kaum ausmachen, der durchs Fenster kroch, feuerte die Glock aber trotzdem ab, und jeder Druck auf den Abzug löste einen Lichtblitz aus. Er konnte noch den Umriss eines Arms erkennen, bevor nichts mehr da war. Charles eilte zum Fenster und schoss durch die kaputte Scheibe ein bisschen blindlings auf die Straße. Kristen schrie immer noch, doch er hielt sie zurück und benutzte den Waffenknauf, um den Rest der Scheibe einzuschlagen, damit er den Kopf hinausstrecken konnte. Warum musste er so schlecht sehen? Er konnte keine Gestalt erkennen, die sich fortbewegte. Da war nur ein Taxi auf der Straße, das nach Norden fuhr.

Er duckte sich zurück und merkte, dass er den Atem angehalten hatte. In seinen Ohren klingelte es. Er schaltete das Licht ein und tastete auf dem Nachttisch nach seiner Brille. Kristen saß im Bett, die Knie an die Brust gedrückt und fest umschlungen, die Augen weit aufgerissen und die Decke zum Schutz bis zu ihrem Kinn gezogen. »Charles, hier war jemand!«

Er sah zu der Wand um das Fenster herum. Zum Glück hatte er da nicht reingeschossen. »Ich rufe die Polizei. Wenn sie hier sind, sag ihnen nicht, dass ich geschossen habe. Die Waffe gehört meinem Vater. Sie ist korrekt registriert, aber ich könnte Ärger bekommen.« Bei den Unmengen an Waffengesetzen in der Stadt war es schwierig, den Überblick zu behalten, welche Bestimmungen in Kraft getreten waren und welche noch verhandelt wurden oder im Kongress gebremst, weil D.C. keine eigene Rechtsgewalt besaß. Charles wählte 911 und sammelte mit dem Handy am Ohr die Patronenhülsen ein, bevor er sich die Hände wusch.

Er setzte sich zu Kristen aufs Bett, als sie warteten – sie zitterte noch –, und hielt sie in den Armen. Er empfand einen solch intensiven Hass, dass er nichts mehr hören konnte. Selbst nach allem, was im letzten Jahr mit Daisy gewesen war, hatte Charles' Cyberangreifer nie herausbekommen, wo Kristen wohnte. Wie viele Reiche schätzte auch ihre Familie ihre Privatsphäre, weshalb sie Anschaffungen wie Häuser für ihre Töchter über Firmen tätigten, sodass die Besitzer nicht in den öffentlichen Registern auftauchten. Letztes Jahr war es bei der Schikane nie zu physischer Gewalt gekommen. Und Charles wusste nicht, ob die Schattengestalt eben nach Kristen gesucht hatte oder nach ihm.

Die Polizei kam und nahm ihre Aussagen auf. Charles konnte es nicht erwarten, dass die Leute wieder verschwanden. Erst dann rief Kristen ihre Eltern an, während Charles nach Plastikplane und Klebeband suchte, um das Fenster zu versiegeln. Was die Kälte nicht abhielt und erst recht keine Person, die einsteigen wollte. »Bin ich froh, dass Charles hier war – ich bin so fertig«, sagte Kristen am Telefon. »Ein Einbrecher, ich weiß nicht. Es ist nur wegen der *Morde* hier …«

Sie reichte ihm das Telefon, und Charles beruhigte ihre zu Recht ängstlichen Eltern, so gut er konnte. Der ideale feste Freund musste verlässlich und ruhig sein, ein Zugewinn für ihre Tochter, keine Belastung. Er beendete das Gespräch und umfasste Kristens Gesicht. »Hör mal, ich lasse niemals zu, dass dir jemand etwas tut.«

»Ich fühle mich in meinem eigenen Haus nicht sicher!«

»Fahren wir in meine Wohnung. Die ist im fünften Stock, und die Sicherheit da ist gut.« Sie wirkte nicht zuversichtlich. »Wir können auch jederzeit in Fort Hunt bleiben – da kommt keiner an dich ran. Und der Fahrer kann uns hin- und herbringen.« Er half ihr beim Packen – Kristen war kein Mensch, der es gut verkraftete, mitten in der Nacht geweckt zu werden. Charles holte sein Excedrin und ihre Medikamente aus dem Badezimmerschrank und ertappte sich dabei, wie er das kleine orangefarbene Fläschchen anstarrte. Es war neu, denn er hatte es erst vor ein paar Tagen gekauft, als er zu dem Treffen mit Andre und Chloe in der Bibliothek ging. Zu der Zeit hatte er nicht daran gedacht, aber jetzt sprang es ihn geradezu an. Das verschreibungspflichtige Medikament mit Kristens Adresse darauf war in seiner Tasche gewesen, und die hatte er für eine Stunde dort im Leseraum gelassen. Reichlich Zeit für Chloe, den Inhalt durchzusehen.

NEUNUNDDREISSIG

Tag 11

Meine zerschmetterten Webcams waren im Müll, also konnte ich mich sicher für mein »Date« anziehen. Es war zehn Uhr abends, und Will erwartete ein blondes Mädchen namens Daniella, das Lacklederhose trug und wenig anspruchsvoll in puncto Männer war. Ich hatte keine Lederhose an, sondern eine Jeans mit einer Tasche, die tief genug für mein Klappmesser war. Ich hatte unseren Treffpunkt sorgfältig ausgewählt, eine Pseudospelunke, *Ivy and Coney*, weil dort donnerstagsabends wenig los war.

Ich stand am Eingang und sah den desinteressierten Hipster-Barkeeper und zwei Typen mit ihren Bieren in der Ecke. Will saß allein an einem hohen Tisch, sah sich ein Basketballspiel an und kaute mit offenem Mund. Ich setzte mich auf den Hocker neben ihm und zog das Messer aus dem weiten Ärmel meines Shirts. Dann presste ich die Klinge innen an seinen Oberschenkel, sodass sie auf seine Jeans drückte, sie aber nicht zerschnitt.

Er riss die Augen weit auf. Ich konnte an seinem dämlichen Gesicht ablesen, wie er begriff, dass er reingelegt worden war.

»Lassen wir das mit dem Versteckspiel. Du hast bis zum 23. Oktober, mir das Video zu geben. Ich weiß, dass du es hast.«

»Du bist ein Scheißpsycho.« Er schluckte. Sein Mund musste trocken sein, denn ich konnte es hören.

»Ja.« Ich zog das Messer ein wenig zurück und holte mit der anderen Hand mein Handy hervor.

Er beugte sich zu mir und flüsterte: »Ich könnte deinen kleinen Schädel quer durch den Raum boxen.«

»Könntest du. Aber wirst du auch? Vor allen? Weißt du, was passiert, wenn ich es nicht bis zum 23. habe?« Ich hielt mein Telefon in die Höhe, auf dem Snapchat geöffnet war.

»Wieso bist du so scheißfixiert auf den 23.?« Ich ignorierte ihn, doch sobald er auf mein Display sah, runzelte er eindeutig verwirrt die Stirn. Ich scrollte, damit er die Hunderte von Nachrichten sah. Die Herz-Emojis und die *xoxo I love you.* »Du hast … du hast mit meinem Bruder geredet?«

»Davey ist nicht sehr helle für einen Neuntklässler. Er ist in ein Mädchen verliebt, das er online kennengelernt hat. Siehst du, wie leicht das ist? Weißt du, was mit dem kleinen Davey passiert, wenn ich am 23. nicht das Video habe?« Wieder riss Will die Augen weit auf. Ich sah ihn direkt an.

»Er ist noch ein *Kind*. Er ist mein kleiner *Bruder*. Was hast du …?«

»Hast du gedacht, dass ich Brett vergessen habe?« Da war ein unfreiwilliges Zucken, als Will klar wurde, was ich sagte. Brett, der beste Freund, der in jener Nacht Wills Handy gehalten und alles gefilmt hatte, als er mich hätte retten können. Hier ist die traurige Wahrheit, Freunde und Nachbarn. Keiner wird einen je retten. »Armer Brett – zu *beschränkt*, um irgendwo anders hinzugehen als *Rutgers*. Aber praktisch für mich, denn er ist vor Ort und so.« Ich neigte den Kopf zur Seite. »Tragische Sache, dieser Autounfall am Thanksgiving-Wochenende. War er betrunken gefahren? Tja, bei einer verbrannten Leiche kann man keine Autopsie machen. Er war nur noch ein kleiner knuspriger Scheißer.«

»Du. Bist. Total. Wahnsinnig.«

»Ich nehme mich so an, wie ich bin.« Ich fing sein Kinn

sanft mit Daumen und Zeigefinger ein. »23. Oktober. Hast. Du. Das. Verstanden?«

Er blinzelte. »Ja.«

VIERZIG

Wie stark empfinden Sie die folgenden Emotionen?, fragte die Smartwatch Charles, als er die Straße hinunterjoggte. Kristen war sicher in Fort Hunt, und der Fahrer hatte ihn zurück zum Campus gefahren, sobald es für sie okay war, dass er sie verließ. Rasende Wut war alles, was er empfand.

Chloe war in Kristens Haus eingestiegen. Was sie damit bezweckte, konnte er nicht mal erraten. Er war zu sehr von lächerlichen Gedanken an einen Cyberangreifer abgelenkt gewesen, während Chloe vermutlich von Anfang an die Schuldige gewesen war. Wahrscheinlich hatte sie sich alles über Will nur ausgedacht – vielleicht war Charles letzte Nacht in eine Mordszene gestolpert. Er hatte sich nie die Mühe gemacht, Will nach seiner Version der Geschichte zu fragen.

Er übersprang das Mood-Log, denn würde er antworten, gäbe es eine Aufzeichnung von ihm, wie er sich schlecht benahm. Aus zwei Jahren Therapie bei Wyman wusste er, dass es in solchen Stimmungen das Beste für ihn war, an einen ruhigen Ort zu gehen und abzuwarten. Den Teil von sich zurückzuhalten, der zu impulsiv war, um vernünftig zu sein.

Stattdessen beeilte er sich, zu Wills Haus zu kommen. Doch er stand fünf Minuten vor der Haustür und klopfte, bis ihm bewusst wurde, dass Will nicht zu Hause war. Als Nächstes lief er zum Verbindungshaus, aber dort hatte ihn niemand gesehen. Nach einer kurzen, fruchtlosen Suche ließ Charles sich auf die Couch fallen, beachtete die anderen nicht, bediente sich aber an ihrer Bong. *Beruhige dich*, ermahnte er sich. Er konnte nicht klar denken, wenn er so war. Chad stand an der Tür zur Küche, aß einen isländischen Joghurt und telefonierte. *Was würde Chad tun?*, fragte Charles sich.

Er stellte sich vor, dass Chad nicht in solch eine Situation geraten würde, weil er sicher einen angeborenen Fehlerdetektor hatte, der ihm sagte, was das Richtige war, das er tun sollte. Er ließ sich nicht von heißen Mädchen und deren Lügen und Spielen ablenken.

Will kam circa zehn Minuten später herein und sah fertig aus. Er ging in Richtung Küche – gewiss, um sich ein Bier zu holen –, doch Charles winkte ihn mit einer Geste zu sich, die ihm keine Option ließ, und zog Will in eines der dreckigen Zimmer.

Charles vergeudete keine Zeit. »Was weißt du über Chloe?«

»Chloe?« So idiotisch, wie Will es fragte, war offensichtlich, dass er lediglich vorgab, den Namen nicht zu kennen. Und da war ein Hauch von Angst.

»Chloe Sevre.«

»Äh …«

»Hat sie dich belästigt?«

Will lachte dümmlich. »Belästigt?«

»Letzte Nacht ist jemand in Kristens Haus eingebrochen, und ich denke, sie war das.« Will glotzte ihn entgeistert an. »Was ist das für ein Video, nach dem sie sucht? Ich weiß schon davon, also hör auf, mir was vormachen zu wollen«, sagte Charles ungeduldig.

»Okay, die Schlampe ist *wahnsinnig*. Sie stalkt mich total. Sie hat meinen Spind in der Umkleide aufgebrochen und was mit meinem Handy gemacht – und sie ist in mein Haus eingebrochen. Ich sollte zur Polizei gehen!«

»Was ist auf dem Video?«, wiederholte Charles.

»Wir, du weißt schon, haben rumgemacht und so, und *sie* wollte, dass wir es filmen, also haben wir. Die ist irre!«

»Und warum stalkt sie dich dann?«

»Weil ich sie abserviert habe! Sie ist *wahnsinnig*, und jetzt will sie mich nicht in Ruhe lassen!«

»Hast du sie an der Adams kennengelernt?«

»Nein, wir waren zusammen auf der Highschool, aber ich war über ihr. Langsam habe ich das Gefühl, dass sie mir hierher gefolgt ist oder so – weißt du, wie abgefuckt das ist?«

Charles wurde flau. »Dann war das wie? Du warst in der zwölften Klasse und sie in der elften?«

Ein Muskel neben Wills Mund zuckte. »Ja.«

Er lügt, dachte Charles, und alle Wut in ihm gefror. Merrifield-Lehrer unter Missbrauchsverdacht beurlaubt – an die Schlagzeile erinnerte Charles sich. Will war nicht auf derselben Highschool gewesen. Das wusste Charles, weil Will in seinem ersten Studienjahr dauernd davon gefaselt hatte, dass sein Lacrosse-Team an der Highschool – *Cloverfield* – bei den Landesmeisterschaften gespielt hatte. Die Empörung, die sich nun auf Wills Zügen spiegelte, war vollkommen anders als Chloes Gesichtsausdruck, als sie den Achat geschwungen hatte – blanker Zorn. Chloes Emotion war tief verwurzelt gewesen, Wills war defensiv.

Wenn er unschuldig war, konnte Will fraglos zur Polizei gehen und einen Einbruch in sein Haus melden – so wie Charles. Warum wollte er das nicht? *Er hat es getan*, dachte Charles. *Und wie er es getan hatte.* »Und jetzt ist sie …?«

»Weiß ich nicht«, sagte Will und fuhr sich mit der Hand durch sein ungekämmtes Haar. »Sie denkt, ich habe das Sextape oder so, und ist völlig besessen davon. Die Sache ist die, ich habe das Handy gar nicht mehr – *ich kann es nicht finden*.«

Ein Sextape. Er dachte, das sei ein Sextape. Charles war

froh, dass sein Gesicht nicht besonders ausdrucksstark war. »Finde das Video lieber. Ich glaube nicht, dass sie aufhört, ehe sie es hat.«

Will wich zurück. Charles ließ ihn stehen und ging vor dem Haus auf und ab. Er fragte sich, wie vielen Typen wie Will er schon ins Gesicht gesehen hatte, ohne es zu ahnen. Sollte das Video existieren, verstand Charles, warum Chloe es unbedingt haben wollte – das begriff jeder Idiot. Und sogar mit Will und dem Gespenst des Videos, das über ihr schwebte, hatte Chloe mit ihren PowerPoints und allem schon mehr getan als Charles, um den Mörder aufzuspüren. In der Zwischenzeit hatte er Informationen zurückgehalten, die helfen könnten, nur weil er ihr nicht traute. Und während er ein Arsch war, war der Mörder ihm nahe genug gekommen, um in Kristens Schlafzimmer zu gelangen. *Ich muss mit ihr reden*, beschloss er, *und wir können das alle gemeinsam regeln.*

EINUNDVIERZIG

Tag 10

Ich blickte durch meinen Spion, als jemand klopfte, und sah ein verzerrtes Bild von Charles in einem lodengrünen Pullover. Was tat er hier? Und verdammt noch mal, *keiner in diesem Wohnheim nahm die Sicherheit ernst!* Oder vielleicht hatte er sich eingeschmeichelt. Ich war gerade fertig damit, meine sämtlichen Passwörter mit einem neuen – und teuren – Passwort-Manager zu ändern, und arbeitete an meinen Plänen für Phase vier. Ich hatte bisher nicht entschieden, wie genau ich Charles loswurde, bloß, dass ich nicht mit ihm und Will gleichzeitig umgehen konnte. Beide waren fit und größer als ich. Aber eines wusste ich mit Sicherheit: Ich musste Charles die nächsten zwei Wochen aus dem Weg haben.

Er klopfte wieder, doch diesmal war ich bereit. Ich riss die Tür auf und zielte mit dem Elektroschocker auf ihn. Er schrie auf und fiel um. Weiter hinten im Flur hatten sie die Happy Hour eingeläutet, also bekam niemand etwas mit, nicht mal, als ich seinen Gürtel und sein Hemd packte und seinen noch zitternden Körper in mein Zimmer zog. Mit dem Fuß schob ich die Tür zu und verriegelte sie. Yessica kam frühestens in drei Stunden nach Hause. Charles war fürs Erste wehrlos, und wir waren allein.

Sollte ich ihn gleich jetzt loswerden? Ich könnte ihn zum Fenster schleppen und nach draußen stoßen – der Sturz würde ihn wahrscheinlich töten. Andererseits könnte es schwierig sein, ihn durch das Fenster zu hieven. Könnte er sterben, wenn ich ihn immer wieder schockte? Ich wusste, dass er Migräneanfälle hatte – vielleicht könnte ich den Leuten erzählen, dass er hergekommen war und einen Krampf oder so gehabt hatte. Ich dachte an den Baseballschläger, den ich bei einem Straßenhändler gekauft hatte.

»Ch-Chloe!«

»Sei still! Ich weiß, wer du bist.« Ich hielt den Schocker vor sein Gesicht und ließ ihn ein wenig zischeln. »Nicht schlecht, wie du vorgespielt hast, du wärst es nicht gewesen, aber ich hatte eine Erleuchtung. Du warst *zufällig* bei Elena, als sie Kellens Leiche gefunden hat? Wahrscheinlich hast du auf sie gewartet, damit du dich daran ergötzen kannst!«

»Erg-götzen? Nein, ich …«

»Die Party ist vorbei.« Ich tippte mit dem Baseballschläger auf den Boden. »Es wäre ein Jammer, dein schönes Gesicht zu ruinieren.«

»Warte …«

»Ich weiß alles über dich …«

»Warte, warte. Mach mit mir, was du willst, aber lass mich dir eine Frage stellen.« Ich machte eine ungeduldige Geste. »Wo bist du zur Highschool gegangen?«

»Merrifield High, warum?«

»Will war auf der Merrifield, stimmt's?«

»Nein, er war auf der Cloverfield.«

»Gab es einen Skandal, weil du etwas mit einem Lehrer hattest?«

»Alexei, ja.«

Er schloss die Augen und atmete langsamer. Ich fragte mich, ob ich ihn ernsthaft verletzt hatte, aber dann sah er mich mit einem Blick an, den ich nicht deuten konnte. Da war zum ersten Mal etwas Weiches. »Du hast mich nie belogen, oder?«, fragte er regelrecht erstaunt.

»Im Gegensatz zu dir bin ich keine Lügnerin! Ich weiß jetzt alles, über Daisy und wie du sie umgebracht hast.«

Er schien erschrocken und versuchte, sich aufzusetzen, doch offensichtlich hatte er immer noch Schmerzen von dem Schocker. »So war das nicht. Ich habe sie nicht umgebracht.«

Sachte tippte ich mit dem Baseballschläger an seine Stirn. »Ich konnte in die Akten aus Wymans Büro sehen. Ich weiß genau, wie pervertiert dein Hirn ist.«

»Und in der Akte steht, dass ich Daisy ermordet habe?« Er wirkte eher verwirrt als entsetzt.

»Mehr oder minder.«

»Kann ich das sehen?«

Diese Foltersitzung verlief nicht wie geplant. Ich war genervt, denn er sollte Angst vor mir haben. Ich öffnete die Datei und gab ihm meinen Laptop, blieb jedoch mit meinen Waffen in seiner Nähe. Rasch überflog er die Seite, den Mund offen vor Staunen. Plötzlich zischte er wie eine Schlange. »Chloe, hast du das alles *gelesen?*«

»Ich habe quergelesen. Das ist ziemlich ekliges Zeug.«

Er sah mich resigniert an. »Hier, unter *sexuelle Neigungen.* ›Klient zeigt eine große Bandbreite von perversen, verstörenden sexuellen Trieben, sowohl im Verhalten als auch bei der Pornografie, die er mehrere Stunden täglich konsumiert. Er gesteht sexuelle Akte mit den Tieren auf dem Familienanwesen, auf dem er aufgewachsen ist. Die Liste schließt den Familienhund, streunende Katzen, Schafe, sogar Einsiedlerkrebse mit ein.‹ Ernsthaft, Chloe?«

»Einsiedlerkrebse!«

»Wir hatten nie einen Hund. Mein Dad hasst die.« Er klappte den Laptop zu und sah mich nachdenklich an. »Woher hast du diese Datei?« Ich schwieg. »Ist sie von jemandem, der sich richtig gut mit Computern auskennt?«

»Von jemandem. Er passt auf mich auf.«

»Er ist in dem Programm«, sagte Charles und tippte auf den Laptop.

Wie konnte er das mit so wenigen Informationen herausbekommen haben? Charles zog die Augenbrauen hoch. »Irre ich mich?« Mühsam setzte er sich auf. »Ich habe Daisy letztes Jahr in der Musik-Fakultät kennengelernt. Sie war ein richtig hübsches Mädchen. Einmal erwähnte sie, dass sich manchmal ein Typ in ihr Instagram einschlich, alle ihre Bilder likte und die als geheime Botschaften an ihn sah. Du weißt schon, wenn sie ein Bild von einem Latte mit einem Herzen im Schaum gemacht hatte, hielt er es für eine Nachricht an ihn.«

»Oh, einer von denen.«

»Daisy und ich haben miteinander geschlafen. Wir …«

»Du hast Kristen betrogen?«

Er sah verärgert aus. »Wir haben es überstanden. Jemand muss unfassbar scharf auf sie gewesen sein, denn er hatte uns beide auf jede Weise angegriffen, die er konnte. Meine sämtlichen Konten wurden gekapert, mir wurden Strom und Wasser abgestellt. Kreditkarten wurden auf meinen Namen beantragt und Kinderpornografie an meine E-Mail-Adresse geschickt.«

»Das ist ziemlich extrem.«

»Und es ist noch gar nichts verglichen mit dem, was er Daisy angetan hat. Alles, was er mit mir gemacht hat und mehr. Er muss Stunden damit verbracht haben, ihre Mails und Textnachrichten zu lesen, um alles Negative rauszusuchen, was sie jemals über jemanden gesagt hatte, damit er es an ihre Freunde schicken konnte und die sich von ihr abwandten. Er hat ihre Telefonnummer und Adresse auf all diesen Seiten gepostet, auf denen Frauen unverbindlichen Sex anbieten. Sie ist halb wahnsinnig geworden.«

»Hat sie ihn gemeldet?«

»Sie war bei der Polizei, aber sie hatte keine Ahnung, wer es gewesen sein könnte – ebenso wenig wie ich. Also haben sie bei der Polizei gesagt: ›Wenn jemand Sie online belästigt, warum gehen Sie nicht offline? Warum haben Sie überhaupt ein Aktfoto von sich gemacht?‹ Die Polizei hatte weder das Know-how noch irgendein Interesse.«

»Und wie hast du es hinbekommen, dass er aufgehört hat?«

»Ich habe ihn bezahlt. Dabei hätte ich umsichtiger sein müssen und hätte ihm explizit sagen sollen, dass er uns beide in Ruhe lassen muss. Mir war nicht klar, dass er bei ihr weitergemacht hat. Sie war ein sensibler Mensch und hielt es irgendwann nicht mehr aus. Ihrer war der zweite Suizid vom Selbstmörderturm im letzten Jahr. Der Turm vom Mathe-Gebäude. Von dem sind früher bereits Leute gesprungen.«

Was für ein bescheuerter Name – Daisy. Er klang schon nach jemandem, der sich umbringen würde, anstatt sorgfältig zu planen, wie man den Feind vernichtete. Und ich war beinahe enttäuscht von Charles, weil er den leichten Ausweg gewählt hatte; aber ich schätze, ein reicher Junge weiß es nicht besser. Er musste ja noch nie sein Geld zusammenhalten, um in der Welt zu überleben.

»Und woher weiß ich, dass nicht alles, was du gesagt hast, eine Lüge ist?«

Er bedeutete mir mit einer Geste zu warten und scrollte durch sein Handy. Als er es mir gab, konnte ich eine E-Mail nach der anderen von ihm sehen, wie er versuchte, die Folgen der Cyberattacke damals zu bewältigen. Sogar private E-Mails an Kristen. Eine Beschwerde, die er bei der Polizei eingereicht hatte. Er sagte die Wahrheit.

»Wenn ich raten sollte«, erwiderte Charles und kämpfte sich nun zum Stehen hoch. Ich befand mich immer noch in Verteidigungshaltung. »Derjenige, der dir diese Akte gegeben hat, ist derselbe, der mich angegriffen hatte.«

»Warum sollte er eine gefälschte Akte über dich haben?«

»Er könnte sich die echte besorgt und den anderen Kram ergänzt haben, um alles irgendwo zu veröffentlichen oder vielleicht Kristen zu geben. Daher weiß ich, dass er in dem Programm ist.«

»Hä?«

»Dieser Typ griff mich auf jede erdenkliche Weise an, *außer* auszuposaunen, dass ich als Psychopath in dem Spezialprogramm bin. Er hat sich selbst geschützt.« Charles beobachtete mich. »Klingt das nach der Person, die dir diese Akte gegeben hat?«

Verdammt noch mal, Charles hatte wieder recht!

»Ich habe mit Will geredet«, sagte Charles. »Ich habe ihn direkt gefragt, was mit dir passiert war, und gesehen, dass er gelogen hat. Und das sogar schlecht – als würde er sich selbst einreden, dass er im Recht ist. Ich vertraue dir, Chloe. Kannst du mir jetzt vertrauen? Denn, falls ja, erzähle ich dir alles.«

Was verschwieg er mir *noch?* »Okay.«

»Nein, ich will von dir hören, dass du denkst, diese Akte ist gefakt.«

»Sie ist gefakt, in Ordnung? Der Typ ist ein Loser namens Trevor. Er hat vorgegeben, ein Assi in dem Programm zu sein, und ich bin drauf reingefallen. In der Zwischenzeit hat er meine Webcams gehackt und mich über die beobachtet. Er hat mir auf den Kopf zugesagt, dass er in dem Programm ist – als würde er wollen, dass wir jetzt Freunde sind.«

Charles sah erschrocken aus. »Dann ist Trevor extrem gefährlich. Jemand ist in Kristens Haus eingebrochen. Tut mir leid, ich dachte, das bist du gewesen, aber jetzt weiß ich, dass er es war.«

Trevor verfügte über einige Fähigkeiten. Er war schlau genug, mich zu täuschen, und das allein machte ihn für mich schon verdächtiger als die andere Psychopathin in dem Programm, Emma, von der ich sowieso zu wenig wusste. Warum er es tat, konnte ich nicht sagen – eventuell war er ein Serienkiller, Fanatiker oder so, aber wen interessiert das? Das Wichtigste war, dass niemand mit Sicherheit wusste, wer der Mörder war, und ihn einsperren lassen konnte, bevor ich Will umgebracht hatte. Im Idealfall würde sich mir eine Gelegenheit bieten, Beweise zu platzieren. »Was ist mit den Zwillingen?«

Charles schüttelte den Kopf und wanderte aus meinem Zimmer in den Bereich, den ich mit Yessica teilte, die Hände in die Hosentaschen geschoben. »Ähm, die Zwillinge sind es nicht.«

»Was macht dich da so sicher?«, fragte ich misstrauisch und folgte ihm.

»Weil ich irgendwie gelogen habe. Ich kenne Emma. Durch das Programm waren wir so was wie befreundet, soweit es möglich ist, mit ihr befreundet zu sein. Ich wollte euch nur nichts von ihr erzählen.«

»Du kennst sie schon die ganze Zeit?!«

»Ich habe dir nicht getraut! Und ich wollte sie schützen!«

»Und du bist *sicher*, dass sie es nicht ist?«

»Na ja, zu neunundneunzig Prozent. Über ihre Schwester weiß ich nicht viel, aber ich kann mal sehen, was ich über sie finde. Ich versuche auch die ganze Zeit, ein Treffen mit Emma abzumachen, doch sie ist super schräg und schwer zu erreichen.«

»Also haben wir eine Liste von allen sieben Studenten«, überlegte ich laut, während ich die Informationen im Geiste durchging.

Charles nagte an seiner Unterlippe. »Halten wir uns an das Offensichtlichste – wir wissen bereits, dass Trevor ein Sadist ist. Er konnte herausbekommen, dass du und ich in dem Programm sind. Er kennt sich verteufelt gut mit Computern aus – wahrscheinlich konnte er in den Versuchsraum kommen und Michael töten und vielleicht irgendwas an dem MRT drehen. Wir müssen Beweise gegen Trevor finden.«

Ich trat ans Fenster und schaute zu den Studenten, die den Innenhof durchquerten. »Trevor ist nicht klar, dass er mich anekelt. Ich könnte ihm näherkommen.« Und hätte die alleinige Kontrolle über alle Informationen, die ich so gewinne …

»Das ist keine gute Idee. Er ist gefährlich. Er war halb über Kristen gebeugt, als sie geschlafen hat.«

Anscheinend hatte er ein Faible für schlafende Mädchen. »Nur weil Trevor ein Widerling ist, muss er kein Mörder sein.«

»Ein gesundes Maß an Angst vor ihm könnte gut für dich sein.«

»Ich habe keine Angst.«

»Oh-oh, hast du noch einen Achat in der Tasche?«

Ich lachte. »Ich kann mich mit ihm anfreunden. Vielleicht noch ein bisschen mehr in seinem Wohnheimzimmer spionieren.«

»Nein!«, sagte Charles überraschend vehement.

»Wieso nicht?«, fragte ich und ging näher zu ihm. Zugegeben, ich war froh, dass Charles es doch nicht war. Er vertraute mir – was mir ein wenig Spielraum ließ, ihm fast zu trauen.

»Weil du attraktiv bist. Sollte er sich in dich verlieben, ist unmöglich einzuschätzen, was er tun wird.«

»Du findest mich also attraktiv?«, fragte ich süßlich.

Charles seufzte. »Warum habe ich das Gefühl, dass du so oder so tun wirst, was du willst, egal, was ich sage?«

»Bingo«, flüsterte ich und berührte seine Nasenspitze mit meinem Zeigefinger.

»Wir brauchen einen Plan. Emma mag mich. Ich könnte

einige Infos von ihr bekommen, wo sie an den beiden Abenden war, damit wir sie ausschließen können.«

»Klingt nach einem Plan.«

»Chloe, da ist noch etwas anderes, das wir in Betracht ziehen müssen, und es wird dir nicht gefallen.«

»Was?«

»Was ist, wenn es Will ist? Wenn er es die ganze Zeit war?«

»Wie bitte? Mein Will? Der *selten blöde* Will?«

»Du wurdest im Haus des selten blöden Wills angegriffen. Und der selten blöde Will hat ein Motiv, dich loszuwerden.«

»Der selten blöde Will hat Zugang zum Verbindungshaus«, murmelte ich. Charles schien verwirrt, deshalb zeigte ich ihm das Bild, das mir jemand geschickt hatte. »Jemand hat ein Foto von mir gemacht, als ich im SAE-Haus geschlafen habe.«

»Warum hast du da geschlafen?«

»Ficken macht mich müde.«

»Chad, echt jetzt?«

»Wie kommst du darauf, dass Will ein kriminelles Superhirn sein könnte?«

»Wir wissen bereits, dass eine Person auf dem Campus fähig ist, Leute zu ermorden. Und wir wissen von einer Person, die fähig zu dem ist … dem, was er dir angetan hat. Ist es nicht eher unwahrscheinlich, dass es sich um zwei verschiedene Leute handelt?«

»Und was wäre sein Motiv, jemand anderen aus dem Programm zu töten? Will ist nicht klug genug, um das alles zu machen. Du hättest mal sehen sollen, wie dämlich er in meine Fallen gestolpert ist.«

»Das könnte er mit Absicht gemacht haben. Chloe, es gibt eine Überschneidung bei diesen beiden wahnwitzigen Sachen, und die bist *du*.«

Ich war jetzt schon sehr gegen die Idee. Glaubte ich, dass

Will zwei Leute ermordet hatte, ohne irgendwelche Spuren zu hinterlassen, die zu ihm führten? Derselbe Typ, der sich buchstäblich filmen ließ, wie er ein Verbrechen beging? Nein, verflucht! Aber es könnte nicht schaden, wenn Charles es glaubte. Vielmehr könnte es mir bei meinem Endspiel helfen.

»Ich denke darüber nach. Ehrlich, ich bin zu erledigt, um jetzt irgendwas zu machen. Ich habe eine Hausarbeit in Französisch zu erledigen, mein Bio-Laborbericht wartet, dann der ganze Wyman-Kram, und zusätzlich muss ich mich um Will kümmern.« Ich seufzte, und Charles tat es auch.

»Du hast mich geschockt. Mit einem Elektroschocker, den *ich* dir gekauft habe.«

»Das Risiko besteht immer, wenn man großzügig ist.«

»Und du hast wirklich gedacht, dass ich ein Serienmörder bin«, sagte er kopfschüttelnd.

»Was hast du denn erwartet, nachdem ich diese Akte gesehen habe?«

»Weiß ich nicht … vielleicht ein wenig Vertrauen?«

»Bedaure.« Er setzte eine traurige Miene auf. »Es tut mir leid!«, sagte ich lachend und legte meine Hände auf seine Arme. »Kannst du mir verzeihen?« Flehend blickte ich zu ihm auf.

»Niemals«, murmelte er lächelnd. Er umarmte mich auf die flirtende Art, wie er es bei anderen Mädchen getan hatte, nicht bei mir. Flirtfreunde. Völlig harmlos. Ich drückte übertrieben gegen ihn, sodass ich seine Brustmuskeln und die Rippen darunter fühlen konnte; dann schlang ich meine Arme um seine Taille.

»Alles vergeben«, sagte ich. »Küssen wir uns und vertragen uns wieder.« Ich stellte mich auf die Zehenspitzen und küsste ihn auf die Wange. Wie es geschah, weiß ich nicht genau. Ob er seinen Kopf drehte, ich meinen oder wir beide unsere, aber auf einmal war sein Mund auf meinem. Seine

Lippen waren weich. Der Kuss dauerte nur ein paar Sekunden, doch danach hielten wir inne, Millimeter voneinander entfernt. Er stupste mein Gesicht mit einer subtilen Kopfbewegung an und küsste mich, diesmal mit offenem Mund, sodass sich unsere Zungen berührten und ein elektrisierendes Kribbeln durch meinen Körper jagte.

Dann hörte ich den Schlüssel in unserer äußeren Tür. Charles und ich wichen auseinander, als Yessica hereinkam. Sie sah ihn misstrauisch an.

»Hallo«, sagte er überaus charmant.

Sie warf mir einen Blick zu, den jede Frau auf Anhieb erkannte – Mädchen, so dumm kannst du nicht sein!

ZWEIUNDVIERZIG

Es kam so selten vor, dass Megan sich bereiterklärte, in einem Raum mit Emma zu sein, dass Elena extra früh kam, damit sie die Mädchen so viel wie möglich zusammen erlebte.

Emma war pünktlich, ihr Gesicht ausdruckslos. Sie setzte sich in einen von Leonards Sesseln, wo sie die Knie an die Brust zog und mit ihren Armen umklammerte. »Hallo«, sagte sie zu Elena und Leonard. Emma gab wenig auf ihr Äußeres – gelinde gesagt –, was noch ein Grund war, weshalb sie solch eine faszinierende Ergänzung für die Studie war. Manchmal war ihr Haar ungewaschen, und sie besaß weder den Charme noch das Manipulationsgeschick, mit denen Psychopathen gemeinhin die Bewunderung anderer gewannen. Es würde allerdings voraussetzen, dass man sich wirklich für andere Leute interessierte. Sie war eher wie ein Geist in menschlicher Gestalt. Elena hatte mal gedacht, deshalb könnte sie die beachtlichen Fotografien von Insekten machen: Emma konnte sich unbemerkt an sie anschleichen.

Megan kam wenig später, sichtlich angespannt und mit einem Schal um den Hals. Es war bemerkenswert, wie unterschiedlich die Zwillinge aussahen, obwohl sie eineiig waren. Sie hatten die gleichen Gesichtszüge und waren gleich groß, aber da hörten die Ähnlichkeiten auch schon auf. Megan färbte ihr Haar rotbraun, und jahrelange Gymnastik als Kind hatte ihre Statur verändert. Heute trat sie nicht mehr bei Meisterschaften an, wirkte aber immer kleiner als Emma und hatte breitere Schultern. Ihr Leben bestand aus der Sorge um Kurse, ihren festen Freund und ihre Verabredungen mit Freundinnen. Sie wollte ein normales Leben, musste sich jedoch mit einer bizarren Familie abfinden.

Megan wählte den Stuhl, der am weitesten von ihrer Schwester entfernt war.

»Hallo, Megan.« Leonard schloss die Tür und setzte sich wieder. »Wir haben Sie länger nicht gesehen.« Seine Lässigkeit zehrte an Elenas Nerven. Gestern hatten sie eine ihrer seltenen Meinungsverschiedenheiten gehabt. Elena fand, dass sie diskutieren sollten, was mit jedem Programmteilnehmer geschah. Das entsetzliche Bild von Kellens Leiche und dem sirupartigen Blut auf dem Boden wollte ihr nicht aus dem Kopf gehen.

Elena hielt es für gewissenlos, dass Wyman nicht all ihre Studenten wegen der Morde warnte. Erst Michael, dann Kellen. Wyman hatte ihr versichert, dass er eng mit der Polizei zusammenarbeitete und kein Grund zur Sorge bestand – die Polizei hatte eine heiße Spur zu einem örtlichen Drogendealer. Elena war beharrlich geblieben, aber Wyman hatte ein letztes Argument gebracht, das sie überzeugte: Ihre Studienteilnehmer waren keine durchschnittlichen Studenten. Einen Mord zu bezeugen oder in der Nähe von einem zu sein war schlicht nicht dasselbe für sie – jeder von ihnen könnte die Situation leicht zu seinem persönlichen Vorteil nutzen. Beispielsweise, um in die Medien zu kommen. Was, wenn sie das Programm öffentlich machten, um finanziellen Gewinn daraus zu ziehen? Für sie war es keine Tragödie, sondern etwas, das sie *benutzen* konnten. Elena musste daran denken, wie Charles Kellens Leiche eher interessiert als entsetzt angesehen hatte.

»Ich nehme an, dass Sie sich schon ein wenig in das Studienjahr eingefunden haben«, begann Leonard.

Emma sagte nichts, aber Megan antwortete: »Die Kurse werden heftiger. Ich habe viel mit der Organisation für meine Studentinnenverbindung zu tun.«

»Schwestern«, meinte Emma. Da sie keine Miene verzog, war schwer zu sagen, ob sie einen Scherz machte. »Wir hatten mal eine neue Schwester.«

»Sie meint die sechste Klasse«, dolmetschte Megan. »Als alle diese Herzanhänger hatten. Sie wissen schon, die mit einem halben Herzen. Ein Mädchen hatte eine Hälfte, ein anderes die zweite.«

»Auf einigen stand ›Beste Freundin‹. Auf Megans stand ›Sis‹, und auf dem Gegenstück ›ters‹«, sagte Emma eifriger.

»Maureen Demirez war in dem Jahr meine beste Freundin«, erklärte Megan vorsichtig. »Wir hatten jede eine Hälfte von dem Anhänger.«

»Sie haben sich von der Gymnastik gekannt«, sagte Emma. Megan war bis dahin gut gewesen, war in Landes- und Regionalmeisterschaften angetreten.

»Es war das Jahr, in dem ich meine Verletzung hatte.« Megan wandte den Blick ab. Sie sprach ungern über die Trainingsverletzung, bei der ihr mehrere Bänder gerissen waren. Trotz Physiotherapie und der besten Sportmediziner, die ihre Eltern finden konnten, war es das Ende ihrer Sportlerkarriere gewesen.

»In den Nachrichten sagen sie, dass es Unruhen geben kann«, sagte Emma unvermittelt. Es war nicht ungewöhnlich für sie, denn oft langweilten sie Gespräche, und dann wechselte sie das Thema. Sie »spielte« quasi Konversation, weil sie deren Konzept nicht verstand.

»Unruhen? Oh, die Demonstrationen?«, fragte Leonard.

Mehrere Minuten lang war Megan abgelenkt, bevor sie anfing, ernsthaft zu reden. Wie viele Studenten im Hauptstudium interessierte auch sie sich für das politische Klima und die konstante Bombardierung mit schlechten Nachrichten im Fernsehen. Erst letzte Woche hatte ein Zusammenstoß zwischen Polizei und Demonstranten zu Dutzenden von Festnahmen und einem Feuer in Downtown geführt. Diese Unterhaltung setzte sich fort, wobei Emma hin und wieder etwas einwarf, das sie gelesen hatte. Jedes Mal, wenn sie Sitzungen mit beiden Mädchen hatte, fragte Elena sich, was ihr kontrastierendes Verhalten bedeuten könnte. Wie in aller Welt Leonard es geschafft hatte, eineiige Zwillingsschwestern aufzutreiben, von denen eine psychopathisch war und die andere nicht, war ihr schleierhaft. Sie wusste, dass es teuer gewesen war, sie zu rekrutieren. Megan wollte zunächst nicht mal nach D.C. kommen, aber mit einem beträchtlichen Bonus bei Unterzeichnung für beide Mädchen, Emmas Vollstipendium und Leonards »einigen Anrufen« bei der American, ließen sie sich überreden. Was den Gesamtbetrag anging, schwieg Leonard sich aus, aber Elena vermutete, dass er einen großen Batzen des Etats verschlungen hatte.

Was sich wahrscheinlich auszahlte. In diesem Forschungsfeld fingen sie eben erst an zu verstehen, in welchem Ausmaß Psychopathie erblich war. Einige psychische Störungen – Schizophrenie, bipolare Störung – waren hochgradig vererblich, wie in Studien mit monozygoten Zwillingen, die hundert Prozent ihrer Gene teilten, und fraternalen Zwillingen nachgewiesen wurde. Hatte ein eineiiger Zwilling eine bipolare Störung, bestand eine sechzigprozentige Chance, dass der andere sie auch hatte. Das machte die Dufresne-Zwillinge so faszinierend: Bei Emma war eine Diagnose gestellt worden und Megan wurde ebenfalls getestet. Zwar war Megan nicht psychopathisch, hatte aber eine Angststörung und schien oft die Hauptlast der familiären Probleme abzubekommen. Emma musste gelenkt werden, und auch wenn sie es nicht wollte, war Megan die engste Bezugsperson, die sie hatte. Die Eltern der beiden in San Diego – mit dem netten Haus und dem Berner Sennenhund – wirkten ungefähr so freundlich und gutmütig, wie es Eltern nur sein konnten, also was hatte die Zwillinge so drastisch unterschiedlich geprägt?

Am Ende der Sitzung huschte Emma aus dem Raum, Leonard verabschiedete sich, und Elena und Megan gingen gleichzeitig.

An der Tür blieb Megan stehen. »Stimmt etwas nicht?«, fragte Elena. Sie glaubte, besser mit Megan reden zu können als Leonard – es war leichter für zwei junge Frauen, miteinander ins Gespräch zu kommen.

»In letzter Zeit habe ich über den Sprungunfall nachgedacht«, sagte Megan. Sie gingen den Korridor entlang und die Treppe hinunter. »Es war bloß ein normales Training. Ich hatte den Sprung eine Million Male gemacht – er war nicht mal schwer. Mom hatte Emma mit zum Training gebracht, aber das störte mich nicht – sie saß ja da und hat gelesen.«

»Und was ist passiert?«

»Ich wollte meinen Sprung machen, Anlauf nehmen, und da habe ich zufällig zu Emma gesehen, die mich *angestarrt* hat. Bei *dem* Sprung sind meine Bänder gerissen.« Sie blieben auf dem Treppenabsatz stehen. Megan sah Elena ernst an, mit demselben Ernst, mit dem jemand sagen würde, er hätte mal ein Ufo gesehen. »Es war, als würde sie wollen, dass es passiert, dass ich verletzt werde.«

»Megan, so etwas widerspricht den Gesetzen der Physik«, sagte Elena sanft. »Vielleicht war es Ihnen unheimlich …«

»Ja, klar, ich war es, die den Sprung versaut hat und meine Karriere ruiniert.« Megan sprang zwei Stufen vor ihr nach unten, und Elena fragte sich, ob sie Megan beleidigt hatte.

»Es ist ja nicht so, als hätte ich es jemals zur Landesmeisterschaft gebracht. Und sie hat bekommen, was sie wollte.«

»Und das wäre?«

Megan drehte sich kaum um. »Dass ich sie nie hinter mir lasse.«

DREIUNDVIERZIG

Stöhnend öffnete Andre die Augen. Etwas stank. Sein eigenes T-Shirt. Er zog es aus. Definitiv hatte er letzte Nacht gekotzt. Er setzte sich auf, wovon ihm sein Körper umgehend abriet.

Wie konntest du so blöd sein?, dachte er, und die Stimme in seinem Kopf war nicht seine, sondern Kiaras. Gestern Abend hatte er sich bei Marcus betrunken. Es war keine Absicht gewesen – er war unglaublich zurückhaltend mit Alkohol, seit er von den Morden wusste. Was nützten ihm der Baseballschläger unterm Bett, die vorsichtigen Wege über den Campus und das dreifache Überprüfen des Türriegels, wenn er dämlich besoffen irgendeine Straße entlangtorkelte? Aber jemand hatte zwei 24er-Packs alkoholische Kräuterlimo von Trader Joe's mitgebracht, und die war so süß, dass man den Alkohol gar nicht schmeckte. Andre hatte getan, was unzählige Collegestudenten jeden einzelnen Tag machten: Er hatte Spaß, betrank sich mit Freunden und torkelte mit seinem Mitbewohner nach Hause, um am nächsten Tag verkatert zu sein.

Blöd, blöd, blöd. Du hättest umgebracht werden können. Er krabbelte aus dem Bett und ins Bad, wo er gruselig schwarze Flüssigkeit erbrach. Allein bei dem Anblick wurde ihm noch schlechter. Stöhnend zog er ab und rollte sich bibbernd auf dem kalten Badezimmerboden zusammen.

»Ich sterbe«, sagte er leise. Und auf einmal überkam ihn

ein sagenhafter Wunsch, zu Hause zu sein. Nicht *hier*, an diesem schrägen, gefährlichen Ort, sondern zurück bei seinen Eltern, in seinem gemütlichen Zimmer mit Blick auf den Garten. Mom und Dad, die unten Kaffee tranken. Ihm fehlte sogar Isaiah, der Andres Kopf in seine Achselhöhle drückte und sich dazu schieflachte. Zu Hause hatte er es immer so langweilig gefunden, dass er nie gedacht hätte, es könnte ihm jemals fehlen.

Was für ein Baby! Achtzehn und Heimweh? Andre rappelte sich mit einiger Anstrengung zum Sitzen auf, lehnte sich an die Badewanne und holte sein Handy hervor. Er hatte einen Anruf von seinem Vater verpasst. Sein Finger schwebte über dem Anrufsymbol. Ein Tippen, und womöglich wäre es das. Seine Eltern könnten kommen, und alles wäre auf wundersame Weise besser. Andre war sich nicht ganz sicher, wie, aber vielleicht könnte es funktionieren. Vielleicht wären sie nicht sooo wütend. Er könnte einfach weg, ihnen erzählen, dass dieses Lernen rund um die Uhr zu viel für ihn war, und war er erst weg von der Adams, wäre die Gefahr überstanden. Er zuckte zusammen, als sein Handy klingelte – es war sein Vater. Nach einer kurzen Begrüßung fragte er gleich, ob er Andre geweckt habe.

»Was? Nein!«

»Oh, bist du krank? Du hörst dich krank an.«

»Nee, nur … wurde ein bisschen spät gestern Abend.«

»Du trinkst doch nicht, oder?«

»Natürlich nicht. Es war eine Eiscremeparty.« Was dachten seine Eltern denn, was am College abging? Lerntreffen und gemeinsames Eisessen? »Ich habe mit einem Mädchen geredet.« Das würde ihn ablenken!

»Ohoo«, gurrte sein Vater. Es trat eine Pause ein, in der es sich anhörte, als würde sein Vater die Hand über das Telefon halten, um mit jemand anderem zu sprechen, vermutlich Andres Mutter. Die Unterbrechung kam Andre ewig vor, denn er rang mit sich, ob er endlich etwas sagte – etwas, mit dem all dies vorbei wäre. Es würde nur ein Wort brauchen, auch wenn er unsicher war, mit welchem Wort er anfangen sollte. »Hör zu, Pooh, wir wollten dir nur sagen, dass wir einen Termin für die Operation haben.«

»Habt ihr?« Die Rückenoperation seines Vaters hatte ihnen immer bevorgestanden. Doch dann hatte es stets mehr Untersuchungen gegeben, zu denen er musste, und natürlich recherchierte sein Vater wie verrückt, ehe er etwas entschied.

»Der dritte November, also bin ich bis Thanksgiving wieder auf den Beinen.«

Andre bekam Panik. »Das ist schon sehr bald.« Sein Vater war der Mann, der sich um Patienten im Krankenwagen kümmerte, nicht selbst auf dem Rücken lag. Ein riesiger, gesunder Mann mit dröhnender Stimme, kein bewusstloser Körper, der an einem Haufen Kabeln und Schläuchen hing. Allein bei dem Gedanken an ihn in einem Krankenhausbett wurde Andre noch schlechter.

»Es besteht kein Grund zur Sorge. Weißt du, wie sie es nennen, wenn sie einen Wirbel entfernen? Eine Diskektomie!«

»Sehr witzig«, sagte Andre gereizt. »Aber was ist mit der Narkose und allem?«

»Es ist nicht so, wie du es dir vorstellst – die schneiden mich nicht auf. Es wird minimalinvasiv gemacht. Kleinere Einschnitte, kleinere Instrumente, und zwei Typen von der Arbeit waren schon bei diesem Chirurgen.«

»Ich kann am Wochenende nach Hause kommen«, bot Andre hastig an. *Und, nein, ich werde euch nichts erzählen, was euch stresst, wie zum Beispiel, dass ich vielleicht betrüge, um mein Studium finanziert zu bekommen, oder dass hier ein Serienmörder frei herumläuft. Nichts in der Art, versprochen.*

»Ja, Pooh, es wäre schön, dich zu sehen.«
So viel zu enthüllten Geheimnissen.

»Dr. Torres?«, fragte Andre, der in Elenas Büro sah. Wenige Stunden und zwei Elektrolytdrinks später fühlte er sich marginal besser. »Ich wollte eben den Bericht fertig machen, und der Bildschirm ist eingefroren.«

Sie stand auf und folgte ihm den Korridor entlang zu dem Versuchsraum, in dem er gearbeitet hatte. Dort beugte sie sich zu dem Computer und rüttelte mit der Maus. »Manchmal haben die Macken«, sagte sie. Andre setzte sich neben sie.

Wenn er sie schon hier hatte, könnte er auch gleich ein wenig nach Informationen graben. »Ich weiß nicht, ob Sie es gehört haben, aber ich konnte den Typen identifizieren, den ich an dem Abend gesehen hatte, als Michael ermordet wurde. Das war ein Student von hier, Kellen Bismarque.« Elena runzelte die Stirn und sah weiter auf den Monitor. Vor Schreck veränderte sich ihr Blick, aber sie sagte nichts. Andre öffnete eine Packung M&Ms, die er bei einem anderen Experiment bekommen hatte, und bot ihr welche an. »Wenn man ein normaler Mensch ist, ist all dieses Verarbeiten von Emotionen dann nicht anstrengend?«

»Manchmal.«

»Dr. Wyman hat sicher schon tonnenweise Mist gesehen«, sagte Andre. Vielleicht sprach die Elektrolytlösung aus ihm, doch er fühlte sich mutig. »Ich habe irgendwo gelesen, dass er bei dem CRD-Fall damals der beratende Psychologe war.«

»Oh ja, aber darüber spricht er nie«, erwiderte Elena, die immer noch starr auf den Monitor schaute, während sie die ESC-Taste drückte.

»Das muss verrückt gewesen sein.«

»Der Fall hat ihn zur Verzweiflung gebracht. Können Sie sich vorstellen, wie es ist, wenn man zwei Jahre lang jemanden in Therapie hat und dann erfährt, dass der Klient ein Serienmörder ist?«

Andre war baff und sehr froh, dass Elena sein Gesicht nicht sah, weil sie auf den Computer konzentriert war. Er hatte immer gedacht, Wyman sei von der Polizei angeheuert worden, um Gregory Ripley zu begutachten und zu entscheiden, ob er hinreichend »zurechnungsfähig« für einen Prozess war. Aber dieses Detail, so bizarr es anmutete, ergab mehr Sinn. Er hatte den Mann jahrelang behandelt – *deshalb* hatte er für ihn gekämpft.

Andre beendete den Bericht, so schnell er konnte, dann lief er die Treppen hinunter und nach draußen, wo er sein Handy hervornahm. Chloe und er hatten die letzte Woche versucht, die frühere Verlobte von John Fiola zu kontaktieren, aber sie hatte nicht geantwortet. Chloe hatte ihre Adresse ausfindig gemacht und war dafür, einfach hinzufahren, was Andre für eine schlechte Idee hielt. Dieser winzige neue Informationskrümel war das Beste, was sie seit Emmas Entdeckung an Hinweisen bekommen hatten. Wichtiges Update, schrieb er. Treffen?

Sekunden darauf antwortete sie, dass sie Charles Bescheid geben und sie sich bei ihm treffen könnten. Interessant, überlegte Andre. Chloe wollte nicht, dass er wusste, wo sie wohnte, auch wenn sie es nie so aussehen ließ, als ginge es ihr darum.

Er dachte, dass er noch ein spätes Abendessen erwischen könnte, und machte beim Campuscenter halt. Dort musste er einen Mitarbeiter überreden, ihm noch einen Burrito zu machen, weil die Cafeteria gleich schloss. Zufrieden aß er seinen Burrito, während er auf seinem Handy zu John Fiola recherchierte – uralte Posts auf Websites sozialer Medien, von denen Andre nicht einmal gehört hatte, und ein Artikel in der *Daily Owl*, in dem er für ein Graduierten-Event zitiert wurde.

Andre knüllte die Folie von seinem Burrito zusammen,

doch als er sie wegwerfen ging, bemerkte er, dass etwas nicht stimmte. Es war niemand sonst in der Cafeteria. Hier schienen zu allen Zeiten Studenten zu sein, die aßen oder gegenüber den riesigen Fernsehbildschirmen lernten, während die grellen Nachrichtenbilder liefen. Andre war allein bis auf das stumme CNN-Gespräch über die Demonstrationen. Der Geruch des Bodenreinigers war plötzlich dominant. *Ist schon gut, beeil dich nur*, sagte er sich, als er seine Büchertasche über seine Schulter hängte. Er würde nach draußen gehen, wo unvermeidlich Leute wären, und könnte sicher zu Charles' Apartment wandern.

Er hatte die Hand bereits an der Tür, als er hinter sich hörte: »Hey, Alter.«

Dreh dich nicht um. Was er sehr wohl tat. Wenige Meter entfernt stand ein großer Kerl – muskelbepackt wie ein Footballspieler, was selbst in dem weiten Adams-Sweatshirt zu erkennen war, das jeder hier besaß. Er hielt ein weißes Kabel in die Höhe. »Kann es sein, dass du dein Ladekabel fallen gelassen hast?«, fragte er. Er lächelte, doch Andre konnte ihn nur anstarren.

Hatte er sein Ladekabel heute überhaupt bei sich? Das glaubte er nicht. Und Millionen Leute hatten das gleiche weiße iPhone-Kabel. Er nahm sich vor, sich das Aussehen des Typen einzuprägen, aber er hatte die Kapuze auf. Er war weiß mit braunem Haar und sehr geraden Zähnen. Und immer noch hielt er das Kabel hoch.

»Äh, nein, danke, Mann, ist nicht meins.«

Der Typ neigte den Kopf zur Seite. War er wirklich ein Adams-Student? Oder hatte er sich nach Ladenschluss hier eingeschlichen. »Bist du sicher?« Unter dem weiten Sweatshirt könnte er etwas verstecken, eine Waffe. Nicht, dass er eine bräuchte. Wie er aussah, könnte er Andre mühelos den Kopf abreißen.

»Bin ich«, quiekte Andre und riskierte es, sich umzudrehen und aus dem Gebäude auf einen hoffentlich belebten Campusweg zu fliehen.

Nur war der diesmal nicht belebt. Hin und wieder schlossen sich die Planeten zusammen, und dann waren irgendwie alle Studenten kollektiv verkatert, zu müde, um auszugehen, oder es nieselte, und sie wollten einfach faul Netflix gucken. Durch die Fenster der Unigebäude um sich herum sah er Leute drinnen, aber es war niemand auf der Straße, abgesehen von einem Obdachlosen, der eine Zigarette rauchte. Andre schob die Hände in seine Taschen und ging schnell. Er hoffte, der Mann folgte ihm nicht. Keiner würde ihn mitten auf der Straße abstechen, oder?

Warum waren nicht einmal Autos unterwegs? In der Ferne hörte er eine Sirene und begriff, dass die Polizei die Straßen in der Nähe für eine Autokolonne abgesperrt haben könnte – was stets für Verkehrschaos sorgte. Es war seltsam, dass es in einer Innenstadt immer noch Orte gab, die menschenleer schienen.

Andre wurde bewusst, dass er bisher lediglich in Momenten um seine Sicherheit gefürchtet hatte, in denen keine Leute in der Nähe waren – nicht, wenn Verrückte in einem Bus waren oder sogar Leute auf einer Treppe hockten und man Schüsse in der Ferne hörte. Das fühlte sich okay an, weil jemand da gewesen war, den man ansehen oder mit dem man einen Scherz machen konnte. Er blickte sich möglichst gelassen halb um und sah, dass niemand hinter ihm war, jedenfalls nicht sichtbar. Aber zwischen den Straßenlaternen waren reichlich dunkle Winkel, in denen man sich verstecken konnte.

Dann sah er ein Paar vor sich aus Anderson Hall kommen und in dieselbe Richtung gehen wie er. Erleichtert beschleunigte er seine Schritte, um sie einzuholen. Einer von ihnen drehte sich halb um und sah ihn, woraufhin die beiden schneller wurden. *Ich bin hier nicht der Böse*, dachte er. Welch traurige Ironie.

Er blieb auf Abstand zu ihnen, und sie bogen bald in eine andere Straße ab. Es waren nur noch drei Blocks bis zu Charles' Haus, als Andre aus dem Augenwinkel jemanden auf der anderen Straßenseite wahrnahm, der hinter ihm die Fahrbahn überquerte. Sein Herz schlug schneller. Er hatte die Person wegen des Winkels nicht richtig gesehen, außer dass er vage zu erkennen glaubte, dass es sich um einen Mann handelte. Ein Teil von ihm wollte sich umdrehen und nachschauen, doch ein anderer Teil sagte, es wäre falsch und er sollte lieber schneller gehen. Das tat Andre, während er aufmerksam lauschte, jedoch kaum etwas hörte, weil sein Puls laut in seinen Ohren rauschte. Er nahm eine Hand aus der Tasche und hielt sie über das Heft seines Jagdmessers.

So kann ich echt nicht sterben, dachte er. Gefangen in einem Horrorfilmklischee von jemandem, der ihm langsam folgte, und die ganze Zeit kurz davor, etwas herauszufinden. Doch eines machten alle in den Horrorfilmen verkehrt – sogar das letzte Mädchen. Sie waren aus irgendwelchen Gründen unfähig, logisch zu denken oder schneller zu laufen, ohne hinzufallen. Immer noch bemühte er sich, gelassen zu wirken, während er mit der anderen Hand sein Handy hervornahm und so tat, als würde er aufs Display schauen, es aber tatsächlich als Spiegel benutzte. Hinter ihm war niemand zu sehen. Der andere musste abgebogen sein.

Er hörte ein Geräusch rechts von sich, als er an eine Kreuzung kam. Andre blieb stehen und drehte sich um. Seine Augen stellten sich nur zögerlich vom grellgelben Schein der Straßenlaterne auf die scheinbar undurchdringliche Dunkelheit um einen Müllcontainer um. War da etwas? Wurde er leise beobachtet? Es war zu still.

Oh, MIST, nein, beschloss er, und ohne weiter zu überlegen, sprintete er, so schnell er konnte, schneller und entschlossener als jeder Idiot in einem Horrorfilm, ohne sich umzublicken, ohne sich die Zeit zu nehmen, an dem zu zweifeln, was sein Instinkt ihm sagte. Er ließ nicht nach oder stoppte, bis er das sichere helle Licht aus Charles' Eingangshalle erreichte. Zum Glück kam gleichzeitig mit ihm eine Frau an, und er folgte ihr nach drinnen. Doch dann zögerte sie mit ihrer Schlüsselkarte in der Hand im Vorraum, ehe sie die Innentür öffnete. »Tut mir leid, ich kann Sie nicht reinlassen. Sie müssen bei Ihren Freunden klingeln, wenn Sie nicht hier wohnen.«

Andre begann zu lachen. Es tat weh, war aber trotzdem witzig.

VIERUNDVIERZIG

Tag 7

Wir hatten eine Krise, und Charles schwamm Bahnen. Bald sollten wir uns mit Andre treffen, und vorher musste ich dringend mit Charles sprechen. Im Aquatic Center mit dem Schwimmbad war es angenehm warm und feucht, verglichen mit der Kälte draußen. Hatte Charles dies hier zu Ende gedacht? War es überhaupt sicher zu schwimmen? Es waren einige andere Schwimmer im Becken, aber Charles erkannte ich sofort an seinem Angeber-Schwimmstil. Er stieß sich mit den Füßen am Beckenende ab und glitt dann unter Wasser über ein Drittel der Bahnlänge in meine Richtung. Ich hockte mich an den Beckenrand und streckte meine Hand nach unten, als er sich näherte. Er stellte sich hin und blies sich Wasser vom Gesicht.

»Wer ist da?«, fragte er.

»Siehst du mich nicht, Dummkopf?«

»Nicht ohne meine Kontaktlinsen, aber es klingt ganz nach der lieblichen Chloe.« Er zog seine Schwimmbrille ab und schob sie nach oben in sein Haar.

»Komm schon. Wir müssen reden, ehe wir Andre treffen.«

Er watete an den Beckenrand und stemmte sich hoch. Jetzt sah ich, dass er solch eine Profi-Badehose trug, die bis zur Mitte seiner Oberschenkel reichte und dennoch nichts der Fantasie überließ. Er hatte definitiv die Statur eines Schwimmers – schmal, aber mit breiter Brust. Ich nutzte seine vorübergehende Blindheit, um ihn sehr gründlich zu mustern.

Charles griff sich ein Handtuch und begann, sich abzutrocknen. »Gib mir eine Minute zum Umziehen.« Er sah über seine Schulter, als er sich der Männerumkleide näherte. »Es sei denn, du möchtest mir helfen.«

Ich zeigte ihm meine Zähne.

In einer Baumwollhose und einem Adams-Sweatshirt kam er wieder zurück. »Du solltest immer deine Kontaktlinsen tragen, falls irgendwas passiert. Man würde meinen, dass dir das nach dem, was bei Kristen war, klar ist«, sagte ich. Er hielt mir sarkastisch galant die Tür auf. Immer, wenn ich Kristen ansprach, wurde seine Stimmung finsterer.

»Worüber willst du reden?«, fragte er. Wir gingen zu seinem Apartment, wo Andre zu uns stoßen würde.

»Ich habe über deine Will-Theorie nachgedacht, so lächerlich sie auch ist. Ich nehme sie ernst, aber wir dürfen Andre nichts von ihm erzählen.«

»Warum nicht?«

Weil dann noch jemand weiß, dass ich ein Motiv habe, ihn zu ermorden? »Weil es *privat* ist. Wir denken uns etwas aus.« Auf dem Weg bereitete ich mich mental vor – Charles schien auf Trevor fixiert oder, noch lachhafter, auf Will als unseren kleinen Jäger, was bedeutete, dass ich Andre überzeugen müsste, es wäre Emma, um mir einige Tage zu erkaufen. Es sollte nicht allzu schwer sein, denn Andre sorgte sich jetzt ernstlich, dass die Zwillinge Wymans uneheliche Kinder waren. Trevor war der wahrscheinlichste Kandidat, was bedeutete, dass ich alle davon abhalten musste, ihn tatsächlich festzunageln, ehe Phase vier mit Will abgeschlossen war.

Andre wartete direkt vor Charles' Haus auf uns und war sichtlich verschwitzt. »Was ist mit dir los?«, fragte ich.

»Ich dachte, dass mir jemand folgt.«

»Willkommen in meinem Alltag«, erwiderte ich und zog die Tür auf, nachdem Charles sie aufgeschlossen hatte.

Charles holte uns einige Biere, und wir setzten uns auf seine Couch. Offensichtlich wollte Andre sein Bier austrinken, bevor wir uns an die Arbeit machten, was ich ein wenig überdramatisch fand. »Wir haben alle Updates«, sagte ich. »Fang du an, Andre.«

»Noch mal zurück zu den Anfängen bei Wyman«, begann er schließlich. »Vor fast zwanzig Jahren hat er nach der Verhaftung des CRD-Killers mehrere ausführliche Gespräche mit ihm geführt. Ich konnte nicht verstehen, warum er gegen die Todesstrafe war, die von der Staatsanwaltschaft von Virginia verlangt wurde.« Ich nickte. »Und jetzt erfahre ich – Elena hat es mir gerade erst erzählt –, dass Wyman schon Jahre vor Ripleys Festnahme dessen Therapeut gewesen war. Was ist, wenn er Bescheid wusste?«

»Wusste, dass der Typ mordet?«, fragte Charles.

»Was, wenn Ripley Patient null war? Wymans erstes Versuchskaninchen für eine Methode, Psychopathen zu behandeln. Und dann lief alles grausam schief, und das will Wyman auf keinen Fall zugeben.«

»Psychologen sind gesetzlich verpflichtet, es zu melden, wenn ein Klient jemanden bedroht«, sagte Charles. Er versuchte bereits, mir einen mitfühlenden Blick zu entlocken, doch ich sah ihn nicht an. Ich war mir nicht ganz sicher, was ich von Wyman hielt, aber Charles schien ihn zu mögen. Nach zwei Jahren Verhätschelung in der Therapie bei Wyman wollte er nicht einsehen, dass der Mann kein gütiger Menschenfreund sein könnte.

»Das *sollten* sie. Aber was ist, wenn Ripley über seine Mordgelüste geredet hat und Wyman dachte, er könnte eine Behandlung entwickeln, die ihn vom Töten abhielt? Wenn er glaubte, er könnte den großen Durchbruch in der Forschung erzielen?«, fragte Andre. »Oder was, wenn Ripley in den Sitzungen gestanden, Wyman ihn aber nicht ernst genommen hatte? Ihr wisst ja, wie wir alle in der Therapie tönen – ich habe dies gemacht, das gemacht.«

Charles runzelte die Stirn. »Ich sehe nicht, was das alles, was noch vor unserer Geburt war, überhaupt für eine Rolle spielt. Wir werden *jetzt* gejagt. Und wir haben nur drei richtige Verdächtige.« Er hielt einen Finger in die Höhe. »Emma, die ich kenne …«

»Was meinst du damit, dass du Emma kennst?«, unterbrach Andre ihn.

»Er kennt Emma«, sagte ich.

»Ich habe euch angelogen«, gab Charles kein bisschen zerknirscht zu. »Ich habe euch beiden nicht getraut, deshalb habe ich getan, als würde ich sie nicht kennen. Ja, sie ist in dem Programm – und im dritten Studienjahr. Wir hatten … miteinander zu tun. Sie ist schräg, aber ich kann mir nicht vorstellen, dass sie eine Serienmörderin ist.«

»Das wissen wir nicht!«, fiel ich ihm ins Wort. »Wir haben noch nicht überprüft, wo sie zu den Tatzeiten war.«

»Ich kann es überprüfen, aber sie ist es nicht«, sagte Charles. »Dann hätten wir noch Trevor, Chloes kleinen Freund.«

Andre sah mich verwundert an. Unglücklich erzählte ich, wie ich von dem »Assi« Trevor zum Narren gehalten worden war, und Charles gab Andre eine Kurzfassung der Cyberattacke. Ich wurde wieder wütend, denn ich hasste es, verarscht zu werden. Andre wirkte erst recht erschrocken, als Charles ihm von dem Eindringling bei Kristen berichtete. »Trevor ist sadistisch und misogyn, und er besitzt richtig gefährliche Fähigkeiten. Er ist seit zwei Jahren in dem Programm – vielleicht hat Wyman irgendwas gesagt, das ihn eskalieren ließ. Psychopathen können so sein – Kleinigkeiten für immer nachtragen«, erklärte Charles und verstummte. Nun fühlte ich, dass Andre mich anstarrte. Oh-oh, ihn störte etwas gewaltig.

»Chloe hat versucht, ihn abzustechen, und du hast auf ihn geschossen«, folgerte Andre. »Und er ist jedes Mal davongekommen. Wer ist der dritte Verdächtige?«, fragte er.

Charles sah mich bewusst nicht an. »Da gibt es noch jemanden an der Adams, ein Student im dritten Jahr namens Will Bachman. Unseres Wissens ist er nicht in dem Programm, und ich habe keine Ahnung, was sein Motiv sein könnte, aber das heißt nicht, dass er keines hat.« Andre wollte offenbar eine Bestätigung von mir, doch ich blickte nach unten zu meinen Händen und zupfte energisch an einem Nietnagel. »Ich kann das nicht näher erläutern«, sagte Charles merklich zögerlich, »wegen der Art, wie ich an die Information gekommen bin. Aber im Grunde ist er ein mieser Typ. Er …«

»Wie mies?«

»Er ist in meiner Verbindung. Ich weiß, dass er früher mindestens ein Gewaltverbrechen begangen hat. Er wohnt ganz in der Nähe von der Stelle, an der Chloe angegriffen wurde. Er hat über Kristen geredet, wie heiß sie sei und dass er sich an sie ranmachen würde, wäre sie nicht meine Freundin. Er ist Sportler, also kann er sich schnell bewegen.«

Immer noch sah Andre mich an, und ich wusste, warum. Wir hatten enger zusammengearbeitet, nur wir zwei. Ich hatte ihm gesagt, dass er Charles nicht trauen dürfe, und jetzt ließ ich ihn bei einer Menge Sachen außen vor, die ich mit Charles herausbekommen hatte. Ich musste ihn wieder für mich gewinnen.

»Jedenfalls«, sagte Charles, »denke ich, wir sollten uns auf Trevor konzentrieren. Ich überlege, mit der ganzen Geschichte zur Polizei zu gehen, auch mit dem Hacking im letzten Jahr.«

»Die Polizei wird uns nicht helfen«, entgegnete ich, blickte zu Andre und versuchte, ihm stumm zu vermitteln, dass er mir zustimmen sollte. »Was willst du denen sagen? Dass wir alle Psychopathen sind und denken, dieser andere Psychopath es war?«

»Ja«, antwortete Charles.

»Wir brauchen Beweise«, sagte ich.

»Und wie hast du vor, die zu bekommen?«

»Auf die altmodische Art«, gab ich zurück. »Wir spionieren sie aus, entlocken ihnen Informationen, wie immer wir können. Ich übernehme Trevor – er will schon mit mir befreundet sein. Du hast gesagt, dass Emma dich mag, also verabrede dich mit ihr.«

»Ich kann mir auch Will vornehmen«, sagte Charles und sammelte die leeren Bierflaschen ein. Ich sah ihn mit einem Blick an, der in meinem Kopf befahl: *Nein, wirst du nicht. Ich kümmere mich um Will!*

»Bis dahin müssen wir uns über Sicherheit unterhalten. Vor allem deine ist scheiße, wenn jemand durch euer Fenster steigen konnte«, sagte ich.

»Du hast dich fotografieren lassen, während du mit Chad gevögelt hast!«, konterte Charles. »Kristen und ich sind in Fort Hunt. Keiner kann dort einfach aufs Anwesen wandern, und die Männer meines Dads sind rund um die Uhr da.« Was für reiche Arschlöcher! Andre und ich litten, während die beiden wahrscheinlich Mai Tais schlürften, die ihnen ein Butler brachte. »Ich kann dir eine Waffe geben«, bot er Andre plötzlich an.

»Mir hast du nie eine Waffe angeboten!«, rief ich.

»Ich habe ein paar Pistolen. Falls du weißt, wie man die benutzt, kann ich dir eine leihen«, fuhr Charles fort, ohne mich zu beachten.

Andre wirkte unsicher. »Nein … Ich weiß nichts über Waffen und will auch nicht mit einer erwischt werden. Ich könnte einfach bei meinen Eltern wohnen.«

»Und deine Familie in Gefahr bringen?«, fragte Charles. »Du kannst hier wohnen. Ich habe ein Gästezimmer, und der Portier hier lässt ernsthaft niemanden rein.«

Warum war Charles auf einmal so großzügig zu Andre? Ich beäugte ihn misstrauisch, doch er lächelte mir nur zu.

Auch Andre war misstrauisch oder zumindest nicht leichtgläubig. »Tja, ich schätze, wenn es dazu kommt … und ich es muss«, sagte er auf die klassische Art von jemandem, der höflich sein wollte. Er nahm einen Schlüsselbund an, den Charles ihm gab und an dem eine Fernbedienung für die Außentür und ein Schlüssel hingen.

Ich stand auf. »So lustig es hier ist, ich muss noch arbeiten.« Eigentlich wollte ich bloß weg von den beiden, ehe sie anfingen, Fragen über Will zu stellen.

»Vergiss nicht, was ich über Trevor gesagt habe«, sagte Charles, als ich fast an der Tür war.

»Du bist niedlich, wenn du Angst hast.«

»Sei vorsichtig.«

Scheiß auf Vorsicht.

FÜNFUNDVIERZIG

Tag 5

Im Gebäude der Geisteswissenschaftler gab es eine Nische, in die ich mich zwischen den Kursen gern mit meinem Laptop setzte. Die Uhr tickte noch für Will. Im Klartext hieß es, die Locations für Phase vier, die finale Phase, einzugrenzen. Eine Option war ein voller, chaotischer Ort – wie das Verbindungshaus –, aber es würde eine Mordmethode verlangen, die eventuell nicht verlässlich war, wie Vergiften oder ein einzelner Stich mit dem Messer und abhauen. Und es sollte eine Weile dauern, bis die Leiche gefunden wurde. Ich wollte einen Ort, an dem ich ihn sowohl töten als auch verstecken konnte, denn eine Leiche war unpraktisch zu transportieren – ich hatte kein Auto, und selbst noch so viele Yogalates-Stunden würden es nicht leichter machen, hundertsiebzig Pfund Totgewicht durch die Gegend zu schleppen.

Natürlich war Rock Creek Park einer der ersten Plätze, an die ich dachte. Der Park war D.C.s Version von New Yorks Central Park – sieben Quadratkilometer Grün auf bestem Baugrund. Zwar gab es eine Menge Angebote dort für Freizeitaktivitäten – Radwege, Wanderwege und ein Reitzentrum –, aber auch größere Waldstücke. Dass Rock Creek Park eine gute Wahl wäre, ergab allein eine zweisekündige Google-Suche, die mir verriet, dass dort viele Morde geschahen. Viele Leute – natürlich zumeist Frauen – waren da joggen gewesen und nie nach Hause zurückgekehrt. Es war verlockend, aber wir hatten Herbst. Ich wollte Will in Brand stecken, doch wenn überall trockenes Laub war, könnte es ein übles Feuer geben, und das würde eher mehr Aufmerksamkeit auf den Tatort lenken, nicht weniger.

Nein, ich musste einen Ort finden, der ebenso abgeschieden wie feuerfreundlich war.

Ich engte es auf eine Baustelle und das National Arboretum ein, das ich mir gestern näher angesehen hatte. Das Arboretum war sehr weitläufig, mit unbewohntem Land voller Wege, Pflanzenausstellungen und mit Bäumen gesprenkelten Wiesen. Das Interessanteste war eine bizarre Installation: ein aufwendiges Arrangement von Originalsäulen des Capitol, erbaut im 19. Jahrhundert, aber letztlich durch architektonisch stabilere Säulen an dem Gebäude ersetzt. Es sah aus wie die Ruine eines griechischen Tempels und wäre wohl der ideale Ort für ein Menschenopfer. Mich sorgte allerdings, wie weit weg es vom Campus war, und ich wusste nicht, ob dort nachts Sicherheitsleute patrouillierten. Wahrscheinlich ja, denn im Arboretum gab es auch eine Sammlung von Bonsais, die eine Menge wert sein musste.

Ich bekam ein Mood-Log: Was ich gerade machte, und weil es die Option »einen Mord planen« nicht gab, wählte ich *Lernen*. Mir blieben noch fünfzehn Minuten bis zum nächsten Kurs. Ich scrollte gedankenverloren durch Instagram, da sah ich etwas, bei dem ich würgen musste.

Es war ein Post von Chad mit einem Foto von ihm, wie er eine Banane einem Telefon gleich an sein Ohr hielt.

Hey, Leute! Sammle immer noch Handys für das Frauenhaus! Alle Marken, egal welcher Zustand. Ladekabel unnötig.

Hat das Telefon auch nicht zu viele Kohlenhydrate?, hatte jemand kommentiert.

Ich stopfte all meine Sachen in meine Tasche und rannte

durch den Flur, was für einiges Gaffen sorgte, aber das war mir egal. Dann wartete ich ungeduldig, bis der Fahrstuhl unten war, mein Handy schon bereit, Chad anzurufen. Ja, anrufen, nicht texten! Ich brauchte seine ungeteilte Aufmerksamkeit. Und ich musste ihn sehen, bevor Will den Post entdeckte, falls er schlau genug war, zu erkennen, was es bedeuten könnte.

Ich sprintete die Straße hinunter zum Verbindungshaus. Es war 16:35. Wills Vorlesung in Politikwissenschaft ging bis Viertel vor fünf, sofern er überhaupt heute zur Uni gegangen war. Mittlerweile war ich an dem Punkt, an dem ich einfach die Zeit aussaß. Ich glaubte nicht mehr, dass ich das Video bekommen würde, und traf letzte Vorbereitungen für Will, wartete auf den verrückten Tag der Massendemonstrationen. Erst gestern stand in der *Post*, dass alle Airbnbs in der Stadt ausgebucht waren, gemietet von den Demonstranten, die von außerhalb anreisten.

Die Vordertür war offen. Ich stürmte ins Haus, und zwei Jungen, die ein Videospiel spielten, sahen mich kaum an. »Chad!«

»In der Küche!«, rief Chad mir zu. Ich rannte hin, und er machte gerade etwas, das wie ein Omelett aus siebenunddreißig Eiern aussah. »Du glaubst, du hast dein Telefon hier vergessen?« Er trug ein Muscle-Shirt und lächelte verwundert.

»Ja, bei der letzten Party.« Er führte mich zu einem Zimmer hinter der Küche, in dem eine Sammlung kaputter Geräte war. Ein riesiger Karton war halb voll mit Handys, und ich begann, darin zu wühlen.

»Wie sieht es aus?«, fragte Chad und beugte sich über den Karton, um mir zu helfen.

»Es ist ein iPhone 4 mit einem runden weißen Sticker hinten. Die rechte Ecke unten ist eingedellt.« Ich würde das

Handy überall erkennen, hatte mir jedes Detail von ihm eingeprägt.

Ich wühlte weiter, und dann … da war es! Immer noch mit dem weißen STX-Lacrosse-Sticker hinten. Will musste es mit einem Haufen Ramsch hiergelassen haben, als er nach seinen ersten zwei Jahren aus dem Haus auszog. Ich schnappte es mir und achtete darauf, dass Chad den Sticker nicht richtig sah. Zu diesem Zweck sprang ich ihn förmlich an und schlang die Arme um seinen Hals, dass er beinahe umfiel. »Du bist der Beste!«

»Bin ich?«, fragte er mit einem gewinnenden Lächeln. »Bleib zum Abendessen. Ich mache eine Frittata.«

»Nächstes Mal!«, antwortete ich, küsste ihn auf den Mund und lief zur Tür hinaus.

In meinem Wohnheimzimmer und hinter verriegelter Tür steckte ich das Ladekabel für das iPhone 4, das ich online gekauft hatte, in das Handy und wartete zappelig, dass es lud. Dieses Modell hatte glücklicherweise noch keine Fingerabdrucksicherung, sonst müsste ich eine kleine Operation an Will vornehmen. Nicht, dass ich darin nicht gut wäre. Ungeduldig starrte ich das Telefon an, bis es genügend geladen hatte, um eingeschaltet zu werden. Ich drückte den »Zuhause«-Knopf, und ein vertrautes Icon erschien. Als Erstes vergewisserte ich mich, dass das Handy auf Flugmodus geschaltet war. Auch wenn Will es vermutlich vor Jahren deaktiviert hatte, konnte man nie zu vorsichtig sein.

Es war nicht schwierig, das Video zu finden, weil ich das Datum wusste, an dem es aufgenommen wurde. Habe ich es mir angesehen? Als bräuchte ich noch etwas anderes, das mir bestätigte, was Will blühte!

Ich hatte das Video – es war eindeutig er und eindeutig ich.

In New Jersey verjährt Vergewaltigung nicht. Aber nein, ich wollte nie die langsamen Mühlen der Justiz durchstehen, während mich Trolle auf Instagram wegen der »skandalösen« Bilder beschimpften, weil ich die Frechheit besaß, attraktiv zu sein oder Spaß mit Freundinnen an einem gemeinsamen Abend zu haben; während sie infrage stellten, dass ich traumatisiert sein könnte, weil ich doch eindeutig eine Schlampe war, so wie ich überall Bestnoten abgegriffen hatte. Dann wäre die Frage nicht: »Was ist Michelle passiert?«, sondern: »Warum hast du nicht …?« Das Narrativ wäre, wie ich es wagen konnte, Wills Leben zu ruinieren, seine guten Noten, sein Lacrosse, und sowieso würde jede Frau doch quasi darum betteln. Fickt. Euch. Alle.

An dem Tag, an dem es passierte, war weder ich zur Polizei gegangen noch meine ahnungslose Mom. Ich blieb zu Hause und beschloss, eines Tages Will Bachman zu töten. Damals war es nur ein flüchtiger Hauch von einem Gedanken gewesen, nicht so klar und fest, wie er am Ende werden sollte. Nein, das geschah erst nach stundenlanger Recherche, Experimentieren und Selbstverteidigungskursen. Will ging weg zur Highschool, und ich blieb auf der Mittelschule, um anschließend auf eine andere Highschool zu wechseln. Die nächsten fünf Jahre bewegte Will sich durch die Welt, ohne jemals an mich zu denken oder das, was er getan hatte. Ich würde dafür sorgen, dass dies die letzten zwei Dinge waren, an die er dachte, wenn er starb. Jetzt, mit dem Video, war ich bereit.

SECHSUNDVIERZIG

Charles stand am vollen Eingang von *Ted's Bulletin* und hielt nach Emma Ausschau, die ihm geschrieben hatte, dass sie schon da war. Die Barhocker waren alle besetzt, und links von ihm drängelten sich die Leute, die in einer separaten Schlange warteten, um vorn bei der Bäckerei einzukaufen. Er sah, dass Emma auf der anderen Seite der Glasscheibe draußen vor dem Restaurant stand. Er winkte ihr zu, doch dann bemerkte er ihren glasigen Blick. Sie beobachtete in dem Glas die Spiegelung von zwei Bäckern mit weißen Mützen, die im Akkord Füllung in Teig gaben, um die selbst gemachten Pop-Tarts zu machen.

Gott, was für eine Irre, dachte er. Er trat vor das Fenster, pappte sich ein Lächeln aufs Gesicht und winkte wieder. Jetzt nahm Emma ihn wahr. Sie erwiderte sein Lächeln nicht, sondern ging zu der Drehtür und kam nach drinnen. »Da bist du ja!«, sagte Charles munter.

»Ich habe gewartet.«

Er trat zur Empfangsdame, die ihn fragte, was für einen Tisch sie wünschten. »Eine Sitznische«, antwortete Charles sofort. Eine Nische bot ihnen einen gewissen Grad an Privatsphäre.

Sie setzten sich einander gegenüber und bekamen sehr große Speisekarten gereicht. Charles linste über seine hinweg zu Emma. Sie sah müde aus, hatte dunkle Augenringe. »Geht es dir gut?«, fragte er und legte seine Karte hin.

»Was meinst du?«

»Du wirkst müde.« Er beugte sich vor und lächelte reumütig. »Entschuldige, ich kenne Mädchen, die es hassen würden, wenn man das sagt. Aber … mit allem, was vor sich geht.«

Emma blickte wortlos in ihre Speisekarte. Charles versuchte sich vorzustellen, wie sie ein Messer schwang. War es so simpel, dass sie Kellen oder Michael wegen Kleinigkeiten gehasst hatte? Oder war sie vielleicht in einen von beiden unglücklich verliebt gewesen? *Was ist, wenn sie sich in dich verliebt?*, hörte er Chloes Stimme. Charles war ziemlich sicher, dass Emma ihn mochte. Und auch wenn sie offensichtlich nicht funktionierte wie die meisten anderen Leute und Textnachrichten innerhalb von ein oder zwei Tagen beantwortete, hatte sie ihm am Ende geantwortet und gesagt, sie würde sich mit ihm treffen. Emma war genau die Sorte Mensch, die jegliche gesellschaftliche Einladung ignorierte, wenn ihr danach war. »Sie haben hier Milkshakes mit Alkohol«, sagte sie.

»Ja, bestellen wir die«, schlug Charles vor.

»Ich bin noch nicht einundzwanzig.«

»Keine Sorge deswegen.«

»Das ist alles, was ich will«, ergänzte sie leise und legte ihre Speisekarte hin.

Charles bestellte Hackbraten und einen Thin-Mint-Milkshake. »Es ist nur … Ich habe dich länger nicht gesehen, und es ist alles so verrückt.«

Emma schien hinter ihn zu sehen, wo auf einem Bildschirm alte Schwarz-Weiß-Filme liefen. »Mit diesen Jungen, die gestorben sind«, sagte sie.

»Ja«, antwortete er. »Ich meine, ist das nicht beängstigend?«

»Leute sterben«, erwiderte sie. »Und manchmal kann man daran nichts machen.«

»Kann sein … Es kann einem aber auch das Gefühl geben, dass alles außer Kontrolle ist, verstehst du?«

»Oder unter der falschen Kontrolle«, sagte sie.

Der Milkshake wurde in einem hohen Glas serviert, das unten noch in einem metallenen Kühler stand, an dem sich außen bereits Kondenswasser gebildet hatte. Charles goss ein Drittel in sein Glas und schob es über den Tisch Emma zu. Anstatt das Glas an ihre Lippen zu heben, beugte sie ihren Mund zum Glas, ohne den Blickkontakt zu Charles zu brechen, und trank durch den Strohhalm. Unweigerlich dachte Charles an eine gigantische Biene, die sich an Blütennektar labte, die schwarzen Augen leer vor lauter Insektengedanken.

Sie hielt inne, um den Strohhalm tiefer in das Glas zu bohren.

»Hast du keine Angst?«, hakte Charles nach.

»Ich bin nicht wie du, Charles«, antwortete sie. Er fragte sich, was sie meinte. Dass sie keine Angst empfand oder so?

»Kellen war kein übler Kerl.«

»Ist er einer der Toten? Ich bin ihm nie begegnet. War er dein Freund?«, fragte sie.

Sein Hackbraten wurde gebracht. Charles strich sich das Haar glatt. »Nicht wirklich. Er war irgendwie zu laut. Ich ziehe Leute vor, die introvertierter sind.«

Emma senkte den Blick zu ihrem Milkshake.

Charles beugte sich vor. »Du magst mich, Emma, oder?«, fragte er. Ihr Blick wanderte über eine Konstellation von Punkten auf dem Tisch, und sie schien mit der Antwort zu ringen. »Du hast meine Textnachrichten nicht beantwortet«, forderte er sie freundlich heraus.

»Habe ich!«

»Nach fünf Tagen!«

»Hätte ich das früher machen sollen?«

»Ich wollte mich mit dir treffen«, sagte er betont locker.

»Von meinen Freunden bist du die einzige, die so ist wie ich.« Ihre Ohren wurden rot. Er fing an, seinen Hackbraten zu essen. »Findest du nicht, dass wir verwandte Seelen sind?« Sie schien eher gequält als froh darüber. »Oder nimmt den Platz schon deine Schwester ein?«

»Ich würde sie keine verwandte Seele nennen.«

»Ich habe immer gedacht, es wäre cool, einen Zwilling zu haben.«

»Wir haben uns einen Bauch geteilt.«

Verdammt noch mal, sag bitte etwas Brauchbares! »Ihr müsst euch richtig nahe sein.«

»Irgendwie«, sagte sie und stocherte mit dem Strohhalm in ihrem Shake. »Nicht wirklich. Sie sollte netter sein. Sie wollte nicht nach D.C., aber sie konnte nicht nach Berkeley, und meinetwegen können wir uns beide das College leisten.«

»Was meinst du?«, fragte Charles und tat, als würde er von seinem Kartoffelpüree abgelenkt.

»Weil sie als Kontrollperson in der Studie ist, bezahlen sie ihr das Studium an der American auch. Sie sagt, nach dem Abschluss nimmt sie die Hälfte von ihrem Bonus und macht ein Geschäft auf.«

»Wyman zahlt auch für Megan das College?«

»Ich habe dir nie erzählt, wie sie heißt«, sagte Emma und sah ihn an.

»Doch, hast du«, erwiderte Charles selbstsicher. »Ist die American nicht ziemlich teuer?«

Sie zuckte mit den Schultern. »Das Geld ist ja nicht geschenkt. Sie muss immer noch zu den MRTs kommen, damit sie ihr Gehirn mit meinem vergleichen können oder was auch immer, und zur Gruppentherapie.«

»Ihr beide? Zusammen?«

»Ja, sehr spaßig.« Er konnte nicht erkennen, ob es ein Scherz sein sollte.

»Tja, ich habe noch nicht entschieden, was ich mit meinem Bonus mache«, sagte Charles. Er hatte keine Ahnung, ob er überhaupt einen bekommen würde oder wie hoch der wäre. Seine Eltern kümmerten sich um alles Finanzielle.

»Ich habe überlegt, ein Brückenjahr zu nehmen, zu reisen und Fotos zu machen. Mit zwanzigtausend kommt man in Asien lange aus.«

Emma verließ die Sitznische, um zur Toilette zu gehen, und ließ ihre Tasche auf dem Tisch. Lässig ging Charles den Inhalt durch. Er stellte sich vor, dass jeder, der es sah, denken würde, er wäre Emmas fester Freund und würde nach einem Taschentuch suchen. Es war nichts drin außer einem Heftchen zu einer Ausstellung im Museum of Women in the Arts und einem Schlüsselbund mit einem Plastikanhänger, der wie ein Gespenst aussah. Als Emma zurück war, versuchte er vorsichtig herauszufinden, wo sie in den Nächten der Morde gewesen war. Das Beste, was er herausfinden konnte, war, dass sie während Michaels Ermordung in einem Fotolabor gewesen war. Sie gleich darauf zu fragen, wo sie war, als Kellen umgebracht wurde, würde sie sicher misstrauisch machen.

Charles teilte Chloe und Andre seinen Erfolg per Textnachricht mit, sobald er aus dem Restaurant war, und rechnete mit Lob, doch keiner antwortete. Schmollend ging er zur *Shaw Tavern*, wo Kristen sich mit Freundinnen zum Dinner verabredet hatte. Charles hatte sie ermuntert, so oft wie möglich Freundinnen zu treffen, was schwierig gewesen war, denn wie viele Studenten war auch sie ängstlich wegen der Morde und verfolgte sämtliche Nachrichten zu der Mordermittlung.

Wäre Kristen eifersüchtig, wenn er ihr erzählte, dass er gerade Emma getroffen hatte, oder eher stolz auf ihn, weil er so nett war, Zeit mit einem einsamen Mädchen zu verbringen?

Er vergrub die Hände tief in den Taschen seiner Cabanjacke und fühlte die vertraute Glock. Obwohl er sich die Waffe bereits genommen hatte, hatte er seinen Vater am Morgen nach dem Einbruch bei Kristen gefragt, ob er sie leihen dürfe. »Herrgott, nimm sie dir, wenn du willst«, hatte sein Vater gesagt, ohne den Blick vom Spiegel abzuwenden, vor dem er einen perfekten Windsorknoten band.

Charles blieb an einer roten Ampel stehen und sah eine bekannte Gestalt, die einen halben Block weiter die Straße überquerte. »Chloe!«, rief er, doch sie hörte ihn nicht. Er lief zu ihr. »Ich habe dir geschrieben – eben habe ich Emma getroffen!«

»Schön«, sagte sie gedankenverloren und blieb nicht stehen. Sie hatte eine sehr große Büchertasche bei sich. Charles ging neben ihr her.

»Nicht so schnell! Lass uns reden.«

»Ich bin gerade beschäftigt.«

Sie hatte ihn noch nie abgewimmelt. Sonst posierte sie immer auf die eine oder andere Art, aber jetzt schien sie zum ersten Mal in Gedanken woanders.

Will, dachte Charles. Vielleicht hatte Will ihr endlich gesagt, dass er das Video nicht hatte.

»Dann morgen«, schlug er vor.

»Da habe ich zu tun.«

»Was?«

»Für die *Uni*«, antwortete sie gereizt. »Und die *Demos.*«

»Seit wann gehst du auf Demos?« Sie ignorierte ihn. »Hast du mit Will geredet? Über das Video?« Schweigen. »Soll ich ihm Druck machen? Ich könnte dafür sorgen, dass er sich betrinkt, und ihn fragen, wo er in den Mordnächten war.«

»Nicht nötig«, sagte sie.

»Du willst doch nicht … irgendwas *tun*, oder?«, fragte er.

Sie wollte um eine Ecke biegen und weggehen, aber

Charles fing sie am Ellbogen ab. Halbwegs rechnete er damit, dass sie wieder auf Flirt umstieg, auch wenn er nicht direkt überrascht war, als sie ihn mit einem verärgerten Blick bedachte. »Chloe … manchmal denkt man lange Zeit, dass man etwas will und glücklich ist, wenn man es hat, aber normalerweise läuft es nicht so.«

Sie seufzte. »Ich habe keine Zeit, dir Beziehungstipps zu geben, Charles.«

SIEBENUNDVIERZIG

Tag 0

Es wurde Zeit. Mein Plan war eingeläutet, doch dann gab es unerwartete Entwicklungen. Gestern schickte Will mir eine Textnachricht auf der Dating-App. Ich habe das Handy und gebe es dir. Tatsächlich? Das ist witzig, denn ICH HIELT SEIN ALTES HANDY IN MEINER HAND. Dieses verlogene kleine Stück Scheiße! Ich will es sehen, antwortete ich, denn ich war neugierig, was er vorhatte. Er schickte mir ein Bild von einem iPhone 4. Hält er mich ernsthaft für so blöd?

Ich schrieb ihm, dass wir die Übergabe morgen Abend machen würden und ich dann vor seinen Augen Snapchat von meinem Handy löschen würde. Er schickte zahlreiche Fragezeichen zurück und fragte, warum es nicht heute ging. (Weil Tag 1 zu früh ist, Dummkopf!) Ich antwortete, morgen um elf Uhr abends, und ich würde ihm rechtzeitig die Koordinaten schicken. Und sollte er jemanden mitbringen oder es jemandem erzählen, würde ich Snapchat nicht löschen und der kleine Davey könnte Besuch von seiner Online-Freundin bekommen.

Ich streamte die Nachrichten auf meinem Computer, als ich mich fertig machte. Die Uni hatte in dieser Woche bereits täglich Sicherheitswarnungen ausgegeben, weil es bei einigen kleineren Demos abends zu Ausschreitungen gekommen war. Die Polizei war mit allen Leuten im Einsatz, und schon gestern war zu merken, dass viele Auswärtige mit Protestschildern in der Innenstadt von D.C. unterwegs waren.

Ich zog mir schwarze Sachen an, die ich in einem Wohlfahrtsladen gekauft hatte – sie rochen ungewaschen. Dann band ich mir das Haar zu einem strammen Pferdeschwanz, gelte es, damit es glatt anlag, und steckte es bombenfest, bevor ich eine enge Mütze überzog. Ich hatte Lederhandschuhe und Herrenturnschuhe, die eine halbe Nummer zu groß waren. In meinem Rucksack waren Grillanzünder, eine Flasche Feuerzeugbenzin, mein Tütchen mit der Haarsammlung und der DNS und einige andere schöne Sachen für Will.

Meine Smartwatch ließ ich im Zimmer und stellte Netflix auf meinem Laptop ein – das würde für ein paar Stunden reichen, und Yessica könnte es durch meine geschlossene Zimmertür hören. Dann stieg ich aus dem Fenster und die Feuerleiter hinunter. Ich durfte nicht riskieren, dass mir der Jäger folgte, deshalb war ich besonders vorsichtig. Ich lief durch Seitengassen, verschwand in Gebäuden und verließ sie durch andere Türen wieder; als Nächstes eilte ich in eine U-Bahn-Station, nicht, weil ich die Bahn nehmen wollte, sondern weil da unten ein Labyrinth von Rolltreppen auf unterschiedlichen Ebenen war. Schließlich nahm ich ein Taxi, das mich zehn Minuten Fußweg von meinem Ziel entfernt absetzte. Dort kam ich zwei Stunden vor der mit Will verabredeten Zeit an und eine Stunde, bevor ich ihm schrieb, wo wir uns treffen würden. Auf der gesamten Fahrt konnte ich Polizeisirenen und Hubschrauber der Lokalmedien hören, die versuchten, die Demos zu filmen.

Am Ende hatte dieser Ort die andere Option – das Arboretum – ausgestochen, sowie ich ihn mir aus der Nähe ansah. Die McMillan-Sandfilteranlage wurde im frühen 20. Jahrhundert gebaut, als die Stadt ihr Wasser noch von einem Aquädukt bezog und es mit Sand anstelle von Chemikalien filterte, zumindest bis zum Zweiten Weltkrieg. Jetzt war sie ein riesiges, eingezäuntes und verlassenes Grundstück. Die

Bebauungspläne ruhten aus vermutlich langweiligen Gründen.

Ich wartete, bis kein Verkehr mehr war, dann kletterte ich über den Maschendrahtzaun. Drinnen war er mit grünem Stoff bespannt, sodass sich die komplette Anlage wie vom Rest der Welt abgeschnitten anfühlte. Es wirkte seltsam isoliert mitten in einer Stadt, in der Raum schwindelerregend teuer war.

Das Grundstück erstreckte sich über einen ganzen Block und war voller hoher Gräser und Unkraut, die in der Dunkelheit schwarz aussahen. Gigantische Backsteinsilos, in denen einst der Sand lagerte, standen in einer Reihe, manche von Efeu bewachsen, und jeder mit einem bogenförmigen Eingang in der Mitte. Ich ging durch einen und eine Treppe hinunter zu einem unterirdischen Gewölbe, in dem früher der Sand zum Filtern gewesen war.

Bei meinem ersten Besuch war Sonnenlicht von oben hereingefallen, sodass das Deckengewölbe und die Säulen gut zu sehen gewesen waren. Nachts war es finster wie in einer Katakombe, und der Sand unter meinen Turnschuhen war kalt. Unter der Erde, isoliert, still – der ideale Ort.

Ich versteckte meinen Rucksack hinter einer Säule und machte mich daran, die Haare zu verteilen. Dann packte ich den Tampon aus – nass mit ein wenig Wasser in einer Tüte – und rieb meine Lederhandschuhe damit ab. Egal, wie vorsichtig ich war oder wie viel ich recherchiert hatte: Brachte man jemanden um, konnten sie einen schon mit einem einzelnen Blutstropfen überführen. Ich hatte keine Ahnung, wie viel von meiner eigenen DNS sich hier während der ganzen Sache verteilen könnte, und ich wollte kein Risiko eingehen.

Als ich Will die Koordinaten schickte, schrieb er: Okay. Nach zwanzig Minuten aber war er verwirrt, denn er stand draußen vor dem Zaun. Ich textete ihm, dass er darüberklettern und durch irgendeinen Eingang nach unten kommen soll – dort würde er mich sehen. Ich harrte geduckt hinter einer Säule aus und beobachtete, wie das helle Licht seines Handys die Stufen herunterhüpfte. »Was soll das denn?«, hörte ich ihn sagen. Er blickte in die falsche Richtung.

»Hier drüben«, rief ich. Ich hatte ein kleines LED-Licht auf den Boden gestellt. Natürlich kam er darauf zu.

»Was soll der Mist? Warum muss ich den ganzen Weg herkommen? Was ist das hier überhaupt?«

»Sei kein Baby.« Dasselbe hatte er an jenem Abend zu mir gesagt.

Sobald er sich über das LED-Licht beugte, bewegte ich mich und schockte ihn. Er schrie kurz und fiel zitternd zu Boden. Ich hockte mich neben ihn, während er mich verfluchte, und hielt den Elektroschocker nahe an seinen Kopf. »Du bist doch t-total durchgeknallt! Ich habe das blöde Handy mitgebracht, und jetzt lass mich in Ruhe!« Er zog es aus seiner Tasche und warf es mit einiger Anstrengung in den Sand.

Ich tat, als würde ich es überprüfen, wobei ich darauf achtete, dass er mein Gesicht sah. »Weißt du, was witzig ist? Ich bin mir ziemlich sicher, dass *dies dein Handy ist*«, sagte ich und holte das richtige Handy hervor.

»Wenn du es die ganze Zeit gehabt hast, was soll dann der Scheiß hier?«

»Du hast es irgendwie im SAE-Haus liegen gelassen, du Idiot.«

»Gut, du h-hast das blöde Handy. Lässt du jetzt meinen Bruder in Ruhe?«

»Wenn wir hier fertig sind, lösche ich alles und höre auf, mit Davey zu reden.« Er sah skeptisch aus. »Versprochen. Ich will nur, dass du noch eine Sache für mich machst.« Ich bedeutete ihm, sich aufzusetzen, dann stellte ich das richtige Handy vor ihm auf, mit dem Video abspielbereit. »Ich möchte, dass du dir das ansiehst.«

»Wa...« Ich schockte ihn wieder. Schreiend kippte er um. »Okay, okay!«

Ich stand hinter ihm, als er auf der Seite im Dunkeln lag, und beobachtete ihn, nicht das Video. Er sagte nichts, tat nichts, sondern wartete eindeutig, dass es vorbei war. Ich betrachtete sein Gesicht. Mir wurde bewusst, dass es das letzte Mal war, dass ich oder irgendwer ihn lebend sah. Er verstand die Bedeutung des Moments nicht, und ich konnte ihn nicht darauf hinweisen. Ich konnte keine finale Schurkenrede halten, wie man sie in Filmen sieht, weil es die Überraschung kaputt machen würde. Es gab keine Hintergrundmusik und kein Zoomen. Dies war das wahre Leben, und im wahren Leben können wir die schmerzlichen Teile nicht rausschneiden.

Ich hielt das aufgerollte Springseil in einer Hand und ging näher hinter ihn, als von dem Video nur noch wenige Sekunden übrig waren. Ich schlang ihm das Seil um den Hals, stieß ihn in den Sand und stellte meinen Fuß auf seinen Kopf. Er kämpfte, bäumte sich auf und beging den Fehler, den die meisten Leute machen, wenn sie erwürgt werden: Sie greifen mit den Händen nach ihrem Hals.

Drückt man die Karotis ab, verliert ein Mensch wegen des Sauerstoffmangels im Gehirn innerhalb von zehn bis fünfzehn Sekunden das Bewusstsein – in dieser Zeit kämpfen Leute. Doch sind sie erst mal bewusstlos, heißt das nicht, dass sie tot sind: Das Herz schlägt noch, das Gehirn könnte sich wieder erholen. Es gibt eine Menge Arten, durch Strangulation oder Garrotieren zu sterben. Herzarrhythmie durch Druck auf den Karotisnerv. Blockierung des Blutzuflusses zum Gehirn. Blockierung der Halsvene, sodass kein Blut mehr aus dem Gehirn abfließen kann und es dort zu einem Blutstau kommt. Druck auf den Kehlkopf, der den Luftfluss in die Lunge blockiert und zum Ersticken führt. Ich hielt das Seil fest und zählte sicherheitshalber bis hundert. Meine Arme und meine Schultern brannten.

Schließlich ließ ich ihn los, und sein Kopf fiel lautlos in den Sand. Mir wäre lieber gewesen, seinen Puls zu überprüfen, aber ich wollte keine einzige Chloezelle auf ihm hinterlassen. Ich beobachtete ihn – er atmete nicht. Jetzt musste ich schnell sein. Ich nahm ihm seine Brieftasche und sein Handy ab und steckte sie in meinen Rucksack. Als Nächstes legte ich die Grillanzünder auf ihn und übergoss alles mit Feuerzeugbenzin. Der Zustand, in dem die Leiche wäre, würde mir Zeit verschaffen. Ich schätze, sie würden am Ende das Zahnschema nutzen, um ihn zu identifizieren. Bis dahin hätte ich bereits unseren mysteriösen Mörder belastet, und Will wäre offiziell sein nächstes Opfer. Ich entsperrte sein Handy (dasselbe dämliche Passwort) und löschte die Dating-App, um auf der sicheren Seite zu sein.

Ich hatte eine Million Dinge zu tun – und das schnell –, doch plötzlich war es, als würde sich mein Körper gegen jede Bewegung sträuben. Abrupt und fast brutal setzte ich mich in den Sand, den Blick auf das Feuer gerichtet, das zu riechen begann.

Ich hatte es getan. Sechs Jahre Planung und Recherche, alles hierfür. Ich hatte es geschafft, und Will war tot. Beinahe konnte ich es nicht glauben, trotz des Bilds vor mir. Ich hatte gewonnen und er verloren. Unwillkürlich musste ich an Michelle denken, mein früheres Ich, das zwölfjährige, allein in ihrem Zimmer an dem Tag, an dem es geschah und an dem sich eine Idee zu formen begann. Fast war es, als könnte ich ins Feuer greifen und mit ihr reden, ihr sagen, *Ja, ich habe für Gerechtigkeit gesorgt*, und sie befreien.

Ich nahm Wills Handy wieder hervor und tippte das Video an, das beim letzten Bild gestoppt hatte: einem nicht zu erkennenden dunklen Wirbel. Es wäre egal, weil ich das Telefon so oder so zerstören würde, aber ich drückte dennoch auf »Löschen«. Es war vorbei. Ich musste nie wieder an Will Bachman denken, wenigstens nicht mehr, wenn ich alles erledigt hatte.

Mit diesem Gedanken konnte ich endlich aufstehen. Die Hälfte meiner Mordaccessoires, einschließlich seines Handys, meines Prepaid-Handys und der Kleidung, die ich trug, würde im Potomac enden, die andere im Müll hinter Yum's Chinarestaurant. Apropos, hier begann es nach verbranntem Grillfleisch zu riechen.

Ich ging, als er noch brannte. Der Ort war klug gewählt, denn hier konnte er brennen, solange er wollte, ohne irgendwas zu entzünden oder durch den Rauch oder Geruch Aufmerksamkeit zu erregen. Meine Arme schmerzten noch, als ich über den Zaun kletterte und den Polizeisirenen in der Innenstadt lauschte. Ich würde eine Weile brauchen, um zu den Ablageorten zu kommen. Ich aß einen LUNA-Proteinriegel und ging weiter.

ACHTUNDVIERZIG

Nach dem Aufwachen am nächsten Morgen sah ich direkt auf die Homepage der *Washington Post.* Hauptsächlich ging es um die Demonstrationen und die Ausschreitungen. Auch im Hauptstadtteil wurde nichts von einem mysteriösen menschlichen Barbecue erwähnt. Um meine Internetgewohnheiten nicht seltsam wirken zu lassen, konnte ich nur nach Chads und Charles' Feeds sehen, aber auch sie schrieben nichts darüber, dass Will verschwunden war.

Bei aller Unscheinbarkeit war Kristen eine gute Fotografin und hatte ein Bild von Charles gemacht, der auf einer Straße voller Herbstlaub stand und lächelte. Man sah ihm nicht an, dass es eine Mordserie gab oder Charles sich hinter dem Rücken seiner Freundin mit uns traf – er sah einfach gut und stylish aus. Ich empfand einen merkwürdigen Stich und drängte ihn weg, ohne näher über diese Emotion nachzudenken. Mir gefiel nicht, was er auf der Straße zu mir gesagt hatte. Es war beinahe, als hätte er bemerkt, dass ich etwas vorhatte.

In diesem Moment taggte mich jemand bei Instagram. Mein Mund wurde trocken, als ich sah, wer es war: Pinprick52. Es war derselbe Account, der das Stalker-Bild von mir im Französischkurs gepostet hatte. Und zweifellos dieselbe Person, die mich auch im Schlaf fotografiert hatte. Als ich das Foto sah, rang ich nach Luft. Das war ich letzte Nacht, einen halben Block von der Sandfilteranlage entfernt und noch ganz in Schwarz. Das musste nach Will gewesen sein, aber bevor ich alles losgeworden war und mich umgezogen hatte.

Ich wurde verfolgt.

Wie? Ich war so vorsichtig gewesen.

Wer es auch war, er musste wissen, was ich getan hatte. Das Foto war von zu weit weg aufgenommen, als dass irgendwer mich zweifelsfrei erkennen würde. Ich klickte auf Pinprick52s Account und sah mir wieder den Feed genau an, scrollte mich durch die neuesten Bilder und von dort weiter zurück. Die Aufnahme einer Bank – in der Ecke hinten war eine Bronzebüste auszumachen: eine der John-Adams-Statuen auf dem Campus. Die Bank stand direkt vor dem Tyler, Andres Wohnheim. Dann das Innere von Albertson Hall; ich erkannte den Korridor wieder, weil ich ihn so oft in der Hoffnung entlanggegangen war, Charles zu treffen, der einen der Klavierräume nutzte. Weiter zurück war ein Bild von einem Gebäude, das mir vage bekannt vorkam, auch wenn ich es nicht zuordnen konnte. Im Hintergrund war eine Bodega, die ich rasch auf Google-Maps nachschlug. Die Bodega war nahe dem Center for Imaging, wo die Studie ihre MRTs machte – wo Kellen ermordet worden war. Noch weiter zurück war ein Bild von einer Gruppe Jungen, die das Sportzentrum verließen. Ich zoomte so weit es ging. Dort im Hintergrund mit dem auffälligen schwarzen Haarwirbel war Michael Boonark.

Ich wusste, was dies für ein Account war. Der Golden-State-Killer hatte Andenken aus den Häusern der Leute mitgenommen, die er ermordete. Der CRD-Killer hatte Haarlocken seiner Opfer aufbewahrt. Ich verstand das nie – im Grunde hatten sie ein Beweisdossier gegen sich selbst angelegt, und wozu? Aus Stolz?

Pinprick52 dokumentierte seine Arbeit in Echtzeit. Unterhielt ein Portfolio. Und eben hatte er mich getaggt. Es war ein Akt der Aggression. Er ahnte ja nicht, dass ich das falsche Ziel war, da ich ihm jetzt meine volle Aufmerksamkeit widmen konnte.

NEUNUNDVIERZIG

»Hast du Will gesehen?«

Charles war so abgelenkt von dem Mädchen, das eben ins Verbindungshaus gekommen war, dass er Chad kaum hörte, obwohl er brüllte. Im Haus wimmelte es von Studenten, die eine Quiet-Riot-Party feierten. Chad stupste ihn mit seinem Light-Bier an und wiederholte die Frage. »Will?«, entgegnete Charles. »Hatte er gesagt, dass er kommt?«

»Nein«, antwortete Chad stirnrunzelnd. »Wir wollten gestern das Spiel sehen.«

Charles zuckte mit den Schultern. »Du weißt doch, wie unzuverlässig er ist.« Er entschuldigte sich und ging hinüber zu der zierlichen Brünetten, die am Tischtennistisch stand und mit einem anderen Mädchen redete.

Vor nicht einmal acht Stunden war Charles zum Psychologen-Gebäude gegangen, um Wyman oder einem Assi Informationen über Trevor zu entlocken, als er dieses Mädchen weinend aus Wymans Büro und an ihm vorbeistürmen gesehen hatte. Er hatte Elena Sorge vorgegaukelt, und sie erzählte ihm, dass die Forschungsassistentin, Adelei, den Abend zuvor vergessen hatte, den Bürotrakt abzuschließen, und Elena ihn am Morgen offen vorgefunden hatte.

Charles blickte sich auf der Party um und entdeckte Kristen, die mit ihren Freundinnen draußen an einem Feuer stand. Er drängte sich durch die Menge und über den klebrigen Fußboden. Adelei war an dem Tisch mit den Getränken und stürzte etwas Wasser hinunter. Würde sie ihn aus der Studie kennen? Er war nie allein mit ihr in einem Raum gewesen, hatte sie aber ein paar Male in den Räumlichkeiten gesehen.

Charles stellte sich neben sie. »Hey«, sagte er. Sie drehte sich um, und er lächelte sie an. »Ich bin Charles.«

»Du bist dieser Typ.« Sie war betrunken. Sehr gut. Das machte die Sache einfacher. Jemand hinten im Haus trötete auf einer Vuvuzela, wozu kreischend gelacht wurde. »Der Präsidententyp«, fuhr sie fort.

»Ja, bin ich.« Sie schwankte. »Warum setzt du dich nicht hin?«

Sie nahmen auf einem der Sofas im Wohnzimmer Platz, und sie beäugte ihn mit alkoholbefeuertem Interesse. »Du kommst mir bekannt vor«, sagte er. »Studierst du Psychologie im Hauptfach?«

»Ja!« Ein seltsamer Ausdruck huschte über ihr Gesicht, und ihr kamen die Tränen.

»Was ist?«, fragte er und neigte mitfühlend den Kopf.

»Ich hatte heute Ärger bei der Arbeit. Ich sollte abschließen, und das *habe* ich auch, aber sie denken, ich habe es nicht.«

»Vielleicht hast du es vergessen.«

»Nein!«, rief sie. »Ich weiß genau, dass ich abgeschlossen habe, weil ich eine Zwangsneurotikerin bin. Ich schließe ab und überprüfe die Tür noch fünfmal, um sicher zu sein.«

»Vielleicht hast du die Tür beim fünften Mal versehentlich wieder aufgeschlossen.«

»Pah!« Sie pikte ihm in die Brust. »Ich habe eine absolut sichere Methode. Teil des Rituals ist, dass ich weggehe und wiederkomme, um nachzusehen – zweimal.«

Nun, das schien gründlich. Wahrscheinlich *hatte* sie abgeschlossen. Dann war jemand anders mit eigenem Schlüssel gekommen oder eingebrochen und hatte die Tür aus Versehen offen gelassen. »Jemand könnte deine Schlüssel gestohlen haben.«

»Nein, die habe ich immer bei mir.«

»Immer?«

»Ich meine, außer beim Sport, aber da schließe ich sie in meinen Spind ein.«

Spinde waren nicht so schwer zu öffnen, dachte er. Adeleis Kopf wippte. »Hast du von dem grünen Punsch getrunken?«, fragte Charles.

»Ja. Nein. Ist da irgendwas drin?«

»Everclear. Ethylalkohol.«

»Ohhh.«

Charles öffnete den Mund, doch sein Handy läutete, und auf dem Display tauchte ein Bild von Darth Vader auf. Sein Vater rief an. Vermutlich war er wütend oder wollte, dass Charles bei irgendeinem öden Event erschien, um die guten Portmont-Gene vorzuführen. Er ließ das Gespräch auf die Mailbox laufen und drängte sich durch das volle Haus, um draußen ein wenig frische Luft zu bekommen und nachdenken zu können.

Jemand war in dem Büro gewesen. Und wenn ja, auf was genau hätte die Person dort alles Zugriff? Chloe und Andre waren irgendwie hineingekommen, aber an dem Computer gescheitert. Kannte sich jemand hingegen mit Computern aus, *wie Trevor*, könnte er gewiss auf alles zugreifen, was er wollte. Er könnte ihre Adressen haben, die Telefonnummern ihrer Eltern …

Charles' Blick fiel auf das schwarze Display seiner Smartwatch. Er erinnerte sich vage, dass ihm bei Programmbeginn gesagt wurde, die Ortungsdaten würden nur gespeichert, wenn sie ein Mood-Log machten. Aber bedeutete das, dass es *irgendwo* mehr Ortungsdaten gab? Ungefähr so, wie sein iPhone gruselig genau wusste, welches seine Lieblingsplätze waren und wo er gern bestimmte Apps nutzte? Michael war ermordet worden, als er allein war, und Kellen mussten irgendwie Schrotkugeln eingetrichtert worden sein, als keiner sonst in der Nähe war. Chloe war in Wills Keller angegriffen worden, und dieselbe Person hatte gewusst, dass Charles in der Nacht bei Kristen schlief, als sie dort eingebrochen war. Was bedeutete, dass dieser Killer entweder ein unheimliches Gespür dafür hatte, wann er einem von ihnen folgen musste, damit er sie hilflos erwischte, oder er wusste buchstäblich jederzeit, wo sich die Studienteilnehmer aufhielten.

Sofort nahm Charles seine Smartwatch ab. Er könnte sie in einem Taxi liegen lassen, in dem sie sonst wohin mitfuhr. Oder er warf sie in den Potomac oder jubelte sie einem anderen Studenten unter. Den Verlust müsste er letztlich Wyman und Elena erklären, aber da fiel ihm schon etwas ein.

In diesem Moment sah er Derek mit einem Bier über den Rasen kommen. »Alter! Hilf mir mal hier!«, rief Charles ihm zu.

Derek war der Technikfreak in der SAE. Er sagte, es sei ein Kinderspiel, das Tracking bei der Smartwatch zu deaktivieren. Nur stimmte das nicht ganz, denn die Einstellungen waren blockiert worden. Betrunken torkelte Derek zurück ins Haus und zu seinem Computer oben, an den er die Uhr anschloss und die Einstellungen irgendwie änderte. Charles beobachtete alles genau, damit er Andre und Chloe hinterher sagen konnte, wie sie es bei ihren Smartwatches machten. Er bedankte sich bei Derek und ging zurück nach unten und vors Haus. Dort hockte er sich auf die Eingangsstufen, nahm sein Handy hervor und schrieb Andre und Chloe, was ihm die Forschungsassistentin erzählt hatte und wie sie die Ortung auf ihren Smartwatches ausschalteten, mitsamt einer Kurzanleitung.

Andre antwortete sofort: Mache ich jetzt! Aber Chloe reagierte nicht.

Etwas nagte an Charles. Er hatte Chloe gestern Abend geschrieben, um sie zu der Party einzuladen, und sie hatte nicht geantwortet. Gewöhnlich riss sie dann Witze darüber oder verlangte ein Gespräch unter vier Augen, um über den Jäger zu reden. Nicht zu reagieren passte nicht zu ihr. Von seiner Warte aus konnte Charles sehen, dass Chad auf der Couch saß und Adelei dringend benötigtes Wasser einflößte. Der gute alte Chad, der einzige Mensch auf der Welt, der tatsächlich aufmerksam genug war, um zu bemerken, dass Will fehlte. Will … wann hatte Charles ihn eigentlich zuletzt gesehen? *Chloe, sag mir bitte, dass du nichts Blödes gemacht hast*, dachte Charles.

FÜNFZIG

Elena zuckte ein wenig zusammen, als die Nachricht unten auf ihrem Bildschirm aufleuchtete. Rasch öffnete sie ihre E-Mail und sah, dass ihr Vortragsentwurf für den Kongress vom Europäischen Verband für Verhaltens- und kognitive Therapien angenommen worden war. »Ja!«, flüsterte sie sich selbst zu und öffnete dann eine neue E-Mail an Mai, ihre Verlobte. Ich bin auf dem Kongress dabei! Wie wäre es mit einer bezuschussten Dublinreise im nächsten Jahr?! Sie wollte auf »Senden« klicken, als sie das komische Gefühl hatte, beobachtet zu werden.

Sie drehte sich auf ihrem Stuhl herum und erschrak, als sie Trevor in der offenen Tür zu ihrem Büro sah. Er stand einfach nur da und blickte sie an. Elenas Nackenhaare stellten sich auf. Er war ganz dunkel gekleidet und hatte die Daumen unter den Riemen seines Rucksacks. Wie lange war er schon hier und hatte sie *angesehen?* »Brauchen Sie irgendwas?«, fragte sie höflich.

Darum ging es – man musste manchmal höflich sein, wenn man eigentlich barsch sein wollte. Denn wenn man als Frau in der Welt überleben wollte und nicht durchgängig höflich war, galt man als unfreundlich, überheblich, eine Schlampe, frigide, eine Fotze und so fort. In letzter Zeit schwächelte allerdings ihre Fähigkeit, endlos geduldig zu sein.

»Ich habe einen Termin mit Dr. Wyman«, sagte Trevor leise. Trevor hatte sie von jeher nervös gemacht. Als Doktorandin hatte sie mit reichlich Klienten zu tun gehabt, die unterschiedliche Grade an Behandlung brauchten, aber Trevor war der einzige, den sie persönlich problematisch fand. Sie hatte sogar mit Gewalttätern im Gefängnis gesprochen, und die waren ihr sympathischer vorgekommen.

Sie lächelte verhalten. »Er ist gleich bei Ihnen«, sagte sie, stand auf und schloss die Tür leise, aber so schnell, wie sie konnte. Wütend wandte sie sich wieder ihrem Computer zu und öffnete eine neue E-Mail.

Leonard,
hatten wir uns nicht darauf geeinigt, dass ich vorgewarnt werde, wenn Trevor zu Sitzungen kommt? Eben stand er hinter mir in der Bürotür, und da es 16:20 ist, gehe ich mal davon aus, dass er keinen Termin mit dir vor 16:30 hat.

Sie schickte die Mail direkt los. Danach schrieb sie eine Textnachricht an Mai und arbeite noch zwei Stunden, damit sie sicher erst ging, nachdem Trevor längst weg war. Es war dunkel draußen, als Elena aus ihrem Büro sah. Leonards Tür war offen, und drinnen brannte kein Licht. Elena packte ihre Sachen und verließ das Büro.

Architektonisch war das Psychologie-Gebäude mit seinen Türmen und den alten Fenstern schön, doch nachts, ins gelbe Licht der Straßenlaternen getaucht, wirkte es unheimlich. Zum Glück kam Mai früh, und bald bog ein Honda Civic in die Straße ein und hielt an. »Leonard ist unmöglich«, sagte Elena, kaum dass sie im Wagen saß.

»Was war?«, fragte Mai und riss die dunklen Augen weit auf. »Ich habe dir zur Feier des Tages einen Snack mitgebracht.« Sie legte Elena eine Papiertüte mit einer Empanada auf den Schoß. Mai war eine Frau ganz nach Elenas

Geschmack, denn sie verstand, dass Elena nach der Arbeit immer ausgehungert und manchmal entsprechend gereizt war, was gelegentlich den Plan verwässerte, sich gemeinsam ein schönes Essen zu kochen.

»Ich hatte Leonard ausdrücklich gebeten, mich vorzuwarnen, wenn dieser eine Patient einen Termin hat.«

»Oh, der gruselige?«

Im letzten Jahr war Trevor in den Sitzungen mit Elena erheblich schwieriger gewesen als bei Leonard. Umso erleichterter war sie insgeheim, als Leonard entschied, dass er die Sitzungen mit Trevor entweder allein machte oder mit Elena zusammen. Viele seiner Sitzungen mit Elena hatte Trevor damit verbracht, süffisant zu grinsen, ihr persönliche Fragen zu stellen oder mit seiner Intelligenz auf allen möglichen Fachgebieten zu prahlen. Leonard hatte ihm die Änderung erklärt, und Elena konnte nur hoffen, dass Trevor deswegen nicht wütend war. Ein- oder zweimal hatte sie ihn seither ertappt, wie er nahe dem Büro herumlungerte. »Ja, und natürlich hat er es vergessen. Ich meine, er war wirklich nett, als ich es zum ersten Mal angesprochen habe, aber dann vergisst er es wieder, weil er es einfach nicht versteht.«

»Tja, es ist auch schwierig, einem Mann den weiblichen sechsten Sinn für Gefahr zu erklären.«

»Ich meine, hallo? Es steht alles in *Vertraue deiner Angst!* Wenn ich sage, mir ist bei diesem Menschen nicht wohl, kann man mich nicht bitte mal ernst nehmen?! Ich habe das gesagt, weil ich es genau so gemeint habe!«

»Habt ihr herausgefunden, wer den Bürotrakt offen gelassen hatte?«

Als sie sich bei einer Studentenveranstaltung kennenlernten, hatte Mai es cool gefunden, woran Elena forschte. Mai mochte True-Crime-Serien und verpasste keine Folge von *Dateline*. Doch die Realität holte sie ein, als ihre Beziehung ernster wurde und Mai zu fragen begann, ob Elenas Forschungsgebiet möglicherweise gefährlich für sie werden könnte.

»Eine der Assistentinnen. Wahrscheinlich war es ein Versehen, aber bei allem, was gerade los ist, sind wir extrem angespannt. Oh, was das betrifft, habe ich Neuigkeiten.« Elena machte eine Pause, um von ihrer Empanada abzubeißen. Es war eine Salteña, ihre Lieblingssorte.

Weiter vorn auf der Straße waren Sirenen zu hören. Mai stöhnte laut, als zwei Polizisten auf Motorrädern erschienen und die Arme ausstreckten, um den Verkehr anzuhalten. Wenn eine Autokolonne kam, tauchte die Polizei stets plötzlich auf, um den Verkehr zu stoppen und die Straße für eine Parade von gepanzerten Wagen und Limousinen freizumachen. Man wusste nie, wer in den Autos saß oder wie lange man warten musste.

»Jetzt sitzen wir hier eine Weile fest.« Sie griff mit einer Hand in ihren falschen Irokesen – ein Look, den Elena nie hinbekäme. Elena brach die Empanada in zwei Hälften und bot Mai eine an, die sie dankbar annahm. »Falls du Tratsch hast, erzähl ihn mir langsam und ausführlich.«

Elena kicherte. »Es sind tatsächlich gute Neuigkeiten«, sagte sie. Und das waren sie. Sie zu hören hatte Elena eine gewaltige Last von den Schultern genommen. »Ein kleines Vögelchen hat mir erzählt, dass bald jemand wegen des Mordes an den zwei Studenten verhaftet wird.«

»Warte mal, was? Welches Vögelchen?«

»Leonard ist mit einem der Detectives befreundet. Er kam heute in sein Büro, und ich konnte sie mehr oder minder durch die Wand reden hören.«

»Aber dein Büro ist nicht direkt neben seinem.«

»Okay, vielleicht habe ich eine Tasse an die Tür und mein Ohr an die Tasse gehalten«, gestand Elena.

Mai lachte. »Funktioniert das wirklich?«

»Tut es. Einigermaßen jedenfalls. Wie es aussieht, war es eine Drogensache, und sie stehen kurz vor einer Verhaftung.« Was sie nicht sagen durfte, auch wenn sie es gern würde, war, wie anstrengend die letzten Wochen gewesen waren, besonders mit Leonard.

Elena war der Ansicht, dass zwei ermordete Studenten aus dem Programm zu viel Zufall waren, was Leonard nicht dachte. Er nahm an, dass risikoaffines Verhalten Leute in gefährliche Situationen brachte, und Psychopathen fanden hochriskantes Verhalten zufällig reizvoll. Sie hatten einige Unterhaltungen darüber geführt, was man den anderen Studenten im Programm sagen sollte, doch Leonard hatte ihre Vorschläge abgeschmettert. Wenn er ihre Sorge ignorierte, hielt Elena es nur für legitim, dass sie sein Gespräch mit einem Detective belauschte. Die Vertraulichkeitsregeln des Programms bedeuteten, dass sie ihrer Verlobten nicht alles erzählen konnte, was sie wusste. Und natürlich wusste Mai nicht, dass Michael und Kellen in Elenas Studie gewesen waren. Was sie wiederum verpflichtete zu lügen, obwohl sie Mai sonst nie anlügen würde.

»Wie beruhigend«, sagte Mai mit vollem Mund. Beide beobachteten die Parade von Polizeiwagen mit gellenden Sirenen, gefolgt von noch mehr Motorrädern und schließlich den edlen, anonym aussehenden schwarzen Autos. Elena lächelte. Zum ersten Mal seit Wochen war ihr leichter ums Herz.

Es war furchtbar gewesen, dass dem Programm solch ein Schlag versetzt wurde, nicht genau zu wissen, was vor sich ging, und sich in ihrem Büro nicht mehr sicher zu fühlen. Jetzt könnte sie das Bild von Kellen, der in seinem eigenen Blut auf dem Boden lag, aus ihrem Kopf verdrängen und sich sagen, dass es die tragische Konsequenz von einer Reihe schlechter Lebensentscheidungen war – wie Leonard gesagt hatte. Wenn der Fall aufgeklärt war, würde das Leben unweigerlich weitergehen, und alle könnten aufatmen.

Was sie niemandem erzählen konnte – weder Mai noch Leonard –, vor allem jetzt nicht mehr, weil es zu peinlich wäre, war dieser Gedanke, der ihr gelegentlich gekommen war. Er schien ihr nun idiotisch, doch vor zwei Wochen, als sie an ihrem Computer saß und Daten analysierte, hatte sie sich unvermittelt gefragt: *Könnte es Trevor sein?* Sie hatte keine Beweise, die auf ihn als Mörder von Michael und Kellen hindeuteten, nicht einmal welche, dass er sie überhaupt gekannt hatte. Beide waren Jungen gewesen, mit denen Trevor nie befreundet gewesen wäre – die Art Jungen, die er sogar hassen würde (auch wenn die Latte nicht sehr hoch hing, um von Trevor gehasst zu werden).

Jedenfalls hatte sie sich jene Frage einzig wegen eines Gefühls gestellt, und nun schämte sie sich, weil sie voreingenommen gewesen war. Sie war froh, dass sie Leonard nie von ihrem Verdacht erzählt hatte – er könnte sie für unprofessionell oder hysterisch halten oder ihr vorwerfen, es würde ihr an Respekt vor ihren Klienten mangeln. Der Sprung von »bei dieser Person ist mir unwohl« zu »diese Person könnte ein Mörder sein« war exakt die Borniertheit, gegen die Wyman seit Jahrzehnten ankämpfte. Und ausgerechnet Leonards Doktorandin hatte sich solch eines voreingenommenen Denkens schuldig gemacht. Sie war froh, dass sie es nie jemandem gesagt hatte, und erst recht, dass bald klar wäre, wie sehr sie sich geirrt hatte, das Schlimmste von einem ihrer Klienten anzunehmen.

EINUNDFÜNFZIG

Sie trafen sich an der U-Bahn Shaw. Andre trug einen schlecht sitzenden Blazer – von Marcus geliehen –, um älter zu wirken. Chloe hatte mehr oder weniger Elenas Stil kopiert und eine Brille auf, als sie Andre stirnrunzelnd musterte. »Du brauchst bessere Verkleidungen.« Als sie in die Bahn stiegen, fragte Andre sich, ob sie einen ganzen Schrank voller Verkleidungen besaß.

Es hatte fünf sorgfältig formulierte, zunehmend längere Briefe an Mira Wale gebraucht, die Verlobte von Wymans früherem, jetzt totem Studenten John Fiola, dem einzigen, der eine Forschungsverbindung zum CRD-Killer gehabt zu haben schien. Auf Andres erste Facebook-Nachricht hatte Mira nicht reagiert, auch nicht auf die zweite, die er und Chloe mühsam zusammen formuliert hatten, wobei sie versuchten, wie Examensstudenten von Wyman zu scheinen, die dringend Fiolas Dissertation und unveröffentlichte Forschung brauchten. Am Ende hatte Chloe Wymans offiziellen Briefkopf gefälscht, und sie hatten einen formellen Brief voller Psychologenjargon verfasst, eine neue falsche E-Mail-Adresse angegeben und ihn losgeschickt. Danach erhielten sie eine lauwarme Einladung von Mira.

»Hast du, ähm, gemacht, was Charles gesagt hatte?«, flüsterte Andre, als sie nebeneinander auf Plastiksitzen saßen. Die anderen Leute in der Bahn lasen Zeitung oder blickten auf ihre Handys. Andre sah zu Chloe und stellte fest, dass sie ihn total angewidert anschaute – *Natürlich habe ich, und wie kannst du es wagen, auch nur zu zweifeln*, sagte dieser Blick. Andre überprüfte auf seiner Uhr, ob die Ortung tatsächlich deaktiviert war. »Denkst du, die könnten das die ganze Zeit benutzen? Meinst du, Elena und die anderen merken es, dass wir die Ortung ausgeschaltet haben?«

»Technikpannen gibt es dauernd«, antwortete Chloe achselzuckend. »Stell dich einfach dumm. Und geh nicht davon aus, dass wir jetzt sicher sind – ich bezweifle, dass es schwierig ist, einen von uns auch ohne die Uhren aufzuspüren. Wir wohnen alle auf dem Campus. Es ist nicht schwer herauszufinden, wer unsere Freunde sind, welche Kurse wir belegt haben und wo wir uns normalerweise aufhalten. Überleg mal, wie viel du allein auf den sozialen Medien postest. Denk an all die Male, die du herumgelaufen bist. Geh davon aus, dass dir jemand gefolgt sein könnte, denn, wer die auch sind, sie wissen, was sie tun.« Vorsichtshalber machten sie in der Station Gallery Place einige Umwege, stiegen Treppen hinauf und fuhren mit Rolltreppen zurück nach unten, sprangen in eine Bahn, um in letzter Sekunde wieder rauszuhüpfen, weil sie nicht riskieren wollten, dass man ihnen folgte.

Für Andre fühlte es sich mit jedem Tag wahrscheinlicher an, dass hinter jeder geschlossenen Tür jemand lauerte oder in einem dunklen Wagen wartete. In den Kursen versuchte er aufzupassen, fragte sich aber, ob er beobachtet wurde. Er schlief neuerdings mit dem Baseballschläger in seinem Bett statt darunter. Und er rätselte, wie lange er das durchhalten sollte, denn es wurde zusehends ermüdender.

An der Station Eastern Market stiegen sie aus und fuhren mit der Rolltreppe nach oben. »Du solltest hauptsächlich das Reden übernehmen«, sagte Andre.

Chloe blickte von der Karte auf ihrem Handy auf und

verengte die Augen. Oh-oh. Er hatte es vorgeschlagen, weil es ihn nervös machte, sich ausgefeilte Lügen auszudenken, und sie schien es prima zu können. »Die Leute sind offener, wenn man weiß ist«, ergänzte er.

Eigentlich rechnete er damit, dass sie es bestritt, doch stattdessen nickte sie und sagte: »Außerdem bin ich hübsch.«

Mira wohnte in Capitol Hill, in einer Straße voller Yuppies, die teure Kinderwagen schoben, und mit Schildern in den Fenstern, auf denen stand: »Hass ist hier nicht willkommen.« Andre ging hinter Chloe und schaute sich auf der Straße um, ob jemand sie zu sehr beachtete.

Miras Haus war ein roter viktorianischer Backsteinbau mit einem verwilderten Vorgarten. Ohne zu zögern läutete Chloe. Es gab eine lange Pause – lange genug, dass Andre sich fragte, ob Mira ihren Termin vergessen hatte. Doch dann waren von drinnen schlurfende Schritte zu hören, und die Tür ging auf. Mira war eine hochschwangere Frau mit schimmerndem Haar.

»Guten Tag?«, sagte sie misstrauisch. Sie blieb in der Position, dass sie ihnen jederzeit die Tür vor der Nase zuschlagen könnte, als wären sie lästige Vertreter.

»Ich bin Jennifer, und dies ist Brian – Dr. Wymans Studenten?«, erklärte Chloe. Sie versuchte sogar, Elenas Tonfall zu imitieren. »Vielen Dank, dass Sie bereit sind, mit uns zu reden. Wir sind im fünften Jahr, müssen unsere Quellenangaben vorlegen, aber anscheinend ist Johns Dissertation dauerhaft ausgeliehen …«

»Uns tut sehr leid, was passiert ist«, fügte Andre hinzu.

Mira lehnte sich an den Türrahmen und rieb sich den Babybauch. »Hat Ihre Arbeit mit Johns zu tun?«

»Wir arbeiten mit einigen derselben Datensätze«, antwortete Chloe. »Deshalb würden wir gern seine Dissertation sehen – ob er auf dieselben widersprüchlichen Beweise gestoßen war wie wir. Es sollten zwei Exemplare in der Bibliothek sein, doch die sind beide verschwunden.«

»Aha? Wie seltsam.« Ihr Ton war exakt der von jemandem, dem es im Grunde gleich war.

»Wir haben gehofft, dass Sie ein Exemplar haben.«

Mira machte eine Geste zu ihrem Bauch und dem Haus hinter ihr, in das sie bisher nicht hineinsehen konnten. Ein Ehering blitzte an ihrem Finger. »Das … ist eine Ewigkeit her.«

»Tut mir leid«, sagte Chloe. »Wir möchten nichts aufwühlen, wenn Sie … Sie wissen schon. Sie sind sicher sehr beschäftigt.«

Sie sah aus, als wollte sie die beiden abwimmeln, da meinte Andre: »Es ist nur so frustrierend, dass Johns Ideen nie Früchte tragen sollen. Er war schon als Student brillant.«

»Ich behaupte ja nicht, dass es kein Exemplar mehr gibt«, lenkte Mira ein.

»Nicht?«, fragte Chloe.

»John und ich hatten eine Lagereinheit – seine Mom hat die bezahlt. Nach seinem Tod war ich nicht in der Verfassung, mich um irgendwas zu kümmern. Mein Bruder hat damals eine Menge von unseren Sachen dorthin gebracht, vor allem Kleidung, Unikram und alte Möbel.«

»Haben Sie die Lagereinheit noch?«

»Seine Mom hat sie weiterbezahlt, und ich habe nie die Kraft aufgebracht, hinzufahren und sie auszuräumen.«

Andre hatte keine Ahnung, worauf sie hinauswollte, doch er sprang ein: »Falls Sie denken, dass die Dissertation dort sein könnte, wie wäre es, wenn wir das Ausräumen übernehmen, als Gegenleistung dafür, dass wir nach der Dissertation suchen dürfen?« Sie schien skeptisch, doch nicht desinteressiert.

»Eigentlich müssen Sie nur alles zusammenpacken und

zur Wohlfahrt bringen, haben aber keine Zeit« – Chloe wies auf Miras Bauch – »und Sie möchten nicht alles einfach wegwerfen, weil es solch eine furchtbare Verschwendung wäre, stimmt's?«

»Ja … da ist nichts wirklich von Wert. Eher IKEA-Möbel und so. Vielleicht kennen Sie sogar Studenten, die etwas von den Sachen gebrauchen können.«

»Wir können alles in einer Woche erledigen. Ich würde Ihnen dann ein Foto schicken, wenn wir fertig sind, damit Sie die Lagereinheit kündigen können.«

»Wissen Sie was? Abgemacht.«

Es blieben nur noch wenige Stunden, bis es dunkel wurde, deshalb sprangen sie in ein Taxi und ließen sich zu der Lagereinheit fahren. Dort schien es kein Büro zu geben. Sie konnten einfach den Schlüssel nehmen, den Mira ihnen gegeben hatte, und zur Einheit 345 gehen. Das Schloss sträubte sich zunächst, gab dann aber nach, und mit einiger Kraft konnten sie das rostige Rolltor nach oben schieben.

Mira hatte nicht übertrieben, als sie von einer Menge Sachen sprach – es war kaum Platz zum Gehen da. Kartons und Möbel stapelten sich, und Berge von Kleidung lagen auf dem Boden. Noch dazu gab es keine Beleuchtung, sodass ihre Handys herhalten mussten.

»Wählen wir aus, wo wir nachsehen«, sagte Chloe. »Wir wissen nicht, ob der Jäger sich denkt, dass wir hier waren, und alles niederbrennt, falls wir noch mal zurückkommen.«

Wir sind hoffentlich nicht verfolgt worden, dachte Andre, denn ihm wurde schlagartig bewusst, dass sie hier an einem abgelegenen Ort waren und nicht mal ein Mitarbeiter auf dem Gelände zu sein schien.

Wo könnten die guten Sachen sein? Nicht bei den Klamotten oder den Möbeln. Sie leuchteten die Kartonstapel an den zwei gegenüberliegenden Wänden ab. Einer sah vielversprechend aus; darin waren mehrere Psychologiebücher, aber nichts, was einer Doktorarbeit ähnelte. Andre fand einige dicke Ordner und stellte begeistert fest, dass sie handschriftliche Notizen enthielten. Er hockte sich auf den Boden und blätterte sie durch, sah aber nur Gleichungen, die er nicht verstand. Und einen Test: Abschlussprüfung Multivariate Statistik. »Chloe, das hier ist Stoff aus dem Hauptstudium.« Sie ließ ihren Karton stehen und nahm sich den neben seinem vor.

Andre wühlte sich durch alte Lehrbücher, Vorlesungsverzeichnisse und einen Antrag auf staatliche Studienbeihilfe. Dann zog er einen anderen Karton vor und stockte – dahinter war ein billiges Bücherregal, und ein Brett bog sich unter dem Gewicht von jeder Menge Papieren und vollen Ordnern. Zwei Ordner standen dicht zusammen, und als Andre sie auseinanderzog, hielt er eine ungebundene Ausgabe von der Arbeit »Zum besseren Verständnis von sexueller Gewalt bei männlichen Psychopathen« in der Hand. Er hob sie in die Höhe, Chloe zischte triumphierend, und sie stopften die Arbeit in seine Büchertasche. Andre hätte sich am liebsten auf den Boden gehockt und angefangen zu lesen, aber ihnen blieb nur noch circa eine halbe Stunde Tageslicht. Und der letzte Ort, an dem er sein wollte, wenn der Jäger auftauchte, war eine dunkle, verlassene Lagereinheit. Er hatte seinen Baseballschläger nicht dabei, weil er in Sorge gewesen war, dass Mira ihn bemerken würde. Doch das Messer hatte er bei sich.

Chloe saß im Schneidersitz auf dem Boden und machte drei Stapel. »Die hier sehen wie Entwürfe aus, und ich denke, das hier könnten Kliniknotizen sein. Was ist mit den Ordnern da?« Andre schlug einen auf, und sowie er die Worte *abweichendes Sexualverhalten* sah, beschloss er, ihn ebenfalls in seine Tasche zu stecken. Er packte relativ wahllos ein, weil es ihm klüger schien, zu viel mitzunehmen und später auszusortieren. Chloe hingegen vertiefte sich zu sehr und las tatsächlich schon.

»Beeil dich, es wird bald dunkel«, warnte Andre. Seine Tasche wurde zu voll. Andre öffnete einen Ordner, zog den Inhalt heraus und stopfte ihn zu seiner Sammlung. Draußen begann sich das Licht zu verändern, weil die Dämmerung nahte. Andre fing an, Sachen in Chloes Tasche zu packen, während sie weiter über einem einzelnen Notizbuch brütete. Als Andre das ebenfalls verstaut hatte, stellte er genervt fest, dass sie sich nicht vom Fleck gerührt hatte.

»Chloe, es wird dunkel. Wir müssen gehen!«

»Du musst dir das hier ansehen.« Sie reichte ihm eine getippte Liste. Sie bestand aus rund fünfzig unbekannten Namen mit Daten und Haken oder Fragezeichen daneben. *Was war das?* Andre lief ein kalter Schauer über den Rücken. Er wusste, dass sie gehen mussten, konnte aber nicht widerstehen – auf seinem Handy rief er Wikipedia auf und schlug den CRD-Killer nach. Chloe beugte sich über seine Schulter, als er zu dem Teil mit den Opfernamen scrollte. Oder zumindest den offiziellen Opfern.

Da war keine Überlappung zwischen der Namensliste in seiner Hand und der Opferliste. Und sämtliche Daten auf dem Blatt waren aus dem Jahr 2008, zwei Jahre nachdem der CRD-Killer vom Bundesstaat Virginia die Todesspritze erhalten hatte. Chloe sah Andre an, und er wusste, dass sie sich dasselbe fragte wie er: Ob sie eben eine Liste von fünfzig oder mehr neuen Opfern gefunden hatten, die nach der Hinrichtung des CRD-Killers von jemand anderem ermordet wurden?

ZWEIUNDFÜNFZIG

Sicher im Kurs, lautete die Textnachricht von Kristen.

Gut – vermisse dich, antwortete Charles. Durch sein Wagenfenster blickte er ins *Cathedral Coffee*. Es war die Zeit direkt nach dem Mittagsansturm und bevor die Leute zum Kaffeetrinken kamen. Herauszubekommen, wo Megan Dufresne jobbte, war erstaunlich einfach gewesen. Sie hatte ein kurzes Video von sich gepostet, wie sie einen Latte machte und eine Taube in den Milchschaum zeichnete, und Charles hatte die Cafés gegoogelt, bis er das Logo hatte, das mit dem auf ihrer Schürze übereinstimmte. Dann hatte er dort angerufen und vorgegeben, einen Studentenausweis von einer Megan gefunden zu haben, und ein Kollege von ihr erzählte ihm, dass er natürlich vorbeikommen könne, um ihn abzugeben, denn Megan könnte ihn sich am Donnerstag holen.

Charles betrat das Café, in dem nur wenige Laptop-Trolle saßen und Megan gelangweilt Gebäck neu arrangierte. Es war bizarr, sie anzusehen: Sie hatte exakt die gleichen Gesichtszüge wie Emma – der Teint vielleicht ein bisschen rosiger, gesünder, und ihr rotbraun gefärbtes Haar war gestylt. Die Zwillinge sahen buchstäblich wie Vorher-Nachher-Fotos aus. »Hallo«, sagte er. Megan blickte auf, doch in ihren Augen war nichts von dem Ausdruck, den Mädchen oft hatten, weil sie ihn auf Anhieb attraktiv fanden.

»Was kann ich dir bringen?«

»Eigentlich habe ich gehofft, dass du mir helfen kannst.

Du bist Megan Dufresne, nicht wahr?« Sie wirkte umgehend misstrauisch, stritt es aber nicht ab. »Ich bin mit deiner Schwester befreundet.« Sie glaubte ihm nicht. Besser gesagt, glaubte sie nicht, dass ihre Schwester Freunde hatte. »Na ja, in gewisser Weise. Ich bin ihr Tutor, und ich mache mir ein bisschen Sorgen um sie.« Sie runzelte die Stirn. »Sie ist nicht im Kurs gewesen und hat bei einem Tutorium gefehlt.« Charles hatte keinen Schimmer, ob Emma tatsächlich Kurse geschwänzt hatte. Das Einzige, was er von Emmas Instagram aus der letzten Woche sagen konnte, war, dass sie im Arboretum und im Botanischen Garten drüben beim Capitol gewesen war, wahrscheinlich, um Insekten zu suchen, die sie porträtieren konnte.

»Emma schwänzt keine Kurse«, sagte Megan.

»Weiß ich, deshalb mache ich mir ja Sorgen. Findest du, dass sie sich in letzter Zeit seltsam benimmt?«

Megan nahm einen Lappen auf und begann, ihn langsam über den Tresen zu bewegen, obwohl es nichts aufzuwischen gab. »Wie seltsam? In welchem Kurs bist du Tutor?«

»Voraufklärung. Mir ist aufgefallen …« Hier bemühte er sich, unsicher zu wirken. »Ich hatte letzten Monat einige Blutergüsse an ihrem Arm gesehen. Am dreizehnten, um genau zu sein. Daran erinnere mich, weil es mein Geburtstag war. Ich hatte mir nichts dabei gedacht, bis sie anfing, Kurse zu versäumen. Könnte ihr um die Zeit herum irgendwas passiert sein?«

Megan blinzelte. »Und was ginge dich das an, falls es so wäre?«

Er neigte sich vor und senkte die Stimme. »Als Lehrender bin ich verpflichtet, solche Dinge zur Mitteilung zu machen. Würde ich denken, dass ihr jemand etwas antut, müsste ich es melden, oder mit ihr reden. Ich … Ich hätte gleich etwas sagen sollen, weil ich weiß, dass sie nicht mit vielen Leuten redet. Mir hatte sie sich ein wenig geöffnet, musst du wissen.« Sogar ihre Körperhaltung war defensiv – die Arme vor der Brust verschränkt, die Füße leicht ausgestellt. »Sie ist oft in meine Sprechstunde gekommen«, ergänzte er. »Sie wollte gern eine unabhängige Studie machen.«

»Worüber?«

»Fotografie als Form visueller Ontologie. Ich kann mir nicht vorstellen, dass Emma jemandem etwas tut oder sich auf körperliche Auseinandersetzungen einlässt, deshalb bin ich in Sorge, dass ihr jemand wehtun könnte.« Dies war der Sinn und Zweck der Unterhaltung mit Megan, und Charles äußerte es wie einen abwegigen Gedanken. Er beobachtete Megans Reaktion aufmerksam, während er auf die Bestätigung wartete, die er wollte. Die Vorstellung, dass Emma jemanden verletzte, war lächerlich. Er hätte seinen Beweis, dass Emma nichts mit den gegenwärtigen Vorgängen zu tun hatte, und könnte sich auf Trevor konzentrieren.

Doch Megan blickte zu ihrem Lappen und zog die Augenbrauen zusammen. Als sie aufsah, verengte sie die Augen ein wenig. Da war wieder das Misstrauen.

»Tja, Mr Highsmith, ich kann nach meiner Schwester sehen, aber unsere Familie legt großen Wert auf Privatsphäre, und es ist nicht nötig, dass du dich einmischst.«

DREIUNDFÜNFZIG

»Hilf mir«, sagte Yessica, die in ihrer Kommode nach einer Inspiration für ein Kostüm suchte.

»Selber schuld, wenn du es bis zum Schluss aufschiebst. Wir können zum Drogeriemarkt gehen und da was zusammensuchen«, antwortete ich.

»Uns fällt was Besseres ein. Vielleicht eine Katze?«

»Du deprimierst mich. Mädchen haben immer die gleichen blöden Kostüme«, sagte ich und kramte in meiner Make-up-Schublade. »Sexy Hexe, sexy Krankenschwester. Sei was Originelles – sexy Hurrikan!« Ich hielt eine Handvoll fransiger Wattebäusche in die Höhe und dachte an den jüngsten Hurrikan, hinter dem einige Bundesstaaten immer noch aufräumten. Ihr Gesichtsausdruck sagte Nein. »Zu früh?«

»Du bist schräg.« Sie nahm einen dicken Eyeliner auf und schnupperte an ihm. »Als was gehst du?«

Ich hatte einige Lehrbücher verkauft, die ich aus der Bibliothek mitgehen ließ, um Geld für mein Kostüm aufzutreiben. Ich ging als Clark Kent und hatte das meiste Geld für ein Superman-Bustier rausgehauen. Das wollte ich unter einem weißen Herrenhemd tragen, halb aufgeknöpft, zusammen mit meinem schwarzen Rock und der falschen Brille. Einen passenden schwarzen Hut und hohe Schuhe besaß ich bereits, aber das Wichtigste war, dass ich eine kleine Schultertasche dabeihaben konnte, in der die wesentlichen Sachen waren: ein Reporter-Notizblock, mein Handy, mein Elektroschocker und mein Klappmesser.

»Schwing deinen Arsch!«, befahl ich, als ich mich anzog. Yessica stand immer noch da, biss auf ihren Fingernagel und durchsuchte ihren Wandschrank. »Ich muss früh da sein, also sehen wir uns auf der Party.«

Die Halloweenparty an der Adams fand in der Fathom Gallery am Logan Circle statt, nahe dem Campus. Ich wollte mir einen Überblick über die Location verschaffen, denn auch wenn Freunde von mir hier wären, war dies heute Abend ein Alleinflug.

Mir reichte es mit dem Katz-und-Maus-Spiel, und ich wollte meinen Angreifer von Angesicht zu Angesicht sehen. Ich hatte mehrere Sachen auf Instagram gepostet, aus denen klar hervorging, dass ich mich auf der Party betrinken wollte. Trevor könnte aufkreuzen – oder Emma, und ich würde bereit sein. Es könnte zu einem Kampf kommen, oder es liefe auf meine Ampulle mit einer neuen flüssigen Lösung hinaus: eine hohe Dosis Codein, gefährlich in Kombination mit Alkohol und geeignet, extrem schläfrig zu machen, sofern sie nicht tötete. Trevor mochte ein Meister-Hacker sein, aber er war offensichtlich unbeholfen in Gegenwart von Mädchen. Ich konnte mir gut vorstellen, wie er bereitwillig ein Getränk von mir annahm und sich ausmalte, wie er mich später in der Nacht bekommen würde, nicht ahnend, dass ich ihn bereits hatte.

Die Studentenvereinigung für die unteren Jahrgänge hatte das gesamte Gebäude gemietet, das in drei Hauptbereiche unterteilt war. Der DJ legte in dem großen Saal auf, dessen glänzender Holzfußboden komplett freigeräumt worden war, damit die Leute tanzen konnten. An den weiß gestrichenen Backsteinwänden waren die Umrisse von Bilderrahmen zu erkennen. Hinter dem Saal war eine große Veranda angeschlossen, auf der jede Menge Kürbislaternen hingen. Im ersten Stock gab es ein kleines Penthouse, in dem die Musik nicht so laut war und das meiste Essen aufgebaut war.

Ich nahm mir einen kleinen katzenförmigen Käsekuchenhappen und sah mir die Ausgänge auf den einzelnen Stockwerken an. Es wäre schwierig, hier eine tödliche Nummer abzuziehen; die Räumlichkeiten waren nicht sehr groß, und es wäre dichtgepackt mit Leuten. Andererseits war Halloween, also würden Leute kreischen und in grotesken Kostümen herumwandern. Wie schwierig wäre es tatsächlich, jemandem einen Schraubenzieher in den Bauch zu treiben und wegzugehen? Die Leute könnten sogar die erkaltende Leiche ansehen und sie für eine Requisite halten.

Auf der Galerieebene sah ich eine gläserne Treppe, die hinunter in einen spärlich beleuchteten Korridor führte. Ich lief nach unten, stieß die Tür auf und fand eine große Toilette mit einer Art Umkleidebereich, in der Sitzgelegenheiten waren und ein Marmorwaschtisch mit edlen Handtüchern, Lotionen und Mundwasser. Als ich wieder nach oben ging, strömten mehr Leute herein.

Eine halbe Stunde später war die Party in vollem Gange. Jemand hatte eine Nebelmaschine angeworfen, und Leute tranken Punsch aus klebrigen Bechern. Apoorva traf als Katze verkleidet ein und Traci als Weinkiste. Und schon liefen die ersten Dramen ab. Der Junge, den Traci mochte, sollte angeblich mit dem Mädchen kommen, mit dem er halbwegs zusammen war, nur hatte Apoorva gehört, dass sie gar nicht mehr zusammen waren. Wir schmiedeten Pläne, während ich zur Tür sah und sämtliche Kostümierte genau musterte, als sie hereinkamen.

Ich trank Mineralwasser und drehte eine Runde. Wäre ich ein Mörder, würde ich eine Maske tragen, irgendwas, das mein Gesicht vollständig bedeckte. Ich machte Bilder mit Freunden aus dem Biokurs und achtete darauf, sie sofort zu posten. An einem der Buffettische entdeckte ich Chad mit einigen SAE-Brüdern. Er war in ein römisches Gewand gekleidet und hatte sich das Haar glatt gekämmt. »Et tu, Brutus?«, fragte ich.

»Ich bin Augustus, nicht Julius!«, antwortete er genervt, und wir lachten. Er hatte sogar einen winzigen Cupid an seiner Wade.

»Mir gefällt dein Kostüm, Supergirl.«

»Ich bin Clark Kent! Der echte, nicht die Cola-Light-Version.« Er umarmte mich flirtend, ließ aber die Hand auf meinem Rücken, als er ernster wurde. »Ich habe dich länger nicht gesehen.«

»Klammere nicht«, sagte ich scherzhaft. Er dachte, dass ich immer noch wütend wegen des Fotos von mir war, für das er sich jedes Mal entschuldigte, wenn ich ihn sah. Ich war wütend, aber nicht auf ihn – und natürlich hatte er keine Ahnung, wie viel ich anderweitig zu tun gehabt hatte, beispielsweise damit, einen seiner Verbindungsbrüder umzubringen. Doch Chad würde bei mir immer ein Einserkandidat sein, weil er Wills Handy gefunden hatte und ein anständiger Freund mit Vorzügen war. Ich drückte mein Gesicht auf seinen Brustpanzer. »Ich hatte nur so viel mit den Kursen zu tun.«

»Dann sehe ich dich bald?«

»Definitiv. Wir machen wieder ein Lern-Date ab.« Ich schob meine Brille höher und warf ihm einen frechen Blick zu, als ich mich ihm entwand, um mir Essen zu nehmen. Ein Mädchen schüttete fast ihr Getränk auf mich und entschuldigte sich in einer Stimme, die befremdlich vertraut klang. *»Reek?«*, fragte ich ungläubig. Er trug eine blonde Perücke und war wie ein Zombie-Cheerleader gekleidet, mit finsteren Augen und so geschminkt, dass es aussah, als wäre ihm ein

Stück aus dem Hals gebissen worden. Er nickte. »Verdammt, du bist irgendwie heiß als Mädchen.«

»Weiß ich«, sagte er. »Macht auch Spaß, so zu tun.«

Ich tanzte, dann runzelte ich die Stirn, als ich Charles und Kristen kommen sah. Das Letzte, was ich brauchte, war der neugierige Charles. Ich hatte mehrere misstrauische Textnachrichten von ihm ignoriert und musste vorsichtig sein, nachdem Will jetzt endgültig weg war. Er trug kein erkennbares Kostüm, während Kristen als Wonder Woman verkleidet war. Ich mied die beiden und ging auf die Veranda. Auf dem Weg bekam ich ein Mood-Log, das ich ausfüllte.

Tatkräftig

7

Nervös

1

Traurig

1

Ich blickte über die Brüstung nach unten. Kostümierte überquerten die Straße und quiekten, wenn die Autos sie anhupten. Als ich mich mit einem der Jungen von meinem Flur unterhielt, nahm ich aus dem Augenwinkel eine Bewegung wahr. Eine Gestalt in Schwarz kam über die Veranda. Sie hatte eine große Sichel bei sich, die wie echt blitzte. Und die Gestalt bewegte sich eigenartig – beinahe übernatürlich gleitend. Dann lenkte mich jemand anders ab: ein Junge in Anzug und Krawatte, aber mit einem Pferdekopf auf. Vielleicht war es auch kein Junge, zumindest war die Statur nicht besonders groß und kräftig. Es gab Ghule, Tiere und alle möglichen Kostüme mit genug Make-up oder Plastik, um die Gesichter vollständig zu verdecken.

Ohne nachzudenken, zückte ich gereizt mein Handy und machte ein Selfie, wie ich sehr gelangweilt in die Kamera sehe. So sieht es aus, wenn man bereit für die Party ist, die

Party aber noch nicht angefangen hat. Pikt mich mit einer Nadel, dann wache ich vielleicht auf. Komm und hol mich, Arschloch.

Nach einer Stunde ziemlich ereignislosen Umherwanderns fragte ich mich, ob der Mörder überhaupt noch kommen würde. Ich ging nach unten zu der Umkleide/Toilette, um mich frisch zu machen und mein Bustier zu lockern, das nicht wirklich bequem war. Drinnen war es still, und durch die Tür konnte ich das Wummern der Musik oben und Leute lachen hören. Ich band die Bänder neu, was einiges an Geduld und Durchhaltevermögen erforderte, weil ich meine Arme sehr lange nach hinten biegen musste.

Ich verließ die Kabine und bemerkte eine Gestalt in Schwarz in der Mitte der Umkleide vor dem Waschbecken. Ein mexikanisches »Tag der Toten«-Skelett mit vollständig schwarz und weiß geschminktem Gesicht und einer fiesen gelben Blume am Ohr. Instinktiv tauchte ich eine Hand in meine Tasche.

Das Skelett begann, mit seltsam ruckenden Bewegungen wie aus einem japanischen Horrorfilm zu tanzen. »Yessica?«

Sie lachte so sehr, dass sie die Knochenhandschuhe auf ihre Skelettknie stützen musste. »Ich habe dir Angst gemacht, oder?« Ich ging näher an sie heran, um ihr Make-up zu inspizieren.

»Ziemlich eindrucksvoll.«

»Ich habe eine Videoanleitung gefunden«, sagte sie, während ich mir die Hände wusch. »Übrigens habe ich deinen Süßen oben gesehen.«

»Wir haben gechattet. Ich werde auf jeden Fall noch mit ihm tanzen.«

Yessica verabschiedete sich und ging. Ich tupfte mir das Gesicht mit einem schicken Handtuch ab und probierte das blaue Mundwasser. Als ich die Toilette verließ, kam Charles die Treppe herunter. Er war in seiner üblichen Charles-Uniform: Anzug mit schmaler Krawatte. Schiefergrau und eher unaufregend für eine Kostümparty. »Wer sollst du sein? Eine bedrohte Spezies?«

»Hä?«, fragte er.

»Weißer Hetero.«

»Sehr witzig«, sagte er, schob die Hände in die Taschen und sah mich an. »Hast du …?«

»Natürlich habe ich!«

»Du gehst mir aus dem Weg.«

»Nein, tue ich nicht.«

Er blinzelte. Im gedämpften Licht war ein feiner grüner Rand um seine geweiteten Pupillen zu sehen. »Chloe …« Ich war mir vollkommen sicher, dass er an Will dachte.

»Du hast dich mit Emma getroffen?«, kam ich ihm zuvor. »Wie ist es gelaufen?«

Er blickte mich eine ganze Weile an, bevor er antwortete: »Ich hatte sie zum Essen eingeladen. Ich glaube, sie mag mich.« Er schien mit irgendwas zu kämpfen. »Emma ist komisch – als käme sie von einem anderen Stern. Und ich kann gar nicht sagen, ob ich hinterher mehr Informationen hatte. Aber da ist noch etwas anderes. Ich habe ihre Schwester gefunden und mit ihr gesprochen.«

»Megan?«

»Sie arbeitet als Barista drüben nahe der American. Und sie beschützt Emma, was komisch ist …«

»… weil sie es online aussehen lässt, als wären sie nicht mal Schwestern.«

»Eben, als hätte Megan diese peinlich verschrobene Schwester. Und mein Eindruck war, dass sie mir misstraute, weil ich nach Emma gefragt habe. Gut möglich, dass sie Emma von mir erzählt. Ich meine, ich habe ihr eine falsche Identität genannt, aber wenn sie mich beschreibt …«

»Ist das nicht unheimlich? Zu wissen, dass dir eine wütende wahrscheinliche Serienmörderin an die Wäsche will?«

»Nette Vorstellung«, sagte er, ohne zu lächeln.

»Tja, Andre und ich haben einige Dokumente von Wymans früherem Studenten gefunden. Wir gehen sie noch durch, weil ich gestern den ganzen Tag Trevor beschattet habe.«

»Beschattet?«

»Eigentlich war es ziemlich witzig – er hatte keine Ahnung, dass ich den ganzen Tag direkt hinter ihm war. Ich war in seinem Wohnheim, im CC, in seinen Kursen, sogar auf einer öden Party. Einmal hat er sich fast umgedreht und mich ertappt! Ich kann nicht behaupten, dass ich irgendwelche Beweise gefunden habe …«

»Er hätte dich sehen können! Du hättest umgebracht werden können!«

»Wie soll ich denn sonst Hinweise finden?«

»Hinweise? Das ist kein Spiel! Wir hätten einen Plan machen können oder so, bei dem wir alle drei zusammenarbeiten. Du darfst dich nicht in die Lage bringen, dass er sich umdreht und du ihm allein gegenüberstehst. Ich habe dir doch gesagt, dass er gefährlich is.«

»Bin ich auch«, erwiderte ich. Charles seufzte und hob frustriert die Hände.

»Er ist schmächtig, und ich war bewaffnet.«

»Warum willst du nicht auf mich *hören?*«

»Weil ich auf niemanden hören muss«, antwortete ich. »Und wieso interessiert dich, was ich mache?«

»Ist es so schräg, wenn ich nicht möchte, dass du totgeschlagen wirst? Kannst du mir bitte versprechen, dass du so etwas nicht wieder machst, ohne dass wir drei uns abgestimmt haben?«

Oh, ich hatte es *geschafft!*

Charles gehörte mir. Er hing am Haken wie ein kleines Fischlein. Jetzt musste ich nur noch dafür sorgen, dass er in dieselbe Richtung schwamm wie ich, und Will wäre nie ein Problem. »Selbstverständlich nicht«, sagte ich. »Wir müssen aktiv sein statt passiv.«

»Chloe.«

»Nein. Warum willst du nicht, dass mir etwas Schlimmes passiert?«, fragte ich. »Warum kannst du es nicht einfach zugeben?«

»Was zugeben?«

Ich trat näher zu ihm und presste meinen Zeigefinger auf seine Brust. »Dass du mich magst.«

Charles legte seine Hand über meine und schob meinen Arm zurück an meine Seite, als würde er eine Puppe bewegen. Dann steckte er erneut die Hände in die Taschen und starrte mich an. Da war ein Gesichtsausdruck, den ich nicht einordnen konnte. Oben heulte jemand; ich drehte den Kopf, um in die Richtung zu sehen. Als ich mich wieder zurückdrehte, war Charles immer noch auf mich konzentriert.

Er machte einen Schritt auf mich zu. Plötzlich fühlte ich seine Hand an meiner Taille, und er küsste mich. Nicht so wie in meinem Zimmer, sondern fester, wütend. Ein Teil von mir wartete schon ewig darauf, dass er so war, und ich reagierte vollkommen normal, schlang die Arme um seinen Hals und neigte den Kopf zur Seite, damit er den Kuss vertiefen konnte. Er zog mich an sich, die Hände auf meinem Hintern.

Charles bugsierte mich in den leeren Umkleideraum, wo er mich an die Wand neben der Tür drückte. Ich verriegelte die Tür, schloss die Augen und legte den Kopf in den Nacken, als ich seinen Mund an meinem Hals spürte. Ich zerrte an seiner Krawatte, zog ihn an den Haaren nach oben, damit ich ihn küssen konnte. Er presste sich gegen mich, und ich schlang meine Beine um ihn. Unseren Kuss löste ich auch dann nicht, als ich hörte, wie jemand an der Tür rüttelte, um reinzukommen. Vergebens bemühte ich mich, still zu sein, als er meinen Rock nach oben schob und ich seine Hände an meinen Schenkeln spürte. Ich murmelte seinen Namen. Alles an mir kribbelte.

Er setzte mich auf eine Ottomane in der Nähe und sank auf die Knie. Dann spreizte er meine Beine, und ich fühlte, wie er die Innenseite meines Schenkels gleich oberhalb meines Knies küsste. Er zerrte so energisch an meiner Unterwäsche, dass ich einen Saum reißen hörte. Ich wackelte ein wenig hin und her, und er zog mir den Slip aus, bevor er meine Hüfte packte und mich näher zu sich bewegte. Er vergeudete keine Zeit, beugte den Kopf, und ich rang nach Luft, als ich seinen warmen Mund direkt auf mir fühlte. Für einen Moment schloss ich die Augen, während er seine Hände auf meinen Schenkeln nach unten zu meinen Knien bewegte und sie nach oben drückte, um den Winkel ein wenig zu verändern. Ein zufriedenes Summen drang aus seiner Kehle, dessen Vibrieren sich auf mich übertrug. Ich wand mich unkontrollierbar, vergrub eine Hand in seinem Haar, als sich sein Kopf stetig bewegte. Dabei blickte ich zur Decke auf und lachte hilflos leise, als wieder jemand hereinzukommen versuchte. »Charles.« Ich packte ihn fester, und er steigerte das Tempo. Ein leichter Schwindel setzte ein, als sich mein Orgasmus anbahnte. Er brachte mich bis unmittelbar davor, dann wich er zu meinem Frust ein wenig zurück und gab mir einen zurückhaltenden kleinen Kuss auf den Oberschenkel. Ich griff in sein Haar und zog ihn wieder an mich, was ihm ein selbstzufriedenes Lachen entlockte. Er erledigte es schnell, und ich kam mit einem Aufschrei. Eine Woge von purem Genuss schoss von der Mitte aus durch den Rest meines Körpers, ließ meine Muskeln erst angespannt werden, dann erbeben.

Charles hörte auf, lehnte seinen Kopf auf mein Bein, und wir beide kamen langsam zu Atem. Ich fühlte mich wie eine geschmolzene Kerze, weiches, formbares, glückliches Wachs.

Charles wich zurück, küsste kurz mein linkes Knie, bevor er aufstand, seine Krawatte richtete und zum Waschbecken ging. Zufrieden beobachtete ich, wie er sein Gesicht und seine Hände wusch, ohne eine Miene zu verziehen. Er strich sich das Haar glatt, das witzig in alle Richtungen abstand. Mit ein wenig Wasser brachte er es wieder in einen vorzeigbaren Zustand. Ja, er musste unschuldig aussehen, als wäre etwas nicht passiert, denn er musste zurück zu seiner Freundin, die nicht wissen durfte, was er getan hatte. Er hielt alles vor ihr geheim: die Person, die uns jagte, und jetzt mich. Ich lächelte zufrieden.

Ich zog meinen Rock wieder nach unten, als er sich zum Gehen wandte. »Warte ein paar Minuten, ehe du gehst«, sagte er, schloss die Tür auf und ging. Ich machte mich sauber, fühlte immer noch restliche Wellen in mir, und meine Fingerspitzen kribbelten. Irgendwann war meine Brille runtergefallen. Ich hob sie auf und sah mein Spiegelbild an, als ich die Gläser in meinem Hemd polierte.

Hake Charles' Namen ab, verschiebe ihn in die Chloe-Spalte.

Ich schlenderte zwischen den Leuten umher, sah sie mir an, schob bei manchen die Masken nach oben. Vor Ungeduld wurde ich dreister, und vielleicht war ich auch ein wenig postkoital berauscht. Mein Handy meldete eine Push-Benachrichtigung von Instagram. Pinprick52 hatte etwas Neues gepostet.

Ich brauchte eine Sekunde, um das Bild zu erkennen. Es war ein Foto der geschlossenen Toilettentür unten. *#schlampen.*

VIERUNDFÜNFZIG

Charles rief an. Seit unserem Halloween-Stelldichein hatte er mich gemieden, deshalb ließ ich es achtmal klingeln, um ihn zu bestrafen. Mir ist klar, dass er nicht zu Schuldgefühlen fähig ist, also hatte ich geschlossen, dass er Angst vor seinem Interesse an mir hatte, gemischt mit dem, was auch immer er von Will vermutete. Was hieß, dass ich vorsichtig sein musste. Ich legte meine Füße auf den Schreibtisch, streichelte meinen Plüschwal und meldete mich mit einem gelangweilten Ton. »Du hast geläutet, Charlie-Bär?«

»Wieso schickst du mir ein Video, wie du Chad einen bläst?«, fragte er.

Ich nahm die Füße vom Schreibtisch. »Habe ich nicht!«

»Hast du. Es kommt von deiner E-Mail-Adresse.«

Ich weckte meinen Laptop und öffnete die E-Mail, sah aber nichts dergleichen. »Wann wurde das geschickt?«

»Ungefähr vor einer Minute … Oh, hm – da steht ein Haufen Leute in der Empfängerliste.«

Die Webcams. Trevor. Er *hatte* aufgezeichnet. Es musste von einem der Abende sein, an denen Chad »zum Lernen« hergekommen war. Ich setzte mich vor meinen Computer und öffnete eine neue E-Mail. Zorn brodelte in meiner Brust. »Lies mir die Namen vor, an die es gesendet wurde.« Er begann, sie aufzulisten. Eine Handvoll Freunde, zwei meiner Professoren, ein Tutor und Elena und Dr. Wyman. Ich murmelte laut, während ich tippte: Löscht bitte die E-Mail, die ich euch scheinbar vor zwei Minuten geschickt habe. Ich wurde gehackt, und der Anhang enthält fiese Schadsoftware. Dann schickte ich die Mail ab.

»Ist nicht alle Schadsoftware fies?«, fragte Charles.

»Schick mir das Video. Ich will es sehen.«

»Hältst du das für sicher? Da könnte tatsächlich ein Code versteckt sein. Ich lasse gerade meine Antiviren-Software laufen. Warte – oh … ich glaube, du kommst lieber her.«

Charles sah aus, als wäre ihm flau, als er mir mit dem Telefon am Ohr die Tür öffnete. »Sehe ich aus, als hätte ich gerade dreitausend Dollar in einem Walmart in Kenosha ausgegeben? Frieren Sie das verdammte Konto ein!« Er legte auf und schloss die Tür hinter mir.

Ein Ausrufezeichen erschien auf meiner Smartwatch. Ich tippte das Display an. *Auf einer Skala von 1 bis 7, wie sehr fühlst du dich gerade wie eine Schlampe?* Das Display wechselte zu einem Dick-Pic, dann noch einem und wieder einem. Wütend nahm ich die Uhr ab. Charles sah auf seine und hielt sie mir hin. Auf seinem Display lief ein Schwulenporno.

»Warum tut er das?« Ich setzte mich an Charles' Schreibtisch mit dem offenen Laptop. Ein Media-Player war geöffnet. Es war definitiv ein Video von einer meiner Webcams. Chad genoss mit geschlossenen Augen, wie ich ihn verwöhnte. »Das …« Mein Handy klingelte, und es war Yessica.

»Chlo, du musst zu Facebook gehen.«

Ich öffnete einen neuen Tab und ging auf die Seite. Frische Wut überkam mich. Ich sagte Yessica, dass ich Schluss machen musste. Tonnenweise Leute von der Adams waren in diversen Facebook-Gruppen, die Memes über das College-Leben produzierten – die Wohnheime, die Cafeteria, die gelegentlich entdeckten Leute auf der Suche nach Albino-Eichhörnchen. Es gab sogar eine Gruppe nur für unser Wohnheim. Und auf jeder einzelnen, in der ich Mitglied war, war ein Nacktbild von mir gepostet. Ich erkannte es – es stammte wahrscheinlich von einer sehr alten E-Mail oder meinem iCloud-Account.

Fauchend begann ich, direkt unter den Kommentar »Ist das ein Meme? Ich verstehe es nicht« zu schreiben:

»Hi, hier ist Chloe Sevre. Ich schäme mich nicht für meinen Körper – eher sollte ich euch Geld abknöpfen, ihr Bitches, weil ihr hinguckt. Aber ganz ehrlich: Dieses Foto von mir wurde aufgenommen, als ich 14 war, von einem 22-Jährigen, der danach vor Gericht gestellt wurde. Wegen meines Alters auf dem Bild handelt es sich faktisch um Kinderpornografie, was das Verbreiten oder auch nur das Ansehen strafbar macht. Ich habe schon die Campus-Polizei informiert, das MPD und die Cybercrime-Einheit vom FBI. Denkt nicht mal, sie würden euch nicht schnappen. Ciaoooo.«

Das kopierte ich und postete es auf jeder anderen Seite, auf der es gepostet war.

»Stimmt das?«, fragte Charles.

»Der letzte Teil offensichtlich nicht.«

Ich kochte und versuchte, meine Gedanken auf die Reihe zu bringen. Mein Problem ist, dass ich manchmal vor lauter Wut übereilt handle. »Vielleicht hatte Trevor dich bemerkt, als du ihm gefolgt bist«, sagte Charles. Sein Tonfall kam mir vorsichtig vor. Ich ging zu Instagram, um nachzusehen, ob dieser schräge Account irgendwas darüber gepostet hatte. Charles und Andre hatte ich nichts von Pinprick52 erzählt. Das konnte ich nicht, solange da noch das Foto von mir war, wie ich den Ort verließ, an dem Will gestorben war. Es gab einen neuen Post, nur war schwer zu erkennen, was das war – ein Zickzack von Schatten und ein neonrotes Licht.

»Hat er nicht, das schwöre ich! Könnte Andre gehackt worden sein?«

Ich schrieb ihm: Bist du gehackt worden? Entwicklung – komm zu C. Charles beugte sich über mein Handy, und ich atmete seinen Duft ein, während Andre antwortete.

Hä? Keiner hat mich gehackt. Kann nicht kommen – bin mitten in etwas, habe die Liste kapiert.

»Also wir, aber nicht Andre«, sagte Charles. »Welche Liste?« Er tippte auf die Seite seines Telefons, als es ein Geräusch von sich gab, und legte es genervt auf seinen Schreibtisch.

»Das lasse ich ihn erklären, wenn er hier ist.«

»Ich habe eine Theorie.«

»Oh, verrate sie mir bitte«, sagte ich, während ich Andre schrieb. Große Entwicklung mit Trevor. Was ist mit der Liste?

»Trevor beobachtet dich. Er ist der Typ Frauenfeind, der wirklich nur Schwarz und Weiß kennt. Jungfrau-Hure-Dichotomie. Wenn er eine Frau mag, ist sie rein, gut und seiner würdig. Erweist sie sich als Hure, was alle möglichen Sünden einschließt, ob sie einen anderen mag oder nur existiert, ist sie eine Fotze und eine Schlampe, die selbst verschuldet hat, dass die Rechtschaffenen sie angreifen. Und vielleicht hat er herausgefunden, dass du nicht so unschuldig bist.«

»Wann bin ich denn jemals wie eine Jungfrau herumgelaufen?«

»Auf dem Halloween-Ball war jemand an der Tür.« Er sprach so leise, als wäre Kristen im Raum. »Das könnte er gewesen sein. Er denkt, dass wir ficken, und wird wütend.«

»Was für ein Jammer, dass wir wegen etwas angegriffen werden, was wir nicht mal getan haben«, sagte ich grinsend, doch als ich ihn ansah, lächelte er nicht. Seufzend wandte ich mich wieder dem Computer zu. »Wie vernichten wir ihn?

Ich will, dass dabei Säure ins Spiel kommt. Der Silberstreif am Horizont ist aber, dass wir, sollte Elena fragen, warum unsere Uhren nicht geortet werden können, dem hier die Schuld geben können.«

»Sie hat doch nichts zu dir gesagt, oder?«, fragte Charles, und ich verneinte stumm. »Ich glaube nicht, dass sie es gemerkt hat. Ich weiß auch nicht, wie oft sie überhaupt in die Daten sehen.«

»Das könnte uns etwas Zeit verschaffen.«

Charles' Handy piepte. »Andre schreibt, dass er kommt.«

»Wie wäre es, wenn wir unseren kleinen Freund den Jäger losschicken, damit er sich um Trevor kümmert?«

»Vorausgesetzt, Trevor ist nicht der Jäger«, sagte Charles. Plötzlich fühlte ich, dass er hinter mir stand. Er griff an mir vorbei, um Facebook zu schließen. Dann schob er das Video in den Papierkorb. »Du weißt, dass es so nicht gelöscht ist«, sagte ich. »Vielleicht möchtest du es dir wieder ansehen.«

Er öffnete den Papierkorb und löschte es endgültig. »Warum soll ich mir ein Video anschauen, wenn ich das Echte haben kann?«, fragte er. Sein Gesicht war nahe an meinem Ohr. Dann kehrte er zu seinem Stuhl zurück, winkelte ein Bein über dem anderen an, sodass sein Knöchel auf dem Knie ruhte, und wippte mit dem Fuß. »Übrigens, du hast nicht nur mit Chad geschlafen, um mich zu nerven, oder?«

»Vielleicht finde ich Chad sexwürdig.«

Er schnaubte. »Chad ist objektiv in jeder Hinsicht furchtbar.«

»Warum sagst du denn so was?«

»Allgemeine Boshaftigkeit?«, schlug er mit einem Anflug von Belustigung in den Augen vor.

»Oder bist du vielleicht eifersüchtig?«

»Gott, du bist größenwahnsinnig.«

»Ach was? Ich bin eine Psychopathin, komm drüber weg. Du hast mich gemieden.«

»Nein, habe ich nicht. Ich war ein bisschen beschäftigt, du weißt schon, damit, *mich nicht umbringen zu lassen*. Und wie oft muss ich dir eigentlich noch sagen, dass ich eine feste Freundin habe.«

»Wo ist diese feste Freundin jetzt?«

Sein Gesichtsausdruck wurde frostig. »Ich versuche hier gerade, alles sorgfältig so zu orchestrieren, dass sie keine Ahnung hat, was los ist. Sie soll sicher sein und sich keine Sorgen machen. Nicht, dass du verstehen würdest, wie es ist, sich tatsächlich für ein anderes menschliches Wesen zu interessieren, aber ich liebe sie.«

»Und es hat nichts mit dem Umstand zu tun, dass sie sagenhaft reich ist und all eure Country-Club-Eltern eine große Hochzeit feiern können?«

»Fick dich.«

»Dagegen habe ich nie etwas«, konterte ich schadenfroh. »Was hast du vorgehabt – Betriebswirtschaft studieren, danach für deinen Dad arbeiten und mit vierundzwanzig heiraten und mit deiner Vorzeigefrau in einer schicken Villa leben?«

»Wohl kaum. Was schlägst du als Alternative vor?«

»Wir könnten die Welt niederbrennen.«

Es war unmöglich, zu erkennen, was in ihm vorging, als er mich ansah. »Ich melde Trevor bei der Polizei wegen der Sache hier. Wenn er richtigen Ärger bekommt, kann er niemanden sonst angreifen. Es ist besser als nichts.«

»Hören wir uns erst mal an, was Andre gefunden hat, ehe wir irgendwas entscheiden.«

Charles seufzte, als er noch ein Dick-Pic auf seinem Handy vorfand. Dann stand er auf und ging zum Kühlschrank. Er aß chinesisches Essen aus der Pappschachtel und bot mir nicht einmal etwas an. Ich nutzte seine Unverschämtheit, um ein wenig privat zu spionieren. Trevor hatte einen Twitter-Account, aber da wimmelte es von unsinnigen, wenn auch irgendwie unhöflichen Tweets über Computer und Elon Musk.

Sein neuester Tweet allerdings, den er heute gepostet hatte, war: Scheiß auf das amerikanische Gesundheitssystem. Interessant. Seit ich ihn den Tag gestalkt hatte, wusste ich von dreien seiner Kurse: fortgeschrittene Logik, vergleichende Politikwissenschaft und Wirtschaft 125. Rasch loggte ich mich auf den Webseiten der Kurse ein, wo die Professoren das Unterrichtsprogramm und Aufgaben einstellten und manchmal Studenten Nachrichten schrieben.

Ich fiel fast vom Stuhl, als ich sah, dass Trevor frühmorgens eine Nachricht an den Logikkurs geschrieben und ein Bild angehängt hatte. Hey, ich kann meine Präsentation heute nicht machen. War gestern den ganzen Tag im Krankenhaus und bin eben erst entlassen worden. Das Foto zeigte sein Handgelenk mit dem Plastiknamensarmband vom Washington Hospital Center. Es könnte eine normale Psychopathenlüge sein, um sich vor einer Präsentation zu drücken, aber da war auch der Tweet gewesen, der echte Wut wegen der Krankenhausrechnungen sein könnte, die unvermeidlich kommen würden. Und an den gesamten Kurs zu schreiben anstatt nur an den Professor, um Mitgefühl und Aufmerksamkeit zu bekommen, war sehr typisch für einen Psychopathen. Wahrscheinlich hoffte er auf einige Sympathiepunkte bei den Mädchen im Kurs.

Alles ergab einen Sinn. Jemand hatte Trevor angegriffen, der im Krankenhaus landete, wieder rauskam und, weil er annahm, dass ich oder Charles es gewesen waren, sich rächte. *Dann ist es Emma*, wurde mir klar. Ich schloss alle Fenster und klappte den Laptop zu. Emma hatte es beinahe geschafft, Trevor zu erledigen, und wir bezahlten dafür.

Andre klopfte, bevor er sich mit dem Schlüssel öffnete, den Charles ihm gegeben hatte. »Hast du die Dissertation zu Ende gelesen?«, fragte ich. Ich hatte es nicht. Mir blieb schlicht zu wenig Zeit, da ich Trevor einen Tag lang verfolgen musste und die Zwischenprüfungen anstanden.

»Habe ich. Die ist wirklich interessant. Ich denke, John könnte tatsächlich selbst mit Ripley gesprochen haben, auch wenn er es nicht direkt sagt.« Andre bemerkte Charles' verwirrten Blick – wir hatten ihm nichts von der Lagereinheit erzählt.

»Chloe und ich haben eine Menge Kram in einer Lagereinheit entdeckt, die einem von Wymans früheren Studenten gehörte. Da haben wir seine Dissertation und diese Liste gefunden, und zuerst dachten wir, das seien alles neue Opfer gewesen, aber dann habe ich sie recherchiert. Wie sich herausstellt, sind sie alle, oder waren sie zu der Zeit, Literaturagenten«, erklärte Andre.

Andre nahm das Bier, das Charles ihm reichte, mit einem Nicken entgegen. Mir gefielen die Kumpel-Vibes zwischen den beiden nicht. »John Fiola hatte ein Buch über den Fall geschrieben, was weder Wyman noch einer der Detectives damals getan hat. Es ist ziemlich komisch, bedenkt man, wie viel Geld mit einem solchen Buch zu verdienen wäre, wenn es von denen kommt, die direkt mit dem Fall zu tun hatten. Er wollte einen fetten Deal machen, und einige der Agenten hatten angebissen. Also ich weiß nicht, ob es vielleicht illegal ist, aber ich habe eine Gmail-Adresse auf Fiolas Namen eingerichtet und sie alle angeschrieben. Ich hatte irgendwelchen Quark über ernste familiäre Probleme geschrieben, doch jetzt hätte ich Zeit, mich diesem Projekt zu widmen, und ob sie mir bitte die Notizen zurückschicken würden, die ich ihnen ursprünglich gegeben hatte. Die meisten von ihnen haben nicht geantwortet, aber eine Agentin hat! Sie hat mir eben die letzte E-Mail weitergeleitet, die sie ihm geschickt hatte, mitsamt dem Anhang – das ganze Buch.«

»Schick uns das«, sagte ich. »Wir können es aufteilen und jetzt gleich durchsehen.« Andre nickte, schickte uns die E-Mail, und wir begannen zu lesen. Das Buch war unvollendet – ungefähr zweihundert Seiten Text und ein Entwurf des Inhaltsverzeichnisses. Als ich die Original-E-Mail durchgescrollt hatte, war klar, warum das Buch nie veröffentlicht wurde.

Wir haben Ihre Idee und die Kapitel mit großem Interesse gelesen. Ich kann mir vorstellen, dass Sie mehrere Agenten haben, die hochmotiviert sind, die Geschichte rauszubringen. Unsere Sorge gilt der Qualität des Schreibstils, die sich in dem derzeit schwierigen Markt nicht behaupten wird. Daher wäre unser Vorschlag, dass Sie mit einem Ghostwriter arbeiten, der Ihnen hilft, den Text zu überarbeiten. Wir könnten Ihnen einige empfehlen, und das Prozedere wäre einfach für Sie. Falls Sie interessiert sind, kontaktieren Sie mich bitte unter der Nummer unten, dann können wir uns unterhalten.

Der Ghostwriter war ein sinnvoller Vorschlag – John war ein furchtbarer Autor. Die Seiten waren voller schwülstiger Umschreibungen und Satzungetüme, die vermutlich tiefsinnig klingen sollten.

Ich überflog alles so schnell wie möglich. John hatte mit der Kindheit des CRD-Killers angefangen und von da weitererzählt bis zu der Zeit, als er anfing zu morden. Ich zögerte. Könnte es sein, dass der CRD-Killer in Wahrheit gar nicht hingerichtet worden war? Es würde fast einleuchten – er brach aus dem Gefängnis aus oder wurde in letzter Minute von einem Softie-Gouverneur begnadigt und ist zurückgekommen, um Wyman das Leben zur Hölle zu machen. Ich machte eine rasche Google-Suche auf Charles' Computer. Ripley war im Herbst 2006 mit einer Giftspritze getötet und die Hinrichtung von dem zuständigen Staatsanwalt und den Angehörigen einiger Opfer bezeugt worden.

»Oh mein Gott«, sagte Andre plötzlich.

»Was?«, fragte Charles, als nicht mehr kam.

»Sorry, aber einiges hier ist sehr grafisch«, murmelte er und las weiter.

Ich war an der Stelle, an der die Polizei den CRD-Killer festgenagelt hatte, weil sie ihn mit DNS-Spuren überführen konnten. Der Fall würde bald öffentlich werden. Ich hetzte noch schneller durch die Seiten.

Dann entfuhr mir ein Quieken.

»Was? Was?«, fragte Andre.

»›Die mit dem Fall betrauten Detectives, mein Doktorvater und ich wussten, welcher Medienrummel losgehen würde, sobald ein Durchbruch in dem Fall bekanntgegeben wurde. Zusätzlich zu den bereits identifizierten und unidentifizierten Opfern gab es noch drei weitere: Gregorys Frau und ihre Zwillinge.‹« Um des dramatischen Effekts willen machte ich eine Pause. Charles hatte die Augenbrauen hochgezogen, und Andres Mund stand komisch weit offen. »›Und dennoch endete das Trauma nicht, als CRD hinter Gittern war. Marsha‹ – das ist die Frau – ›beging noch vor der Kautionsanhörung Selbstmord. Wir waren uns alle einig, dass es im Interesse der Mädchen wäre, ihre Identität zu schützen.‹«

»Denkst du, Emma und Megan könnten die Kinder des Rock-Creek-Killers sein?«, fragte Charles. »Eine Menge Leute haben Zwillinge.«

»Sie sind im passenden Alter«, antwortete ich. Ich war sofort im Internet und rief Bilder von Gregory Ripley auf, um nach Ähnlichkeiten Ausschau zu halten.

»Wie kann das sein? Die Medien müssen das alles doch

durchforstet haben. Ein paar Google-Suchen, und man hätte die Ehefrau und die Namen der Kinder«, sagte Andre.

Charles ging noch das Manuskript durch. »Die Polizei hat geholfen. Sie haben umgehend die Namen geändert und die Kinder wurden zu Freunden von Marsha in Kalifornien geschickt.«

»Und wie sind sie dann wieder hier gelandet?«

Andre sprang auf. »Es muss folgendermaßen gewesen sein. Sie haben dieses idyllische Leben am Strand, aber dann wird ihnen klar, dass mit Emma etwas nicht stimmt. Sie rufen Dr. Wyman, und er sagt, dass sie behandelt werden muss.«

»Weil seine Behandlung bei dem Vater so gut geklappt hat? Warte mal«, warf Charles nachdenklich ein. »Bekommt ihr einen Bonus für die Studie?«

»Bonus?«

»Meinst du, zusätzlich zu den Studiengebühren?«

»Zwanzigtausend Dollar«, sagte Charles. Andre und ich sahen ihn an, als wäre er wahnsinnig. Er blinzelte langsam. »Als ich mit Emma essen war, hat sie erwähnt, dass sie und ihre Schwester nach Abschluss der Studie jede einen Bonus von zwanzigtausend Dollar bekommen.«

»Was?«

»Ich bekomme einen Scheiß!«, rief ich. »Und das erzählst du uns erst *jetzt?*«

»Na ja, ich habe nicht mehr daran gedacht. Ich habe geglaubt, wir kriegen alle einen, und ich konnte mich nicht erinnern, ob es in meiner Vereinbarung steht oder nicht.«

»Wie kannst du von zwanzigtausend Dollar nichts wissen?«, fragte Andre.

»Die Portmonts sind zu sehr damit beschäftigt, ihre Monokel zu polieren!«, rief ich, und Andre stieß einen heiseren Laut aus. Er war genauso wütend wie ich.

»Versteht ihr denn nicht?«, unterbrach Charles uns. »Er

war bereit, einen Aufschlag zu zahlen, um sie zu bekommen – und das nicht bloß, weil sie Zwillinge sind, sondern weil sie Ripleys Zwillinge sind.«

»Ist es nicht unprofessionell, Testpersonen zu haben, die man persönlich kennt?«, fragte Andre.

»Dies ist das Puzzlestück, das uns gefehlt hat«, unterbrach ich sie.

Charles sah immer noch skeptisch aus. »Okay, vielleicht sind sie Ripleys Kinder, aber soll ich glauben, dass Emma eine Serienmörderin ist, nur weil ihr Vater ein Mörder war? Ihr kennt sie nicht. Sie ist … sie ist …«

»Es ergibt einen Sinn«, sagte Andre. »Vor zwanzig Jahren hat der CRD-Killer mit den Morden angefangen, was abgefuckt ist, weil es auch das Jahr gewesen sein muss, in dem die Zwillinge geboren wurden. Vielleicht will sie ihr eigenes Zeichen setzen. Wyman kennt die Familie, also ist er verzweifelt, denkt, dass er sie aufhalten kann, ist aber zu nahe dran, um objektiv zu sein. Er hat sich mit ihr zum Dinner getroffen! Sie soll eine Patientin sein, keine Freundin der Familie!«

»Oder es ist Megan«, schlug ich vor. Es durfte nicht passieren, dass die beiden Emma mit Argusaugen überwachten, solange ich noch einen letzten Schachzug machen musste. Es war Emma. Sie erklärte die CRD-Verbindung. Sie hatte Trevor angegriffen, der dann glaubte, dass es ich oder Charles war, weil er nichts von Emma wusste. Und sie ist in Charles verliebt, also ist sie vielleicht wütend geworden, dass ich was mit ihm angefangen habe, und hat die #slut-Nachricht auf Instagram geschickt. Jetzt musste ich erreichen, dass sich Charles und Andre für einige Tage im Kreis bewegten, damit ich mich noch um eine Sache kümmern konnte. Dazu müsste ich Emma in die Sandfilteranlage locken, damit sie wenigstens am selben Ort wie Will war.

Ich verstand nicht genau, warum sie Leute in dem Programm töten wollte – vielleicht war sie sauer auf Wyman oder so –, doch wenn bisher nur Michael, Kellen und Will umgebracht wurden, könnte ich es immer noch so aussehen lassen, als hätte sie es auf Adams-Studenten abgesehen, weil sie leicht zu erreichen waren. Und alle männlich – vielleicht konnte ich damit noch arbeiten.

»Megan ist die Normale«, sagte Charles.

»Wer bestimmt, was normal ist?«, entgegnete ich. »Im Grunde ist es das perfekte Verbrechen. Man läuft herum, killt Leute, und wenn jemand mit dem Finger auf einen zeigt, sagt man: *Denkt ihr echt, ich bin das? Seid ihr sicher, dass es nicht meine eineiige Zwillingsschwester war, die Psychopathin?*«

»Oh mein Gott, das ist perfekt!«, rief Andre. »Und wenn sie DNS finden, können sie nicht beweisen, zu welchem Zwilling sie gehört, also wandert Emma ins Gefängnis.«

Ich wusste, dass es bei Zwilling-DNS nicht so lief – es gab immer noch das Problem willkürlicher Mutationen, die bei den beiden unterschiedlich wären, aber zum Glück hatte keiner der zwei fortgeschrittene Biologie belegt.

»Wir müssen aktiv werden, genug Beweise bekommen, um sie aufzuhalten«, sagte ich. »Teilen wir die Arbeit auf. Ich beschatte Emma, Charles, du versuchst herauszufinden, wo Megan wohnt, und du, Andre, beschattest Trevor.« Andre wirkte enttäuscht. Er hatte den CRD-Teil des Falls geknackt und wollte eindeutig Emma für sich beanspruchen. Ich machte besonders große Augen und erzählte detailliert, dass Trevor diese unheimliche Fixierung auf mich hatte. Während Andres Züge weicher wurden, stand Charles hämisch grinsend hinter ihm.

»Was ist mit diesem Will?«, fragte Andre.

»Den behält Charles im Auge. Sie sind in derselben Verbindung.« Schließlich nickte Andre zustimmend – er war verblüffend gelassen für einen Psychopathen. Doch an diesem Punkt hatte ich bereits heraus, dass Andres Freundlichkeit – so ungewöhnlich sie für einen von uns war – zu seinem Spiel gehörte, mit dem er Leute dazu brachte, ihn zu mögen. Es passte prima zu seinen Grübchen und würde gewiss gut funktionieren, bis er anfing, älter auszusehen.

Charles sah mich prüfend an. Er ahnte, dass ich etwas vorhatte, und das Letzte, was ich brauchte, war, dass er mich in die Enge trieb. Ich stand auf. »Alle müssen in höchster Alarmbereitschaft sein.« Ich hatte es eilig zu gehen und erwartete halbwegs, dass Charles mich aufhalten und weiter nach Emma und Will fragen wollte.

Zu meiner Überraschung sagte er nichts. Mir gefiel nicht, dass die zwei ohne mich abhingen, aber da ich nun endlich wusste, wer der Jäger war, gab es eine Menge zu tun.

FÜNFUNDFÜNFZIG

»Sollen wir uns einen Plan überlegen?«, fragte Andre, der immer noch Fiolas Buch auf seinem Handy durchging. Allein mit Charles in seinem schicken Apartment, ohne Chloe als Puffer, fühlte er sich deplatziert.

»Ja.« Charles saß an seinem Flügel und hatte seine Bierflasche neben sich abgestellt. Andre fragte sich, was für ein College-Student denn tatsächlich einen Flügel besaß. Charles begann, ein verstörend intensives Stück zu spielen, bei dem Andre an Kobolde und Ghule denken musste.

»Kannst du auch was weniger Gruseliges spielen?«

Charles brach lachend ab. »Kein Fan von Liszt? Kann ich dich etwas fragen?« Andre blickte auf. »Wie lange täuschst du deine Diagnose bereits vor?« Charles sagte es nahezu beiläufig.

Andre erstarrte, und sein Magen verkrampfte sich. »Was?«

»Komm schon, mir kannst du es erzählen.« Charles hatte den gütigen, freundlichen Gesichtsausdruck von jemandem, der eine zweitklassige Hypothek verkaufen wollte. »Ich sterbe vor Neugier.«

»Wie kommst du überhaupt darauf?« Charles antwortete nicht, sah ihn nur an. Man könnte ihn glatt für einen netten Typen halten. Ein Typ mit einer schicken Wohnung, der Klavier spielte und in ihrem Trio die Stimme der Vernunft zu sein versuchte. Es war schwer, seine freundliche, offene Art, Andre anzuschauen, mit dem in Einklang zu bringen, was er war. In Andres Gesicht spiegelten sich mehrere Ausdrücke hintereinander – *haha, du bist ja witzig* bis hin zu *was soll das denn*. Er wusste, dass er gleich in irgendeiner Weise bedroht würde, doch ein winziger Teil von ihm empfand nach all der Zeit und allem, mit dem er davongekommen war, ein kleines bisschen Erleichterung. Erleichterung, weil er endlich ertappt wurde.

Charles lächelte. »Es liegt an der Art, wie du dich verhältst, wie du auf Dinge reagierst. Das erste Mal ist es mir bei deinem Ekel vor diesem Schmalzgebäck-Cheeseburger aufgefallen.«

»Was?«

»Ich empfinde keinen Ekel«, antwortete Charles. »Meine Freundin hat sich angewöhnt, an den Sachen in meinem Kühlschrank zu riechen, weil ich den Geruch von verdorbenem Essen nicht als gefährlich wahrnehme.« Verdutzt überlegte Andre, ob Charles sich vielleicht mit einem Scherz ablenken ließe. »Und du hast eben ziemlich erschrocken ausgesehen, als ich dir unterstellt habe, etwas vorzuspielen.«

»Und?«

»Nun, erwischt man jemanden wie Chloe oder mich bei einer Lüge, lügen wir im nächsten Atemzug so gut, dass wir uns fast selbst glauben.«

»Du *scheinst* normal. Nicht wie Chloe.«

»Bin ich nicht«, erwiderte Charles ungerührt. »Ich habe zwei Jahrzehnte gebraucht, um ein Bild von Normalität darzustellen.«

Andre trank von seinem Bier und behielt das beinahe salzige IPA kurz in seiner Kehle, bevor er schluckte. Es war ein wenig aufregend, dass die Wahrheit so dicht unter der Oberfläche trieb und an die Luft wollte. »*Würde* ich etwas erzählen … würdest du es jemandem sagen?«

»Warum sollte ich?«

»Weil du kein Gewissen hast?«

»Gerade mein Mangel an Gewissen wäre der Grund, weshalb ich *nichts* sagen würde.« Charles' Lächeln glitzerte geradezu. Er war sich sicher, dass er seinen Willen bekommen würde. »Ich bin wirklich neugierig, also verspreche ich dir, dass ich nichts erzähle, weil ich es wissen will.«

»Und du sagst es keinem? Nicht mal Chloe?«

»Sie ist ja wohl kaum meine Vertraute.«

Andre nestelte an dem Flaschenetikett. »Ich hatte die Bewerbung bloß aus Jux ausgefüllt und habe nie gedacht, dass tatsächlich irgendwas dabei rauskommt ... Und dann hat quasi alles eine Eigendynamik entwickelt.«

»Was? Was genau hast du getan?«

»Es ging damit los, dass bei mir Verhaltensstörungen diagnostiziert wurden, als ich dreizehn war.«

»Oh, das wurden sie bei mir auch, allerdings war ich neun, glaube ich.«

Andre nickte. »Zu der Zeit habe ich mir nicht viel dabei gedacht – ich meine, ich war ein Kind. Aber später habe ich darüber gelesen und fand, dass es letztlich ein Haufen Bockmist war. Meiner Familie ging es eben schlecht, und natürlich bin ich da ausgeflippt. Mein Bruder übrigens auch, und ich habe immer schon gemacht, was er machte.«

»Was meinst du mit schlecht gehen?« Charles beugte sich vor, und wüsste man nicht, was er wirklich war, könnte man ihn irrtümlich für interessiert und empathisch halten. Charles war gut, dachte Andre. Er konnte es viel besser vortäuschen als Chloe. War es das, was die Worte nur so aus ihm heraussprudeln ließ, oder war es Erschöpfung und das Gefühl, ihm würde endlich eine riesige Last von den Schultern genommen?

»Meine Schwester war sehr plötzlich gestorben. Sie war die Älteste. Und sie war nicht mal krank oder so, sondern hatte bloß einen Asthmaanfall.«

»Sie ist an einem Asthmaanfall gestorben?«

»Das kommt vor«, antwortete Andre knapp. »Sie hatten einen Krankenwagen gerufen, und der war erst nach vierzig Minuten da.«

»D.C.-Effizienz.«

»Willkommen in Northeast. In unserer Gegend passiert Mist – Einbrüche, manchmal Schießereien. Aber das war anders. Es war, als hätte es alle gebrochen. Mein Bruder war zu der Zeit auf derselben Highschool wie sie. Ein ziemlich guter Schüler und gut in Leichtathletik. Hundertmeterlauf und Hürdenlauf. Er wollte zum College, aber dann interessierte es ihn nicht mehr. Er schwänzte die Schule, fing an mit ›schlechten Elementen‹ abzuhängen, wie meine Mom sie nannte. Ich war manchmal bei ihm oder schwänzte einfach nur.«

»Also haben sie bei dir Verhaltensstörungen diagnostiziert?«

Andre nickte. »Ehrlich gesagt glaube ich nicht, dass ich die habe, doch letztlich hat es mir genützt. Mit fünfzehn geriet ich in ernste Schwierigkeiten. Einige Freunde von mir sind in ein Haus eingebrochen – ich war nicht dabei, habe sie aber hinterher in dem Wagen von jemandem weggefahren, und dann wurden sie überführt. Ich bekam Bewährung und musste auf diese Spezialschule wechseln. Sie war wie eine Übergangsschule für Kinder mit Verhaltensproblemen, und einige von denen kamen direkt aus der Jugendhaft.« Andre schüttelte den Kopf. »Solche Typen. Und mir wurde klar, dass ich nicht wie sie enden wollte. Ich habe begriffen, wie hart meine Eltern arbeiteten, um für uns zu sorgen, und was ich ihnen antat, zusätzlich zu allem, was sie schon durchmachen mussten. Jedenfalls hat mir der Beratungslehrer von diesem Programm an der Adams erzählt und dass der Leiter an mir interessiert war.«

»Dr. Wyman?«

Wieder nickte Andre. »Ich fing an, über Psychopathie zu lesen. Die meisten Leute mit Verhaltensstörungen werden irgendwann als dissozial eingestuft, und das ist praktisch dasselbe wie psychopathisch … Ich dachte, hey, vielleicht könnte ich die glauben lassen, dass ich das echt bin. Ich hatte nicht damit gerechnet, dass es funktioniert, doch als es das *tat* und meine Eltern von den erlassenen Studiengebühren erfuhren, war es zu spät.«

»Und wie hast du es durch die Interviews und die ganze Diagnostik geschafft?« Charles schien verzückt von der Geschichte, und Andre war auf absurde Art stolz.

»Ich habe alles Mögliche im Internet recherchiert. Die meisten diagnostischen Untersuchungen basieren auf Fragebögen. Ich antwortete schlicht so, wie ich den Büchern nach schätzte, dass es richtig war.«

»Und was war mit den Telefon-Interviews?«

»Mein Bruder und seine Freundin haben sich als meine Eltern ausgegeben.«

Charles lachte kurz. »Also wissen deine Eltern nichts?«

Unsicher schüttelte Andre den Kopf. »Nicht so wirklich. Ich habe meiner Mom erzählt, dass es ein besonderes Stipendium ist. Und ehe ich michs versah, war ich hier.«

Charles prostete ihm mit seinem Bier zu. »Zieht man den gestörten Serienkiller ab, ist es kein schlechter Deal.«

»War ich so offensichtlich?«

»Weiß ich nicht. Anscheinend fallen Wyman und Elena drauf rein.«

»Versprichst du, Chloe nichts zu sagen?«

»Warum sollte ich? Und sie kreist zu sehr um sich selbst, um irgendwas zu merken.« Andre war froh, aber dann lächelte Charles und lehnte sich mit den Ellbogen auf seinen Flügel zurück, sodass disharmonische Noten erklangen. Sein

Lächeln war zu breit. »Warum sollte ich irgendjemandem dein Geheimnis verraten?«

Hierum ging es Charles, wurde Andre klar. Das Angebot, sein Apartment zu nutzen, war nicht selbstlos – es war eine Form von Machtausübung. Und diese Information war Macht. Charles persönlich war diese Täuschung egal – er schien es witzig zu finden, dass Wyman um Fördergeld geprellt wurde. Aber er hatte gern ein bisschen Kontrolle. *Trau diesen Leuten nicht eine Sekunde*, ermahnte Andre sich.

SECHSUNDFÜNFZIG

Sicher sollte ich geduldiger sein, wie Charles, aber da ich endlich wusste, wer Jagd auf mich machte, wollte ich sie plattmachen wie ein Bulldozer.

Emma musste ernst genommen werden; dieses Mädchen hatte, entweder mit List oder physischer Gewalt Kellen dazu gebracht, Schrot zu schlucken, einen Mann erstochen und war durchs Fenster verschwunden, ehe Andre sie sehen konnte, und war in Kristens Haus eingebrochen. Sie war mir in der Nacht gefolgt, in der Will ermordet wurde, obwohl ich alle erdenklichen Vorsichtsmaßnahmen ergriffen hatte.

Ich öffnete Instagram auf meinem Handy und ging auf den Account von Pinprick52. Ich schickte ihr eine PN: Wir müssen reden. Ich starrte auf mein Handy, erwartete gleich eine Antwort, denn die kleine grüne Blase neben ihrem Namen sagte, dass sie online war.

Je länger ich wartete, desto wütender wurde ich. Was fiel ihr ein, mir nicht zu antworten, wenn sie doch eindeutig online war?? Ich wartete zehn Sekunden, dann stampfte ich zum Computerraum im Untergeschoss der Albertson Hall, der beinahe verlassen war. Jeder wusste, dass die schnelleren Rechner in dem neueren Raum in der Bibliothek standen, aber der in der Albertson hatte den Vorteil, dass sie blöd genug waren, unbegrenzt Ausdrucke zu erlauben. Ich öffnete meine E-Mail und druckte das Dokument aus, das Andre bekommen hatte – Fiolas beschissenes Buch. Dann eilte ich nach Hause und blieb nur kurz im Innenhof stehen, um mir die Taschen mit Erde zu füllen.

Zum Glück war Yessica nicht da, um sich über die Sauerei zu beschweren, die ich in unserem Gemeinschaftsbereich machte. Ich begann, den Papierstapel auf den Boden zu schlagen, zerknüllte Seiten, knickte hier und da Eselsohren hinein und ließ sie alt wirken, indem ich sie mit Erde einrieb und alten Tee über die Blätter sprenkelte, um Flecken zu machen. Vielleicht könnte man aus der Nähe sehen, dass das Manuskript künstlich gealtert wurde, aber es musste ja nicht sehr echt wirken – ich würde einen Filter benutzen. Ich machte ein Foto von der Titelseite und schickte es Emma. Dann blätterte ich zu der Seite, auf der das Wort *Zwillinge* zum ersten Mal auftauchte, und sandte auch davon ein Bild. *Jetzt bereit zu reden, Bitch?* Ich starrte auf die grüne Blase. Keine Antwort.

Dann aber – endlich: Ist dir klar, dass ich dich umbringen werde?

Ist dir klar, dass ich dich bloßstellen werde?, antwortete ich.

Was soll das überhaupt sein – es bedeutet gar nichts.

Es ist aus einem Buch, an dem John Fiola geschrieben hat. Du weißt schon, Wymans Student, als DEIN VATER herumlief und Leute killte.

Seine Dissertation?

Ich dachte an die fehlenden Exemplare von Fiolas Dissertation. Was hast du gemacht? Alle Exemplare aus der Bibliothek gestohlen und verbrannt? Wärst du nicht so faul gewesen, hättest du gewusst, dass er auch an einem Buch schrieb.

Und ich habe das einzige Exemplar. Natürlich stimmte das nicht, aber sie musste mich für blöd genug halten, das zu verraten. Ich biete dir einen Deal an.

Du hast nichts, was ich will. Ich bringe dich trotzdem um. Du bist echt das Allerübelste. Dein kleines Barbecue hat alles bestätigt, was ich schon von dir dachte.

Mir stand der Mund offen. Ich wollte sie fragen, warum sie mich nicht bei der Polizei verpfiffen hatte, aber vielleicht wollte sie mich für sich selbst aufsparen, und ich wollte definitiv keine Art von BBQ zugeben.

WTF redest du denn? Hier ist der Deal: Du lässt mich in Ruhe, oder ich erzähle der ganzen Welt, dass du CRDs Tochter bis. TMZ rennt dir die Tür ein.

Du weißt, dass ich dich einfach umbringen und mir das Buch nehmen könnte, oder?

Du könntest es versuchen. Oder wir schließen einen Pakt. Ich weiß nicht, warum du Leute umbringst, und es ist mir egal. Aber A oder C kriegst du auf keinen Fall. Die sind beide bis auf die Zähne bewaffnet – Cs Familie ist waffenverrückt, und er hat private Security angeheuert. Ich weiß, dass du nicht mal in sein Haus kannst.

Lol, MICHELLE

Lol du hättest sie schon, wenn du könntest. Aber ich kann sie dir liefern.

???

A vertraut mir, und C will mich ficken. Ich kann sie zu dir führen wie kleine Lämmchen. Du bekommst dein Manuskript. Dann lässt du mich in Ruhe. Es folgte eine lange Pause, in der sie nichts sagte. Denk drüber nach, warnte ich. Dies ist mein letztes Angebot.

Sie reagierte nicht. Ich legte mein Handy neben meinen Laptop und versuchte, mich zu beruhigen. Ich musste noch einen ganzen Essay in Französisch schreiben und für meine Bio-Prüfung lernen, googelte aber immer wieder »vietnamesische Sprengfallen«. Dann machte mein Handy »Pling«.

Du hast einen Deal.

SIEBENUNDFÜNFZIG

Teil eins meines Plans war eingeläutet. Ich wusste, dass Emma schlau war – schlau genug, um mit allem bisher davonzukommen. Sie war mir zumindest in einem gewissen Maß gewachsen – hatte jedoch einen fatalen Makel, wie ihr blöder Instagram-Account verriet. Stolz. Sie dokumentierte Beweise, obwohl die gegen sie verwendet werden konnten – ich schätze, dass es irgendwie zu ihrem Interesse an Fotografie passte. Sie war arrogant und hielt sich für zu schlau, um überführt zu werden. Wahrscheinlich hielt sie mich für dumm genug zu glauben, dass ich ihr das Manuskript und gleich mein Leben übergeben würde.

Sie dürfte keinen Schimmer haben, welches Ass ich noch im Ärmel hatte. Aber ich würde Charles brauchen.

Ich schrieb ihm: Wir müssen uns einen Plan überlegen. Wir können nicht nur abwarten.

Fülle gerade die Formulare für eine einstweilige Verfügung gegen T aus und gebe sie morgen ab, antwortete Charles. Er hat mir ein Standbild von Kristens Webcam geschickt – er hat sie vor über einem Monat gehackt.

Hat er? Zu schade, dass Trevor nicht der Mörder war. Für einen Sekundenbruchteil dachte ich, dass es sehr praktisch wäre, könnte sich jemand anders für mich um Kristen kümmern. Ich malte mir aus, wie ich Charles mit seinem gebrochenen Herzen hinterher tröstete.

Scheißfreak, schrieb er. Jetzt ist sie in Sicherheit.

Was ist mit dir?

Ich habe die Flocke, antwortete er. Die Glock, sorry, Autokorrektur. Ich will gleich nach Ft Hunt.

Ich fragte mich, ob ich Charles überreden könnte, mir eine seiner Waffen zu leihen. Er hatte bereits abgelehnt, doch wenn er sah, wie ängstlich ich war und wie dringend ich Schutz brauchte, gab er vielleicht nach. In den Wohnheimen sind sie jetzt strenger mit der Sicherheit, tippte ich. Aber wenn die Leute an Sicherheit denken, dann nie an irgendwelche Mädchen, die sich einschleichen. So komme ich mit Sachen durch.

Ist mir aufgefallen, antwortete er. Bist du zu Hause?

Ja. Diese Mordserie engt meinen Lebensstil ein.

Armes Ding, schrieb er.

Komm rüber, dann können wir planen.

Er verstummte. Ich ging zurück an meinen Computer und blickte ab und an rüber, ob er etwas schrieb. Seufzend nahm ich mein Handy wieder auf.

Du meidest mich, ließ ich ihn wissen.

??echt, ich habe dir eben geschrieben.

Reden wir nie über das, was passiert ist?

Es gibt nichts zu reden.

Du bist ein Arsch.

Wieder kam eine lange Pause, dann schrieb er, Was machst du so?, was ungefähr so ärgerlich war, wie es nur werden konnte. »Was machst du so« ist ein feiger Bumsvorschlag, ohne es direkt auszusprechen.

Lernen im Bett.

Klingt heiß.

Könnte es sein, schrieb ich.

Aha?

Ich hatte neulich Spaß.

Klar, gab er zurück. Du bist heftig gekommen.

Bin ich. Du bist so fies.

???, schrieb er beleidigt.

Komm rüber. Yessica ist nicht da.

Kann ich nicht.

L Du Flocke.

Meine Glock ist scharf, beharrte er.

Schick mir ein Pic

Machst du Witze? Ich könnte nie für den Kongress kandidieren, antwortete er.

Ich lachte. Du könntest buchstäblich ein Vergewaltiger sein und immer noch in den Kongress gewählt werden, lol.

Lol, schrieb er.

Dann schick was Zahmes.

Es folgte wieder eine Pause. Ich rutschte aufgeregt auf meinem Bett hin und her. Dann erschien ein Selfie in der Chatbox. Er hatte sein Hemd ausgezogen, glatte, makellose Haut und Muskelwölbungen enthüllt. Charles war so gebaut, wie ich es mochte – nicht zu muskulös, aber definitiv wie jemand, der Sport machte. Er könnte nackt sein, doch das Bild endete bei seinen schmalen Hüften, wo eine dünne dunkle Haarlinie von seinem Nabel abwärts führte. Du bist dran, schrieb er.

Weniger prüde zog ich mich bis auf meinen schwarzen Spitzen-BH und den Slip aus und positionierte mein Handy so, dass ich ein halbwegs gutes Foto machen konnte. Ich öffnete den Mund leicht und blickte direkt in die Kamera.

Gott, du bist verflucht sexy, schrieb er.

Ich kann zu dir kommen, schlug ich vor.

Ist nicht sicher, antwortete er.

Dann nimm deine Waffe mit und komm her. Ich werde dich nicht anfassen, und wir sollten reden. Im Ernst, gibt es größeren Bullshit als »Wir reden nur«? Oder vielleicht »Nur die Spitze«.

Eine qualvolle Pause folgte, dann kam: O.k.

»Ja!«, rief ich in mein leeres Zimmer. Komm über die Feuertreppe nach oben. Dann sieht dich keiner.

Er reagierte nicht, weil er eventuell nicht zugeben wollte, dass er sich rein technisch hereinschlich. Ich lief durch mein Zimmer, sammelte schmutzige Wäsche ein und stopfte sie unter mein Bett. Danach eilte ich ins Bad und machte mich frisch, bürstete mein Haar und trug ein wenig Parfüm auf. Ich rupfte die Bettwäsche vom Bett, ersetzte sie durch saubere und kickte die benutzte ebenfalls unters Bett.

Als ich das Vibrieren von Schritten auf der Feuerleiter hörte, lag ich wieder unter meinen Decken, mein Haar sorgfältig arrangiert, und tat, als würde ich *Unendlicher Spaß* lesen. Charles klopfte mit den Fingerspitzen ans Fenster. Ich hob den Riegel, den ich angebaut hatte, und er schob das alte Fenster mit einem knarrenden Schaben nach oben. Dann stieg er etwas ungeschickt hindurch, krabbelte auf den Händen über den Boden, bis der Rest seines Körpers nach drinnen plumpste. Wir lachten beide. Ich blieb im Bett, rückte aber zur Seite, und er streckte sich neben mir aus. Ich lag auf der Seite, er auf dem Rücken. »Wir brauchen einen Plan«, flüsterte ich.

»Wie wäre es mit Beweisesammeln?«

»Ich bin dicht dran, aber ich brauche deine Hilfe. Ich muss die Person zu einer bestimmten Zeit an einen bestimmten Ort bekommen.«

»Welchen?«

»Die McMillan-Sandfilteranlage. Das ist dieses abgesperrte Gelände.«

»Warum gerade *da?*«

»Weil ich noch einige lose Enden verknüpfen muss«, sagte ich und spielte mit seinem Haar.

»Was für lose Enden?«, fragte er und drehte sich zu mir. Im gedämpften Licht waren seine Pupillen riesig.

»Diese und jene«, sagte ich grinsend.

»Chloe … wo ist Will? Ich habe ihn seit über einer Woche nicht gesehen.«

»Wer bin ich? Sein Kindermädchen?«

Er hob den Kopf vom Kissen. »Hast du … irgendwas getan? Diese Sandanlage – hast du es da gemacht?« Ich faltete die Hände über meinem nackten Bauch und sagte nichts. »Ich erzähle es keinem«, flüsterte er.

»Gut, denn es gibt nichts zu erzählen. Will war ein Stück Scheiße und hat verdient, was er bekommen hat.«

»Ich weiß, dass er übel ist … Meinst du … meinst du, er hat es häufiger gemacht?«

»Spielt das eine beschissene Rolle?«, fragte ich gereizt.

Charles hob unschuldig die Hände. »Weiß ich nicht. Also ist dein Plan, dass wir Trevor oder Emma da hinlocken und dann was? Es so aussehen lassen, als wären sie für Will verantwortlich?«

»Kann sein.« Ich sah ihn flehend an. »Sie könnten mich überwältigen. Du bist der Einzige, den ich um Hilfe bitten kann.«

»Was ist mit Andre?«

»Ich vertraue Andre nicht.«

»Rassistin!«

Ich schnaubte. »Nicht, weil er schwarz ist. Andre ist ein hundertprozentiger Psychopath. Er spielt immer diesen ernsten Typen mit den großen Augen, und Leute wie du fallen darauf rein.« Das, und es gab gewisse Informationen über mich, die Andre nie haben durfte, von denen Charles aber schon wusste.

»Was soll ich machen?«

»Das habe ich mir noch nicht genau überlegt.« Hatte ich sehr wohl. Charles, Andre und das Manuskript waren meine Köder. Sie würde nicht erwarten, dass wir zusammenarbeiten, und zu zweit und mit dem, was Charles an Feuerkraft hatte, konnten wir sie überwältigen. »Am Samstagabend benötige ich Verstärkung. Die Logistik habe ich noch nicht ganz durchgeplant, aber ich brauche dich und deine Waffe dort. Und wir müssen früh hin, um Fallen zu stellen.«

Charles schüttelte den Kopf. »Du hast für alles einen Plan,

oder?« Es war so gut wie ein Versprechen. Ich drückte seinen Arm und lehnte mich an ihn.

»Was mache ich nur mit dir«, murmelte er, eine Hand in meinem Haar.

»Was immer du willst«, bot ich an.

Er schüttelte wieder den Kopf und atmete halb frustriert, halb belustigt aus. »Ich sollte nicht mal hier sein«, sagte er mehr zu sich selbst als zu mir. Dann legte er sich so hin, dass sein Gesicht direkt neben meinem auf dem Kissen war. »Weißt du, warum ich gern mit Kristen zusammen bin?«, flüsterte er. »Abgesehen davon, dass sie ist, wer sie ist? Ich mag es, wie normal wir zusammen sind.«

»Ist das ein guter Grund, mit jemandem zusammen zu sein?«

»Hast du eine Ahnung, wie ich mich gefühlt habe, als bei ihr eingebrochen wurde?«

»Ich streite ja nicht ab, dass du denkst, du liebst sie.«

»Was dann?«

»Ich sage bloß, dass sie dich nie verstehen wird. Die dunkleren Seiten von dir. Dass unter der Maske eine leere Hülle ist.«

»Was soll das denn heißen?«

»Nur jemand, der wie du ist, kann so eine leere Hülle lieben, sonst keiner.«

Ich konnte seinen Gesichtsausdruck nicht deuten. »Manchmal ist es anstrengend, die ganze Zeit zu spielen.«

Ich rückte näher zu ihm und streichelte sein Haar. Er hatte nichts darin, nicht wie auf dem Halloween-Ball. Es war weich, und blonde Strähnen mischten sich ins Braun. Beim Schlucken wippte sein Adamsapfel. »Was ist, wenn wir nur ein bisschen rummachen – zählt das?«, fragte er leise.

Ich verneinte stumm und überwand den letzten Abstand zwischen uns. Wir küssten uns, wobei meine weißen Laken eine schützende Barriere zwischen uns formten. Durch das

Laken strich er mit der Hand über meinen Rücken, hielt an meiner Taille inne und zog mich näher zu sich. Wir bewegten uns ohne jede Hast, dennoch baute sich die Anspannung in mir auf. Ich fühlte seine Lippen an meinem Hals. Etwas Hartes pikte mich, und ich brauchte einen Moment, um zu begreifen, dass es seine Waffe war, die in seinem Hosenbund steckte. Er legte sich auf mich, drückte meine Hände über meinem Kopf nach unten, und ich wand mich unter seinem Gewicht, wollte ihn überall berühren.

»Charles«, flüsterte ich.

Er zog sich ein wenig zurück und sah mich an. Da unsere Gesichter nur ein paar Zentimeter trennten, konnte ich erkennen, dass er Kontaktlinsen trug. Plötzlich zuckte er zusammen. »Du riechst nach Orangen«, raunte er.

»Hä?«

Er blinzelte schnell. »Verbrannte Orangen.« Er stieg von mir, setzte sich auf die Bettkante und angelte etwas aus seiner Tasche, bevor er abrupt aufstand und sich etwas in den Mund steckte. »Hast du Cola da?«

»Wie bitte?!«, schrie ich fast.

Er schluckte trocken. »Ich habe eine Aura. Das heißt, dass ich einen Migräneanfall bekomme. Hast du irgendwas mit Koffein?« Er näherte sich bereits dem Fenster. Ich holte eine Dose zimmerwarmen Energy-Drink aus meiner Tasche, und er stürzte die Hälfte herunter. »Ich muss weg und mich hinlegen.«

»Leg dich hier hin – wir müssen noch reden.«

»Wir sehen uns, Chloe.« Er war schon halb aus dem Fenster. Wahrscheinlich kniff er bloß und dachte, seine Migräne sei die Strafe dafür, dass er seine teure Kristen betrog.

»Du gibst mir Verstärkung, oder?«, rief ich ihm nach, aber er war bereits auf dem Weg die Treppe hinunter.

»Das habe ich doch gesagt«, antwortete er.

ACHTUNDFÜNFZIG

Charles öffnete die Augen. Die Zahlen auf seiner digitalen Uhr waren verschwommen. Der makellose Rasen von Fort Hunt war vollständig von Herbstlaub befreit und taufeucht. Charles schaltete die Radionachrichten ein – er hörte sie regelmäßig und fragte sich, ob er etwas über einen bestimmten verschwundenen Collegestudenten hören würde.

Er ging nach unten und kam am Arbeitszimmer seines Vaters vorbei, der mit jemandem telefonierte. Charles machte zwei Bloody Marys in der Küche und trug sie ins Arbeitszimmer. Sein Vater war noch am Telefon und blickte fragend zu Charles auf, als der ihm den Drink hinstellte. Als Profitrinker war sein Vater anspruchsvoll. Er trank einen Schluck, als er das Telefonat beendete, und nickte zustimmend, während er sich zurücklehnte. Es war Donnerstag, trotzdem war er im Wochenend-Dad-Modus – ausnahmsweise gut gelaunt. »Letzte Woche war ich in Texas und habe einen von denen bestellt. Der Kellner bringt ihn, und da steckt ein *frittierter Shrimp* am Glasrand.«

Charles lachte und trank einen Schluck. Die salzige Würze beruhigte ihn. Hier in Fort Hunt waren sie sicher. Kristen war weit weg von allem Bedrohlichen, und Charles musste nicht über den ganzen Mist nachdenken. Warum *nicht* einfach bleiben und einige Drinks nehmen? Warum nicht die Zwischenprüfungen abblasen?

Der ältere Portmont stand auf und nahm einen größeren

Schluck. »Ich fliege gegen sechs nach London. Willst du mit Kristen mitkommen?«

In einen Flieger steigen und ab nach London. Dort in einem netten Hotel wohnen und in die Theater gehen, solange sein Vater sich mit Öl-Managern traf. Auf der anderen Seite des Atlantiks kam Trevor nicht an ihn heran. Warum nicht? Er musste Chloe nicht bei dem Quatsch helfen, den sie vorhatte. Doch würde das Problem nicht von allein verschwinden, und Chloe könnte es ohne ihn noch schlimmer machen – Andre könnte sie so oder so nicht aufhalten, hatte sie sich einmal entschieden. Zwar fand Charles auch, dass Emma seltsam war, aber er vertraute seinem eigenen Urteil über sie. Traute er Chloe zu, fair zu beurteilen, was schlüssige Beweise wären, dass Emma gefährlich war? Natürlich nicht. »Würde ich, doch wir haben Zwischenprüfungen.« Sein Vater nickte, und Charles, der Kristen und seine Mutter von der anderen Seite des Hauses kommen hörte, schritt ihnen entgegen.

Kristen war verschwitzt von einer privaten Yogastunde und ging die Treppe hinauf. »Komm her!«, rief er. Sie lachte, lief weiter nach oben und sagte, sie müsse duschen. Er holte sie im Schlafzimmer ein, und lachend und küssend zogen sie sich gegenseitig aus. Sie hatten Sex in der Dusche, und Kristen quiekte, als er das Wasser kalt genug machte, um den Kontrast auf ihren erhitzten Körpern deutlich zu spüren. Hinterher lagen sie in flauschige Duschlaken gewickelt auf dem Marmorboden des Bads. »Wie wäre es, wenn wir die Zwischenprüfungen vergessen und mit meinem Dad nach London fliegen?«

Kristen stützte sich auf einen Ellbogen auf und sah ihn verwundert an. »Nicht gut, weil jemand tatsächlich einen guten Notenschnitt hat und ihn nach all der Arbeit nicht versauen will.« Charles seufzte. »Komm schon, du hast nur noch Politik, danach können wir zur Belohnung essen gehen.«

»Die Prüfung ist um sechs«, sagte er und blickte auf seine Smartwatch. »Welcher Idiot hält eine Prüfung um sechs Uhr abends ab? Was ist mit dir?«

»Meine letzten sind Essays, also kann ich hierbleiben und an denen arbeiten.«

Er nahm sie in die Arme, sodass ihr Kopf unter seinem Kinn war. Vergangene Nacht hatte er ihr ein wenig erzählt. Natürlich nicht alles – dass die Morde zusammenhingen oder irgendwas über Chloe. Nur dass Trevor ihre Webcam gehackt und Charles eine einstweilige Verfügung gegen ihn erwirkt hatte. Ihm entging nicht, dass sie verstört war – entsetzliche Angst hatte –, sich aber bemühte, es nicht durchblicken zu lassen. Denn sie wusste, wenn sie ihre Furcht zu sehr zeigte, könnte Charles es an Trevor auslassen und alles schlimmer machen. »Wir ziehen die Prüfungen durch«, sagte er, »und in wenigen Tagen wird das alles vorbei sein.«

Charles knackte mit den Fingerknöcheln und betrachtete seine Handschrift in dem blauen Heft vor ihm auf dem Tisch. Etwa ein Drittel des Kurses war schon fertig, hatte abgegeben und war gegangen, was zur Folge hatte, dass er auch aufspringen und gehen wollte, obwohl er noch nicht fertig war. Er zwang sich zu bleiben und jede einzelne Frage durchzugehen. Wie ein braver Junge.

Als er es endlich geschafft hatte, eilte er die Treppe hinunter und aus dem Gebäude der Geisteswissenschaftler. Einige Studenten standen um einen Foodtruck, der Kaffee und Bio-Donuts verkaufte. Charles sah auf seine Uhr – es war beinahe neun. Er holte sein Handy hervor, um Kristen zu schreiben, erstarrte jedoch, als er eine Textnachricht von Chloe sah.

Ich habe unsere Beute gefangen, verschnürt und bereit für den Spaß. Dahinter war ein Champagner-Emoji angefügt sowie eine Markierung ihres Standorts.

»Scheiße«, murmelte Charles. Wen hatte sie verschnürt? Trevor? Emma? Was war überhaupt der Plan? Und wollten sie es nicht am Samstag machen? Warum musste sie immerzu vorpreschen? Was wäre, wenn sie zu weit ging – oder schon gegangen war? Er stellte sich Emma gefesselt auf einem Scheiterhaufen vor und Chloe, die mit einer brennenden Fackel um sie herumtanzte. Oder sie hatte sich auf Trevor festgelegt – der zwar ein Arschloch war, doch voreiliges Handeln war in niemandes Interesse.

Er winkte sich ein Taxi heran und wollte dem Fahrer die Adresse nennen, als ihm klar wurde, dass es ihn belasten könnte, je nachdem, was Chloe vorhatte. Stattdessen gab er die Kinderklinik an, die recht nahe an der Markierung war.

Er zahlte in bar und joggte nach Osten, weg von der Klinik und auf die 1st Avenue, auf der kaum Verkehr herrschte. Dies musste die Sandfilteranlage sein, doch er hatte keine Ahnung, was genau das war. Er hatte eher angenommen, es wäre ein altes Lagerhaus, das Hipster übernommen hatten.

Vor dem hohen Maschendrahtzaun blieb er stehen und blinzelte auf sein Handy. Die kleine rote Fahne war immer noch östlich von seinem jetzigen Standort. Er kletterte an dem Zaun nach oben und sprang auf der anderen Seite hinunter. Das Licht der Straßenlaternen wurde teils von dem Zaun blockiert, doch er konnte hohes Unkraut und einige Bauten erkennen, auch wenn er nicht sagen konnte, was das für welche waren. Selbst mit seinen Kontaktlinsen war seine Nachtsicht erbärmlich. »Hallo?«, rief er.

Er schritt zwischen Sandhaufen und alten Maschinenteilen hindurch. Da war eine Öffnung, die in pechschwarze Dunkelheit führte, allerdings konnte er drinnen ein kleines, künstliches Glühen ausmachen. Eine Höhle? Nein, es ging eine Steintreppe nach unten. »Chloe?«, rief er.

»… hier!«, glaubte er zu hören. Mit ausgestreckten Händen tastete er sich vor. Er konnte ein helles LED-Licht vor sich wippen sehen, vielleicht fünfzehn oder zwanzig Meter entfernt. Seine Füße sanken komisch ein – in Sand? Was war das hier? »Was hast du getan?«

»Was meinst du?«, fragte sie. Ihre Stimme klang seltsam.

Charles drehte sich um, versuchte zu erkennen, wo sie war. Er machte einen Schritt vorwärts, stolperte in eine klebrige Feuerholzmasse und fiel fast hin, bevor er sich mit den Händen abfangen konnte. Nein … das war kein Feuerholz. Es roch wie die Überreste eines alten Grills. Verbranntes Fett und klebriger Ruß sowie etwas Härteres unter seiner Hand. Knochen?

Er hockte sich auf die Fersen, nahm sein Handy hervor und schaltete die Taschenlampenfunktion ein. Das Licht war so grell, dass er zuerst gar nichts sah. Aber da war es – ein verkohlter Schädel und ein Schlüsselbein, verbranntes Fleisch, das noch an Knochen hing. Er schaltete das Handy aus und legte es in den Sand. Sie hatte es doch getan. Dann spürte er sie hinter sich. »Ist es das, was ich denke?«, fragte er leise. Er war nicht sicher, wie er sich fühlte.

»Ja«, antwortete sie.

Er drehte sich um, doch dann hieb ihm etwas fest auf den Kopf.

NEUNUNDFÜNFZIG

Vor lauter Emma-Beschatten hing ich mit meinen Hausaufgaben hinterher, und ich würde mir von dieser Schlampe nicht meinen Schnitt torpedieren lassen. Schweren Herzens sagte ich den Mädchen ab, die zu einem Dreigänge-Dessert, das überhaupt das beste Dessert ist, in die Innenstadt wollten.

Wenn ich meine Französisch-Hausarbeit fertig hatte, war meine Belohnung, ein wenig Emma-Planung zu machen. Ich hatte alles perfekt orchestriert. Ich holte mir einiges von Yessicas Studentenfutter und öffnete einen neuen Browser.

Um mich inspirieren zu lassen, ging ich zu Pinprick52s Instagram. Die neusten Posts hatte ich noch nicht gesehen: Ein Bild von der Statue eines muskulösen Typen, der mit einem Schwert eine Tafel mit der Aufschrift LEX hochhielt. Eine kurze Google-Suche ergab, dass die Statue nicht bloß vor dem Supreme Court stand, sondern Emma das Foto einfach aus dem Internet kopiert und nicht selbst aufgenommen hatte. Sie sandte eine Botschaft.

Frustriert bewegte ich mich durch ihre Posts in der Zeit zurück und suchte nach Hinweisen, die ich vorher nicht entdeckt hatte. Letztlich spielte es keine Rolle, warum sie tat, was sie tat, doch ihr Motiv zu kennen könnte mir helfen, ihre Schritte vorherzusehen.

Einige Posts waren Bilder von Plätzen auf dem Campus, die ich erkannte, aber andere waren zu verschwommen, um zu sehen, was sie darstellten. Der erste Post war von Juli dieses Jahres: eine Aufnahme von einer Straßenkreuzung irgendwo in D.C. Ich versuchte einen anderen Ansatz; ihre Favoriten könnte ich nur erkennen, wenn ich zu ihrem Follower wurde. Bisher hatte ich es nicht getan, weil ich nicht mehr Verbindungen zwischen mir, dem Account und dem Foto von mir, wie ich McMillan verließ, wollte. Doch inzwischen hatten wir schon direkt auf diesem Kanal kommuniziert, was bedeutete, dass ich am Ende das größte Opfer bringen müsste: meinen Instagram-Account löschen. Aber vorher musste ich an ihr Handy kommen, so wie bei Will.

Ich folgte ihrem Account und tippte »Favoriten« an – dann rang ich nach Luft. Es gab nur einen. Das war ein Bild von einem Mädchen ungefähr in unserem Alter. Ein schwarzes Mädchen mit einem riesigen Lächeln, langen Wimpern und das Haar zu einem unglaublich strammen Zopf gebunden. Ich erkannte sie nicht, kam jedoch sofort darauf, was es bedeutete. Ich schrieb eine Textnachricht an Charles und Andre, ohne nachzudenken. GIBT ES EINE ACHTE STUDENTIN IN DEM PROGRAMM!?!! KENNT IHR DIESES MÄDCHEN??!!!!

Doch wir alle wissen, dass ein Telefon, das man anstarrt, nie klingelt. Es dauerte zwei Minuten, bevor Andre antwortete. Das ist Simone Biles, schrieb er.

Er kennt sie! Ist sie im dritten Studienjahr??

Simone Biles geht nicht auf die Adams!! Sie ist eine Turnerin, die schon olympisches Gold und einen Haufen Landesmeisterschaften gewonnen hat. Wieso fragst du?

Es traf mich wie ein Baseballschläger gegen die Schläfe.

Die Mörderin war nicht Emma. Es war Megan.

Sie hatte ihre Favoritin auf dem beschissenen falschen Account markiert! Auf ihrem Pinprick-Mörderaccount anstelle ihres normalen Unschuldige-Bitch-Accounts.

Jungs, es ist nicht Emma, sondern Megan! Sie war Turnerin – postet dauernd auf ihrem echten Account darüber. Doch sobald ich die Nachricht an Andre und Charles geschickt hatte, bereute ich es. Ich war so stolz auf meine Schlussfolgerung gewesen, dass ich gar nicht bedachte, Andre rauszuhalten, der nicht bei der Schlussszene dabei sein sollte. Okay – egal, weiter mit Plan B, was immer der sein mochte.

Charles schrieb: Weiß ich. Ich habe es schon rausgefunden. Komm zur Sandfilteranlage – ich habe sie.

Verfluchter Charles! Wie konnte er es *vor mir* kapieren, und warum zur Hölle musste er es Andre gegenüber ausplappern? Jetzt musste ich mir eine Reihe von Lügen ausdenken, um eine plausible Erklärung für ein gewisses Brandopfer zu präsentieren.

Ich konnte nicht schnell genug hinkommen, blieb nur stehen, um mir meinen Elektroschocker und mein Hoodie zu schnappen. Dann sprintete ich aus dem Wohnheim, fühlte die kalte Luft durch meine Yogahose, die nicht für Kälte gemacht war. Ich rannte die Straße hinunter, schaute mich hektisch nach einem Taxi um, während ich gleichzeitig ein Lyft rief. Das Taxi war schneller da, aber der Fahrer schien genervt von mir, weil ich so ungeduldig war. Die Polizei hatte einige Straßen wegen der Verwüstung von den Demos abgesperrt, und wir mussten zweimal Umwege nehmen.

Dann war ich wieder in der Kälte. Meine Augen passten sich an die Dunkelheit an, als ich den Zaun vor der McMillan-Anlage hinaufkletterte. Ich wusste, dass er da wäre, wo Will war. Schon von der Treppe, die in das kalte Innere der Höhle führte, sah ich ein helles Licht in der Mitte unten. Sofern mich meine Orientierung nicht täuschte, war es exakt an der Stelle, an der ich Wills Leiche gelassen hatte.

»Charles?«

Etwas knallte mir an den Kopf, und alles blitzte weiß auf, bevor es schwarz wurde.

SECHZIG

Komm zur Sandfilteranlage – ich habe sie, las Andre. Sein Handy-Empfang war löchrig – mal da, mal nicht, während die U-Bahn auf der Red Line ostwärts fuhr.

Erst die lächerliche Frage nach Simone Biles, dann die Erkenntnis, dass Megan angeblich die Mörderin war, die sie suchten, und jetzt Charles' Behauptung, dass er sie hatte. *Wozu hatte?*, fragte Andre sich, und schlagartig wurde ihm schlecht.

Da er nicht recht wusste, was er tun sollte, stieg er an der Union Station aus und stand für einen Moment wie gelähmt auf dem Bahnsteig. Natürlich nahm Chloe an, dass sie recht hatte, und Charles hatte ihr die Lösung schnell abgekauft. Aber was, wenn sie sich irrten? Würden sie … Megan etwas tun – oder Emma, wer immer es war? »Ich habe sie«, nicht »Die Polizei hat sie« oder »Sie ist zum Verhör abgeholt worden«. Er stellte sich das Mädchen gefesselt an irgendeinem dunklen Ort vor, wo Chloe und Charles sie mit diversen Folterinstrumenten umkreisten.

Andre wanderte durch die Bahnhofshalle oben und nahm nicht wahr, dass er Leute anrempelte. Sandfilteranlage – meinte er McMillan? Den unheimlichen, verlassenen Ort mitten im Nichts? Es war der ideale Ort, um etwas richtig *Furchtbares* zu tun, ohne dass es jemals jemand herausfand. Bei all seiner Recherche über Psychopathen hatte er eines wieder und wieder gesehen: Sie konnten unbedacht, brutal und ohne jede Empathie für den Schmerz anderer sein; und kam man ihnen in die Quere, konnten sie es einem lange und sogar tödlich nachtragen.

Benommen blickte Andre auf sein Handy, als ihm etwas klar wurde. Er war so auf sein eigenes Lügenkonstrukt konzentriert gewesen, dass er leicht in Chloes und Charles' Bann verfallen war. Sicher, hin und wieder hatte er gesehen, dass sie anders waren als er. Doch ihn hatten Chloe, ihre Scherze und ihre Entschlossenheit, den Mörder zu finden, genauso angezogen wie Charles mit seinem schillernden Leben.

Für ihn war ihr Trio eine verrückte, wahllos zusammengewürfelte Scooby-Doo-Gang gewesen, und er hatte vergessen, dass jeder von ihnen einen anderen moralischen Kompass hatte, der sich radikal von Andres unterschied. Was hatte er denn geglaubt, wie sie agieren würden, wenn sie zu einer Schlussfolgerung gekommen waren – *verantwortungsvoll?* Es könnte etwas sehr, sehr Übles geschehen, möglicherweise einer Unschuldigen. Und hinterher würden Chloe und Charles lässig weitermachen und davon ausgehen, dass irgendwelche dilettantischen Selbstjustiznummern für Andre völlig okay waren.

Er verfluchte sich im Geiste, hob die Hände seitlich an seinen Kopf und drückte fest. Er war der Einzige, der wusste, was los war. Der Einzige, der sie aufhalten konnte. Er kramte sein Handy hervor und rannte auf den Hauptausgang zu, wo eine Reihe von Taxis wartete, während er noch überlegte, was er tun sollte.

EINUNDSECHZIG

Ich konnte jemanden stöhnen hören. Mir war so kalt, dass ich bibberte. Mein Hals tat weh, und mein Schädel pochte. Ich öffnete die Augen und begriff, dass ich es gewesen war, die gestöhnt hatte. Zwischen meinen Fingern fühlte ich kalten Sand. Ich schloss die Augen, driftete ab, und mir war schwindlig. Waren Charles und ich an den Strand gefahren?

»Es sind noch nicht alle hier«, hörte ich eine Stimme sagen. Eine weibliche Stimme.

Ich wurde wieder ohnmächtig.

Als ich das nächste Mal zu mir kam, spürte ich, dass etwas an mir nagte. Meine Arme schmerzten und begannen, sich an den Schultern taub anzufühlen. Es dauerte einen Moment, bis mir klar wurde, dass meine Handgelenke auf dem Rücken gefesselt waren und ich auf der Seite lag. Ich blinzelte in die Dunkelheit, doch was ich sah, war verwirrend.

Es war sehr finster, aber meine Augen hatten eine Chance gehabt, sich anzupassen. Ungefähr drei oder vier Meter von mir entfernt leuchtete eine helle Campinglaterne. Hinter dem Licht konnte ich eine zusammengesackte Gestalt ausmachen – Andre. Er saß mit dem Rücken an einer Säule und hielt die Hände seltsam auf dem Schoß. Rechts war ein blasser, zappelnder Umriss, den ich nicht erkennen konnte, weil er direkt hinter der Laterne war.

Abermals nagte etwas an meinen Handgelenken. Kaute auf

meinen Fesseln. Plötzlich fiel mir *Die Grube und das Pendel* ein, und ich dachte an Ratten. Die Ratte knabberte und erwischte hin und wieder meine Haut. Ich spannte meine Arme an, zog, und die Fesseln zerrissen leise. Ich rollte mich gerade rechtzeitig auf die andere Seite, um Charles zu sehen, der Plastikkrümel ausspuckte. An seiner Stirn war getrocknetes Blut, und sein Haar war verklebt und dunkel davon. Doch seine Augen waren hellwach. Rasch und so leise, dass es kaum als Flüstern durchging, sagte er: »Lauf. *Jetzt.* Sie kommt zurück.«

Meine Beinmuskeln waren bereit, aber es war zu spät. Ich sah, wie die Laterne einen Schatten von einer Gestalt warf, die sich vorwärtsbewegte. Megan, ganz in Schwarz, das Haar zu einem Pferdeschwanz gebunden. Hinter ihr war Andre. Charles lag neben mir auf dem Boden – anscheinend der Einzige, dem die Ehre zuteilwurde, sowohl an den Armen als auch an den Beinen gefesselt zu sein. Trevor hockte im Schneidersitz und wirkte befremdlich entspannt, als er nach rechts zu Emma sah.

Megan kam herbeigetänzelt. »Es ist fast Zeit für unsere kleine Party.«

»Party?«, wiederholte Charles. »Ich habe keine Einladung bekommen.« *Gott, du Idiot – dies ist kein Moment für Scherze!*

Megan schlug nach ihm, und ich krümmte mich, als sie ihm erst in die Brust, dann gegen den Kopf trat. Ich überlegte, aufzuspringen und sie anzugreifen, doch etwas hielt mich davon ab – Andre sah mich direkt an. Ernst schüttelte er den Kopf. Seine Hände waren gefesselt, aber ich erkannte die vertraute Geste für eine Waffe. Ich blickte wieder zu Megan und sah, dass sie eine Pistole in der linken Hand hielt. Charles' Pistole, die sie ihm abgenommen haben musste. Mein Elektroschocker war weg – vielleicht hatte sie den auch.

Megan hockte sich vor Charles, der leise Blut hustete. Ihr Angriff hatte ihn in einen üblen Zustand versetzt, schlimmer als der Rest von uns. Trevor und Andre wirkten beide benommen. Vielleicht hatte Megan sie unter Drogen gesetzt oder ihnen eins über den Schädel gegeben wie mir. Bei Emma, die stocksteif dasaß und mit leerem Blick vor sich hinstarrte, war es schwerer zu sagen. »Bist du jetzt fertig?«, fragte sie Charles. »Fertig damit, ein Monster-Idiot zu sein?«

»Ich dachte, ich hätte noch fünfzig Jahre«, sagte er.

Idiot!

Wieder trat sie gegen seine Brust. Ich merkte, wie Wut Hitzewellen gleich von mir abstrahlte. Gott, hier war ich, unbewaffnet, nachdem ich es die letzten Wochen praktisch zur Kunstform erhoben hatte, immer auf einen Angriff vorbereitet zu sein.

Charles hatte sich zusammengerollt, schützte seine Brust mit den gefesselten Armen, grinste aber mit blutigen Zähnen in Andres Richtung. Andres Augen waren weit aufgerissen und wirkten kein bisschen amüsiert.

»Megan, du kannst aufhören«, sagte Emma leise. »Es ist noch nicht zu spät. Nur weil du etwas angefangen hast, heißt es nicht, dass du nicht aufhören kannst.«

Megan blickte angewidert zu ihr. »Keiner hat nach deiner Meinung gefragt, Maus. Ich bin hier fast fertig.« Völlig verwirrt sah Trevor abwechselnd Megan und Emma an.

Ich hielt den Atem an und rückte näher zu Megan. Sie hatte uns so arrangiert, dass wir einen Kreis bildeten, mit ihr in der Mitte. Charles kämpfte sich zum Sitzen hoch, was schmerzhaft sein musste, so wie er das Gesicht verzog. Er blinzelte im hellen, künstlichen Laternenschein.

»Ah«, schnurrte Megan, »hier sind sie ja.« Zwei weitere Lichter bewegten sich durch das Gewölbe auf uns zu. Es waren die Taschenlampenlichter von Handys. »Ihr habt meine Nachricht bekommen«, sagte sie, als die anderen sich der Gruppe näherten.

Dr. Wyman hob die Hände; in der einen hielt er sein Handy. Hinter ihm war Elena, die geschockt aussah.

»Legt die Handys hin!«, rief Megan und hob die Waffe an. Sie hielt sie falsch, seitlich, wie es die Leute im Fernsehen tun. Ich weiß nicht besonders viel über Waffen, aber genug, um zu erkennen, dass niemand eine Waffe so hält, der weiß, was er tut.

Man musste Wyman lassen, dass er ruhig blieb und ihrem Befehl folgte. Er legte sein Handy mit dem Display nach unten hin. Ich nutzte die Tatsache, dass alle Augen auf die beiden Psychologen gerichtet waren, und rückte näher zu Megan. Andre hüstelte.

»Megan, jemand wird bemerken, dass all diese Studenten verschwunden sind, und die Polizei rufen«, sagte Wyman ruhig. Oh, dummer Dr. Wyman … Ich hätte gelogen und gesagt, dass ich die Polizei schon gerufen habe.

Megan schnaubte verächtlich. »Klar. Weil die ja nicht mit den Demonstrationen am Lafayette Park beschäftigt sind oder so. Machen wir uns nichts vor: Keiner interessiert sich für diese fünf. Ihr alle habt es mir so leichtgemacht.« Sie senkte die Waffe wieder an ihre Hüfte, und ein unschuldiger, süßer Blick trat auf ihr Gesicht. Es war erstaunlich – als wäre ein Ausdruck restlos weggewaschen und durch einen anderen ersetzt worden. »Sie würden staunen, wo ich überall reinkomme.«

Wieder versuchte ich, ein Stück nach vorn zu kommen, aber Andre hüstelte erneut. Ich sah zu ihm, doch er schaute erst zu mir, dann nach links. Ich drehte mich um und entdeckte nicht ganz anderthalb Meter von mir eine Unregelmäßigkeit in der glatten Säule. Ein kaputter Ziegelstein.

»Dr. Wyman, wir machen noch ein kleines Psychospiel, bevor ich euch alle töte«, trällerte Megan.

»Ich glaube nicht, dass Sie klar denken. Sie sind offensichtlich aufgebracht. Warum erzählen Sie mir nicht, was los ist?«, fragte Wyman.

»Was los ist? Was los ist, ist diese ganze kranke Nummer! Denken Sie, ich weiß nicht, was für ein Monster mein Vater war? Meine Schwester?«

»Ich bin nicht wie er«, sagte Emma leise. Megan fand es so unfassbar, dass ich unbemerkt ein ganzes Stück näher zu der Säule und dem losen Stein rücken konnte.

»Ha!«, rief Megan. Sie richtete die Waffe auf Dr. Wyman. »Was halten Sie davon? Was haben all Ihre Tests gebracht? Zwanzig Jahre Forschung und der ganze Bullshit, nur um zu sagen, dass sie genau wie unser Dad ist. *Krank* im Kopf. Nicht normal wie ich.«

Ich fragte mich, ob Megan durchgeknallter war als wir alle zusammen.

»Es muss schwer gewesen sein, darüber nachzudenken, wer Ihr Vater war«, sagte Elena leise.

»Ach, fick dich! Fickt euch beide und eure Studie! Hier sind wir und helfen diesen … diesen *Freaks*« – sie schwenkte die Waffe zu uns – »dabei sollten wir sie einsammeln und ihnen Zyanid geben.«

»Wer ist dein Vater?«, fragte der ahnungslose Trevor.

»Gregory Ripley, der CRD-Mörder«, antwortete Charles.

Es brachte ihm beinahe einen erneuten Tritt ein, doch Wyman hielt sie davon ab, indem er sagte: »Wir glauben an menschliches Potenzial. Wir glauben, dass Menschen lernen können, konstruktive Entscheidungen zu treffen, sogar Sie. Vor zwanzig Jahren … sind einige entsetzliche Dinge geschehen, und ich wollte mit meiner Arbeit verhindern, dass so etwas jemals wieder passiert. Megan, Sie haben die Wahl, genau wie er. Legen Sie die Waffe weg und lassen Sie uns reden, nur Sie und ich.«

Megan sah ihn mit verengten Augen an, dann wanderte

ihr Blick langsam zu Emma, und mir wurde so kalt, dass ich fast erschauderte. Emma war wie festgefroren auf dem Boden, umschlang ihre Beine mit ihren gefesselten Armen und schaute mit einem Ausdruck zu ihrer Schwester auf, den ich nicht deuten konnte. Das war keine Furcht – es schien eher Resignation zu sein. Megan tippte mit dem Knauf der Waffe an ihren Oberschenkel.

»Willst du deine eigene Schwester umbringen?«, fragte Charles, der ernsthaft ungläubig klang. Selbst von meiner Warte aus konnte ich seinen Atem rasseln hören.

»Meine Schwester ist ein Monster. Ich habe jahrelang ihr Tagebuch gelesen und immer gewusst, dass mit ihr was nicht stimmt. So wie mit unserem Vater. Als sie in dieses Programm gekommen ist, wusste ich es. Zuerst habe ich gedacht, es ist ein Witz – warum sammelt irgendwer eine abgefuckte Menagerie wie diese Gruppe? Ich habe sie beobachtet, euch alle, um sicher zu sein, dass ich fair war. Aber wie sich herausgestellt hat, seid ihr krank. Ihr seid pervers. Ich kann wiedergutmachen, was mein Vater getan hat. Das Beste, was ich für die Gesellschaft tun kann, ist, euch alle aus der Bevölkerung zu entfernen.«

»Warte mal«, sagte Trevor plötzlich. »Ich bin nicht wie die.«

Oh, bitte, Bitch! Es war so ungeheuerlich, dass ich unwillkürlich innehielt, anstatt weiter zur Säule zu rücken.

»Ich kann dir helfen«, ergänzte er und sah Megan beinahe ernst an.

Sie war eindeutig misstrauisch. »Wie kannst *du* mir helfen?«

Trevor benetzte sich die Lippen. »Ich komme an seine Daten«, sagte er und nickte zu Wyman. »An alle, über Jahre zurück. Von jedem Studenten, der in seinem Programm war. Jedem, der sich dafür qualifiziert hatte oder nahe dran war. Wir … wir können zusammen eine Liste machen.«

Du kleines Stück Scheiße. Wyman und Elena starrten ihn beide entgeistert an. Elena warf ihrem Chef einen Blick zu; es war nur ganz kurz, aber jede Frau erkannte ihn. *Habe ich dir doch gesagt*, bedeutete der Blick. *Ich habe dich vor ihm gewarnt, und du wolltest nicht hören.* Mit vor Kälte tauben Fingern tastete ich die Säule hinter mir ab, bis ich den losen Stein fühlte. Ich zog, und er gab ein wenig nach, aber nicht ganz.

»Was spielst du hier?«, fragte ich laut. »Was hast du da drüben gemacht?« Ich nickte in Wills Richtung. Megan kam hämisch grinsend auf mich zu. »Wie viele Leute hast du umgebracht? Vier? Fünf? Sechs? Du beschränkst dich offenbar nicht nur auf die Bösen.«

»Die Bösen, hä?«, fragte sie und drehte sich zu Wyman und Elena um. Die Ablenkung war gut, denn so konnte ich noch einmal ziehen und hatte den kalten, schweren Stein in meiner rechten Hand. »Jahrelang habt ihr all diese Psychospiele mit uns gemacht, jetzt seid ihr dran, in einem Experiment zu sein. Ich werde jeden hier töten«, sagte Megan sachlich. »Aber wenn einer von euch« – sie wies mit der Waffe auf die Psychologen – »bereit ist, einen von ihnen selbst auszuschalten, lasse ich denjenigen gehen.«

Charles merkte auf, konzentrierte sich auf die Wissenschaftler. Er dachte eindeutig, dass einer von ihnen den Deal annehmen würde. Emma und Trevor starrten gleichfalls zu ihnen, während Andres Gesicht ganz klar sagte: *Verfluchte Scheiße!* Eine halbe Ewigkeit lang blieb es still, als Megan wartete, dass einer von ihnen auf das Angebot einging. »Megan, wir werden das nicht tun. Warum gehen wir nicht in mein Büro und reden?«, schlug Wyman vor.

»Keiner will mit Ihnen reden. Denken Sie, einer von diesen Freaks will tatsächlich mit Ihnen über seine Probleme sprechen?«, fragte sie. Ich bewegte mich näher zu ihr. Sie hatte nicht bemerkt, dass ich fast hinter ihr war.

»Megan, wir helfen diesen Leuten«, sagte Elena ruhig. »Nein, sie gehören nicht zu den Menschen, mit denen jeder arbeiten möchte, aber genau deshalb gibt es so wenig Forschung zu dem Thema.«

»Das ist der Zweck der Wissenschaft«, fügte Wyman hinzu. »Dinge zu verstehen, ohne über sie zu urteilen. Ich würde Ihnen gern helfen und werde nicht über das urteilen, was Sie bereits getan haben, wenn Sie nur die Waffe weglegen.«

»Nennen Sie *eine* Person, der dieses Programm geholfen hat«, forderte Megan.

»Mir«, sagte Charles plötzlich. »Ich habe gelernt, wenigstens einem menschlichen Wesen zu ähneln. Solltest du auch mal versuchen.«

»Du *schrecklicher* Mensch!«, schrie sie. Ich sah, wie sie ihren Arm bewegte. Ein Lichtblitz schoss vorn aus der Waffe, gefolgt von einem Knall und einem Ploppen. Charles' Körper kippte nach hinten auf den Boden. Sie hatte auf ihn geschossen. Sie hatte Charles erschossen.

Kälte überkam mich. Ruhige, konzentrierte Rage. Aber ich war zu tief, um den Stein zu benutzen, deshalb stürzte ich mich auf ihre untere Körperhälfte, warf sie zu Boden und versenkte meine Zähne in ihre Wade, zwischen Hosensaum und Socke, dass sie zu bluten begann. Megan schrie, und wieder feuerte sie die Waffe ab, deren Mündungsfeuer grell wirkte. Wir rauften uns wie zwei streunende Katzen. Ich hieb ihr den Stein auf den Kopf, was ein Geräusch wie von einer platzenden Melone bewirkte, und ihre Nase war platt.

Sie gab einen erstickten Schrei von sich. Ich hieb wieder zu und traf. Es gab Geschrei, von wem, weiß ich nicht. Ich konnte niemanden sonst sehen, weder Wyman noch Charles noch einen der anderen, bloß diese widerliche Schlampe, die ich umbringen musste. Jemand brüllte meinen Namen. Immer wieder schlug ich zu, bis zahlreiche weiße Lichter im ganzen Gewölbe umherleuchteten. Rufe. Männer in Schwarz erschienen wie Ninjas, blendeten mich und riefen.

»Waffe fallenlassen!«

»Runter auf den Boden!«

»Auf den Boden, sofort!«

Alle riefen durcheinander. Auf einmal wurde mir klar, dass die Lichter auf *mich* gerichtet waren. Die fancy aussehenden Gewehre ebenfalls. Blut tropfte mir vom Kinn. Benommen ließ ich den Ziegelstein fallen, hob die Hände über den Kopf und blinzelte blind in die Lichter.

ZWEIUNDSECHZIG

»Chloe, kommen Sie her«, sagte Elena leise. Ich gehorchte. Überall wuselte Polizei herum, deren grellweiße Lampenkegel über das Gewölbe huschten. Die SWAT-Typen standen in der Mitte unseres vormaligen Psychopathenkreises. Die Polizisten in Zivil – ich denke, sie waren Detectives – fingen an, einen großen Bereich abzusperren und uns aus ihm zu weisen, sagten aber, dass wir bleiben sollten.

Elena holte ein kleines Päckchen Feuchttücher aus ihrer Handtasche und wischte mir das Blut vom Mund und dem Kinn. Ihre dünnen Finger zitterten. »Sind Sie okay?«, flüsterte sie.

»Ist Charles tot?« Die Sanitäter waren gekommen, nachdem das SWAT-Team erkannte, dass ich für niemanden eine Bedrohung war – dass die wahre Schuldige jetzt ein Hackfleischhaufen war, der von den Forensikern fotografiert wurde. Wie ein kleiner Bienenschwarm waren die Sanitäter um Charles geschart gewesen, während ein einzelner von ihnen nach Megan gesehen und das Offensichtliche bestätigt hatte – sie war tot. Es gab eine Menge Rufe, und dann brachten sie Charles auf einer Rolltrage weg. Ein Cop packte mein Shirt hinten, um mich zurückzuhalten, als ich ihnen folgen wollte. Charles war totenblass gewesen und hatte sich nicht bewegt. Die Sanitäter hatten ihn übernommen – und ich hatte ein mieses Gefühl im Magen.

Elena legte die Hände auf meine Schultern und sagte nichts.

Scheiße. Eben war mir etwas eingefallen. Ich brauchte Megans Handy. Entweder hatte sie es bei sich, weil jeder in unserem Alter mit seinem Telefon verwachsen ist, oder, falls sie schlau war, hatte sie es zu Hause gelassen, wohlwissend, dass es sie an dem Ort nachweisen würde, an dem sie einen Massenmord plante. Doch ich hatte kaum zwei Schritte gemacht, als Polizisten erschienen und mich zurück zu Andre schoben. Er hatte eine Hand vor Mund und Nase und starrte auf etwas, das einige Meter entfernt war.

Ich blickte hinüber und sah, dass mehrere Polizisten die Überreste eines gewissen menschlichen Barbecues auf dem Boden untersuchten. Ich schätze, es hat gestunken – das Gewölbe war unterirdisch, die Luft, der Sand und das, was von Wills Leiche übrig war, waren feucht. Ich musste meine letzten Trümpfe vorsichtig ausspielen, wenn mich die Polizei befragte. Ich vertraute darauf, dass Charles nicht so dumm war, irgendwas zu sagen, und Andre wusste so gut wie nichts über Will.

»Was … was ist das?«

Ich zuckte mit den Schultern. »Noch eine Leiche, schätze ich.«

Plötzlich blickte Andre mich direkt an und nahm seine Hand von seinem Gesicht. Da war ein Ausdruck in seinen Augen, mit dem ich nichts anfangen konnte. Aber auch wenn ich nicht sagen konnte, was es war, wusste ich, dass es nichts Gutes war. Ich aktivierte einige Tränen. »Ehrlich, ich will einfach nur, dass diese Nacht endlich vorbei ist.«

Er starrte mich an. »Klar. Ja, wollen wir alle.«

Dann brachte uns die Polizei auf einmal alle nach draußen, wo SUVs warteten. Auf der Fahrt saß Elena neben mir und packte mit ihrer schmalen Hand meinen Unterarm. »Jetzt wird alles gut«, sagte ich.

Sie sah mich stirnrunzelnd an. Wir wurden zu einer Polizeiwache gefahren, wo man uns in unterschiedliche Räume setzte, aber eine nette Dame kam und brachte mir heißen Tee. Ich war nicht richtig gekleidet und merkte noch Nachwirkungen davon, so lange in der Kälte gewesen zu sein.

Eine Tür ging auf, und ein Mann kam herein, der verhalten, aber freundlich lächelte. »Hi, ich bin Detective Bentley«, sagte er. Detective Bentley war auf eine *Stirb langsam*-Art ein DILF-Typ – ich mochte ihn auf Anhieb. »Ich habe die letzten Monate an diesem Fall gearbeitet. Macht es Ihnen etwas aus, wenn ich Ihnen einige Fragen stelle?«

Tat es nicht. Es war *sehr* wichtig, dass ich einige Fragen beantwortete. Manches von dem, was ich ihm erzählte, war die Wahrheit – dass wir von dem Stalking gewusst hatten, dass jemand versucht hatte, in ein Schlafzimmer einzusteigen, in dem Charles war, und dass die Morde anscheinend Nachahmungstaten waren. Natürlich ließ ich den Instagram-Teil aus und schmückte alles mit einigen neuen Details aus, die niemand überprüfen könnte.

»Da war dieser eine Abend«, sagte ich und fing wieder zu bibbern an. Detective Bentley zog sein Jackett aus und hängte es mir über die Schultern. Bingo. Ich wickelte es dankbar lächelnd um mich. »Ich bin vom Sport zurückgekommen und wollte zu dieser Verbindungsparty, es war gegen neun, und ich hatte das Gefühl, dass mir jemand gefolgt ist.«

»Welche Verbindung?«, fragte Bentley, der sich Notizen machte.

»SAE, glaube ich? Jedenfalls dachte ich, dass ich bloß paranoid bin, und bin zu der Party gegangen. Ich habe mit diesem blonden Jungen geredet – Mist, mir fällt sein Name nicht ein. Wir haben uns eine Weile unterhalten, aber als ich aufgestanden bin, um ins Bad zu gehen, habe ich gesehen, dass dieses Mädchen mich *wütend angestarrt* hat. In dem Moment habe ich mir nichts weiter dabei gedacht. Ich habe angenommen, dass sie mal was mit ihm hatte oder er ihr fester Freund war oder so und sie deshalb sauer war. Aber …« Ich riss die Augen weit auf und füllte sie mit Tränen, weil ich traumatisiert sein sollte. »Mr. Bentley, es war *das Mädchen* – das, das uns alle umbringen wollte!«

»Dasselbe Mädchen?«

»Ja, da bin ich mir sicher. Ich erinnere mich genau, wie sie sich *umgedreht* hat und mich *angesehen*, so total böse! Dann ist sie mit dem Jungen weg. Es war richtig komisch – als wollte sie mir vorspielen, sie hätte ihn mir *gestohlen* oder so. Ich weiß nicht mal mehr seinen Namen.«

»Können Sie ihn beschreiben? Wie alt? War er in der Verbindung?«

Stammelnd gab ich ihm eine Beschreibung, die mehr oder minder auf Will passte. »Ich schätze, jetzt ist es klar … Sie war völlig irre und muss herausbekommen haben, dass wir gewusst haben, dass ihr Dad der CRD-Killer war.«

Plötzlich legte Bentley sein Tablet hin, stand auf und beugte sich zu mir, die Hände auf die Knie gestützt. »Chloe … Ich weiß, dass Sie andere Moralauffassungen haben als normale Menschen, aber …«

»Moment mal, was?«

»Wir wissen von dem Programm.«

»Wer?«

»Einige bei der Polizei. Ich arbeite seit Jahren mit Leonard an diesem Programm. Sie scheinen ein nettes Mädchen zu sein, und Leonard hat mir erzählt, dass Sie sehr gute Noten haben.«

»Ich war Finalistin im Stipendienwettbewerb.«

»Das ist eine recht beachtliche Leistung! Aber ich möchte, dass Sie für eine Sekunde über Emma nachdenken und darüber, dass sie wahrscheinlich nicht will, dass publik wird, wer ihr Vater war. Eine Menge Leute waren sehr bemüht, es geheim zu halten, denn die Medien wären über die beiden kleinen Mädchen hergefallen und hätten sie in der Luft zerrissen.«

»Waren Sie einer von ihnen?«

»Das war vor meiner Zeit, aber mein Vater war der leitende Ermittler in dem Ripley-Fall. Jeder hatte sich in die kleinen Mädchen verliebt.«

Ich schnaubte. »Dann hatten die alle ein getrübtes Urteilsvermögen.«

Er ging nicht darauf ein. »Denken Sie, Sie könnten den Teil von Emmas Dad für sich behalten?«

»Ich mag Geheimnisse«, sagte ich und zog sein Jackett fester um mich. »Wenn Sie mir eines verraten.« Er sah mich misstrauisch an, nickte aber. »Sie hat mich – mich, Andre und Charles – getäuscht, um uns da runterzubekommen. Wie hat sie es bei allen anderen gemacht?«

»Eigentlich genauso. Sie hatte Charles eine Nachricht geschickt, die aussah, als wäre sie von Ihnen, dann hat sie Charles' Telefon in die Finger bekommen. Sie hat ebenso Trevor getäuscht, indem sie vorgab, einen One-Night-Stand zu wollen.« Was zugegebenermaßen bewundernswert war – so hätte ich es auch gemacht. Und Trevor *würde* zu einem schrägen Kellergewölbe gehen, wenn er glaubte, er würde zum Schuss kommen. »Emma und die Ärzte hat sie allerdings bloß gebeten zu erscheinen. Ich vermute, sie haben nicht mit so etwas gerechnet«, sagte Bentley.

Ich war mir nicht ganz sicher, ob ich Emma zustimmte. Ich denke, es gab Dinge, die Emma nicht zugeben wollte, aber vielleicht hatte sie ihre Schwester in Verdacht gehabt.

Andre versuchte, nicht Dr. Wyman anzustarren, der am anderen Ende des Eingangsbereichs auf der Polizeiwache saß, den Kopf in die Hände gestützt. Er sah blass aus. Andre war in einen anderen Teil des Gebäudes gebracht und befragt worden, bevor wieder DNS-Proben von ihm genommen wurden. Jetzt durfte er gehen und wartete, dass er abgeholt wurde. Er schlang die Arme um seinen Oberkörper, weil er die Kälte nicht loswurde, die ihm wer weiß wie lange in dem unterirdischen Raum in die Knochen gekrochen war. Er wollte nur noch nach Hause. Zu seinem richtigen Zuhause, nicht dem Wohnheim. Er nahm sein Handy hervor, überlegte gründlich und schrieb seinem Bruder: Lange Geschichte, aber ich bin auf der Polizeiwache @Dave Thomas Circle. Kannst du mich abholen? Ich bleibe einige Tage zu Hause. Eine Ellipse erschien, dann ein knappes Pooh!, was Isaiahs Art war zu sagen, *Ich bin unterwegs, doch ich will die ganze Geschichte und kann dich grillen, während wir irgendwas Fettiges essen.* Was für Andre in Ordnung war.

Er war froh, ein paar Momente allein zu haben, zu versuchen, warm zu werden, und über das nachzudenken, was er gerade gesehen hatte, weil es ein Teil seines Gehirns immer noch nicht verarbeiten konnte. Es war vorbei. Alles war vorbei. Das Rätsel war gelöst – sie würden alle nach Hause gehen, sicher und … glücklich? In dem Augenblick kam Chloe aus einer Tür und trug eine Jacke, die eindeutig nicht ihre war. Andre war von allen anderen getrennt worden, sobald sie auf dem Revier angekommen waren, und vermutete, dass sie Chloe ebenfalls befragt und DNS-Proben von ihr genommen hatten. »Sag nichts«, flüsterte sie, als sie auf den Stuhl direkt neben seinem sank.

Er setzte sich auf. Nichts sagen worüber? War sie sauer auf ihn? Hatte sie sich zusammengereimt, dass er es gewesen war, der die Cops auf dem Weg zu Megans Party – oder wie immer man es nennen wollte – angerufen hatte, oder dachte sie, es wären Elena oder Wyman gewesen? Angespannt versuchte Andre, sie möglichst unauffällig zu beobachten. Sie schien nicht verstört, schwang die Beine und spielte Dog Dash auf ihrem Handy. *Du hast eben ein Mädchen totgeschlagen*, dachte Andre. *Ich habe Teile von ihrem Gehirn gesehen.* »Glaubst du, hier gibt es irgendwo Snacks?«, fragte Chloe plötzlich.

»Wahrscheinlich«, antwortete Andre und wünschte, sie würde weggehen. Und dann tat sie es, hüpfte praktisch den Korridor hinunter. Andre schluckte; seine Kehle war so trocken, dass sie zu klicken schien. In einer kleinen Nische seitlich vom Korridor standen verbrannt riechender Kaffee und Styroporbecher. Mit leicht zitternden Händen schenkte Andre zwei Becher ein und ging zu Wyman. Er nahm den Kaffee mit einem überraschten, aber traurigen Lächeln an, das seine Augen nicht erreichte. Er sah aus, als hätte er körperliche Schmerzen.

»Kommen Sie klar, Dr. Wyman?«, fragte Andre.

»Entschuldigen Sie, ich … Es ist ein sehr befremdliches Déjà-vu. Alles, was ich mir je für die Mädchen gewünscht habe, war, dass sie geschützt sind und ein normales Leben führen.«

»Haben Sie nie gedacht, dass mit Megan etwas nicht stimmt?«

Wyman atmete laut aus. »Als ich den Anruf aus Kalifornien bekam, als sie anfingen zu denken, dass Emma Psychopathie haben könnte, habe ich nur noch an sie gedacht – wie ich ihr helfen könnte. Ich weiß, dass meine persönliche Beziehung zu ihr es fragwürdig machte, sie in die Studie aufzunehmen, doch ich habe geglaubt, das Programm könnte ihr ein besseres Leben ermöglichen.«

»Aber, Dr. Wyman … warum wollten Sie überhaupt Gregory Ripley helfen?«

Er blinzelte, als wäre die Antwort offensichtlich. »Weil er ein zutiefst gestörter Mensch war – ich wusste leider nicht, *wie* gestört.«

»Als das ganze Land seine Hinrichtung wollte, warum haben Sie da bei der Urteilsverkündung für ihn ausgesagt?«

»Ich bin ein Quäker, Andre. Ich glaube nicht an die Todesstrafe. Eine Menge Leute behaupten, gegen sie und das System zu sein, das sie aufrechterhält, aber bei einem Fall wie Ripley verschwinden all diese Moralprinzipien. Ich finde nicht, dass der Staat einen Mann hinrichten sollte, und ich glaube nicht, dass irgendwer jenseits von Erlösung ist. Ich wollte ihm helfen.«

»Denken Sie, ihm wäre zu helfen gewesen, hätte er weitergelebt?«

»Nein, und wissen Sie, warum nicht? Weil die Psychologie relativ wenig Zeit und Energie in die Erforschung der Psychopathie steckt. Quäker glauben an etwas, das wiedergutmachende Justiz heißt. Es bedeutet, wenn jemand etwas Falsches tut, nimmt man ihm nicht sein Leben oder entfernt ihn aus der Gesellschaft, sondern verlangt von ihm, den angerichteten Schaden wieder zu reparieren.«

Andre blickte stumm in seinen bitteren Kaffee. Dank all seiner Recherche wusste Andre von Wymans Laufbahn, hatte sie aber nie so gesehen. Plötzlich war er verlegen. Wyman war kein derangierter, wahnsinniger Wissenschaftler, sondern ein solch ernsthafter Mann, dass es beinahe wehtat, darüber nachzudenken. Er stellte sich vor, wie Wyman sich gefühlt haben musste, als er glaubte, den Zwillingen zu einem halbwegs normalen Leben zu verhelfen, um dann das hier zu erleben. Er musste das Gefühl haben, er hätte es sehen und verhindern müssen.

Andre wusste nicht, was er sagen sollte; und er fragte sich, ob jetzt, in dem allgemeinen Chaos, ein guter Zeitpunkt war, die Wahrheit über seine Diagnose zu beichten. Doch als er den Mund aufmachte, kam etwas anderes heraus. »Wird das Programm jetzt abgebrochen?«

Wyman schien verwirrt, aber im nächsten Moment sah er Andre mitfühlend an. »Nein, Andre, da würde ich mir keine Sorgen machen. Sie waren es, die angegriffen wurden, nicht andersherum.« Er klopfte Andre gedankenverloren auf die Schulter, und Andre merkte, dass er rot wurde.

Nun erschien einer der Cops mit Emma und führte Wyman in einen Raum irgendwo hinten.

Emmas Gesichtsausdruck war verschlossen, wachsam. Sie setzte sich auf die Bank und war vollkommen ruhig, die Füße flach auf dem Boden. Sollten sie die Ereignisse der Nacht traumatisiert haben, ließ sie es sich nicht anmerken.

»Tut mir leid … wegen deiner Schwester«, sagte Andre. Seit er Fiolas Buch durchgearbeitet hatte, hatte er sich auf das Rätsel konzentriert und darauf, dass ihm nichts passierte. Er hatte nicht richtig über die Tatsache nachgedacht, dass es zwei Mädchen ungefähr in seinem Alter gab, die beide wussten, dass ihr Vater einige der entsetzlichsten Verbrechen in der True-Crime-Geschichte begangen hatte. Das war derselbe Mann, der sie als Babys gefüttert, ihnen Spielzeug zu Weihnachten gekauft und ihrer Mutter einen Gutenachtkuss gegeben hatte. Ihr Vater war ein Monster gewesen, und ihre Mutter hatte sie in gewisser Weise auch im Stich gelassen. Es war mehr als genug Trauma für mehrere Leben, von einem ganz zu schweigen.

Emma wandte sich zu ihm um. Ihre Augen waren hellbraun, unlesbar und auf die Wand hinter ihm gerichtet. »Nichts, was ich je zu Megan gesagt habe, konnte sie kontrollieren.«

Andre bemühte sich, etwas Vernünftiges zu sagen. »Es ist nicht deine Aufgabe, deine Schwester zu kontrollieren.«

»In gewisser Weise doch«, erwiderte Emma. »Denn ich bin die Einzige, die sie wirklich kennt. Ich wollte nicht, dass sie so war. Sie war immer klüger als ich, hat dauernd in allem eine Bedrohung gesehen oder irgendwas geplant.« Sie schwieg längere Zeit. Andre versuchte, die Detectives hinten im Korridor zu hören, aber es kamen immerzu laute Funknachrichten aus den Büros. Emma blickte hinunter zu ihren sandigen Schuhen.

Dann sah sie nachdenklich zu Andre auf. »Hast du gewusst, dass meine Familie eine Sammelkarte ist?«

»Was?«

»Sie machen diese Karten mit unterschiedlichen Mördern drauf, wie Spielkarten. Leute sammeln sie.« Dann schaute sie wieder zu ihren Schuhen und sagte nichts mehr. Andre fühlte den Vorwurf dennoch, obwohl er unmöglich ihm gelten konnte. Was für Leute sammelten solche Karten?

Seine Ohren glühten, und ihm fiel keine Verteidigung ein. Er dachte an die Unmengen Podcasts, Fernsehserien und Filme über Serienmörder, die er zur Unterhaltung angehört und gesehen hatte. Man vergaß allzu leicht, dass es um echte Menschen ging, keine fiktiven Personen. »Ich würde behaupten, dass es ein Unterschied ist, ob man verstehen will oder morbide neugierig ist«, stellte er schließlich fest.

Emma sah wieder auf, zum ersten Mal direkt in seine Augen, und sagte leise: »Den gibt es nicht, wenn man Gregory Ripleys Tochter ist.«

Andres Handy vibrierte – Isaiah hatte ihm ein Aubergine-Emoji geschickt, was wohl heißen sollte, dass er hier war. Erleichtert nickte Andre Emma zu, die ihn bloß anstarrte, und fragte beim Officer vorn nach, ob er wirklich gehen durfte.

Er trat in die Kälte draußen. Es war fast drei Uhr morgens, und obwohl um diese Zeit so gut wie kein Verkehr herrschte, boten die Straßenlaternen genügend Licht, dass er Isaiahs Wagen mit eingeschalteter Warnblinkanlage im Parkverbot sehen konnte. Andre erwartete, dass er einstieg und drinnen schreckliche Musik plärrte, aber Isaiah stieg aus.

Er wirkte nicht amüsiert oder wie der witzige große Bruder, der ihn gleich wieder auf den Arm nahm, sondern besorgt und ängstlich. Dann ging die hintere Tür auf, und seine Eltern stiegen aus dem Wagen, sein Vater ein wenig steif wegen seines schlimmen Rückens. Andre war so erschöpft – er wäre beinahe umgebracht worden, und er war auch nur ein Mensch –, war es ihm da zu verdenken, dass er nasse Augen bekam? Sie kamen auf ihn zu, sichtlich froh, dass er am Leben war, wollten ihn umarmen und wissen, was passiert war, dass er bei der Polizei landete. Andre wusste, dass er sie erst einmal umarmen würde. Er würde sie fest drücken, weil sie seine Familie waren und er sie liebte. Weil er den Trost und die stille Vertrautheit ihres Zuhauses wollte, die heiße Schokolade, die seine Mutter ihm machen würde, vielleicht auch eine Scheibe Toast, bevor er in seinem Kinderbett einschlief. Zuerst würde er sie umarmen, und danach würde er sie belügen.

DREIUNDSECHZIG

Der Wagen bog auf die Rhode Island ab und überholte zwei Leute auf Motorrollern, die ihn kaum bemerkten. Detective Bentley war ein sicherer Fahrer. Draußen schien die Sonne, und Leute tippten in ihre Handys, als hätte es letzte Nacht nicht um ein Haar einen Massenmord gegeben. Anscheinend fuhren Detectives keine normalen Polizeiwagen, sondern normal aussehende, die allerdings drinnen Blaulicht und Sirenen hatten.

Nach der Party letzte Nacht hatten sie mich gebeten, wieder auf die Wache zu kommen und mehr Fragen zu beantworten. Ich bestätigte meine Geschichte von dem mysteriösen blonden Jungen und blieb bei allem anderen. Anschließend schrieb ich Andre, der sagte, dass er auch noch einmal befragt worden war, ins Bett gehen und den Rest des Jahres im Winterschlaf verbringen würde. Ich antwortete ihm, dass wir jetzt unsere neue Freiheit feiern sollten.

»Können wir die Sirene einschalten?«, fragte ich. Bentley warf mir einen amüsierten und zugleich strengen Blick zu, dann schüttelte er den Kopf. »Ach, kommen Sie! Ihre Leute waren kurz davor, mich zu erschießen!«

»Na ja, sie haben ein Mädchen gesehen, das ein anderes totschlug.«

»Worüber beschweren Sie sich?«, fragte ich. »Ich habe zwei ungelöste Morde für Sie aufgeklärt.«

»Drei«, murmelte er.

»Drei?« Ich sah ihn erstaunt an. »Dann *war* das noch eine Leiche in diesem Sanddings? Andre und ich dachten, dass es vielleicht ein Tier war.«

»Vergessen Sie, was ich gesagt habe. Übrigens sind einige Jungs bei der Polizei nicht gerade begeistert, dass es in der Stadt ein Programm mit einem Haufen Psychopathen gibt.«

»Ihnen ist aber klar, dass die Täterin angeblich so normal war wie Sie, oder?« Sein Schulterzucken gab mir recht. »Bringen Sie Ihre Prioritäten nicht durcheinander, Detective. Das Schlimmste, was ich tue, ist, Jungen mit festen Freundinnen zu küssen, und das in einer Stadt, in der es jede Woche eine neue Anklage gibt.«

»Na gut.« Bentley kam beim G.W.-Hospital an und hielt an der 22nd Street, wo man wahrscheinlich nur parken durfte, wenn man ein Cop war. Ein paar Studenten sahen zu uns, als sie die Straße überquerten, um zu Whole Foods oder in ihre Kurse zu gehen.

»Bringen Sie sich nicht in Schwierigkeiten, Miss Chloe«, sagte er.

Ich sah ihn an. »Und wenn doch?«

»Dann fragen Sie auf keinen Fall nach mir.« Wir lächelten uns zum Abschied an.

Ich hatte gerade herausgefunden, welchen Aufzug ich nehmen musste, als ich Kristen Wenner sah. Sie wirkte müde und ausgelaugt und hatte eine Gebäckschachtel von »Buttercream« unter dem Arm. Ich lief, um denselben Fahrstuhl wie sie zu erwischen. »Kristen! Ich bin's, Chloe, von eurer Party.«

»Oh, hi«, antwortete sie hörbar erschöpft.

»Ist es wahr, was ich von Charles gehört habe?«, flüsterte ich. Sie schien verwirrt, aber ich erklärte: »Ich arbeite ehrenamtlich hier – und wir wissen alles.«

»Ja, es ist wahr«, gab sie leise zurück. »Armes Ding.«

»Ich habe gehört, dass irgendein wahnsinniges Mädchen Leute gestalkt hat.«

»Ja, soweit Charles es sagen kann. Angeblich war sie von einem halben Dutzend Studenten auf dem Campus besessen – sie ermitteln noch.«

»Charles hat echt das Zeug zum Star – das sieht man.« Der Aufzug näherte sich dem fünften Stock. »Darf ich vielleicht mal bei ihm reinsehen und Hi sagen?«, fragte ich.

»Oh ja, tu das, Chloe!«, antwortete Kristen und packte meinen Arm. »Ich war die ganze Nacht hier und kann nur noch wenige Minuten bleiben. Charles ist nicht gern allein. Er wird sich freuen, wenn du ihm Gesellschaft leistest.«

Natürlich hatte Charles ein Privatzimmer. Der Fernseher lief leise, und Charles saß in seinem Bett und sah hin. Sein Krankenhaushemd war nicht ganz zugebunden, sodass es über seine eine Schulter hing und man den Verband gleich unterhalb seines Schlüsselbeins sah. »Ich habe Besuch mitgebracht!«, sagte Kristen.

Charles blickte erst zu ihr, dann zu mir und wieder zu Kristen, und ein versteinertes Lächeln trat auf sein Gesicht. Er wollte definitiv nicht, dass ich mich mit Kristen verbrüderte. »Chloe, erinnerst du dich? Von deiner Party«, sagte ich süßlich.

»Ohhh.«

»Ich habe dir einige Kekse besorgt«, meinte Kristen. Sie ging zu ihm, um sie auf sein Tablett zu legen, küsste ihn und strich ihm übers Haar. »Fühlst du dich besser?«

»Müde. Ich stehe gerade unter reichlich Drogen«, antwortete er und klang auch ganz so. Kristen blieb einige Minuten, dann entschuldigte sie sich und sagte, ich könnte noch ein bisschen bei ihm bleiben. Als sie weg war, ging ich an sein Bett und nahm mir einen Keks. Ich suchte den mit den meisten Schokoladenstückchen aus. »Sehr witzig«, kommentierte er säuerlich, aber auch ein wenig amüsiert.

»Du solltest netter zu Leuten sein, die dir das Leben gerettet haben.« Mit einiger Mühe rückte er auf seinem Bett zur Seite, und ich legte mich neben ihn. »Ich fasse nicht, dass wir so blöd waren«, sagte ich. »An Megan hatte ich überhaupt nicht gedacht.«

»Ich durchaus«, antwortete er. »Ich fand nur, dass es mehr Beweise gegen andere Verdächtige gab.«

»Hast du nicht!«, rief ich empört. »Das sagst du jetzt bloß.«

Er lachte. Charles stellte die Kekse auf seinen Nachttisch, und ich schmiegte mich näher an ihn. Unter dem Verband und dem sterilen Geruch duftete er immer noch wie Charles. »Ich habe ein Geschenk für dich«, flüsterte er.

»Für mich? Weil ich dir das Leben gerettet habe?«

Umständlich griff er zu dem Nachttisch, wo ein Wasserkrug stand und einige gefaltete Tücher lagen. Zwischen ihnen zog er ein iPhone hervor und gab es mir. Auf dem Display war eine Turnerin in einem hohen Sprung zu sehen. Ich schnappte nach Luft und riss es ihm aus der Hand. »Wie hast du das bekommen?«, rief ich. Scheiße. Ich brauchte eine PIN. Ich versuchte es mit 1234, dann mit 0000.

»Gleich als die SWAT-Typen gekommen sind und bevor mich die Sanitäter hatten. Ich war direkt neben ihrer Leiche.«

»Schlau gemacht.«

»Sie muss Bescheid gewusst haben … über Will, oder? Um uns alle dorthin zu holen?«

Ich antwortete ihm nicht, sondern probierte mehr PINs aus. Aus Spaß tippte ich das numerische Äquivalent für B I L E S. Ja! Sofort löschte ich ihren Instagram-Account, versetzte das Handy in den Flugmodus und ließ es in den Wasserkrug fallen. Meinen eigenen Account hatte ich schon gelöscht – in der Sekunde, in der ich auf der Polizeiwache war und sie mich zur Toilette gehen ließen.

Ich knuffte Charles, der einzunicken schien. »Denkst du, Emma hat es die ganze Zeit gewusst?«

»Keine Ahnung. Manchmal frage ich mich, ob sie dahintergekommen war, was Megan tat, aber vielleicht dachte, sie könnte es ihr ausreden. Vielleicht fühlt sie sich ihr immer noch verpflichtet«, sagte Charles. »Ich war mir so sicher, dass es Trevor war.«

»Für mich stand erst fest, dass er es nicht sein konnte, als ich hörte, dass er angegriffen worden und im Krankenhaus gewesen war. Megan hat ihn auch gejagt.«

»Was für ein Stück Scheiße! Er hätte mit Freuden jeden in dem Programm ausgeliefert, um sich zu retten.«

»Weiß ich«, sagte ich. »Und es wird ihm nicht verziehen. Jedenfalls nicht von mir. Er hat sich eine mächtige Feindin geschaffen.«

»Spar dir das Intrigieren für ein anderes Mal auf.« Er senkte die Stimme zu einem Flüstern. »Ich vergaß – ich liege mit einer Serienmörderin im Bett, rein technisch.«

Ich runzelte die Stirn. »So ist das nicht.« Er lachte und zur Entschuldigung legte er seinen unversehrten Arm um mich. Ich hob kurz meinen Kopf, um mein Haar zu befreien. »Charles, du hast aber nie geglaubt, dass ich es war, oder doch? Dass ich zu so schrecklichen Sachen fähig bin?«

»Selbstverständlich nicht«, antwortete er ruhig, aber sein Blick war auf den Fernseher fixiert.

Ich umfing sein Kinn und drehte ihn zu mir. »Sag mir die Wahrheit, Charlie-Bär!«

Er lächelte zu breit, während er mir das Haar hinters Ohr strich. »Natürlich *musste* ich es in Betracht ziehen, aber ich habe nie *wirklich* gedacht, dass du es warst.« Jetzt sah er mich richtig an. Das ist das Problem mit Leuten wie uns – wir sind zu gut im Lügen, sodass man nie weiß, was wahr ist und was nicht.

Seufzend legte ich den Kopf auf seine Brust und sah zum Fernseher. Ich überlegte, wie ich Trevor vernichten würde. In den Nachrichten liefen Bilder von einer Demo, die in irgendeinem Land wütete, ich erkannte aber nicht, welche Flagge sie dort verbrannten. Dann zeigten sie schmelzendes Schelfeis, das ins Meer fiel. Charles drehte den Kopf ein wenig und küsste mich auf die Stirn. Heute würde ich mich entspannen, mir einen Tag freinehmen, beschloss ich. Morgen hätte ich immer noch Zeit, neu zu planen.

DANKSAGUNG

Die Tatsache, dass es dieses Buch gibt und alles auch noch während einer Pandemie geschaffen wurde, bestätigt, was für unglaubliche Arbeit so viele geleistet haben. In einer der finstersten Phasen, die ich jemals erlebt habe, machten es dieses Buch und all die Menschen, die sich dafür eingesetzt haben, für mich möglich, weiter zu lächeln und etwas am Horizont zu sehen, auf das ich mich freuen konnte. In einem verrückt emotionalen Jahr, in dem es schien, als würden die besten und die schlimmsten Sachen gleichzeitig passieren, war die Freude anderer über den Erfolg dieses Buches wie ein Licht inmitten der Dunkelheit.

An meine Agentin Rebecca Scherer, die mein bescheidenes kleines Manuskript aus dem Matschhaufen gezogen hat und vollkommen darauf vertraute, dass es erfolgreich sein könnte: Ich habe deinem Urteil blind vertraut, dass wir dies hier trotz COVID verkaufen können, und du hattest recht (und wie!). Ich bin stolz darauf, in deinem Regal zu stehen. Danke an das gesamte Team von JRS für all die Unterstützung, die ihr dieser Anfänger-Autorin zukommen ließt.

Ich danke meiner Lektorin bei Park Row Books, Laura Brown, dass sie diesen Roman gelesen und verstanden hat, all die richtigen Fragen gestellt und ihn auf die nächste Ebene gehievt hat. Ich wünschte, du hättest sehen können, wie ich als Viertklässlerin auf eine Schreibmaschine einhackte, wie ich mich am College durch Writer's Market tippte und in

den Dreißigern meine 300. Ablehnung von einer Agentur bekam. Du hast meine kühnsten Träume wahrgemacht. Dank an alle bei Park Row, die dieses Buch möglich gemacht haben: Erika Imranyi, Margaret Marbury, Rachel Bressler, Loriana Sacilotto, Randy Chan, Rachel Haller, Amy Jones, Lindsey Reed, Punam Patel, Quinn Banting, Heather Connor und Roxanne Jones.

Dank an Liz Foley und Daisy Watt bei Harvill Secker, die dieses Buch beworben haben, um es den Lesern auf der anderen Seite des Teichs zu bringen. Und an Mikaela Pedlow, Anna Redman Aylward und Sophie Painter, die so hart gearbeitet haben, damit es in Großbritannien erfolgreich wird.

Und ich danke allen Gruppen und Einzelnen, die mir geholfen haben, als Autorin zu wachsen. Da wäre meine unglaubliche Gruppe von Autorinnen in D.C., insbesondere meine unverwüstlichen Freundinnen Melissa Silverman und Everdeen Mason. Wir haben es geschafft! Und den vielen Workshops und ihren jeweiligen Lehrenden, die mich über die Jahre unterstützt haben: dem Jenny McKean Moore Workshop, Litcamp, der Marlboro Summer Writing Intensive, Breadloaf, VONA, Sewanee, Juniper, Colgate, diverse Colleges, in deren Schreibkursen ich zu oft im Präsenz schrieb. Und nicht zuletzt danke ich der Gemeinschaft von Autorinnen, mit denen ich auf der Highschool war und Workshops gemacht habe. Ich danke allen, die Entwürfe dieses Buches gelesen haben oder überhaupt irgendein Buch von mir. Und ich danke Sgt. Fluffy für die Informationen zum MPD und zu Schusswaffen.

Dank auch an alle, die meine Kurzgeschichten veröffentlicht haben. Da wären besonders zu nennen: Susan und Linda bei Glimmer Train, die meine erste Story veröffentlichten; Morgan Parker bei Day One, der *Twelve Years, Eight-Hundred and Seventy-Two Miles* herausbrachte; Lantz Arroyo,

Sarah Lopez und Nick Hurd von Radix Media für die Veröffentlichung von *Guava Summer*. Ohne diese Erfolge als neue Autorin hätte ich nie das Selbstvertrauen aufgebracht weiterzumachen.

Ich danke allen, die dazu beigetragen haben, mich zu der zu machen, die ich heute bin – von meinem Elternhaus bis hin zu meiner Heimatstadt und der Französischlehrerin, die mir sagte, ich würde Großes leisten, auch wenn sie nicht näher erläuterte, was es wäre. Und dem staatlichen Bildungssystem und dem geförderten Doktorandenprogramm, die mich schlau gemacht haben. Ich danke den Menschen, mit denen ich arbeite – danke, dass ihr mich aushaltet. Und Dank an D.C., meine Herzensstadt. Dank auch an meine Leser: Ich hoffe, dieses Buch hat euch ein bisschen Freude gemacht. Danke an meine Freunde, alle von euch!

»Lasst, die ihr eintretet, alle Hoffnung fahren«

Ethan Cross
DIE STIMME DES WAHNS
Thriller
Aus dem amerikanischen
Englisch von
Dietmar Schmidt
432 Seiten
ISBN 978-3-404-18500-9

Ein Hochsicherheitsgefängnis in den Rocky Mountains. Dort sitzt der sogenannte Demon ein. Ackerman selbst brachte den Mann vor Jahren hinter Gitter. Aber ist der Häftling wirklich der, der er vorgibt zu sein? Zusammen mit Nadia Shirazi findet Ackerman heraus, dass der Mann, der die Haftstrafe verbüßt, in Wahrheit ein geschickt manipulierter Doppelgänger ist. Das bedeutet, der echte Demon war die ganze Zeit auf freiem Fuß, und er hatte all die Jahre Zeit, seine Rache vorzubereiten. Als Demon schließlich zuschlägt, trifft er Ackerman an seiner verwundbarsten Stelle …

Band 3 der Serie um Francis Ackerman jr. und seine Partnerin Nadia Shirazi vom FBI

Lübbe